MOLLY GALLOWAY

Du même auteur

Victor et Victor, coll. Ma petite vache a mal aux pattes, Saint-Lambert, Soulières, 2007

Victor l'invincible, coll. Ma petite vache a mal aux pattes, Saint-Lambert, Soulières, 2008

Un chat nommé Victor, coll. Ma petite vache a mal aux pattes, Saint-Lambert, Soulières, 2009

Molly Galloway
Tome 1, *Gloire aux vaincus*, Montréal, Hurtubise, 2012

Denis Vézina

MOLLY GALLOWAY

tome 2

Gloire aux vainqueurs

Hurtubise

Catalogage avant publication de Bibliothèque et Archives nationales du Québec et Bibliothèque et Archives Canada

Vézina, Denis

    Molly Galloway

      Sommaire : t. 2. Gloire aux vainqueurs.

      ISBN 978-2-89723-552-9 (v. 2)

      1. Amérique du Nord - Histoire - 19ᵉ siècle - Romans, nouvelles, etc. I. Titre. II. Titre : Gloire aux vainqueurs.

PS8643.E937M64 2012   C843'.6   C2012-941001-2
PS9643.E937M64 2012

Les Éditions Hurtubise bénéficient du soutien financier des institutions suivantes pour leurs activités d'édition :

* Conseil des Arts du Canada ;
* Gouvernement du Canada par l'entremise du Fonds du livre du Canada (FLC) ;
* Société de développement des entreprises culturelles du Québec (SODEC) ;
* Gouvernement du Québec par l'entremise du programme de crédit d'impôt pour l'édition de livres.

Conception graphique de la couverture : René St-Amand
Illustration de la couverture : Kinos
Maquette intérieure et mise en pages : Folio infographie

Copyright © 2015, Éditions Hurtubise inc.

ISBN : 978-2-89723-552-9 (version imprimée)
ISBN : 978-2-89723-553-6 (version numérique PDF)
ISBN : 978-2-89723-554-3 (version numérique ePub)

Dépôt légal : 2ᵉ trimestre 2015
Bibliothèque et Archives nationales du Québec
Bibliothèque et Archives Canada

Diffusion-distribution au Canada :
Distribution HMH
1815, avenue De Lorimier
Montréal (Québec) H2K 3W6
www.distributionhmh.com

Diffusion-distribution en Europe :
Librairie du Québec/DNM
30, rue Gay-Lussac
75005 Paris FRANCE
www.librairieduquebec.fr

Imprimé au Canada
www.editionshurtubise.com

In Memoriam
Jean-Marie Fecteau,
sherpa et maître d'histoire.
J'ai rempli ma promesse.

« Si tu es prêt à sacrifier un peu de liberté pour te sentir en sécurité, tu ne mérites ni l'une ni l'autre. »

Thomas Jefferson

États de guerre, 1862

Tous les jours, dès potron-minet, je montais dans la nacelle de l'*Excelsior*. En quelques instants, le splendide ballon de soie gonflé d'hydrogène emportait mon regard par-delà les arbres et les collines. Durant le court instant de mon ascension, une trop tendre plénitude m'envahissait. Jaze tenait la corde, relâchait les amarres et me laissait m'envoler. Je m'élevais, plus légère que la brume découpée par les premiers rayons de soleil. J'étais munie de mes armes : une lunette d'approche, un carnet de notes, un pigeon roucoulant dans une cage, une cloche, une gourde et un bout de pain.

Tout aussi curieux que les hommes qui voyaient monter cet aéronef dans le ciel, les oiseaux s'étonnaient de ce frangin balourd et sans ailes qui partageait leur ciel. Ils virevoltaient autour de l'appareil et picoraient les cordages et les tresses d'osier. Depuis deux jours, j'avais remarqué la présence d'un grand cardinal paré d'écarlate. Le Prof en aurait été enchanté. L'été avait pris les champs d'assaut et un vent du sud tirait sur mes amarres. Tandis que j'observais un raton laveur faisant sa toilette au bout d'une branche, le coq se mit à chanter.

Lorsque je regardais au loin, vers la mer ou la montagne, je retrouvais le monde tel qu'il était avant. Parce que maintenant, il ne serait plus jamais le même.

— Ramène-moi à terre. Vite, Jaze. Ramène-moi.

Des coups de feu retentirent dans la plaine. Une autre journée commençait. Les chemins menant à Richmond, la capitale des Confédérés sudistes, grouillaient de soldats en route vers le front. Depuis les premiers jours de juin 1862, une armée de cent mille hommes fidèles à l'Union s'avançait vers la ville. S'en emparer pouvait mettre fin à cette guerre qui ne devait durer que quelques jours. Depuis plus d'un an pourtant, les batailles nourrissaient la terre du sang des soldats parcourant les trois jours de marche séparant Richmond et Washington.

Jaze ne m'entendit pas. Il était trop occupé à chercher d'où venaient les tirs, à calmer ses pigeons voyageurs et à resserrer les courroies de l'attelage qui retenait Dixie au chariot transportant les génératrices d'hydrogène. Pour l'instant, nous étions hors de portée, mais les canons faisaient vibrer l'air. Il n'y avait là rien de rassurant. L'ordre d'évacuer arriverait bientôt. Au grand désespoir de Jaze, les Noirs ne pouvaient pas intégrer l'armée nordiste et participer aux combats. Avec les femmes, ils suivaient les troupes pour s'occuper des morts et des vivants, du bétail et des chevaux, du ravitaillement, pour creuser des fossés, servir la popote et monter les tentes.

— Jaze, hurlai-je avec force. Descends-moi !

Un coup de cloche parvint à détourner son attention. Il s'élança vers les cordages de l'aéronef. Je lui fis le signe convenu pour une descente urgente.

— Tom ! lançai-je en sautant par-dessus la nacelle. C'est Tom. Un obus a atteint la tranchée qu'il creusait.

— Mais il devait travailler loin de la ligne de feu.

— Il y a du mouvement chez les Sudistes. Je crois qu'ils tentent de nous encercler. Dépêche-toi, Jaze. Tom a besoin de nous.

— Où est-il ?

— Tout près, dans un renforcement d'artillerie, à quelques pas de la fosse où vous avez enterré les morts hier.

Après avoir craché une pluie d'obus, les canons sudistes s'étaient tus. Ne restait plus que la poussière soulevée, la terre tordue, les cratères de pierre et, tout au fond, des cadavres et des corps déchiquetés gigotant dans la boue.

— Les cavaliers vont arriver ?

— Je ne crois pas. Ils sont loin, plus au nord. Ce n'était qu'une diversion.

— Tom est derrière ce boisé, sur la colline. Allons-y.

Après une course sous le couvert des arbrisseaux, des arbres foudroyés et des fougères, nous arrivâmes dans une vallée qui s'étirait en collines et en vallons.

— Il est là.

Tom rampait et traçait sur le sol un sillon de sang. Son pantalon était déchiré. Un éclat de métal perçait son genou.

— J'ai besoin d'air, répétait-il, j'ai besoin d'air.

— Je t'emmène voir le doc ! s'exclama Jaze. Il y a une tente pour les blessés tout près du ballon.

— Enlève-moi ce foutu morceau de canon, hurla-t-il.

— Je vais t'aider, Tom, allons à l'infirmerie.

— Non, Jaze. Je ne veux pas voir le doc. C'est un boucher. Il va me couper la jambe. Je veux voir Anavita.

— Anavita est à Savage Station, répondis-je. C'est trop loin. Tu vas mourir au bout de ton sang.

— Je préfère mourir plutôt que de perdre une jambe, tu comprends ?

— On ne peut pas quitter notre poste.

— Montez-moi sur un cheval, je vais m'y rendre, dit-il en se soulevant péniblement.

Un échange de regards entre Jaze et moi confirma que nous pensions tous deux que Tom avait raison. Vu l'état de sa jambe, le docteur lui ferait mordre un bout de bois et l'amputerait sur-le-champ. L'image sanglante des tas de jambes et de bras marquait le territoire de tous les hôpitaux de campagne.

— Je vais chercher Dixie, lançai-je sans plus réfléchir.

— Attention, ça va faire mal, dit Jaze avant de serrer le garrot et de retirer le bout de métal. Maintenant, je vais fixer une attelle sur ta jambe. Cramponne-toi.

Lorsque je revins vers eux, Jaze soutenait Tom qui avançait péniblement. Sa jambe désarticulée traînait comme celle d'un pantin.

— Sois sérieux, Tom, tenta Jaze de nouveau, allons voir le doc. Tu ne peux pas monter à cheval avec cette blessure. Tu ne te rendras jamais à l'hôpital de Savage Station.

— Je peux monter, se défendit-il en relevant le torse. J'y arriverai.

— Savage Station est à trois milles d'ici.

— J'y arriverai, hurla-t-il nerveusement. S'il vous plaît, montez-moi sur la selle. J'y arriverai.

Comme sous l'emprise féroce de sa volonté, Jaze et moi le hissâmes machinalement sur le dos de Dixie. Tom grinçait de douleur. Un coup d'étrier lança sa course. Le temps de quelques foulées et, déjà, il basculait lourdement sur le côté, son pied tordu toujours accroché à l'étrier.

— J'y vais, dis-je. Je vais aller avec lui.

— C'est de la folie, répliqua Jaze.

— On ne peut pas le laisser partir comme ça.

Je grimpai sur la selle. Jaze m'aida à remonter Tom derrière moi. Une corde passée sous nos bras nous lia l'un à l'autre.

— Il ne tombera pas, fis-je, convaincue.

— À moins que tu ne tombes aussi, poursuivit Jaze. Fais attention, Molly.

— Ne t'en fais pas. Je serai de retour avant la nuit. Le brigadier ne le saura jamais.

— Je retourne au ballon. Je vais le démâter. Reviens vite.

— Envoie un pigeon à Washington. Écris-leur que d'après mes observations, le général Lee s'apprête à attaquer sur plusieurs fronts. Notre armée est plus nombreuse. Si nos espions disent vrai, Richmond est mal défendu. Si McClennan attaque, je suis certaine qu'il pourra prendre la ville et Lee devra capituler. La guerre sera bientôt finie, Jaze. On va rentrer chez nous !

Dixie s'élança, mais il fut vite ralenti par notre poids et par la chaleur de ce début de journée. Le vent transportait des nuages de pollen qui collait sur notre peau humide. Nous avancions sur un chemin sinueux traversant la vallée et reliant les maisons de ferme les unes aux autres. Tout paraissait calme autour de nous, mais les paysages bucoliques de la Virginie cachaient de terribles combats. Les arbres d'un boisé pouvaient soudainement se transformer en une troupe de maraudeurs ou de cavaliers rebelles qui fonçaient dans une charge mortelle. Combien d'hommes avaient perdu la vie dans cette magnifique Virginie ? Combien d'hommes la perdraient encore ? Jaze, Tom, Anavita et moi avions suivi la grande armée du Potomac. Partis de Washington, nous avions rejoint les troupes du Nord en embarquant sur les navires de la US Navy, nous menant au fort Monroe, au bord de la baie de Chesapeake. De là, nous avions remonté la péninsule délimitée au nord par la rivière York et au sud par la rivière James. Richmond était à notre portée. Du haut des airs, je voyais tout et j'informais l'état-major. Les estafettes galopaient sur les routes en relayant de précieux renseignements, mais le président Lincoln recevait aussi les informations que nous faisions parvenir par télégraphe et par pigeon voyageur. C'était une guerre moderne. De son quartier général, il pouvait désormais savoir où se trouvaient ses forces et où se concentraient les combats. Grâce aux chemins de fer, un contingent pouvait rapidement venir en renfort. Pendant ce temps, les usines du Nord roulaient à plein régime. Elles fabriquaient des armes de plus en plus perfectionnées et de plus en plus meurtrières. La logique de la paix avait fait place à celle de la guerre. Nous n'avions plus que deux objectifs en tête : survivre et tuer. Ni l'un ni l'autre ne ressemblait à la vie.

Une balle siffla. De chaque côté de la route, camouflées derrière des rochers, des arbres et des clôtures, deux brigades s'affrontaient. Les drapeaux de l'Union et de la Confédération marquaient les territoires. Hors des quartiers de nos armées respectives, les hommes noirs et les femmes accompagnant les armées n'avaient aucun habit distinctif pouvant les associer à l'un ou l'autre des belligérants. « C'est pratique pour l'espionnage », disait Harriet. « S'agit juste de ne pas se faire prendre », ajoutait-elle.

Dixie stoppa net et retourna sur ses pas. Nous pouvions prendre un sentier qui passait tout juste derrière les soldats de l'Union. Si nous étions interceptés, j'arriverais plus facilement à les convaincre de nos allégeances communes. Au premier sabot que Dixie déposa sur la piste, un des nôtres, une tunique bleue, pointa son arme et tira. Je voulus m'expliquer, mais un autre unioniste nous tint en joue pendant que son compagnon rechargeait son arme. Je n'attendis pas la réponse. En revenant sur la route, je constatai qu'une troupe de cavaliers sudistes se précipitaient dans la bataille. Nous étions encerclés de toutes parts. J'étais certaine que nous allions nous faire percer la peau.

Arriva alors un événement singulier qui se répéta pourtant sur plusieurs champs de bataille. Sortis de nulle part, une vache et son veau décidèrent de traverser la route au cœur des combats. Une vague de silence s'étendit parmi les belligérants. Un bref instant, la guerre suspendit son cours. De part et d'autre, on invectiva les bêtes pour qu'elles libèrent le terrain des tueries humaines. La vache fit la sourde oreille et brouta une talle de trèfles bordant la route.

Profitant de l'occasion, j'avançai lentement vers l'animal. La vache nous regarda et reprit sa marche. Je la suivis pour lui montrer le chemin. Son petit beuglant derrière elle, la bête traversa la route et se dirigea vers un bosquet au milieu d'un champ. La guerre pouvait reprendre.

Conscient du péril de notre situation, Tom se blottit dans mon dos. Je sentis ses bras me protéger et sa main étreindre la mienne sur le pommeau de la selle.

— Fonce, Molly, me glissa-t-il à l'oreille.

Dixie s'élança. Ses sabots crachèrent des morceaux de route. Surpris, ne sachant de quel parti nous étions, personne n'osa tirer en premier. Des deux côtés, on nous regarda partir à vive allure. Un Noir, une Blanche. Nous ne pouvions être que du côté des Yankees. La guerre reprit ses droits. La poudre explosa de nouveau dans les culasses et j'entendis les balles siffler autour de nous. Un coup me heurta si violemment que j'en fus étourdie. Du sang gicla sur mon visage et une douleur traversa le haut de ma poitrine.

— Mon bras, gémit Tom.

Une balle avait traversé son bras et tracé sa marque rouge à quelques pouces au-dessous de ma gorge. Paniquée, je passai ma main sous ma chemise et relâchai la corde qui me liait à Tom. Il tituba et Dixie eut toutes les peines du monde à éviter une chute qui nous aurait été fatale. Ma blessure n'était que superficielle, mais je craignais pour la vie de Tom. Des balles sifflèrent de nouveau.

— Ya, Dixie. Ya. Sauve-nous.

Mon complice de liberté pencha la tête et fendit l'air. Sa crinière se mêla à mes cheveux. Durant l'heure qui nous séparait de Savage Station, de l'hôpital de campagne et d'Anavita, il nous offrit la puissance de ses muscles et la passion de son souffle.

Nous n'étions qu'à quelques pas de la porte de l'enceinte de bois qui délimitait le territoire de l'hôpital lorsque Dixie s'arrêta net. Il tituba. Tom tomba et m'emporta avec lui. Dixie pencha la tête et s'écroula à mes côtés. Deux brancardiers s'avancèrent et emportèrent Tom sur une civière. D'une voix d'outre-tombe, il hurla le nom d'Anavita. Dixie était allongé par terre. Son cœur battait la chamade.

— Dixie, dis-je, en larmes. Tu ne peux pas me laisser comme ça…

Son œil fixa le bleu du ciel et il soupira. Une dernière fois.

Le tribut

La guerre est un souvenir impitoyable qui ne quitte jamais le cœur de ceux qui la vivent. Il faut toute une vie pour faire le deuil des amis qui sont partis sans adieu. Toute une vie pour perdre l'habitude des cauchemars qui hantent la mémoire.

La mort de Dixie laissa une cicatrice bien plus profonde que celle qui déchira ma poitrine. Anavita pansa mes plaies et parvint, encore une fois, à rapiécer le corps meurtri de son amoureux. Si la gangrène n'attaquait pas sa chair, si une des si fréquentes infections ne venait pas tout compromettre, la guérison allait faire son œuvre et Tom marcherait de nouveau sur ses deux jambes et pourrait jouer du couteau et de l'harmonica encore plusieurs années.

Il avait de la chance.

La plupart des soldats blessés par un coup de feu perdaient le membre atteint. La balle Minié faisait des ravages. Jamais aucune arme n'avait fracassé les os de cette manière. Les hommes étaient horriblement mutilés et souffraient énormément. Ne restait plus qu'à charcuter bras et jambes et à orner les tentes de chirurgie d'un totem de mains, de pieds et de bottes offert aux dieux de nos guerres.

Anavita voulait me garder étendue parmi les blessés et les mourants, mais je ne voyais pas comment je trouverais un quelconque repos au milieu de tant de souffrances.

Dans le fracas des gémissements de mes semblables, je me sentais honteuse. J'étais dévastée par la mort de Dixie. Ce n'était qu'un cheval, mais c'était mon cheval. Mon vieil ami. Depuis toujours. Il me rappelait mes élèves de St. Catharines, mon voyage au Mississippi, mon mariage, mon amour, ma vie.

Cette ville improvisée au milieu d'un champ de blé devait accueillir les prières de plus de deux mille âmes plus ou moins vivantes. Les odeurs d'au-delà transportaient la même souffrance que celle de Grosse-Île.

Que faisait Jaze ? Il devait être aussi inquiet de moi que je pouvais l'être de lui. Qu'était-il arrivé à sa brigade ? Avait-elle été attaquée ? Je le savais en arrière-garde. Le danger y était moins grand. Comme prévu, l'armée sudiste du général Lee passait à l'offensive et ouvrait plusieurs fronts. J'aurais aimé rejoindre Jaze, mais la situation ne le permettait pas.

Je m'arrêtai à un lavoir autour duquel trois femmes lavaient les vêtements des morts et les bottes orphelines des amputés. Je me joignis à elles sans dire un mot. Je m'astreignis à diluer le sang dans l'eau rougie de ma peine.

À la fin de la journée, un nouveau cortège de blessés arriva sur les lieux. J'aidai les uns et les autres. Chacun trouvait une couchette ou un coin d'ombre pour étendre sa douleur et attendre la venue d'une infirmière.

— Où étiez-vous cantonné, major ? demandai-je à un officier qui se balançait au bout d'une cheville fêlée. Venez ici, asseyez-vous.

— Nous étions à Seven Pines en pleine retraite. Une troupe de cavaliers nous a attaqués.

— En pleine retraite ?

— Notre armée se retire au sud, vers la rivière James. Ordre du général McClellan.

— McClellan n'attaquera pas Richmond?

— Nous ne sommes pas assez nombreux, paraît-il. Pourtant, nous avons battu les rebelles sur plusieurs fronts. Le général craint pour nos lignes de ravitaillement...

— Je ne comprends pas. La Nouvelle-Orléans est tombée, le blocus naval encercle les États confédérés et Richmond n'est qu'à trois heures de marche d'ici.

— Je sais, je sais, répondit-il fébrilement. J'ai vu des soldats sudistes se battre entre eux pour une paire de chaussures. Ils sont moins nombreux, mal équipés, mais ils sont déterminés et ils ont le général Lee à leur tête. Et nous, nous fuyons alors que nous sommes victorieux.

— C'est une grave erreur, répétai-je. Si Richmond ne tombe pas maintenant, cette guerre ne s'arrêtera plus.

Je tentai de contenir l'enflure dans un bandage.

— Vous avez une jolie entorse, major général.

Le lendemain matin, les canons battaient la campagne avoisinante. Les trois divisions qui bivouaquaient à proximité de l'hôpital furent prises de court et s'empressèrent de rejoindre le gros des troupes plus au sud.

— Ils nous abandonnent, entendit-on hurler dans les tentes.

La pagaille se répandit chez les estropiés et les malades. Les camps de prisonniers sudistes n'avaient pas bonne réputation. Les chirurgiens-majors voulurent former des convois et se joindre à la marche des troupes vers le sud, vers la rivière James et les navires de secours. Bien peu réussirent à former les rangs. Les plaies ouvertes, la gangrène et les infections de toutes sortes mangeaient les chairs et les dernières résistances.

Je me précipitai à travers la foule de vaincus, bousculant les uns et m'excusant auprès des autres. Je retrouvai Anavita. Malgré une douleur sourde, Tom tentait de se lever et d'ajuster son couteau à sa ceinture. Il avait perdu beaucoup de sang, mais sa vie était aussi tenace que les jurons qu'il proférait.

— Il faut partir, lançai-je. Il faut partir maintenant. Les Confédérés arrivent. Ils passeront les Noirs à la baïonnette. Ils transporteront les Blancs dans un camp de prisonniers, mais ils tueront tous les Noirs qui travaillent pour l'Union. Il y a d'autres Noirs ici ?

Quinze. Au départ, nous étions quinze. Ils étaient infirmiers et hommes à tout faire engagés loin de la ligne de feu. Cinq d'entre eux étaient blessés ou estropiés. Les autres étaient prêts à courir et à courir vite.

— Si nous restons ensemble, nous pourrons mieux nous en sortir, lança l'un d'entre eux.

— Je n'en suis pas certain, répliqua un autre. Nous devrions partir chacun de notre côté.

— Partons ensemble, nous verrons ensuite, fit Anavita.

Malgré leur volonté et leur courageuse obstination, Tom, Levi et Elijah n'avaient pas la force de nous suivre sur leurs jambes. Ils devaient être transportés sur des brancards. Du pain, des vivres, des pansements, deux sabres… C'est tout ce que nous eûmes le temps de prendre. Nous devions partir. Tout de suite.

— Emmenez-moi avec vous, supplia un jeune Noir baignant dans sa litière.

Il parlait avec difficulté. La moitié de son crâne était fracassée.

Anavita hocha la tête silencieusement. Il ne survivrait pas à cette journée. Elle me regarda, sortit un flacon d'éther de son sac et en imbiba un bout de tissu.

— Quel est ton nom ? demandai-je en lui prenant la main.

— Joseph, répondit-il.

— Aujourd'hui, Joseph, tu vas venir avec nous. Mais avant, tu vas gagner cette guerre. Après, promets-moi de nous accompagner.

— Je le promets, dit-il sans comprendre.

Anavita déposa le tissu sur son nez en lui bâillonnant la bouche. Il s'endormit. Sa main pressa la mienne. Il lui restait à peine la force de quitter ce monde.

— Il faut partir. Vite.

— Allons au nord. À plusieurs endroits, la rivière Chickahominy peut se traverser à gué. Nous y arriverons en quelques heures.

— Et après? questionna un infirmier.

— Il y a deux jours, répondis-je, on se battait à Beaver Creek. De l'autre côté de la rivière, il doit bien y avoir des nôtres.

— Et s'il n'y a personne?

— On marchera.

— On ne va tout de même pas marcher jusqu'à Washington?

— S'il le faut, répliqua Tom, on marchera jusqu'à Washington! Et ne vous en faites pas, je ne me laisserai pas transporter très longtemps comme un bébé.

— Impossible…

— On n'y arrivera pas…

— Vous savez ce qu'on dit? lança Anavita pour piquer l'orgueil des indécis. Certains affirment qu'il ne faut pas accepter les Noirs dans l'armée, qu'ils ne seront jamais de bons soldats parce qu'ils se sauveraient au premier coup de feu et s'arrêteraient de marcher après trois milles.

— Nous allons tous marcher, répliqua vertement un jeune Noir. Nous allons tous marcher et, s'il le faut, je vous porterai sur mon dos.

Les fraises des bois

La rivière Chickahominy frissonnait sous les rayons du soleil. De grands saules caressaient l'eau du bout de leurs branches. Le vent transportait un air chaud et humide. S'il fallait en croire les grondements lointains, un orage nous rattraperait bientôt. Tour à tour, ceux qui en avaient la force transportèrent les civières de Tom, Elijah et Levi. Elijah souffrait énormément. Sa jambe avait été amputée et la plaie ne guérissait pas. Anavita craignait une infection. Pour le moment, elle ne pouvait rien y faire, sinon endormir les douleurs trop vives dans des vapeurs d'éther.

Nous marchions à pas lents et sans assurance sur un chemin de terre bordant la rivière. Titubant et trébuchant à la moindre racine et au moindre caillou, nous cherchions un passage à travers les arbres, les laiches et les marécages pour traverser à gué. Nous aurions eu besoin de pain, d'armes et de chevaux. Nous n'avions qu'un baril de peur tremblant au bout d'une béquille.

Soudain, transporté par la rivière, le corps gonflé d'un soldat passa lentement devant nous. Sa tête était complètement submergée et ses pieds dénudés traînaient derrière comme des avirons brisés. Quelques pas encore et la forêt s'ouvrit sur le terrain d'un récent combat. Sur les rives et sur les pierres, dans les crevasses et les bastions, gisaient les corps de centaines de soldats des deux camps. Les mouches et les asticots y faisaient leur festin. L'odeur rance du sang et de la chair grise nous paralysa. Aucune des deux armées n'avait eu le temps de creuser des tombes et d'y enfouir ses morts. Des voleurs de cadavres s'affairaient à dépouiller les soldats de leurs armes et de leurs biens.

Une balle trancha la tête d'un roseau à deux pas d'Anavita. J'eus à peine le temps de saisir la carabine d'un soldat yankee. Je pointai l'arme, mais la poudre était trempée. Un de nos marcheurs fit tournoyer un lance-pierre au-dessus de sa tête et parvint à atteindre un pillard en plein front. Le tir les effraya et ils se mirent à l'abri. Ils n'abandonneraient pas pour autant leur butin. Nous n'avions ni la force ni les armes pour nous battre, nous devions prendre la fuite. Qu'ils soient du Nord ou du Sud, ces charognards n'auraient aucun scrupule à ajouter le rouge du sang de quelques Nègres à ce funeste décor. Trop occupés qu'ils étaient à voler la mort, ils ne nous pourchasseraient sûrement pas. Mais ils nous barraient cette route vers Washington. Nous devions rebrousser chemin, suivre le cours de la rivière. Nous verrions ensuite.

Je me tins à l'arrière du cortège des éclopés. J'avais passé la courroie de la carabine sur mon épaule. Nous n'avions aucune munition, mais la baïonnette était bien fixée. J'espérais que la vue de cette carabine ferait redouter que nous fussions armés.

— Joli coup, fis-je au lanceur de pierres.

— Hum.

— Je m'appelle Molly. Et toi, comment t'appelles-tu ?

— Jim.

— Tu es habile avec ton lance-pierre.

— Oui.

— Tu voudras me montrer, Jim ?

— Oui.

— Tu ne parles pas beaucoup.

— Non, répondit-il. On ne doit pas trop parler.

Des nuages sombres remplirent le ciel. Le tonnerre et les éclairs se battaient au-dessus de nos têtes. D'un coup, la pluie tomba à torrents et transforma nos pieds en enclumes de boue aspirant la terre à chaque pas. Rien autour ne pouvait servir d'abri. La marche se poursuivit. Mais où allions-nous ? Nous devions trouver un autre passage pour traverser la rivière et reprendre le chemin vers Washington. Après une heure de marche, nous nous arrêtâmes sous les branches d'un grand chêne. L'orage était passé, mais la pluie continuait de tomber. Anavita distribua les quelques galettes que nous avions comme vivres et vint s'asseoir à mes côtés. Aussitôt que les porteurs le déposèrent par terre, Tom sombra douloureusement dans un sommeil anesthésiant.

— Je vais prendre la route et trouver un cheval et une carriole, suggérai-je à Anavita. Il doit bien y avoir une ferme quelque part...

— Nous ne pouvons pas prendre la route, Molly, répondit-elle. Les nôtres sont loin. Nous allons tomber sur des Confédérés.

— Tu nous as vus ? chuchotai-je. Nous n'irons pas bien loin à pied. Il faut au moins trouver un peu de nourriture et un endroit pour passer la nuit et se reposer.

Les hommes avaient déniché des fraises des bois. Ils s'en régalaient. Soudain, l'un d'eux écarta les branches d'un bosquet.

— Là, s'écria Wooley.

Là, accroché aux pierres de la rive, il y avait un radeau.

La Chickahominy

Le radeau n'était pas grand, mais nous avions réussi à y monter, entassés les uns sur les autres. Blessés et porteurs pouvaient se reposer. La douleur et la fatigue l'emportaient sur la peur de s'éloigner de Washington et de filer vers le Sud en territoire ennemi. Nous étions épuisés. L'idée de nous laisser porter par les flots avait l'heur de plaire à nos plaies et à nos bosses. La pluie avait cessé, mais le ciel était toujours menaçant. Le tonnerre avait cédé la place aux détonations lointaines des canons. Les rayons rougeoyants du soleil couchant perçaient les nuages de lances de feu.

— Tu as une idée de ce que nous allons faire maintenant ? demandai-je à voix basse à Anavita.

Elle me regarda fixement et haussa les sourcils.

— Nous pourrions traverser la rivière et reprendre la route vers Washington, répliquai-je à son silence.

Anavita serra les lèvres et pointa du regard notre cargaison de souffrances qui dérivait sur la rivière Chickahominy.

— Nous n'y arriverons pas, glissa-t-elle entre ses dents.

Elle eut un mouvement brusque vers Tom. Elle toucha son front du revers la main. Tom tenta d'ouvrir un œil, mais y renonça. Puis, lentement, comme si elle savait déjà, elle approcha son visage de celui d'Elijah. Elle sentit le vent parcourir les rides de l'eau. Elle sentit la fraîcheur humide de la nuit. Mais elle ne perçut ni le souffle du blessé sur sa joue ni sa respiration à son oreille. Elijah était mort. Anavita me regarda. Chacun comprit que l'un des nôtres venait de nous quitter.

Wooley se signa et chuchota une prière. Tous se recueillirent dans ce murmure de mots lancé à Dieu comme un grain de blé au milieu de l'océan. C'est bien là tout ce que nous pouvions faire. Jim empoigna les épaules d'Elijah. Wooley souleva ses pieds. Et ils le déposèrent doucement sur le dos de la rivière. Le corps plongea entre deux eaux et ralentit sa course. Notre radeau s'éloigna, laissant Elijah à sa dérive et nous à la nôtre. Lentement, les passagers envahirent l'espace libéré comme le font les broussailles après un feu de forêt.

— Où nous conduit cette rivière ? me demanda Anavita, sachant que j'avais eu l'occasion de travailler avec les cartes de l'état-major.

— La Chickahominy se jette dans la rivière James.

— Et la rivière James se rend jusqu'au fort Monroe, intervint Wooley.

Le fort Monroe était connu des Noirs qui fuyaient le Sud. L'année précédente, le général Butler avait proclamé que tous les esclaves évadés qui parvenaient à son fort seraient libérés. Depuis, les anciens esclaves étaient devenus «contrebande» puisqu'il s'agissait d'une marchandise considérée comme illégalement acquise par le Nord. Pour le Sud, la forteresse de la liberté était un furoncle nordiste sur le territoire de la Virginie. Bien défendue, elle servait de tête de pont vers Washington. Son port accueillait les navires de l'Union qui tentaient d'emprisonner le Sud dans un blocus maritime l'empêchant d'exporter son coton vers l'Europe et d'importer des armes et des munitions. Si nous parvenions à atteindre le fort Monroe, nous étions sauvés.

— Monroe doit être à cent milles d'ici, lançai-je.

— Cent milles à travers la Virginie, ajouta Wooley à mes réticences.

— Avons-nous le choix ? répliqua Anavita en pointant subtilement le cadavre d'Elijah qui nous suivait. Des malades, des blessés, des Noirs, sans nourriture et sans chevaux.

— Tu as raison. Peut-être croiserons-nous les nôtres. Il y a deux jours, nos lignes de ravitaillement traversaient cette rivière.

— Il semble que bien des choses aient changé depuis quelques jours, fit Jim.

— Demain, à la première heure, nous vous débarquerons sur la rive, Jim et toi, suggéra Anavita. Vous irez en éclaireurs. Je resterai à l'abri avec les blessés en vous attendant.

Jim acquiesça et j'en fis autant.

— Maintenant, il faut dormir, reprit la grande dame. Je prends le premier quart. Je tiendrai l'aviron. Avec toute la pluie des dernières semaines, la rivière a gonflé. Il faut éviter que le courant nous entraîne sur les rochers.

Lorsque la mort
s'invite à la ferme

Le soleil n'avait pas écarté les dernières noirceurs de la nuit que déjà Jim et moi marchions sur un chemin traversant une jeune forêt. Nous laissions derrière nous Anavita, Tom et les autres qui s'étaient installés dans les éboulis d'une crique difficile d'accès par la terre ferme. Le renfort de pierre les mettait à l'abri des regards inopportuns. Wooley s'était empressé d'inspecter les alentours et il s'apprêtait à tirer une ligne à l'eau. La faim nous affaiblissait et nous rendait plus vulnérables encore. La chair tendre d'un poisson raviverait nos courages.

Un vent chaud soufflait sur les jeunes feuilles. Le printemps pluvieux semblait vouloir faire place aux grandes chaleurs. À un carrefour, la route disparut sous les milliers de trous d'eau laissés par les pas des hommes en marche vers la bataille. Ils se dirigeaient vers le sud. Des hommes, des chevaux, des chariots, des canons.

Un coup de feu brisa l'air du petit matin. La balle frôla Jim, le faisant trébucher. Je l'aidai à se relever et nous disparûmes dans les bois. De notre cachette, nous vîmes les chevaux d'une troupe d'éclaireurs sudistes s'arrêter et piétiner le sol de la route que nous avions quittée. Les cavaliers fouillèrent la forêt du regard. Des oiseaux s'envolèrent en piaillant. Puis, un coup de canon retentit au loin, un ordre fut donné et les cavaliers lancèrent leur monture au galop, nous abandonnant à notre fuite.

— Nous ne pouvons pas marcher à travers les bois, chuchotai-je.

— La terre est détrempée, ajouta Jim. Nous devons retourner sur la route.

— Soyons prudents, ça doit grouiller de Sudistes par ici.

Le sol de la route se raffermit lorsque la forêt fit place à une clairière. La lumière du jour précipita nos ombres dans ce décor bucolique comme des cibles mouvantes dans un jeu de foire. Un sentier s'élançant à travers les herbes hautes nous parut plus invitant. En haut d'une colline, Jim s'avança et se pencha, silencieux, me pointant l'horizon du doigt.

Un bâtiment de ferme se dessinait au milieu d'un champ qui nous sembla labouré et travaillé pour la culture. De grandes herbes en parsemaient les abords. Difficile de savoir si le fermier était à la maison. Mais il ne semblait y avoir ni bœufs, ni chevaux, ni âmes qui vivent. Tout était d'un calme trop parfait.

Jim fit tourner son lance-pierre et tira un boulet en direction de la maison. Le caillou fit voler en éclats la vitre déjà brisée d'une fenêtre. Rien ne bougea. À bien y regarder, il semblait que la maison eût été abandonnée après avoir subi les foudres d'une bataille. La porte arrière ne tenait que sur un de ses gonds et la galerie s'était écroulée sur ses fondations.

— Il n'y a personne, murmura Jim.

— Approchons doucement. Allons-y. Trouvons un sac. Il doit bien y avoir un potager ou un poulailler.

Jim quitta notre point d'observation. Il traça un chemin dans les herbes hautes qui dévalaient une pente jusqu'à l'arrière de la maison. Le vent faisait grincer la charnière d'un volet désarticulé et des corbeaux tournoyaient dans les airs en croassant.

Avec mille précautions, accroupis et alertes, nous fîmes le tour de la maison. Avant de tourner le dernier coin, Jim fit signe de s'arrêter. Il glissa doucement sa tête et jeta un coup d'œil sur le devant de la maison. Sa surprise fut telle qu'il se plaqua sur le mur et ferma les yeux.

— Qu'y a-t-il? chuchotai-je, prête à m'enfuir.

Jim ne répondit pas, mais tira sur ma manche pour retenir mon élan. Il me regarda, se releva et s'avança sur un chemin de pierres plates bordant la façade de la maison. Devant nous, le champ labouré que nous espérions était couvert de centaines de cadavres. Les armées s'étaient rencontrées ici. Les canons avaient creusé des fossés. Les fusils les avaient remplis. Puis, les fantassins s'étaient battus à coups de crosses, de baïonnettes et de poings. Maintenant, la terre s'abreuvait de sang. Quelle récolte allions-nous en tirer?

Jim fit tournoyer sa fronde et une volée de pierres s'abattit sur les corbeaux qui s'acharnaient sur les chairs flétries. Des ailes noires tourbillonnèrent au-dessus de nos têtes avant de se poser un peu plus loin, sur un autre festin d'humains. L'odeur de la mort empoignait la gorge.

Nous devions rester calmes, reprendre nos esprits et traverser cette horrible frontière que les hommes traçaient sur leur chemin. Surtout, ne pas oublier nos amis. Notre mission. Rapporter des vivres. Survivre. C'était la guerre. C'était comme ça.

Le corps que j'empoignai était celui d'un garçon. Ç'aurait pu être celui de mon frère Dillon. Son visage était noirci par la poudre. Il était trop jeune pour mourir. Il venait de Géorgie. Une étiquette cousue sur le rabat de son habit en faisait mention. Il s'appelait Jeremy Grey. Pour vivre cette grande aventure de la guerre, avait-il menti sur son âge ? Dans le Sud, les jeunes gens se pressaient pour s'enrôler. Son bras craqua lorsque je le tournai pour lui retirer son havresac. Était-ce la peur de vivre qui poussait ainsi les hommes dans le lit de la mort ? Les corbeaux repus s'étaient tus. La fureur de cette guerre me glaçait l'âme jusqu'au bout de nos silences.

— Il n'y a rien dans son sac.

— Où sont les armes ? murmura Jim. Où sont les vivres ?

— D'autres seront passés avant nous, répondis-je.

— Ils ont pris tous les souliers, remarqua Jim. Regarde à côté des corps.

— Les soldats ont laissé leurs vieilles savates pour emprunter les souliers des morts.

— C'est vrai alors, ce qu'on dit. Le Sud ne parvient plus à équiper ses soldats.

— Mais ils se battent toujours comme des diables.

— Regarde, Molly, là-bas sous les arbres, ils ont caché un chariot sous des branchages.

— Dans le mille, dis-je en me précipitant dans cette bouffée d'espoir salutaire.

— Il doit y avoir tout plein de nourriture là-dedans.

— Il faut faire vite. Ceux qui l'ont laissé là vont sûrement revenir.

— Ce sont peut-être les nôtres ?

— Tu as raison, fis-je en m'arrêtant. Nous pourrions nous cacher et les attendre.

— Voyons d'abord ce qu'il y a dans ce chariot et remplissons nos sacs. Nous verrons après.

— Je vais les attendre, repris-je en continuant ma course. Tu retourneras au campement avec de la nourriture et tu les préviendras de se ternir prêts à partir.

— Si ce sont les Bleus qui ont camouflé ce chariot…

— Bien sûr que ce sont les nôtres. Il est trop bien caché !

— J'ai une de ces faims, lança Jim.

Le chariot avait été tiré sous un grand arbre et laissé sans attelage. Sa cargaison devait être précieuse puisque sa caisse était faite de planches sans ouverture et un cadenas brisé gisait sous la ferrure. À l'instant où Jim ouvrit la porte, une voix sans visage retentit de l'intérieur. La surprise nous précipita à l'abri, hors de sa vue.

— Je suis armé, n'entrez pas, dit une voix chevrotante. Qui êtes-vous ? Amis ou ennemis ?

— Nous sommes... hésitai-je, nous sommes des voyageurs.

— Il n'y a pas de voyageurs ici, surtout pas de voyageuse, répondit la voix à ma bêtise.

— Mais toi, qui es-tu ? répliqua Jim.

— Tu es noir, reprit la voix en reconnaissant l'accent de Jim.

— Oui, confirma Jim, je suis noir. Et voilà ma maîtresse.

— Nous avons fui les combats, ajoutai-je à ce dialogue de sourds. Nous n'avons pas mangé depuis des jours.

— Les hommes de mon bataillon vont venir me chercher... Nous allons les attendre.

— Un bataillon de l'Union ou de la Confédération ? lançai-je à tout hasard.

— Vous le saurez bientôt, madame.

Jim attira mon attention vers une pierre sous le chariot. Entre les planches, le sang du soldat dégoulinait.

— Tu es blessé, soldat, dis-je doucement. Nous pouvons t'aider.

Il ne répondit pas. Le temps s'étira en silence. Nous ne savions plus quoi faire. Soudain, deux conserves de porc salé glissèrent sur le plancher et vinrent rouler à nos pieds. La faim prit le dessus et Jim se précipita sur la nourriture.

— Merci, soldat, crachouilla-t-il à notre hôte.

À l'écart, tout en gavant nos ventres vides, Jim et moi discutions à voix basse de la suite des choses. Maintenant, nous savions que le chariot transportait de la nourriture. Jim me fit comprendre avec moult signes et simagrées que nous devions l'attaquer, remplir nos sacs et nous enfuir sans plus attendre. Il se pencha et ramassa une grosse pierre. Son plan était simple. Il lancerait cette pierre dans la pénombre du chariot en espérant qu'elle atteigne son but. Puis, nous nous précipiterions à l'intérieur. Nous aurions le dessus.

— Il est peut-être des nôtres, chuchotai-je. Son bataillon est peut-être un bataillon de l'Union.

— Peut-être pas, répliqua Jim.

— Si un bataillon de l'Union s'amène, nous sommes sauvés, nous sommes tous sauvés.

— Si un bataillon confédéré s'amène, nous sommes perdus, et moi, je suis mort, ajouta-t-il.

Jim avait raison. Nous ne pouvions pas attendre l'arrivée des troupes. Mon hésitation fut rapidement écartée lorsqu'on entendit s'approcher le bruit des sabots battant la terre.

— Hé, soldat, lançai-je vers le chariot, la troupe arrive. Nous n'avons plus le temps de jouer aux devinettes. Nous sommes de l'armée fédérale, de l'Union. Si tu es des nôtres, sors de là.

Le silence répondit. Jim lança sa pierre et se précipita à l'intérieur. Un coup de feu retentit. Dans le chariot, les deux hommes étaient enlacés, inconscients. Je tirai Jim vers la lumière, son visage était couvert de sang. La balle avait rasé son crâne d'un large sillon.

— Je suis mort ? questionna-t-il en s'éveillant.

— Presque… Tu peux tenir sur tes jambes ?

Se relevant, Jim asséna un violent coup de pied au soldat qui tentait de reprendre ses esprits.

— Va dehors, lui ordonnai-je, et reste caché. Si ce sont les nôtres, montre-leur que nous sommes là, sinon viens me prévenir et partons vite.

Le chariot ne transportait pas de nourriture. Des barils et des boîtes de bois étaient empilés les uns sur les autres. Ils contenaient de la poudre, des balles et le papier graissé qui servait à fabriquer les cartouches. Tout un dépôt de munitions sur quatre roues. Le soldat était toujours inconscient. Je le tirai vers l'extérieur. Il tomba du chariot et resta étendu. Une tache de sang transperçait sa chemise à l'épaule et sa jambe fracturée était soutenue par une attelle de bois. Il s'en tirerait.

Je revins à l'intérieur. J'avais remarqué un havresac et une gourde sans doute destinés au gardien du chariot. Il était rempli de provisions et d'une casserole. J'y ajoutai un revolver, des cartouches et un de ces larges couteaux Bowie que les Sudistes portaient fièrement à leur ceinture et qui leur servaient de baïonnette. Nous pouvions nous enfuir. Au moment de sortir, je remarquai une boîte de pharmacie. Elle contenait de l'opium, des allumettes et des bandages, du fil et des aiguilles. J'en fis provision. Jim faisait de grands signes aux cavaliers qui s'approchaient. Nous étions sauvés. Le drapeau de l'Union battait au vent. Lorsque je descendis du chariot, je découvris que le soldat avait repris ses esprits et s'était enfui. Sans doute avait-il réussi à se cacher dans la forêt. Tant mieux pour lui. Chez les Sudistes comme chez les Nordistes, les prisonniers n'avaient pas la vie facile. Je rejoignis Jim qui balançait ses grands bras comme des drapeaux de sémaphore. Les cavaliers s'approchaient quand, soudain, une première explosion déchiqueta un cheval et son cavalier dans une pirouette sanglante. Une mine avait explosé sous les sabots de l'animal. Une seconde, puis une troisième détonation firent vibrer l'air. Dans la poussière qui s'éleva, on distingua le feu rougeoyant au bout des fusils des fantassins sudistes. Ils arrivaient de partout. Sortant des bois, ils se ruèrent sur les cavaliers. Le piège se referma sur les Bleus et le drapeau de notre salut s'abîma sous les vies fauchées.

— Nous devons partir, s'écria Jim tout aussi étourdi par la balle qu'il avait reçue que par la tournure des événements.

— Mais avant…

Je me précipitai à l'intérieur du chariot et je mis le feu à un tas de bandages et de brindilles.

— Dépêche-toi, Molly. Ils arrivent.

Nous eûmes à peine le temps de courir vers le champ de morts que nous avions traversé. Le souffle de l'explosion nous jeta par terre. Un panache de feu et de fumée s'éleva dans le ciel. Jim m'aida à me relever. Je n'entendais plus que le voile feutré de ses paroles.

Lorsque nous contournâmes le mur de la maison abandonnée, une balle vint se planter dans les bardeaux. Au loin, le soldat du chariot, chambranlant sur son attelle, rechargeait un mousquet. Derrière lui, le feu rougeoyant de l'enfer tournoyait de colère et criait vengeance.

Ramez !

Un ruisseau roucoulait sous les branches. Nous y fîmes halte quelques instants. Jim perdait beaucoup de sang. Ses cheveux gominés attiraient les moustiques, nombreux pour la saison. Je lavai sa plaie. Ce n'était pas joli à voir. Il mordit un bout de bois. Je devais suturer les lèvres de sa blessure. Un profond gémissement éloigna les oiseaux dans un bruissement de feuillages. Je remplis la gourde et fis boire à Jim quelques lampées d'eau claire. Puis, je lui bandai la tête de mon mieux.

— Tu es prêt ? Nous devons repartir.

— Tu crois qu'ils sont à notre recherche ?

— Je ne crois pas… Peut-être. Mieux vaut ne pas traîner.

— Il ne faut pas les conduire jusqu'au radeau…

— Nous serons prudents.

Jim se leva, étourdi. Une tache de sang transperça le tissu blanc. Il se pencha, retrouva ses esprits, puis esquissa un sourire pour signaler notre départ. La journée s'achevait. Un écheveau de nuages ébouriffait le ciel. Le soleil allongeait les ombres dans lesquelles nous disparaissions.

En sortant de la forêt, dans une clairière trop clairsemée, un vieil homme vêtu de blanc nous apparut soudainement. Sa tête était recouverte d'un grand chapeau de paille et son visage barbu disparaissait sous un filet. Il pointait vers nous un soufflet fumant. Il souriait. Des centaines d'abeilles dansaient autour de lui comme un ballet de fées. Il les éloigna d'un peu de boucane et nous tendit un morceau de cire et de miel. Un délice. Le nectar chaud coula dans ma gorge. Dans ce jour de sang et d'horreur, ce moment hors du temps des hommes me sembla atteindre le divin. L'univers souleva le rideau de nos vies passagères. Il n'y avait pas de mot pour l'expliquer. Le silence seul y parvenait. Jim tira sur ma manche. Nous devions reprendre le chemin vers nos semblables. L'apiculteur emprunta une allée de son rucher, retira le toit d'une ruche, tira un cadre alvéolé… Malgré la querelle des hommes, la vie ne s'était pas arrêtée. Peu importait nos lendemains, les abeilles porteraient nos corps en terre et feraient du miel des boutons de fleurs de nos cimetières. Et tout recommencerait.

Le chemin du retour vers la rivière Chickahominy se déroula sans encombre. Le bruit de la guerre était lointain. Nos chasseurs avaient sans doute mieux à faire que de partir à la recherche de gibier perdu dans les forêts et les vallons de Virginie. Nos camarades secouèrent leur torpeur lorsqu'ils nous virent apparaître derrière les rochers.

— Nous ne pouvons pas rester ici, répliquai-je à leurs interrogations affamées.

— Ils sont peut-être à notre recherche, poursuivit Jim.

— D'où provenaient les explosions que nous avons entendues ? s'enquit Anavita.

— Nous avons fait sauter un chargement de munitions.

— Mais vous avez de la nourriture ? questionna Wooley.

— Oui, fit Jim en s'interposant entre le sac que je portais sur mon dos et notre troupe de crève-la-faim.

— Traversons la rivière, proposai-je, trouvons un coin tranquille où nous pourrons faire un feu. Ne craignez rien, nous aurons tous à manger. En attendant, voici quelques biscuits.

Jim en distribua trois à chacun. Chaque miette reçut un accueil croustillant entre les dents des bouches devenues muettes. Les blessés agrippèrent mains et épaules offertes à leur secours. Tous s'installèrent sur le bois trempé. Wooley poussa notre esquif dans le courant, puis s'installa au gouvernail qu'il avait fabriqué durant notre absence. D'un signe, il nous fit comprendre que les branches sur lesquelles nous étions assis n'étaient pas décoratives. Elles nous serviraient de rames. Nous en aurions besoin pour franchir les milles qui nous séparaient du fort Monroe. La rivière nous emporta. Après une courte traversée, Wooley dirigea l'embarcation vers une crique semblable à celle que nous avions quittée.

Anavita inspecta les lieux. L'endroit semblait convenir. Nous serions à l'abri à condition de laisser un guetteur du côté ouest, là où le danger pouvait nous surprendre. Wooley se précipita derrière un tas de rochers sous un escarpement. Il y prépara un feu. Je m'assis sur une roche à côté de lui et posai le sac entre mes jambes. Je tendis les allumettes à notre capitaine. Son visage arborait le sourire que Jaze avait lorsqu'il savait que la soirée serait longue de chansons, de danse et de musique.

Les plus mal en point furent vite installés sur des paillasses de roseaux et de branches. Les étoiles commençaient à percer le ciel. L'été et le beau temps s'installaient en Virginie. Nous n'aurions plus à craindre la pluie. Par contre, durant les jours sans orages, la mort courait plus vite à travers les champs de bataille. Les hommes en profitaient pour mieux s'entretuer.

Pendant que nos convives se délectaient de porc salé, je versai de la farine dans la casserole d'eau bouillie. Anavita en fit une pâte qu'elle aromatisa de quelques herbes et de morceaux de champignons trouvés dans la forêt. Chacun en enroba un bout de bois qu'il fallait s'empresser de plonger dans le feu. Ces *flapjacks* habituellement cuits sur les baïonnettes étaient appréciés de tous les soldats. L'odeur réconfortante du pain calmait la faim tout autant que les esprits.

Dans la douceur de cette nuit de juillet, les flammes chatoyantes captivaient nos regards. Wooley, Jim et les autres fredonnèrent un chant d'esclaves qui me ramena sur les rives du Mississippi. Leur louange s'éleva dans le ciel de ce dieu envers lequel je n'avais que des reproches. La lune brillait. Si mon père, ma mère et mes frères étaient encore de ce monde, je doutais qu'ils eussent pu imaginer me retrouver au milieu de cette guerre fratricide. Unir nos regards sur la lune me semblait une plus probable avenue. Lorsque je revins de mon voyage dans les astres, tous mes compagnons semblaient s'être endormis. Anavita s'était blottie contre le corps de Tom, une main sur son cœur. Wooley rêvait d'une pêche miraculeuse. Jim aspirait à endormir son mal de tête. Je fermai les yeux pour mieux retrouver les bras de Jaze.

Au petit matin, l'odeur du café me réveilla. Anavita retira la pochette de grains moulus qu'elle avait plongée dans l'eau bouillante. Chacun se réconforta de la boisson chaude. Nous devions repartir. Notre navire attendait ses passagers. Destination danger. Je chargeai le revolver. Nous n'avions que cinq balles. Tom prenait du mieux. Malgré ses gestes lents et douloureux, il se défendit d'avoir besoin d'une aide quelconque pour se hisser à bord.

Le radeau glissa sur les flots de la Chickahominy. Levi délirait de fièvre. L'opium parvenait à assoupir sa douleur, mais l'effet ne durait qu'un court instant. La distance à parcourir jusqu'au fort Monroe était imposante. À partir de maintenant, nous devions naviguer de jour comme de nuit en effectuant le moins d'arrêts possible. Le lit de la rivière était notre salut. Il nous tenait à l'écart des patrouilles et des espions qui sillonnaient les routes à la recherche de l'ennemi. Nous ne pourrions nous permettre que quelques accostages.

Durant ces longues heures passées à voguer entre les berges rouges de la Virginie, Jim m'apprit à fabriquer et à utiliser un lance-pierre. Tirer était assez facile. Mais tirer dans la bonne direction n'était pas aussi simple qu'il paraissait. D'autant plus que mes camarades n'appréciaient guère la perspective de devenir la cible de mes maladresses de débutante. À tour de rôle, nous devions ramer, particulièrement lorsque le courant de la rivière disparaissait dans une large baie ou que les méandres étranglés nous jetaient sur les rives.

Le lendemain, à la pointe du jour, la lumière leva un voile de brume sur un campement au-dessus duquel flottait le drapeau confédéré. Toute une garnison bivouaquait dans un champ au bord de la rivière. Seules quelques sentinelles veillaient au sommeil des soldats. Appuyées les unes aux autres, les carabines entrecroisaient leurs baïonnettes et formaient des sapins de guerre au pied de chaque tente. Tout était calme et silencieux. Levi se réveilla et émit un petit cri vite réprimé par Tom et Anavita.

Étendus les uns sur les autres, nous tentions de disparaître à la surface de l'eau. Je tirai le revolver du havresac. Sur les jambes de Levi, Anavita déposa la carabine que nous avions chargée du seul coup dont elle disposait. S'il fallait que l'alerte soit donnée, nous ne pourrions nous défendre qu'un très court moment. Le courant était notre salut. Silencieux, il nous emportait doucement vers l'embouchure de la rivière James. Nous y étions presque rendus.

La forêt sembla vouloir nous prendre sous son camouflage. Un grand héron s'envola. Une crique se dessina sur la rive. Des hommes s'y baignaient et faisaient leur toilette. L'un d'eux leva la tête. Il était trop tard. Nous avions été repérés. Leur surprise fut brève. Des Noirs entassés sur un radeau naviguant au cœur de la Virginie ne pouvaient pas être autre chose que des clandestins. Un premier tir sonna l'alerte. Le clairon prit la relève. Et bientôt, la rive de la rivière fut inondée de soldats en caleçon chargeant leurs armes. Malgré les salves répétées, les balles plongeaient dans l'eau avant de nous atteindre.

— Nous sommes hors de portée, cria Tom. Ramez.

— Regardez, fit l'un des nôtres. Ils chargent un canon.

Ils voulaient s'amuser. Une cible mouvante au milieu d'une rivière. Quoi de plus excitant pour un quarteron d'artilleurs. On chargea la poudre et le boulet. Le canonnier ajusta sa mire et la mèche prit feu.

— Attention ! hurla Tom.

Le boulet siffla au-dessus de nos têtes et plongea dans la rivière en faisant jaillir sur nous un geyser d'eau qui nous laissa sans dommage.

— Ils rechargent.

— Là. Des soldats jettent une barque à la rivière. Ils vont vite nous rejoindre.

— Ne tire pas, dis-je à Anavita qui visait l'embarcation, laissons-les approcher.

Six soldats s'étaient précipités dans une chaloupe. Quatre hommes plongeaient leurs rames en cadence pendant que deux tireurs ajustaient leurs armes. Ils approchaient dangereusement. Sur notre esquif rapiécé, tous les bras se transformèrent en nageoires. Tom me demanda le revolver. Il se tint à côté d'Anavita, attendant le moment propice. Les balles de nos assaillants plongeaient de plus en plus près de nous. Elles nous atteindraient dans quelques instants. Le filet se tendait. Le piège se refermait. Bientôt, nous ne serions plus que quelques anguilles à décapiter à coups de crosse. Il n'y aurait pas de quartier, pas de prisonnier.

Une première balle fit exploser une planche en éclisses de bois. La seconde vint se loger dans la jambe de Levi qui ne broncha pas.

— Il est mort, constata Anavita.

Tom bascula Levi sur le côté pour en faire un bouclier. Une autre salve se logea dans son dos. Anavita tira. Pris de peur, l'un des nôtres plongea et tenta sa chance à la nage. Il ne fit que quelques brasses avant de recevoir une balle dans la nuque. Tom pointa et tira les cinq cartouches que nous avions dans le bois de l'embarcation. Une balle ricocha et un tireur atteint à la poitrine laissa tomber son fusil dans la rivière. Tom avait bien visé. À la ligne de flottaison, un trou laissait l'eau pénétrer la coque. Nous pouvions prendre un peu d'avance. Le courant de la rivière James nous emporterait avec plus de vigueur. Peut-être nos poursuivants laisseraient-ils notre frêle expédition disparaître dans la nature.

C'était bien mal connaître ces derniers. La fuite colmatée, ils ramèrent avec une plus grande détermination. Tom tendit son couteau à Wooley. L'unique chance qu'il nous restait était d'aborder la chaloupe lorsqu'elle serait à portée et de la faire chavirer, mieux encore, de nous en emparer. Mais pour ce faire, il fallait y mettre le sang.

Le tireur visa et tira sans nous atteindre. Nous nous tenions prêts à sauter dans la barque lorsque soudain, les soldats se précipitèrent sur leurs rames et s'empressèrent de faire demi-tour. Tom prit mon bras et me fit signe de regarder vers l'avant. À l'embouchure de la James, le *Monitor*, un immense navire cuirassé aux allures menaçantes et battant pavillon des États-Unis, pointait ses canons dans notre direction. Couvert de plaques de métal, il était présumé indestructible. Au milieu de son pont de fer au ras de l'eau, une tourelle grinça et, lorsque la barque sudiste fut suffisamment éloignée de nous, un canon tira un projectile dans un vacarme assourdissant. Le tir ne toucha pas sa cible, mais le remous qu'il produisit fut suffisant pour faire chavirer la chaloupe et noyer le danger. Puis, le *Monitor* se déplaça légèrement en propulsant la fumée de ses chaudières. La tourelle vibra de nouveau. Les engrenages roulèrent dans les chaînes et les canons s'ajustèrent. Le camp sudiste fut frappé de plein fouet. Blottie derrière le mastodonte, une frégate à vapeur cabotait sur la rivière James. De son bord, un canot avait été mis à l'eau et s'approchait. Nous étions sauvés.

En passant devant le *Monitor*, je fus impressionnée par l'envergure et la prestance du cuirassé. Ses exploits étaient relatés à la une de tous les journaux. Au printemps dernier, j'avais suivi les frasques de la bataille qui l'avait opposé au *Merrimack*, son adversaire sudiste. Les Confédérés avaient un souci pressant de construire de puissants navires. Briser le blocus naval que leur imposait l'Union était indispensable. Le lien commercial qu'ils entretenaient avec les puissances européennes et qui avait fait leur richesse devait pallier leur manque de ressources et leur désavantage industriel. Les émissaires sudistes tentaient de faire reconnaître la sécession de la Confédération devant toutes les cours européennes. À Londres, la reine Victoria avait signé un acte de neutralité. À Paris, Napoléon avait fait de même et voyait d'un bon œil les ambitions sudistes, toutes à la faveur des échanges commerciaux avec l'Europe. À Rome, la piété légendaire du Sud opposée à la dépravation des villes du Nord était mise de l'avant pour courtiser le pape et obtenir des États pontificaux une reconnaissance du nouveau pays que formait la Confédération. Le *Monitor* et le *Merrimack* défiaient les imaginations. Ces monstres de fer et de feu veillaient à démontrer la suprématie de l'un ou l'autre des belligérants.

Lorsque tous les malades et blessés furent installés sur le pont du magnifique navire qui nous prenait à son bord, lorsque Anavita, Wooley, Jim et moi eûmes monté les marches mouvantes de l'échelle de corde, lorsque chacun eut reçu un café et des biscuits, un homme grand et sévère s'approcha de nous. D'un bond, Wooley se tint au garde-à-vous.

— Monsieur le Président, dit-il solennellement.

« C'est bien assez bon
pour les Nègres »

L'*Ariel*, la frégate du président Lincoln, voguait vers Harrison's Landing sur la rivière James. Les troupes de l'Union s'y étaient repliées. Deux jours plus tôt, une terrible bataille avait eu lieu à Malvern Hill. Les Confédérés avaient reçu l'ordre du général Lee de se lancer à l'assaut de cette crête imprenable qu'occupaient les hommes du général McClellan. Lee voulait profiter de la déroute de l'armée de l'Union qui avait reculé sans cesse depuis une semaine tout en s'éloignant de Washington. Les ravins et le terrain découvert aux abords de Malvern Hill et la position avantageuse qu'occupaient les Yankees eurent raison des charges répétées de l'infanterie sudiste. Plus de cinq mille Confédérés y perdirent la vie. Au cours de la nuit suivant ces sanglants combats, l'armée de McClellan s'était repliée à Harrison's Landing. Malgré cette retraite stratégique et des pertes beaucoup moins importantes du côté de l'Union, le président, tout autant que l'opinion publique, considéra cette campagne comme un échec. Il venait constater de visu.

Suivi par plusieurs membres du congrès et de son état-major, le président parcourait le pont du navire sans se préoccuper de nous, des tirs du *Monitor* ou de la fumée que crachaient les sifflets des bateaux à vapeur qui nous précédaient. Il était d'une humeur massacrante.

— Je veux une victoire, répétait-il. Mes généraux sont des incapables. Ils ne savent pas se battre. Ils reculent au lieu d'attaquer. J'ai besoin d'une victoire, vous m'entendez ? Nous étions aux portes de Richmond, poursuivit-il. Nous étions aux portes de Richmond et nous voilà refoulés sur la rivière James, loin en Virginie.

— McClellan veut des renforts, tenta un officier bardé de médailles.

— Il ne cesse de reculer en demandant des renforts. Que veut-il ? Que nous vidions Washington de toutes ses défenses ?

— McClellan affirme que sa retraite est un exploit de guerre, une victoire en soi, dit un membre du congrès en brandissant la transcription d'un message télégraphié depuis le quartier général en campagne.

— Il a perdu plus de vingt mille hommes ! s'écria Lincoln. Tous les journaux en font état.

— Si c'est ça une victoire, dit un gradé, nous sommes loin d'avoir gagné la guerre.

— Le Sud nous aura à l'usure, ajouta un autre.

— Si la Grande-Bretagne reconnaît la Confédération comme un État… prophétisa l'un.

— … nous n'aurons pas le choix de négocier la paix, poursuivit l'autre.

— Et c'en sera fini de l'Amérique, répliqua le président. Si l'Union de tous les États d'Amérique éclate, nous continuerons à être à la merci de l'Europe.

— Et le peuple que nous sommes, celui que nous disons être, celui qui doit conquérir ces terres et y imposer la loi divine, n'existera que dans nos rêves.

— Si nos généraux ne peuvent offrir que de «brillantes retraites», menaça le président, nous n'aurons plus le choix.

— L'émancipation ? questionna un congressiste.

— Je veux une victoire, conclut Lincoln.

La nuit tomba. Nous n'atteindrions notre destination que le lendemain. Deux navires de guerre vinrent mouiller de part et d'autre de l'*Ariel*. Des barques emportèrent fantassins et cavaliers assignés à sillonner les deux rives de la rivière James et à veiller à la sécurité du président et de son gouvernement.

Je n'arrivais pas à dormir. Sous la toile du rouf, la plupart de mes amis s'étaient assoupis de trop de douleurs et de fatigue. Les malades et les blessés avaient été soignés de la main même du médecin du président. Nous avions tous mangé et bu à satiété. Wooley et Jim fredonnaient une ritournelle à peine compréhensible pour qui n'était pas habitué à leur accent.

On fait pousser le grain
Y nous donnent la cosse
On fait le pain
Y nous donnent la croûte
On passe la farine
Y nous refilent la bouillie
On découpe la viande
Y nous donnent la peau
et c'est comme ça
qu'y nous traitent
On nettoie le pot
Y nous donnent le jus
Y disent que c'est bien assez bon pour les Nègres.

Le ciel de Virginie était rempli d'étoiles. Certaines traçaient des souhaits de lumière. La chaleur de juillet était plus douce que la caresse d'un drap douillet. Nous nous reposions enfin. Les pieds ballants à l'étrave d'un cuirassé, un marinier avait lancé sa ligne. Au bout de son hameçon, le frétillement des poissons était tel qu'il sembla que la rivière fût le théâtre d'une partie de poker où les joueurs se battaient dans l'espoir d'être pêchés.

Aussi loin que pouvait me porter ma rêverie, je retrouvais les bras de Jaze. Mon espoir n'avait de limite que celle de l'attente qui m'était imposée. Demain, lorsque l'*Ariel* accrocherait ses amarres, je partirais à sa recherche.

— Est-ce l'amour qui vous transporte si loin d'ici, madame ? fit soudain une voix.

— Monsieur le Président, saluai-je en exécutant une courbette disgracieuse. Je ne savais pas que…

— Ce n'est rien, madame. Vous étiez si envoûtée par vos pensées que j'en ai oublié les miennes.

— Demain, je pars à la recherche de mon amoureux.

— C'est un soldat ? Il est de quel régiment ?

— C'est un soldat, mais il n'est d'aucun régiment.

— Il est chirurgien ?

— Non, monsieur le Président, il est noir.

— Noir ? On vous a permis d'épouser un Noir ? s'enquit-il, étonné, en pointant la bague que je portais au doigt.

— À notre mariage, dans la chapelle de St. Catharines, parmi les invités, il y avait Frederick Douglass, Mary Ann Shadd Cary et Harriet Tubman… entre autres.

— Ah, fit le président. Si Harriet Tubman s'est entendue avec Dieu pour bénir votre union, alors même un président n'y peut rien.

— Je vous ai entendu parler d'émancipation cet après-midi, repris-je, intéressée.

— Vous écoutez aux portes, madame ?

— C'est qu'il n'y avait pas de portes, monsieur le Président.

— L'émancipation, répéta Lincoln, songeur. Plus la rébellion du Sud prend de l'ampleur et plus nous serons obligés d'y recourir.

— Obligés ?

— Bien sûr, obligés ! Le Sud ne fera aucun compromis. Ils vont se battre jusqu'au dernier. Cette guerre est la plus imbécile de toutes. C'est une guerre entre frères. Vous devez savoir que toute la famille de mon épouse est engagée dans l'armée rebelle. Il y a quelques années, nous traversions le Potomac pour déjeuner avec eux, ici, en Virginie. La Virginie, c'est aussi chez moi. Je ne veux pas faire couler le sang de mes compatriotes, qu'ils soient du Nord ou du Sud. Mais j'y suis contraint. Est-ce bien ce que Dieu désire ?

Le vent se leva. Le bruissement des feuilles vint meubler un silence lourd des injustices, de la misère et de l'infamie de l'histoire des Noirs d'Amérique.

— Je suis contre l'esclavage, reprit le président. L'esclavage souille l'Amérique tout entière. Des générations ont été bafouées. Je le sais bien. Mais je ne peux pas refaire l'histoire.

— Vous allez les libérer ? osai-je.

— Si je dois abolir l'esclavage, je vais aussi proposer un départ massif des esclaves vers des régions du monde où ils pourront s'établir et construire une société où ils seront libres de créer les institutions qui leur conviennent.

— Je ne comprends pas.

— Les Noirs ne peuvent pas rester en Amérique, expliqua-t-il. Même libres, ils seront soumis à l'injustice. Les Blancs vont dominer l'Amérique, et tout ce qui ne sera pas blanc devra se soumettre à la loi des Blancs.

— Mais ils sont nés ici.

— Je vais débloquer des subsides pour faciliter leur départ vers le Libéria ou vers les côtes du Chiriqui. Est-ce que vous suivriez votre mari s'il partait ?

— Je le suivrais partout, répondis-je le plus calmement possible. Mais il n'ira nulle part, monsieur le Président. Il est né ici. Il est américain.

— Mais ils ne viennent pas d'ici, répliqua le président avec une pointe d'impatience.

— Moi, je ne suis pas née ici. Je viens d'Irlande. Il y a combien d'Irlandais à New York ? Combien d'Allemands à Chicago ? Et là, devant vous, Wooley, Jim, Tom, les autres, ils sont tous nés ici, leur sang est plus américain que celui qui coule dans les veines des Blancs qui débarquent dans les ports de la côte. Ce sang, monsieur le Président, ils sont prêts à le répandre pour leur liberté et pour la liberté de ce pays.

— Même si l'Union est rétablie, même si nous gagnons la guerre, même si l'esclavage est aboli, les Noirs seront toujours opprimés. Ils ne seront jamais en paix dans ce pays. Du nord au sud. Les Blancs les opprimeront.

— La liberté n'est jamais acquise. Les Noirs devront toujours se battre. Mais au fait, ajoutai-je sans trop y penser, pourquoi ne déportez-vous pas les esclavagistes ?

Le président Lincoln toussa et refit le pli de ses manches relevées.

— Pardonnez mon impertinence, monsieur le Président. Je n'arrive pas à tenir ma langue. Je ne devrais pas dire ça, parce que si vous accordez la liberté aux Noirs, ils devront aller au front. Je pourrais perdre Jaze et tous mes amis… Mais rare est l'occasion de vous parler… Vos soldats, monsieur le Président, vos soldats ne savent pas pourquoi ils se battent. Au Sud, tous se sont massés derrière les grands planteurs parce que leurs terres sont en jeu, leur maison, leur famille. Vous, monsieur le Président, qui vous soutient? Aucun de nous ne donnera sa vie pour les usines de New Haven, de New York ou de Philadelphie. Moi, je suis prête à la perdre pour la justice et la liberté. Donnez à vos soldats une cause à défendre, donnez-leur une noble raison de donner leur vie et ils la donneront avec honneur. Blancs et Noirs.

— Un décret juste et humain, ironisa-t-il. Si l'émancipation est accordée aux esclaves, il n'y aura aucun retour possible. Ce sera une guerre totale. Il y aura un vainqueur. Il y aura un perdant. Et bien heureux celui qui peut dire dans quel camp nous nous retrouverons.

Le président soupira, leva les sourcils et plongea sur mon arrogance avec lassitude.

— C'est Harriet Tubman qui vous a appris à penser?

— Harriet et plusieurs autres, répondis-je en baissant les yeux. Les livres aussi. Vous aimez lire, monsieur le Président?

— Les livres me sont d'un grand réconfort, avoua-t-il. Mon fils Will, commença-t-il avant de s'arrêter devant un trop-plein d'émotion.

— Je vous offre mes condoléances, répliquai-je en comblant le vide. La typhoïde, a-t-on écrit dans les journaux.

— Oui, la typhoïde l'a emporté. Et depuis, je me demande ce que Dieu veut de moi. Peu importe les décisions que je prendrai, pour certains je ferai l'œuvre de Dieu, pour d'autres celle du diable.

— Lorsque je me bats, je me pose la même question. Cette main qui presse la gâchette... Et j'ai peur. J'ai un frère qui s'appelle Will. Il est resté en Irlande. Il était malade. J'ai toujours peur de perdre ceux que j'aime.

— Vous les retrouverez, conclut le président avant de me saluer et de retourner dans ses quartiers.

La nuit était douce. Les oiseaux de nuit battaient l'aile du vent. Un coyote hurla. Je retins l'envie de lui répondre. Jim s'était endormi, mais Wooley continuait de chanter.

On fait pousser le grain
Y nous donnent la cosse
On fait le pain
Y nous donnent la croûte
On passe la farine
Y nous refilent la bouillie
On découpe la viande
Y nous donnent la peau
et c'est comme ça
qu'y nous traitent
On nettoie le pot
Y nous donnent le jus
Y disent que c'est bien assez bon pour les Nègres.

Harrison's Landing

Il était là, un petit bouquet de fleurs des champs à la main. La blancheur de sa chemise le distinguait des soldats vêtus de bleu qui s'agglutinaient sur le quai et se moquaient de lui. Il rayonnait sous les chauds rayons du soleil. Il était vivant. Je sentais mes bras se tendre et lui offrir toute la place. Le temps était magnifique. À l'aube, dans le camp de l'armée du Potomac, une nouvelle s'était propagée à la vitesse de l'éclair. La frégate du président Lincoln avait fait le voyage de Washington et arrivait à Harrison's Landing. Le navire, semblait-il, accueillait un groupe de fugitifs noirs qui avait échappé à la débâcle de Savage Station.

Les gestes grandiloquents que je m'évertuais à projeter au-dessus du bastingage ne parvenaient pas à attirer son attention. Concentré qu'il était à protéger son bouquet de la foule, il ne libérait ses prunelles que durant de trop brefs instants. Je cessai de battre des ailes, posai mes bras sur la rambarde et mon regard sur sa beauté. Dans leur tambour de bois, les roues du navire battirent l'eau à contre-courant. Avec grâce, le capitaine gara précautionneusement l'*Ariel* à l'appontement encombré de caisses, de tonneaux et de marchandises. Les amarres furent larguées et une troupe de mariniers approcha une passerelle.

C'est là que son regard croisa le mien. Je le sentis me pénétrer et m'inonder tout entière d'une chaleur aussi douce et généreuse que fébrile et impatiente. D'irrépressibles larmes glissèrent sur mes joues. Je ne parvenais pas à détacher mes yeux de son visage illuminé d'amour.

Le président fit un premier pas sur la passerelle une fois que ses gardes eurent pressé les badauds de part et d'autre d'une allée au bout de laquelle l'attendaient les membres de l'état-major du général McClellan. Fantassins, cavaliers, canonniers, infirmiers et cuisiniers, éclopés et brancardiers, tous sans exception se précipitèrent à la rencontre du commandeur de toutes les armées fédérales des États-Unis. Haussé de son haut-de-forme, le président s'avança, dépassant d'une tête tous les soldats l'accompagnant. N'eût été sa grande taille, le président Lincoln n'imposait pas la prestance qu'on aurait pu attendre de son rang. Il n'était qu'un homme pâle dans des habits sombres. Ses gestes incertains trahissaient le fardeau des préoccupations qui l'habitaient. Il ressemblait aux villes du Nord qu'il défendait, certes poussiéreuses, mais déterminées à imposer leur vision de l'avenir.

Lorsque j'arrivai devant Jaze, il me tendit un joyeux bouquet de marguerites aux pétales flétris par la bousculade. La foule n'avait que faire de nous. Il se jeta dans mes bras comme du haut d'une falaise. Je plongeai avec lui, fermant les yeux et humant l'air de ce moment précieux qui nous rappelait que nous étions vivants. Vivants, libres et ensemble.

— Tu vas bien ? s'écria-t-il.

Je reculai d'un pas, vérifiant si chacun de mes membres était bien en place.

— Je suis en un seul morceau, répondis-je. Et toi ?

— Pas une égratignure. Tous mes pigeons se sont envolés vers Washington. On m'a affecté à l'infirmerie. J'ai transporté les morts et les blessés de Malvern Hill à ici.

Tom avança, accroché au bras d'Anavita.

— Mon Dieu, s'exclama Jaze avant l'accolade, vous êtes vivants !

— Presque, grogna Tom en désignant sa jambe blessée.

— C'est la deuxième fois qu'Anavita te sauve la peau.

— Elle ne peut pas se passer de moi, dit-il avec ironie avant qu'Anavita le laisse choir sur une caisse de bois.

— Venez tous avec moi, fit Jaze en voyant les civières de nos compagnons descendre de l'*Ariel*.

L'hôpital avait installé ses lits rugueux de planches, sa cité de tentes et son cimetière autour d'un grand manoir abandonné depuis peu par ses riches propriétaires. La maison de briques avait deux étages et de grandes fenêtres. S'y dégageait une odeur de sang et de chair putréfiée. Les tapis d'une autre époque avaient été laissés là, à la merci des boues de la guerre. Des chambres parvenaient les cris de ceux qui passaient sous les scies des chirurgiens. Trois gardes armés nous refoulèrent vers deux maisons adjacentes qui abritaient infirmiers, infirmières, apothicaires et hommes à tout faire. Un peu plus loin, des blessés et des malades s'entassaient dans d'anciennes cases d'esclaves. Un va-et-vient permanent faisait vibrer cette ruche au goût amer.

— Je reste avec eux, proposa Wooley. Allez vous installer et gardez-moi un coin. J'irai vous rejoindre.

— Le campement noir est un peu plus loin, fit Jaze en prenant Wooley par l'épaule et en pointant quelques tentes montées à l'écart. Tu vois, là-bas, près du marais. Il y a plein de moustiques, mais nous y sommes très bien.

Jaze nous conduisit le long d'un champ d'épis dorés dansant d'un seul mouvement sous la main d'un vent lourd et chaud. Le blé s'étiolait jusqu'aux abords sablonneux d'un ruisseau bordé de pierres et de roseaux. C'est là que les tentes avaient été installées.

— Je suis si heureux de te retrouver, me chuchota Jaze avant de m'embrasser, mais je dois retourner travailler. Ce soir, nous faisons la fête, annonça-t-il à la volée. Le président sera reçu comme un prince et nous allons tous en profiter. Je ne sais pas d'où viennent tous les poulets que j'ai vus dans les cuisines, mais ils seront sur la broche dans quelques heures. Vous trouverez tout ce qu'il faut pour vous abriter. Reposez-vous. Ici, il n'y a rien à craindre.

Harrison's Landing se taillait une place privilégiée à travers les collines, les marais et les nombreux affluents se jetant dans la rivière James. Ses qualités géographiques permettaient à qui contrôlait le lieu de se protéger efficacement avec un minimum de ressources défensives. De part et d'autre, les belligérants devaient reprendre des forces, soulager les malades, soigner les blessés et enterrer les morts.

Lorsque Jaze revint au campement, le soleil rougeoyait à la cime des arbres. Du baluchon qu'il portait sur son dos, il fit apparaître des poulets rôtis, du pain de maïs, des biscuits à la mélasse, du thé et une bouteille de whisky. Un feu crépitait dans un cercle de pierres déposées sur la grève. Tom jeta dans les flammes des tas de broussailles. La fumée épaisse qui s'en dégagea ne parvint pas à calmer la voracité des insectes, pas plus que la prodigalité des jurons de Tom.

La chair tendre des poulets et le sucre de la mélasse eurent tôt fait de vaincre nos appétits tout autant que nos peurs. Autour de ce feu, à manger, à boire, à rire et à se raconter, nous avions le sentiment que la vie reprenait son cours. Les langues se délièrent. Sirotant un thé réconfortant, à tour de rôle, comme bon nous semblait, chacun raconta l'histoire qui se baladait dans son cœur en cet instant. Jim me fit une grande joie lorsqu'il expliqua, lui pourtant peu bavard, combien il était fier de m'avoir vue parler au président. J'en fus tout émue et j'avoue que de l'entendre raconter que moi, Molly Galloway, je m'étais entretenue avec le président des États-Unis, me donna la chair de poule. Percevant mon malaise, Jaze me tira près de lui et je fondis en larmes au creux de son épaule. La fatigue, la peur et la gêne me rattrapèrent soudainement. Jaze se pencha et tira vers lui le tambour qu'il s'était fabriqué.

— Les tambours de guerre ont une sonorité trop claire, déclara-t-il d'un air de dédain. Je préfère celui de ma fabrication. Par contre, poursuivit-il en tirant un objet de sa poche, j'ai trouvé un harmonica pour mon ami Tom. Il a un peu souffert, mais tu sauras sûrement l'apprivoiser.

Tom se souleva lentement, planta son couteau dans le sable et tendit la main pour recevoir l'offrande de Jaze.

— Où as-tu trouvé ça? demanda Tom avec admiration.

— Disons que je l'ai trouvé sur un champ de bataille.

— Tu as détroussé un mort? m'offusquai-je.

— J'ai détroussé un champ de bataille… laissa-t-il tomber, plus enclin à s'occuper de la joie de son ami que de la portée de la faute commise. Depuis le temps qu'il était là, la tête éclatée, il ressemblait plus à de la terre qu'à un mort.

— Je vais jouer pour lui, suggéra Tom pour calmer ma réprobation. Un joueur d'harmonica, ajouta-t-il, même mort, est éternellement heureux d'entendre son instrument.

Une mélodie s'envola, douce et envoûtante. Elle brisa les cœurs de ses notes lancinantes. Puis, elle fit battre des mains de ses airs de fête. C'était la vie et elle dansait avec nous. Il ne manquait que le chant improbable de King, la présence discrète d'Harriet et celle de nos anciens compagnons du chemin de fer clandestin. Je regardai le ciel. Un nuage avait la forme d'un chien, aurait dit Dillon.

Une fois que la joie s'élevant au-dessus de Harrison's Landing fut suffisamment puissante pour repousser la mort,

Jaze prêta son tambour à Wooley et se tourna vers moi. Je lui pris la main. Au bord de la rivière, sous les feuilles argentées de lune d'un grand chêne, nos lèvres se saoulèrent de nos corps jusqu'au petit matin. L'amour nous emporta sur sa plus belle étoile, comme si c'était la première et la dernière fois.

La retraite

La brume du matin s'accrochait au quai de bois s'étirant au-dessus des eaux peu profondes de la rivière James. Un navire à vapeur transformé en ambulance flottante était attendu à Harrisson's Landing. En route vers les grands hôpitaux de Washington, il transporterait les amputés et les soldats les plus grièvement atteints. Dans un va-et-vient constant, Jaze et Jim entassaient les blessés côte à côte, ajoutant un râle au chapelet de civières. Anavita et moi tentions de calmer les douleurs en offrant à boire et en prodiguant quelques soins.

Un autre navire devait arriver après le repas. Celui-là transporterait les malades. La fièvre des marais, la typhoïde et la dysenterie faisaient plus de victimes que les combats devenus exceptions. Hormis quelques salves tirées des canonnières ancrées dans la baie et quelques escarmouches aux postes avancés, la guerre semblait s'être endormie. Elle ronflait au-dessus de nos têtes sans que nous connaissions l'heure de son réveil. Les soldats ne s'en plaignaient pas, mais l'atmosphère dans la troupe devenait malsaine. Des hommes confinés à vivre les uns sur les autres, des combattants sans combat, des armes sans bataille, tout cela provoquait des rixes que la police militaire parvenait difficilement à contenir. Évidemment, au cours de ces flamboyants casse-gueule virils, les femmes et les Noirs étaient des proies de choix et subissaient coups, menaces et injures.

Le général McClellan ordonna à sa troupe d'ingénieurs militaires de mettre en chantier de grands travaux d'aménagement qui permettraient à l'armée de s'établir à demeure à Harrison's Landing. Les soldats troquèrent leurs carabines et leurs mousquets pour des haches et des pelles. Les bois environnants furent taillés de manière à réduire les chances de l'ennemi de s'approcher sans être vu. Des tranchées furent creusées et renforcées par les troncs d'arbres abattus.

Durant ces rudes et pénibles journées de canicule, les travaux s'étiraient du lever au coucher du soleil. Aussi durs qu'ils pussent être, ils avaient l'avantage de fournir aux gradés l'occasion de donner des ordres et aux troupes d'occuper les corps tout autant que les esprits. À la nuit tombée, l'armée tout entière ne demandait qu'à ronfler au rythme ramolli de la guerre.

Les jours de juillet s'écoulèrent dans la sueur plutôt que dans le sang. Le stationnement de milliers d'hommes en un même lieu nécessitait le transport d'une quantité impressionnante de marchandises et d'équipement, de bêtes de somme et de troupeaux de biftecks. Nous y parvenions tant bien que mal. De temps à autre, un journal arrivait jusqu'à nos tentes et, malgré la fatigue de la journée, tous voulaient que j'en fasse la lecture du premier jusqu'au dernier mot. Le *Harper's Weekly* de New York relatait les discussions souvent acerbes que se livraient abolitionnistes et partisans du statu quo. Les uns réclamaient une position ferme du gouvernement, les autres craignaient qu'une position radicale provoquât une arrivée massive de Noirs dans le Nord et modifiât l'équilibre déjà précaire des villes. Quoi qu'il en soit, il ne semblait pas que le Sud voulût un tant soit peu discuter avec le gouvernement de l'Union de la possibilité de mettre fin au statut de l'esclavage dans les États du Sud.

Un matin, le général McClellan fit circuler une directive provenant de la Maison-Blanche. Il fallait évacuer Harrison's Landing. Le président n'accordait pas à McClellan les troupes qu'il réclamait pour relancer l'attaque sur Richmond. Washington avait besoin de renforcer sa défense. Les troupes confédérées du général Lee manœuvraient dangereusement à la frontière.

Durant plusieurs jours, les navires sillonnèrent la rivière James en transportant tout ce que nous avions si bien engrangé dans les dépôts de munitions et de ravitaillement. Les bœufs et les chevaux remontèrent la passerelle qu'ils avaient descendue quelques jours auparavant. Les tonneaux roulèrent sur les ponts des navires et les caisses s'empilèrent jusqu'au plafond des cales. Les soldats démantelèrent les campements, roulèrent les tentes et entassèrent chaudrons, gamelles et fusils.

À la nuit tombante, le dernier vapeur quitta Harrison's Landing. Exténués par une journée toute semblable aux autres, Anavita, Tom, Jaze et moi nous allongeâmes sur un des ponts transformés en dortoir. De grosses lanternes balançaient une lumière enfumée sur les trois coursives de ce navire aux allures d'hôtel de la Nouvelle-Orléans. Le ciel était sans nuages et me rappela les nuits passées sur les eaux lisses du Mississippi. Un vent doux enveloppa nos corps et, malgré le bruit des machines, un sommeil bien mérité nous emporta jusqu'au matin.

Après avoir sillonné les méandres de la rivière James au cours de la nuit, nous vîmes apparaître devant nous la baie de Chesapeake. Le soleil glissait ses premiers rayons sur les grands murs de pierre du fort Monroe, de son phare et de son village. Construit au bout d'une langue de terre s'avançant dans la mer, le fort était muni des plus puissantes pièces d'artillerie. La bouche des canons était d'un calibre si impressionnant que leur seule présence faisait craindre le pire à d'éventuels assaillants. Il s'agissait de la base navale la plus importante de l'Union. S'y retrouvaient tous les navires de guerre déployés en mer, de la côte atlantique jusqu'au golfe du Mexique. Les corsaires et les forceurs de blocus à la solde du Sud déjouaient trop aisément cet anaconda que le Nord tentait de nouer autour des États rebelles. Si les villes du Nord faisaient tourner leurs machines à plein régime et fournissaient aux armées tous les biens nécessaires à la poursuite de la guerre, le Sud devait rivaliser d'audace pour poursuivre les importations et les exportations indispensables à sa survie.

Après une journée de navigation le long du Potomac, les lumières de Washington allumèrent le jour en pleine nuit. Jamais nous n'avions vu une ville s'éclairer de la sorte. Les étoiles se cachaient dans le ciel de réverbères de cette cité où les chats n'étaient jamais gris. De grands édifices aux murs de pierres blanches, des entrepôts de bois, des usines de briques reflétaient leur image dans l'eau de la rivière. Et là, marchant sur les pavés de la grande rue du port : Harriet Tubman. Elle faisait les cent pas suivie de King, trottinant comme son ombre. Le navire aborda le quai en douceur. Nous descendîmes.

— Allez, dit Harriet sans autre forme de politesse, ni d'étonnement. Je vous attendais. Prenez vos affaires et suivez-moi. Demain, nous avons du travail.

Washington

Par la fenêtre entraient les rumeurs de la rue. Je tirai le rideau. Des fourgons, des hommes à cheval, des femmes et des enfants allaient çà et là, vaquant à leurs occupations. Accompagné d'Harriet et de King, Jaze marchait en direction de l'hôpital et de ses pigeons chéris qu'il avait retrouvés. Le baiser effleuré qu'il avait déposé sur ma joue n'était pas parvenu à me tirer de mon sommeil. Sur l'oreiller, je trouvai un livre et un mot écrit de sa main : «Je t'en ferai la lecture.» Jaze avait réussi à dénicher un exemplaire du dernier roman de Victor Hugo, intitulé *Les Misérables*. Je tentais de tout lire et de tout savoir sur ce romancier. La lettre qu'il avait fait paraître dans les journaux du monde lors de la pendaison de John Brown en 1859 m'avait profondément émue, comme plusieurs d'entre nous. Les mots de Victor Hugo prophétisaient la mort de la liberté et, pour la ressusciter, la traversée obligée de cette guerre fratricide dans laquelle nous nous enlisions.

Depuis notre arrivée à Washington, nous nous étions tous installés avec Harriet dans une maison de l'avenue Pennsylvania, non loin de l'hôtel des frères Willard, de fervents défenseurs de la cause unioniste. L'hôtel était au cœur de l'action. Tous les grands stratèges s'y réunissaient et il était fort à craindre que les espions rebelles y fussent attirés comme des mouches. Les attroupements y étaient fréquents puisque l'établissement affichait sur ses murs les dépêches venues du front. L'hôtel était une source d'information privilégiée pour qui voulait savoir ce qui advenait et ce qui allait advenir.

La renommée d'Harriet et du chemin de fer clandestin s'était imposée dans les services d'espionnage de l'Union. Ses fréquents voyages dans les États esclavagistes et sa connaissance du terrain l'auréolaient des qualités du parfait éclaireur. Le président avait lui-même sollicité ses services. Nous formions son équipe. Lorsque nous n'étions pas en mission, nous devions nous faire discrets et travailler ici et là, dans les grands hôpitaux de Washington et à proximité des lieux de combat. Jaze ne ratait aucune occasion de vilipender les politiciens et les généraux qui refusaient aux Noirs le droit de s'enrôler et de combattre. L'avantage de cette iniquité nous permettait de profiter d'une plus grande liberté et d'éviter les massacres des champs de bataille. Pris en flagrant délit par les Sudistes, nous avions cependant peu de chances d'en sortir vivants.

J'avais pour mission de surveiller Antonia Ford, fille d'un sécessionniste notoire de Virginie. Sa présence fréquente à l'hôtel Willard était plus que suspecte. Cette jeune femme d'une grande beauté était soupçonnée d'être une espionne au service des forces confédérées. Selon plusieurs sources, elle fournissait des renseignements sur les plans de bataille et concourait à la défaite des forces de l'Union. Des défaites, l'Union ne pouvait plus s'en permettre. La coupe était pleine. Une de plus et le moral des troupes et des populations des États du Nord allait s'y noyer.

— Et alors, Molly ? lança Harriet. Comment avance ton travail ?

L'heure du thé, à la fin du repas, était toujours le moment choisi par Harriet pour entendre le compte rendu de nos journées.

— J'ai suivi mademoiselle Ford à travers la ville. Elle a ses entrées un peu partout. Ce que j'ai découvert ne concerne pas directement la guerre…

— Nous, nous aimons les potins, fit Anavita en avançant sa chaise.

— Raconte, m'encouragea Harriet en souriant.

— Disons qu'elle entretient une liaison plus qu'amicale avec l'un des frères Willard qui a de la difficulté à retenir ses gestes en public tellement il semble amoureux fou.

— Mais il est marié, s'offusqua Tom. Et elle ne l'est pas.

— Tom est outré, constata Anavita avec ironie.

— Rien d'autre ? demanda Harriet.

— Oui, répondis-je. Bien plus intéressant. Mademoiselle Ford a participé à une rencontre avec des gens qui venaient de Montréal.

— Comment le sais-tu ?

— Ils parlaient français. Comme ils ne croyaient pas que quelqu'un puisse comprendre ce qu'ils disaient, deux d'entre eux ne se sont pas privés pour parler.

— Qu'est-ce qu'ils ont dit ?

— L'un a demandé à l'autre si les arrangements avaient été pris avec le propriétaire. L'autre a répondu que oui et que si l'affaire tournait mal, ils n'avaient qu'à traverser la frontière et venir se cacher à Montréal.

— Quelle affaire ? s'enquit Jaze.

— Je ne sais pas. Ils ne l'ont pas dit, mais ils ont parlé de vols de banque et de sabotage, ça, j'en suis certaine.

— Il y a plusieurs partisans sudistes aux Canadas. En Angleterre, ils détestent l'idée de voir se construire des États-Unis forts à la porte de leurs colonies d'Amérique, et les Français suivent en aveugles les vœux du pape et son penchant pour la morale sudiste.

— Il ne faut pas oublier, repris-je, que plusieurs autres se sont aussi enrôlés à nos côtés.

— Je sais bien, Molly, je sais bien, répondit Harriet, songeuse.

— Mademoiselle Ford est une espionne, avançai-je, j'en mettrais ma main au feu.

— J'en informerai l'état-major, conclut Harriet.

— Et que fait-on pour Willard? s'insurgea Tom devant cette conclusion trop hâtive à son goût. Il trompe son épouse... ce n'est pas moral.

— Quoi? fit Anavita. Que veux-tu qu'on fasse?

— Mais... bégaya Tom, en tentant de recevoir l'appui de Jaze qui savait trop bien que la prudence voulait qu'il ne se mêle pas de cette conversation.

— Moi, sermonna Harriet en regardant Tom, je suis mariée à un autre homme et j'ai rencontré un jeune soldat qui a vingt ans de moins que moi, tu as quelque chose à dire contre ça?

Nouvelle mission

Devant l'hôtel Willard, les mines patibulaires se mêlaient aux excès de panique. Les nouvelles du front étaient désastreuses. Tous les renseignements concordaient et indiquaient que l'armée du général Lee se déployait pour porter son attaque dans les États du nord du Maryland et de la Pennsylvanie. Après avoir combattu et remporté de nombreuses victoires en territoire sudiste, Lee menaçait directement Washington et Baltimore.

Ses troupes dépenaillées avaient fait main basse sur les entrepôts bien garnis de l'armée de l'Union à Manassas au Maryland. Les habitants du lieu rapportaient que les soldats sudistes étaient maigres et affamés. Certains marchaient sans souliers et sans arme. On disait qu'ils étaient tous si sales que l'odeur qui se dégageait de la troupe faisait fuir les oiseaux et les cochons. Le général Lee ne voulait pas soulever l'ire des gens du Nord. Il savait qu'en cas de victoire, le Sud aurait à négocier plusieurs traités avec le Nord. Le franc-jeu avec lequel il vaincrait ses adversaires était la garantie d'une paix profitable pour le Sud. Aussi, il se rendit en personne à une manufacture de souliers. Bien qu'il eût pu s'en emparer par la force de la baïonnette, il insista pour payer le marchand en papier monnaie confédéré, profitant de l'occasion pour faire savoir que la valeur de cet argent serait bientôt reconnue à travers le monde.

— Viens avec moi, ordonna Harriet.

Je montai dans la carriole que conduisait King. L'avenue menant vers la Maison-Blanche était encombrée d'une activité sans précédent. L'approvisionnement de secours de la ville commençait. Les commerces se remplissaient de denrées et les habitants se préparaient au pire. Harriet indiqua à King de tourner à gauche, puis à droite. Au bout d'une longue route conduisant à l'extérieur de la ville, la voiture s'arrêta. Devant nous, un ballon flottait dans l'air.

— Je veux que tu y montes, me fit-elle savoir, et que tu me dises s'il est possible de déterminer les positions de Lee et ses intentions.

— Pas besoin de monter, lui répondis-je, je suis certaine de ne pas être en mesure de le faire.

— C'est ce que je disais à ces crétins.

— Nous sommes trop loin. Le ballon ne peut pas monter suffisamment haut et les cartes que nous avons sont imprécises.

— Alors vous devrez vous y rendre, maudit-elle sans plus d'explications.

King relança les chevaux en direction de l'hôtel Willard.

— Je n'ai aucune confiance dans les cavaliers de McClellan pour faire des reconnaissances. Ils ne regardent pas. Ils ne savent pas dessiner. Ils ne savent pas lire une carte. Anavita et toi partirez à la recherche de Lee et de son armée. Ils ont traversé le Potomac. Ils sont ici, juste au nord de Washington. Vous êtes de bonnes cavalières. Prenez nos meilleurs chevaux. Habillez-vous en homme. Vous serez plus à l'aise et plus discrètes. Jaze vous fournira deux de ses pigeons. Dès que vous saurez…

Harriet économisa ses paroles qu'elles savaient inutiles. J'avais compris. La route serait périlleuse. Ce départ précipité comportait des risques que nous avions peine à imaginer.

— Tu auras une arme, ajouta-t-elle, mais je ne veux pas que tu t'en serves. Vous restez à l'écart. Vous prenez des renseignements. Vous me les faites parvenir. Et vous revenez. C'est tout.

À l'aube, après une nuit passée à discuter avec Jaze et Tom qui refusaient de nous voir partir sans eux, Anavita et moi galopions vers le nord à la recherche de l'armée sudiste. Les derniers câbles du télégraphe indiquaient que Lee se trouvait aux alentours de la ville de Boonsboro au Maryland, à la frontière de la Pennsylvanie. Des combats y avaient lieu. De là, il menaçait l'arsenal de Harpers Ferry que nous connaissions de triste mémoire et il pouvait à tout moment faire demi-tour et foncer sur la ville lumière d'Amérique.

Les amazones

Sur la route menant à Boonsboro, nos chevaux balayèrent la poussière jusqu'en fin d'après-midi. Les fermiers rencontrés sur notre chemin se préparaient aux récoltes de septembre. Affairés qu'ils étaient à préparer la grange et le fenil, ils n'avaient guère la tête à discuter de la guerre, encore moins à fournir un quelconque renseignement à deux amazones qui passaient par là. Ils se savaient au cœur d'une tourmente dont ils ne sortiraient pas indemnes. En ces heures sombres, le silence semblait le refuge le plus sûr.

Le crépuscule du jour nous apporta l'abri nécessaire pour nous dissimuler et observer les alentours. Dans ce paysage de vallons et de prairies fertiles, nous cherchions une position élevée qui nous permettrait de distinguer les feux des bivouacs des armées en campagne. Nous percher dans un arbre sembla la meilleure solution, mais cela ne nous rapporta que quelques contusions.

— Longeons la rivière, proposa Anavita. Les troupes ne sont jamais loin des points d'eau.

L'intuition d'Anavita s'avéra profitable. Après peu de temps, le clapotis de nos chevaux se tut derrière un bosquet. Des soldats approchaient. Leur fort accent texan trahissait leur allégeance sudiste. Ils surgirent au bord du Potomac pour y remplir d'eau un immense chaudron. Une partie de l'armée sudiste était là, tout près. Nous n'avions qu'à les suivre.

Les tentes des soldats s'étiraient à perte de vue. Tout près de l'enclos des chevaux, l'une d'entre elles attirait les allées et venues des officiers. Il s'agissait sans doute du quartier général de cette armée en campagne. À la lumière de la lune, je parvins à déplier la carte que je portais dans mon sac.

— Tu arrives à voir quelque chose ? demanda Anavita.

— Oui. Le chemin de fer est derrière nous, au nord ; le Potomac est à l'ouest et, devant, c'est la rivière Monocacy. Tu peux compter le nombre de canons, de chevaux ?

— Oui, c'est possible.

Notre comptabilité s'éternisa durant de longs instants. Nous allions retourner sur nos pas et expédier un premier pigeon avec les renseignements que nous avions recueillis lorsque, soudain, un homme apparut à la porte de la tente fréquentée.

— C'est le général Lee, chuchotai-je.

— Le général Lee ! répliqua Anavita. Nous avons touché le gros lot.

— Allons prévenir Harriet.

Le pigeon roucoula. J'accrochai à sa patte la capsule contenant le message. Un hibou survola nos têtes. Le hululement du rapace causa une telle frayeur au pigeon qu'il réussit à se dégager de mon emprise et s'envola droit à sa perte. Le hibou plongea sur lui et, malgré la noirceur de la nuit, on vit une aile se rompre sous les serres acérées. Le second pigeon ne demanda pas son reste. Il s'élança dès qu'il en eut la chance et vola en direction de son colombier.

— Jaze et Harriet vont récupérer un pigeon sans message, se découragea Anavita.

— Retournons à Washington au galop, suggérai-je. Nous n'avons pas le choix.

— Il y a vingt mille soldats dans ce camp. C'est dire que Lee a divisé son armée. Nous devons trouver les autres camps. Selon mes informations, ils devraient être entre soixante-dix et cent mille hommes. Mais où sont-ils ?

— Nous n'aurons jamais le temps de tous les trouver.

— Et si nous allions espionner le général ? proposa Anavita. Il pourrait peut-être nous renseigner.

Tuer Lee

Ventres contre sol, Anavita et moi parvînmes à la tente du général Lee. Il s'entretenait avec ses généraux sur les préparatifs d'une grande offensive. Les ombres que dessinait la lumière sur la toile de la tente nous indiquaient qu'ils étaient cinq autour d'une grande table. Des plans étaient déroulés, des ordres de mission se dépliaient. Durant quelques instants, le général sortit à l'extérieur et alluma un cigare. Il balançait son sabre comme le pendule d'une horloge.

— Qu'on fasse venir une estafette, lança-t-il aussitôt de retour à l'intérieur. Qu'on fasse porter ces ordres au général Johnson.

Lee s'approcha si près du mur de la tente que nous pouvions distinguer l'ombre des poils de sa moustache. Je tournai la tête. Anavita était debout et pointait son arme dans sa direction. Son regard fixait l'ombre du général. Un coup de feu, et elle assassinait le plus grand, mais aussi le plus respecté de tous nos ennemis. Je me levai et empoignai sa main tremblante. Elle me regarda et baissa son arme. «Nous n'aurons plus jamais cette chance», souffla-t-elle.

Un cheval s'arrêta devant la tente du général. Le cavalier descendit et reçut ses ordres. Il déposa une boîte dans son sac, salua et sauta sur la selle de son coursier.

— Nous devons le rattraper, chuchotai-je à Anavita.

Les buissons frétillèrent à notre passage. Nos montures attendaient patiemment au bord de la rivière. Notre galop sembla réveiller quelques sentinelles, mais il était trop tard. Nous étions déjà loin. Le cavalier pourchassé ne remarqua pas notre présence. Après une brève course, je fis tournoyer ma fronde et lui expédiai un mâchefer au milieu du dos. Anavita le poussa hors de ses étriers. Il roula par terre avec fracas et s'allongea, inconscient, au bord de la route. Sans descendre de son cheval, Anavita empoigna la sacoche du cavalier et frappa la croupe du cheval qui partit au galop vers le campement sudiste.

— Le gars a son compte, fit Anavita. Il s'est brisé le cou en tombant.

Ne sachant quelle route emprunter pour nous diriger vers Washington, nous descendîmes de nos montures. Je déroulai une carte sur le flanc d'un rocher.

— Ces cartes ne sont d'aucun secours, pestai-je. S'il y a une église derrière ce boisé, c'est que nous sommes ici, tout près de la ville de Frederick.

— Allons voir.

— À pied ?

— Nous n'avons pas le choix.

Nous marchâmes à travers les bois durant quelques instants. De l'autre côté du boisé, il n'y avait pas d'église, mais un petit ruisseau. Nous nous arrêtâmes à la lumière de la lune.

— Je crois que nous sommes perdues, déclarai-je en tournant ma carte en tous sens…

— Molly, me coupa Anavita, stupéfaite de la découverte qu'elle venait de faire en fouillant la sacoche du cavalier. Nous avons les plans de bataille de toutes les armées de Lee. Le document était enroulé dans une boîte de cigares. Nous avons les plans d'attaque de Lee. Il a divisé son armée. Si nous parvenons à remettre ce document à McClellan, il pourra attaquer tout de suite et profiter de cet avantage pour anéantir l'armée sudiste.

— Allons-y. Je crois qu'en prenant la première route vers l'est, nous arriverons à Frederick. De là, nous pourrons suivre le chemin de fer vers Baltimore. Nous croiserons bien les nôtres.

En revenant sur nos pas, nous entendîmes des voix. Nos chevaux n'étaient plus seuls. Deux gardes sudistes nous avaient rejoints. Revolver au poing, ils fouillaient les alentours à notre recherche.

— Qui va là ? cria l'un d'eux.

— Que font ces chevaux ici en pleine nuit ? Les cavaliers ne doivent pas être loin. Ce ne sont pas nos chevaux. Ils n'ont aucun écusson de la Confédération.

— Laisse tomber, fit le plus trouillard des deux. Prenons leurs chevaux. Sans eux, ils ne pourront pas aller bien loin. Le général Lee nous attend. Nous n'avons pas de temps à perdre.

Et ils s'éloignèrent. Avec nos montures.

« Viens par ici, mon p'tit bonhomme, débraguette-toi, tu verras bien… »

Après une heure de marche, nous nous arrêtâmes au bord de la route. Tout était calme, noir et sans bruit. Nous avions une sacoche pleine de précieux renseignements, mais nous n'avions plus de chevaux et je redoutais que nous nous soyons égarées. La carte ne nous était plus d'aucune utilité. Je ne parvenais pas à localiser quoi que ce soit.

— Faisons un feu, proposa Anavita.

— Pardon ? fis-je, surprise d'une proposition aussi saugrenue.

— Faisons un feu et chantons à tue-tête, poursuivit-elle. C'est tout ce qu'il nous reste à faire.

— Tu as raison, génialissime Anavita ! m'exclamai-je en saisissant le sens de sa proposition. Si nous ne pouvons aller à la montagne…

— … faisons venir la montagne à nous, fîmes-nous en chœur.

— Au pire, nous sommes reconnues et faites prisonnières ; au mieux, nous attirons des Yankees en mal d'entendre des sirènes chanter dans les bois au beau milieu de la nuit.

— Au moins, nous aurons tout tenté.

— Cachons les plans de Lee sous ces pierres. Ceux-là, ils ne les auront pas.

C'est ainsi qu'au cours d'une nuit de septembre, quelque part dans une prairie du Maryland, au cœur d'une guerre civile, autour d'un feu exubérant, deux femmes entonnèrent les plus viles chansons de marins.

Peu de temps après, j'entendis le craquement d'une branche derrière nous, puis le souffle d'un cheval. Un cavalier nous observait. Anavita jeta du bois dans les flammes en entonnant une nouvelle chanson grivoise.

— Je ne vous dérange pas, mesdemoiselles ? demanda une voix.

— Bien sûr que non, répondis-je. Joignez-vous à nous.

— C'est un des nôtres, dit Anavita en voyant l'habit bleu du cavalier qui pointait son arme vers nous.

— Caporal, fis-je en voyant les galons du soldat, nous avons un message pour le général McClellan.

— Vous devez lui remettre ces plans immédiatement, ajouta Anavita en retirant la boîte de cigares de sous la pierre.

— C'est d'une extrême importance, précisai-je. Vous avez entre les mains les plans de bataille des rebelles. Lee a divisé son armée en quatre. Il y a là les objectifs de chacune des parties. Le général McClellan peut les surprendre et les anéantir les unes après les autres. C'est toute l'armée sudiste qui est vulnérable.

— Comment avez-vous fait ? voulut savoir le soldat.

— Nous n'avons pas le temps de vous l'expliquer, caporal. Et le cheval partit au galop.

— Soldat, dis-je, désespérée de savoir qu'il ne pouvait plus nous entendre, dans quelle direction devons-nous marcher ?

— Nous trouverons bien, répondit Anavita en me prenant par les épaules. Le soleil va se lever. Nous suivrons les traces de ses sabots.

Les spectateurs

Nous passâmes la matinée à marcher et à éviter les patrouilles ennemies qui allaient et venaient en tous sens. Perdues, nous nous étions enfoncées en plein cœur du territoire qu'occupaient les envahisseurs sudistes. À midi, nous prenions position en haut d'une colline boisée à proximité de la ville de Sharpburg, près de la rivière Antietam. Nous attendions que se déclare un déluge de feu qui aurait signifié que les plans de Lee avaient été remis à McClellan et que ce dernier en profitait pour mettre fin à cette invasion. Rien ne se produisit.

Plus les heures passaient et plus nous savions que l'avantage de la surprise s'estompait. La perte des ordres de bataille n'était pas un détail anodin. Lee serait mis au fait et redresserait la situation à son avantage. Puisque McClellan n'avait pas saisi l'occasion, pourquoi n'en profiterait-il pas lui-même ? Les armées sudistes se rassemblaient dans les plaines, les champs et les vallons. Au bord de l'Antietam se préparait l'une des plus sanglantes batailles de la guerre.

Nous n'avions pas mangé depuis de trop longues heures. À la nuit tombée, nous décidâmes de cueillir quelques épis de maïs dans un champ s'étirant de la colline à une maison de bois rond. Des lumières dansaient sur la galerie et la présence de nombreux chevaux nous intrigua. La bâtisse devait appartenir à un fermier du Maryland et n'eût été les troupes sudistes à proximité, il aurait pu s'agir d'une ferme amie. Mais nous avions appris à nous méfier des apparences. Mieux valait être prudentes. Plusieurs personnes discutaient à l'intérieur. Des jurons et des bruits de verre provenaient d'une étrange carriole complètement close de laquelle se dégageaient de fortes odeurs d'acide. En sortit un homme barbu d'une quarantaine d'années qui s'essuyait les mains avec ardeur. En bandoulière, se balançait un sac de toile sur lequel étaient inscrites les lettres US de l'armée de l'Union.

— Vous m'avez fait peur, lâcha l'homme, surpris de nous entrevoir.

— Nous en sommes désolées, lui dis-je.

— Que faites-vous ici ?

— Vous êtes de l'Union ? s'enquit Anavita.

— Je suis photographe, répondit-il en marchant vers la maison.

— Votre sac, émis-je en pointant les lettres.

— Ah oui, fit-il en se rappelant ce qu'il portait à l'épaule.

— Nous sommes en mission de Washington, osai-je. Je m'appelle Molly, et voici Anavita.

— Espionnes alors, conclut-il en souriant. Que je sache, les femmes ne sont pas admises dans l'armée. Soyez sans crainte, nous sommes du même côté. Je m'appelle Alexander Gardner. Je suis photographe et je travaille pour le général McClellan.

— McClellan ? répéta Anavita.

— Nous lui avons fait parvenir les plans des positions ennemies, savez-vous s'il les a reçus ?

— Oui, il les a reçus. Au cours de la nuit.

— Alors, pourquoi n'a-t-il pas attaqué ?

— Je ne sais pas, moi ! Je suis photographe. Venez, vous devez avoir faim. Le maïs cru, ce n'est pas sans laisser quel-ques maux de ventre.

La maison était chaleureuse et les propriétaires accueillants. Des journalistes et des photographes avaient été envoyés à Sharpburg pour couvrir la bataille qu'y s'annonçait. Les salles de presse publiaient des articles sur tous les faits et gestes de l'armée, et les photographies qui les accompagnaient, bien plus réalistes que les gravures, rendaient la mort plus terrible et plus concrète. S'attablait aussi une faune hétéroclite de chasseurs de sensations fortes. Chaînes et goussets de montre, monocles et jumelles, chaises et ombrelles, ces gens de la haute société venaient assister au théâtre de la guerre. Ils seraient aux premières loges, bien à l'abri. Les coûts du couvert et de l'hébergement étaient proportionnels à l'hécatombe annoncée, une occasion en or pour le fermier et sa famille.

L'étable froide et humide nous accueillit à bras ouverts à moindres frais.

La bataille d'Antietam

À l'aube, l'une face à l'autre, les armées se jaugèrent, évaluèrent les forces et estimèrent les distances. Une coulée d'hommes en armes serpentait les vallons jusqu'à perte de vue. Des centaines de canons alignèrent leur tir et s'ancrèrent au sol. Les sabres des cavaliers brillaient au soleil. Des drapeaux battaient au vent, réunissant sous leurs couleurs les combattants de l'Union et de la Confédération, ceux des États et des régiments. Les soldats attendaient. Ils étaient partout.

Les premières salves d'artillerie sonnèrent le début de la bataille. Les canonniers exécutèrent avec diligence et précision chacun des mouvements nécessaires à la charge et au tir des obus. Leur danse macabre fit valser les premiers corps dans la plaine. La tourmente de feu et de flammes leva de grands rideaux de fumée. Les champs furent labourés par les explosions, les boisés décapités, les bâtiments éventrés, les bosquets rasés et les clôtures défoncées. Les premiers gémissements se firent discrets.

Puis, sur les flancs des deux armées, les bataillons sonnèrent la charge. De part et d'autre, les fantassins se préparèrent à mourir. Les soldats de la première rangée posèrent un genou par terre et tirèrent, puis la seconde rangée tira à son tour pendant que les premiers rechargeaient leurs armes pour faire feu de nouveau. Ils avancèrent ainsi jusqu'à ce que le choc des hommes fût inévitable. Arriva alors la cavalerie et débuta la plus effroyable des tueries. Les cavaliers déchargèrent les balles de leur colt, puis ce furent les crosses des fusils, les sabres, les baïonnettes et les couteaux qui tranchèrent les ventres et broyèrent les têtes. Lorsque les lames se brisaient ou s'enfonçaient si profondément qu'elles ne pouvaient plus être retirées, les hommes se battaient avec leurs poings, tout chambranlants qu'ils étaient à courir sur les morts et les blessés.

Pendant ce temps, de leur promontoire, les généraux comptaient leurs cartes et leurs atouts, modifiaient les stratégies, bluffaient et jouaient le tout pour le tout. Au milieu des champs et des bosquets, sur les ponts et le long d'une route encaissée, les hommes mouraient.

De toute évidence, malgré les appréhensions du général McClellan, les Confédérés étaient inférieurs en nombre, mais ils se battaient avec une telle ardeur qu'en plusieurs points d'affrontements, ils gagnèrent leur bataille. Ils parvinrent à tenir des positions, à se retrancher et à relancer leurs attaques comme une meute de loups pris au piège.

Toute la matinée, cachée derrière des murs de pierre, une simple brigade de Géorgiens parvint à tenir en retrait toute une division de l'Union. Tireurs d'élite, exercés au maniement des armes depuis leur plus jeune âge, ils abattirent l'un après l'autre chacun des soldats de l'Union qui reçut l'ordre de traverser. Un tas de corps barrait la route. Au début de l'après-midi, c'est au pas de charge que les soldats de la division, à la faveur du nombre et au prix de plusieurs morts, parvinrent à traverser le pont, à déloger et à tuer les Géorgiens.

Un peu plus loin, le chemin encaissé qui avait jusqu'alors servi de position privilégiée aux Confédérés devint l'arène d'un sordide carnage. Débordés de toutes parts, les soldats s'y donnèrent rendez-vous pour un ultime assaut. Aux abords du chemin, l'encombrement des corps forma les gradins autour d'un rituel sanglant.

Malgré de puissants efforts, les troupes confédérées perdirent l'avantage. L'armée de Lee recula, mais ce ne fut que pour reprendre son souffle. Un nuage de poussière se leva. Les troupes de Jackson arrivaient pour prêter main-forte à Lee. Encore une fois, le général Jackson, surnommé Stonewall parce qu'il s'était élevé comme un mur de pierre lors d'une bataille, avait réussi un exploit. Il avait saisi l'arsenal de Harpers Ferry à l'Union, puis, informé des déboires de Lee, il avait fait courir ses hommes, pourtant épuisés, jusqu'au champ de bataille. Ils arrivaient à temps pour redonner vie aux attaques sudistes. La férocité monta d'un cran et le massacre n'en fut que plus terrible.

La confusion régnait. Les ordres avaient peine à se rendre jusqu'aux lieux des différents combats. Plusieurs Confédérés se battaient avec les habits bleus des Yankees morts qu'ils avaient dépouillés. Certains soldats se perdaient et se retrouvaient au milieu d'un détachement ennemi. Les troupeaux de prisonniers craignaient d'être abattus sur place. Les lignes de communication étaient coupées. Les officiers ne savaient plus comment rassembler les soldats encore aptes à se battre et vers quelle bataille les diriger. C'était la pagaille.

En fin d'après-midi, les armées mutilées se retirèrent pour compter leurs morts et leurs blessés. Sur la colline où nous étions installés depuis des heures, les messieurs-dames se levèrent de leurs chaises et retournèrent poursuivre leur conversation au salon. Gardner, le photographe, ramassa son appareil et son équipement, et descendit le chemin avec nous. L'odeur de la mort était encore fraîche. Elle remplissait les poumons d'un sentiment d'urgence irrépressible. Des soldats des deux camps départageaient leurs blessés dans les charniers encore grouillants de vie. Des morts, des centaines, des milliers de morts.

Ce qui distinguait les cadavres les uns et des autres était la couleur de leur peau. Les visages yankees étaient violacés d'avoir pu manger la veille. Ceux des Confédérés étaient gris. Ils mouraient le ventre vide, affamés et fourbus. L'empreinte de la mort les suivait depuis longtemps.

Je songeai à faire une prière, mais je ne connaissais plus le nom de ce dieu qui permettait pareille inhumanité. Le président Lincoln le saurait assurément, lui qui avait fait de cette guerre une nouvelle croisade.

De l'autre côté d'un pré, debout sur un chariot, je vis Jaze et Tom comme dans un rêve. N'ayant reçu aucune nouvelle, sinon un pigeon sans message, ils étaient venus nous chercher. Je courus vers Jaze comme une enfant. Il m'accueillit en silence et nous aida à grimper dans la voiture qui prit aussitôt la route vers Washington.

Le lendemain soir, le général Lee quitta le territoire du Maryland et retourna en Virginie. Malgré les vœux du président, le général McClellan ne le poursuivit pas, ce qui lui valut d'être destitué de son poste.

La victoire avait le goût amer d'une défaite. Mais le président Lincoln tenait sa consécration.

Libres

Le lundi suivant la bataille d'Antietam, le président Lincoln déposa la Proclamation d'émancipation. Elle entrerait en vigueur trois mois plus tard, le matin du 1er janvier de l'année 1863. Ce jour-là, tous les esclaves résidant dans les États rebelles à l'Union seraient affranchis. Quatre millions d'esclaves deviendraient libres. La victoire d'Antietam n'avait pas eu l'ampleur qu'espérait le président, mais elle fut élevée au rang des plus hauts faits d'armes. Elle marqua un tournant dans l'histoire de la guerre.

La Proclamation d'émancipation était une nécessité militaire et un premier pas vers l'abolition de l'esclavage. D'une part, elle tentait de mettre fin aux prétentions des puissances européennes sur le territoire des États-Unis. Ni Londres ni Paris ne pouvaient s'élever contre une position favorisant l'abolition d'une institution jugée infâme, qu'ils avaient eux-mêmes combattue avec force et conviction. De plus, malgré les pénuries de coton et la diminution de la production dans les manufactures, les ouvriers français et anglais se sentaient interpellés par ce grand souffle d'émancipation. D'autre part, sur le plan intérieur, l'affranchissement des esclaves faisait pencher la balance en faveur de l'Union. Dans les États rebelles, elle libérait une force qui pouvait prendre les armes et se révolter de l'intérieur. Dans les États de l'Union, elle clouait le bec aux détracteurs de la guerre en faisant de la lutte pour la liberté un objectif précieux pour lequel combattre et mourir n'était pas trop cher payé.

La Proclamation d'émancipation allait faire de cette guerre une guerre totale, sans merci, sans compromis. Il y aurait un vainqueur et le vaincu devrait se soumettre et accepter les conditions de sa reddition. À partir de ce jour, le président Lincoln proposa de se battre pour une idée, celle de la liberté. Il ne pouvait pas y avoir une demi-idée sur ce qu'est la liberté et deux idées de la liberté ne pouvaient pas survivre en même temps sur un même territoire, ce territoire que le président voulait unifier à tout jamais.

Installés sur la pelouse de la Maison-Blanche, nous étions des milliers à savoir que le monde ne serait plus jamais le même. Une grande allégresse s'était emparée de Washington. Nous vivions ces moments en sachant qu'ils marqueraient l'histoire de millions de personnes, mais aussi celle des prochaines générations et celle de l'Amérique tout entière. C'est pour ça que nous allions continuer à nous battre. En changeant nos vies, nous changions le cours de l'histoire. Nous allions façonner l'avenir. Tout cela nous dépassait. Cette liberté désespérément acquise pour plusieurs d'entre nous, nous allions peut-être la perdre au prochain coup de feu, mais nous portions la conviction que les moments que nous allions vivre étaient plus grands que nos vies. Ils étaient humains. Ils étaient sales et sombres. Ils étaient tachés de sang et de larmes, mais ils étaient essentiels pour la suite des choses.

Les quelques jours qui suivirent la Proclamation d'émancipation furent joyeux et festifs. Des milliers de personnes se massèrent sur les places publiques et à la Maison-Blanche. Une ribambelle de chariots de foire et de fête foraine vint s'installer aux abords des rassemblements.

Les marchands, les comédiens, les magiciens et les pasteurs haranguaient la foule. Jaze sortit son tambour, Tom son harmonica et King chanta et joua de la corde basse accrochée à la cuve sur laquelle il était monté. Plusieurs s'improvisèrent musiciens. On dansa. On chanta. On rit. Ce furent de délicieux moments.

Entendant les acclamations, les chants et la musique qui lui étaient adressés, le président Lincoln se présenta à la fenêtre et dit quelques mots. Il fut acclamé par des Noirs et des Blancs, des hommes et des femmes, des enfants et des milliers de sourires et de hourras. À travers le pays, les grands défenseurs de la cause abolitionniste comme Frederick Douglass firent de cette déclaration d'émancipation le porte-étendard d'une cause juste et d'un grand pas dans la bonne direction.

— Je vais être libre, répétait Jaze sur tous les tons.

— Nous allons pouvoir nous enrôler comme soldats dans l'armée, chantait Tom. Nous allons nous battre pour devenir des hommes libres et détruire l'esclavage à tout jamais.

— –ro, dit King dans toute la splendeur de son défaut de langage.

— –ro? fîmes-nous tous en chœur.

— King –eu –tre –ro, répéta-t-il en riant. King –eu –tre –ro.

Après quelques tentatives d'interprétation aussi rigolotes qu'infructueuses, Harriet décoda la phrase du géant: «King veut être un héros.»

— Et tu le seras, fit Anavita en déposant sur sa tête des confettis de papier.

À la fin d'une de ces glorieuses soirées, marchant le long de l'avenue Pennsylvanie, Jaze me prit par la main. La plupart du temps, de crainte d'une réprobation trop fréquente, nous évitions les marques d'affection en public. Je le pris dans mes bras et l'embrassai librement. Son visage s'illumina. Je déposai mes mains sur ses joues, le regardai dans les yeux.

— Je suis enceinte. Nous allons avoir un enfant.

Bébé Guerre

Couchés l'un contre l'autre, des torrents de bonheur nous inondèrent. Dans un geste répété, Jaze déposa doucement sa main sur mon ventre comme s'il s'agissait de la plus précieuse et de la plus délicate cargaison que je puisse transporter.

— Je ne peux pas croire que tu portes un enfant, dans ton ventre, là, juste là. Comment est-ce possible ? Si c'est pas un miracle, ça ! Tu crois qu'il sera noir ou blanc, ou brun ou roux ou brun avec des taches rousses ? Pourquoi pas noir avec des taches blanches ou le contraire ? Ce sera une fille ou un garçon ?

— Tu es heureux ? lui demandai-je.

— Si je suis heureux ? répéta-t-il. Comment pourrais-je ne pas être heureux ?

— Parce que nous sommes en guerre.

— Oui, admit-il, nous sommes en guerre, hésita-t-il, mais s'il fallait attendre le bon moment pour naître, il n'y aurait plus personne sur cette planète.

— Tu as sans doute raison, mais j'aurais préféré que ce bébé arrive après la guerre. Lorsque je serai grosse comme une baleine, je devrai m'arrêter.

— Mais, répliqua Jaze, tu dois t'arrêter tout de suite.

— Et pourquoi donc ?

— Parce que tu attends un enfant, pardi.

— Mais je ne suis pas malade. Je ne vais pas me coucher et attendre que cet enfant vienne au monde.

— Non, bien sûr, mais là, nous sommes en guerre.

— C'est ce que je disais, fis-je avec une pointe d'impatience.

— Je dois aller travailler à l'hôpital, se défila Jaze plus soucieux de m'embrasser pour me faire taire que pour me cajoler, Walt m'attend.

— Moi aussi, répliquai-je en soulignant chacune de mes paroles, moi aussi je dois aller travailler. Nous avons une guerre à finir.

Cette nuit-là, j'abordai avec Jaze l'idée de faire appel à Anavita pour reporter cette naissance à une période de nos vies qui serait plus propice à faire grandir un enfant. Je lui parlai de mon implication dans la guerre, des espoirs que j'avais de participer aux missions d'espionnage d'Harriet, de la nécessité de l'effort de guerre, de la naissance des uns et de la mort des autres dans cette époque difficile. Il écouta gentiment tout ce que j'avais à dire. Contrairement à son habitude, il ne répliqua pas, alors que je le croyais en complet désaccord. C'était louche.

— Endors-toi, dit-il simplement en me caressant les cheveux.

Le lendemain soir, autour de la table de la cuisine, nous discutions de nos journées passées à nos corvées respectives. Jaze parla de Walt, Walt Whitman, un poète infirmier qui avait décidé de porter sa prose dans les hôpitaux en aidant la guérison des blessés et des malades autant par des soins du corps que par ceux de l'esprit.

— Fais attention à tes fesses, Jaze, postillonna Tom avec sarcasme. J'ai entendu dire que ce Whitman préférait les garçons aux filles.

— J'aimerais te parler tout à l'heure, glissai-je à Anavita pendant que les hommes se lançaient des sottises.

— Je ne pourrai pas, rétorqua sèchement Anavita avant de se lever pour aller chercher à boire.

— Molly, entreprit Harriet alors que tous les autres devinrent soudainement silencieux, comment vont tes affaires ?

— Je n'ai pas vu mademoiselle Ford depuis notre retour, répondis-je.

— Mais tu m'as bien dit que tu avais entendu des gens qui parlaient français et venaient de Montréal ?

— Oui, et je suis certaine qu'il s'agissait d'espions à la solde des Confédérés.

— Tu as encore des amis à Montréal, n'est-ce pas ?

— Oui, bien sûr ! m'exclamai-je. Pourquoi n'y ai-je pas songé, je pourrais leur demander de surveiller…

— Ce n'est pas vraiment leurs affaires, me coupa Harriet.

— C'est vrai, répondis-je. Ils n'ont pas à être mêlés à tout ça.

— J'ai une mission pour toi, poursuivit Harriet. Est-ce que tu crois que tes amis voudraient t'accueillir, le temps que tu puisses observer et nous renseigner sur ces espions ?

— Les Guibord seraient enchantés de me revoir, bien entendu. J'en suis certaine, mais… C'est un coup monté, lançai-je à la tablée. Vous voulez que je quitte Washington pour me terrer à Montréal.

— Tu y seras en sécurité, Molly, supplia Jaze en joignant ses mains en prière.

— Et tu auras un beau bébé, enchaîna Anavita en m'étreignant dans ses bras.

— Félicitations à vous deux, fit Tom en faisant de même avec Jaze. Ce sera un bon gros bébé dodu et fort comme son oncle Tom.

— C'est une vraie mission, répliqua Harriet face à ma mine bernée. Demain, tu enverras un télégramme à Montréal. Comment s'appellent-ils ?

— Guibord, Joseph et Henrietta, grognai-je avant que les joyeux lurons ne trinquent à ce bébé à naître.

Quai de gare

Une improbable chaleur piaffait sur les quais de l'automne. Les gens se bousculaient. Le train trépignait dans ses sabots de fer et de fumée. Les valises et les malles s'empilaient sur les chariots des porteurs. Je traînais mon cœur comme un boulet. Je n'osais pas regarder Jaze dans les yeux, de crainte qu'il ne voie le désarroi qui m'envahissait. Je ne voulais pas partir, le quitter. Je portais le terrible pressentiment qui m'accompagnait depuis mon départ d'Irlande. Celui de perdre pour toujours tous ceux qui s'éloignaient de moi.

— Regarde-moi, me dit Jaze en prenant mes bras. Je ne disparaîtrai pas.

— Si tu crois que je vais passer tout ce temps sans toi, tu te trompes. Je vais revenir bien avant. Je remplis ma mission et je reviens.

— Écris-moi, répondit-il en me souriant de son mieux.

J'éclatai en sanglots. Il me consola, essuya mes larmes et lorsqu'il vit que je me résignais pour une centième fois à ce départ, il porta sa main sur son cœur, en saisit tout son amour, ouvrit ma main et l'y déposa avant de la refermer délicatement.

— Prends-en soin. N'oublie pas les deux pigeons. Tu pourras attacher les renseignements qu'Harriet désire obtenir à la patte du premier. Le second, tu le gardes et tu me l'envoies lorsque l'enfant naîtra. Ils te tiendront compagnie. Cette fois, ne les laisse pas s'envoler sans message !

— Je ne veux pas passer les prochains mois sans toi… Tu m'as dit…

— C'est vrai, répliqua-t-il. Tu reviendras ou j'irai… mais c'est au cas…

Nous savions tous deux que les prochains jours seraient incertains. Les attaques sudistes avaient repris de la vigueur. Le général Lee gagnait de nouvelles batailles. Maintenant que la liberté était un objectif du Nord, les Blancs n'accepteraient plus de mourir sans la participation des Noirs à leur propre libération. La formation de milices composées de gens de couleur était sur toutes les lèvres. Jaze, Tom et les autres seraient les premiers dans la file du bureau d'enrôlement.

— Ton train passe par Philadelphie et tu descends à New York, bredouilla Jaze en tentant d'envelopper ce moment d'attente du mieux qu'il le put. Tu as déjà vu New York ? Tu auras le temps de t'y promener.

— Je n'y suis jamais allée, répondis-je à travers mes lèvres sèches.

— On dit que c'est très impressionnant. Tu auras toute une journée. Profites-en. Je t'ai préparé un petit goûter. J'espère que tu seras assise confortablement sur la banquette de ce train.

Le sifflet de la locomotive brisa l'air. L'heure du départ était arrivée. Je montai les marches du wagon, trouvai ma place et ouvris la fenêtre. Jaze se hissa sur le rebord pour m'embrasser. La locomotive hurla. Les wagons s'étirèrent un à un comme les vertèbres d'un serpent de fer. Mon cœur resta suspendu au bout de son fil.

Mon regard s'accrocha à l'homme que j'aimais. Longtemps, je le vis me saluer de la main. Je le vois encore.

Gussie

New York me renversa. S'il existait un baume contre la peine d'amour, il s'appelait New York. Bruyantes et surpeuplées, ses rues, ses avenues, ses habitations, ses boutiques, ses usines et ses manufactures abritaient une faune grouillante et palpitante. Les foules et les voitures semblaient créer des courants mécaniques dans lesquels il fallait s'insérer sans résister. Se laisser porter était le seul moyen d'y survivre et de s'y plaire. À la fois magnifique et monstrueuse, séduisante et terrifiante, la cité offrait le meilleur et le pire. En une seule journée, défilèrent sous mes yeux les plus viles injustices et les plus grandioses réalisations de la plus peuplée des ruches de nos colonies humaines.

Harriet avait réussi à me dénicher un endroit où je pourrais passer la nuit. Gussie Mullaney habitait un quartier ouvrier. Elle travaillait dans une manufacture de parapluies et militait pour les droits des femmes. Tout comme moi, elle avait fui les famines d'Irlande. New York était peuplé d'Irlandais. J'en croisais à tous les coins de rue. Reconnaissant nos têtes rousses et nos accents d'Irlande, plusieurs s'empressaient de me saluer et de m'indiquer le chemin à suivre. Je réussis néanmoins à me perdre dans le dédale du grand damier new-yorkais.

Marcher sans s'arrêter relevait de l'impossible. Les boutiques et les échoppes, les magasins et les commerces s'offraient aux passants comme autant de tentations pour le nouveau et le beau. Des montres et des bijoux s'étendaient, scintillants sur leurs écrins de velours. Des robes fabuleuses, aux tissus et aux couleurs qui m'étaient inconnus, s'exhibaient dans leur vitrine comme sur des scènes de théâtre.

En poursuivant ma course sur Broadway, je fus estomaquée par la vision d'une image exposée à la devanture d'une galerie. La photographie révélait une scène horrible que je traînais dans ma mémoire. L'exposition, intitulée *La mort d'Antietam*, présentait les travaux d'Alexander Gardner, le photographe que nous avions croisé sur les lieux du drame. Il avait fixé sur papier les horreurs que nous conservions dans nos têtes et qui nous hantaient la nuit. Sur les murs de la galerie s'exposait une nouvelle image de l'Amérique, celle du sang et de la mort. Les visiteurs regardaient les photographies dans un mélange subtil d'envoûtement et d'appréhension. La réalité dépassait la fiction. Du haut des amas de corps déglingués dans le fond des fosses communes, les morts d'Antietam parlaient haut et fort.

Puis, je traversai un terrain immense occupé par des hordes de travailleurs armés de pelles et de pioches. Ils bouleversaient la terre, construisaient des ponts, plantaient des arbres pour ce qui allait devenir le grand Central Park. À la fin de la matinée, je trouvai l'immeuble dans lequel logeait Gussie. Les marches défoncées de l'escalier qui menaient à l'appartement 33 supportaient le poids de ceux qui les empruntaient grâce à des planches fixées par quelques clous rouillés. L'immeuble était peuplé par autant de rats que d'enfants. Les uns se partageaient les nuits, les autres les jours. Gussie Mullaney n'habitait pas les beaux quartiers.

— Ah, te voilà, me dit-elle en ouvrant la porte. Je me demandais à quelle heure tu allais arriver. Tu es bien Molly?

Elle était aussi rousse que je pouvais l'être. À croire que l'Irlande avait calqué ses enfants sur un seul modèle.

— Tu sais écrire ? poursuivit-elle en se contentant d'un signe de tête comme réponse à sa première question. Viens. Tu vas nous aider.

Gussie me mena dans une pièce qui servait à la fois de cuisine, de salon et de chambre à coucher.

— Les filles, je vous présente Molly.

Elles étaient quelques-unes assises par terre, pinceaux et cartons à la main, à fabriquer des affiches.

— À trois heures, m'expliqua Gussie, nous allons manifester sur la 5e Avenue. Nous serons des centaines. Bientôt, ce sera la grève.

— La grève ? questionnai-je.

— Tu n'es pas d'ici, constata une autre.

— Non, répondis-je, j'arrive de Washington et je repars demain pour Montréal.

— Nous serons en grève parce que nous en avons assez de travailler pour moins que rien.

— Travailler de six heures du matin à minuit pour trois dollars par semaine, c'est assez.

— En plus, ils déduisent le prix des aiguilles que l'on casse.

— Que faites-vous ? glissai-je dans les échanges qui s'entrechoquaient.

— Nous travaillons dans un atelier de parapluies, mais d'autres confectionnent des chemises de coton pour bien moins encore.

— Nous devons nous regrouper et former des syndicats.

— Et défendre les droits des femmes, ajouta l'une d'elles.

— Nous gagnons moins que les hommes. Nous n'avons pas le droit de vote…

La conversation se poursuivit ainsi jusqu'en après-midi. J'y appris que depuis le début de la guerre, l'enrôlement des hommes avait fait en sorte que les usines et les manufactures s'étaient tournées vers l'embauche des femmes et des enfants pour combler les postes laissés vacants. Bien avant la guerre, des grèves avaient eu lieu dans plusieurs villes pour dénoncer les bas salaires et les pénibles conditions de travail. Les usines mangeaient les ouvriers à un rythme effarant. Leur voracité ne semblait pas pouvoir être rassasiée. On avait profité de l'arrivée des femmes pour baisser les salaires. Les ouvrières se regroupaient. La guerre entre le Nord et le Sud avait freiné les mouvements de travailleurs dans les villes, mais la riposte se préparait et les femmes seraient au premier rang des revendications.

— Les manufactures fabriquent des tonnes de culottes et de chemises pour les soldats. Elles ne sont même plus faites sur mesure tellement c'est pressé.

— Trois tailles : petit, moyen, grand. C'est tout.

— À l'arsenal, ce sont des milliers de cartouches que les filles doivent rouler. L'autre jour, Cecilia est tombée dans les pommes tellement elle avait respiré de la poudre noire.

— Est-ce que tu as vu les nouveaux métiers à tisser ? poursuivit une grande brune qui s'appelait Dina. Ça marche comme un piano mécanique. Tu glisses un carton perforé. C'est automatique. Les fils de couleur changent d'eux-mêmes.

— Mais ils ne jouent pas la même musique, ironisa une autre.

— Toujours pour nous exploiter un peu plus !

Chaque jour, des navires en provenance d'Europe débarquaient des cargaisons d'immigrants en mal de travail.

— Et maintenant, les négros vont tous venir travailler au nord.

— Et prendre nos places et les places de nos maris, ajouta Dina.

— À la fin de la guerre, répliquai-je, il y aura beaucoup de travail à faire au sud, beaucoup de travail.

— Depuis la Proclamation de Lincoln, les négros traversent la frontière de nos États par centaines. Le gouvernement a même ouvert des camps.

— Il faut bien les nourrir, constata une autre.

— Oui, mais quand ils seront nourris, ils voudront du travail, ils viendront ici et les usines les engageront pour la moitié de notre salaire de crève-faim.

— Ils sont de plus en plus nombreux à s'installer dans le quartier.

Gussie se leva en brandissant une pancarte sur laquelle était écrit: «Les femmes américaines ne sont pas des esclaves».

— C'est l'heure, déclara-t-elle.

Sur la 5e Avenue, plusieurs femmes marchaient côte à côte en brandissant des pancartes et des drapeaux. Je suivis mes compagnes sans trop comprendre ce qui se passait. Elles rejoignirent un groupe de femmes tenant des parapluies déployés au-dessus de leur tête. Elles étaient plusieurs centaines à défiler dans les rues de New York. Il y avait là un esprit de fête ragaillardi par l'espoir de faire changer le cours des choses.

Le soir venu, Gussie installa une paillasse dans un coin de sa chambre. Je pouvais y dormir tranquille. Pourtant, le bruit de la ville repoussa si bien mon sommeil que je finis par y renoncer. Je m'installai au bord de la fenêtre. Dans la rue, défilaient les passagers noctambules de cette ville insomniaque.

Je m'étais endormie, la tête posée sur le rebord de la fenêtre, quand soudain un grand vacarme me fit sursauter.

Un chariot, dans lequel plusieurs hommes se disputaient les places, déborda dans la rue. Les bouteilles de bière s'entrechoquaient entre leurs mains et ils hurlaient des jurons imbibés d'alcool. Ils s'arrêtèrent à quelques maisons de l'appartement, descendirent, munis de bâtons, et brisèrent la devanture d'une boutique de barbier. Un homme sortit en caleçon dans la rue et tenta de les retenir. Une femme et un jeune garçon apparurent sur le pas de la porte. Les assaillants rouèrent l'homme de coups, puis ils s'en prirent à la femme et au garçon.

— Gussie ! hurlai-je. On se bat dans la rue.

— Ah oui ? répondit-elle sans se réveiller.

— Gussie, lève-toi, nous devons y aller. Ils vont le tuer.

Gussie traîna son corps jusqu'à la fenêtre et posa son regard sur la scène.

— Ce n'est rien, Molly, dit-elle pour me calmer.

— Ce n'est rien ? répliquai-je.

— Regarde, ils s'en vont. Le barbier se relève, sa femme l'aide, son garçon pleure, débita-t-elle comme la trame d'un récit maintes fois répété. Ils n'ont rien.

— Mais on lui a fracassé la tête à coups de bâton !

— Il se lève, tu vois bien.

— Qui sont ces voyous ?

— Ce sont des Irlandais, comme toi, comme moi. Et le barbier, sa femme et son fils, ils sont noirs. Ils sont habitués. Ils vont s'en remettre.

— Ils vont s'en remettre, répétai-je pour moi-même.

Le lendemain, je repris le train vers Montréal. Je quittai New York en transportant un sentiment étrange d'incompréhension et d'angoisse. Toutes les contradictions et tous les paradoxes de la nation américaine se côtoyaient dans cette ville. Durant ces quelques heures passées à New York, j'avais senti à quel point le Nord et le Sud étaient différents.

Les villes bordant le Mississippi que j'avais traversées étaient à des lunes de pouvoir et de vouloir être comparées à New York. Rien ne leur était commun. Vicksburg, Natchez et Memphis ne vivaient pas sur la même planète.

La tarte aux pommes

Joseph ouvrit la porte. Fidèle à son habitude lorsque nous nous retrouvions après un long moment, il recula, leva les bras au ciel et déposa sur moi le regard d'un homme découvrant l'une des sept merveilles du monde. Henrietta passa outre la cérémonie de son époux et me fit disparaître dans ses bras.

— Donne-moi ta valise et ton parapluie, fit-elle en agrippant la poignée de mon sac.

— Tu as fait bon voyage ? demanda Joseph en me prenant dans ses bras à son tour.

— Oui, oui, très bon voyage, répondis-je. Je suis si heureuse de vous retrouver. Le temps passe si vite. Il me semble que ça fait une éternité.

— Mais ça fait une éternité, confirma Henrietta. Tu nous manques toujours et tu ne nous écris pas assez souvent.

— Vous avez raison, ajoutai-je, repentante.

La maison sentait les pommes. Henrietta me conduisit à l'étage, malgré le dédain évident que lui inspirait la cage de mes pigeons. Lorsqu'elle ouvrit la porte de la chambre, de lointains souvenirs trouvèrent mon cœur sans même le chercher. Sur le rebord de la fenêtre, il y avait ma poupée de chiffon et le cheval de bois de Dillon. Ils nous attendaient bien au chaud au milieu des gens de cette maison qui nous avaient si bien accueillis.

— Et tu vas avoir un bébé, dit Henrietta en déposant ma valise dans un coin de la pièce. C'est merveilleux. Je ne compte plus les fausses-couches que j'ai faites, poursuivit-elle sur la même lancée. Je vais enfin entendre les pleurs d'un enfant dans cette maison.

— Je ne crois pas que je resterai aussi longtemps, rectifiai-je.

— C'est que Jaze a dit…, se risqua Joseph qui nous avait rejointes.

— Jaze?

— Oui, balbutia Henrietta dans un élan d'honnêteté, je sais qu'on ne devait pas te le dire, mais Jaze nous a écrit.

— Il vous a écrit? Jaze vous a écrit?

— Il y a une lettre pour toi aussi, tenta d'éluder Joseph en ramassant une enveloppe sur la commode. La voici.

— Je pense qu'il préférerait que l'enfant naisse ici… en sécurité, ajouta Henrietta, confuse.

— Vous savez que vous êtes adorables? répliquai-je au malaise de mes hôtes. Vous êtes tous adorables, mais vous êtes des comploteurs et vous méritez tous l'échafaud. Quant à la durée de mon séjour à Montréal, ça, personne ne la connaît.

Jaze avait pris soin de déposer une petite fleur des champs dans un pli de sa lettre. Il souhaitait que je reste à Montréal jusqu'à la naissance de notre enfant. Noël serait l'occasion pour lui de venir me voir. Il me priait d'informer Joseph et Henrietta de sa venue prochaine. «Dans mon cœur, écrivait-il, il y aura toujours plus d'amour pour toi que la distance qui nous sépare.» Il me manquait déjà. Je me retins de ne pas lui expédier à l'instant un pigeon pour lui dire «je t'aime».

— J'ai fait une tarte. Tu en veux un morceau? demanda Henrietta.

— Refuser un morceau de tarte aux pommes, prêcha Joseph, c'est comme refuser la sainte communion des mains du curé.

Trois coups au heurtoir de la porte indiquèrent l'arrivée d'un autre visiteur.

— Parlant de curé et de détrousseur de curés, poursuivit le maître de maison, voici notre ami Dessaulles.

— Bonjour, Molly, fit le seigneur de Saint-Hyacinthe. Pour rien au monde, je ne voulais rater votre arrivée à Montréal. Je vous souhaite de nouveau la bienvenue. J'espère que nous aurons l'occasion de discuter de la guerre et de la politique américaines.

— Je l'espère aussi, répondis-je à ce qui me sembla être une invitation pressante.

— Il s'est passé bien des choses depuis la dernière fois où vous êtes venue ici avec votre époux. Comment va-t-il ?

— Il va bien. Oui, vous avez raison, bien des choses se sont passées…

Une théière fumait sur la nappe bordée de dentelles de la table de la salle à manger. Henrietta avait sorti ses fines tasses de porcelaine et ses couverts des grandes occasions. Régnait dans cette maison la beauté familière qui fait la vie belle et bonne.

— Est-ce que tu sais que Louis-Antoine est maintenant président de notre éminent Institut canadien ?

— Non, je ne savais pas. Vous avez toujours des problèmes avec monseigneur Bourget ?

— Monseigneur Bourget a décidé de tuer l'Institut, répondit Dessaulles, frappé au cœur de ses préoccupations.

— Et monsieur Dessaulles, poursuivit Joseph, a quitté ses terres montérégiennes. Il habite maintenant rue Berri et est le rédacteur en chef de mon journal.

— Félicitations, le complimentai-je.

— Je me suis mis moi-même en porte-à-faux avec l'Église. Je ne peux pas laisser le clergé nous écraser sans rien dire.

— Dernièrement, et il faut l'avouer, depuis quelques années, constata Henrietta avec ironie, Louis-Antoine commet quelques papiers dans *Le Pays* qui ont l'art d'irriter la tonsure de notre évêque.

— Particulièrement lorsqu'il est question de la lutte de Garibaldi pour inclure les États pontificaux dans les affaires civiles de la nouvelle Italie unifiée.

— L'oppression de nos religieux est aussi opaque, obscure et injuste que celle des esclavagistes, conclut Dessaulles. Dans un cas comme dans l'autre, c'est une insulte à la raison et une honte pour l'humanité.

Je retrouvais mes amis de Montréal. Ils n'avaient pas changé. Comme Harriet à Washington, Gussie à New York, Garibaldi à Rome et Hugo à Paris, ils refaisaient le monde. Rien ne les détournait de leurs croisades et de leurs convictions.

— Vous prendrez bien un autre morceau de tarte?

Baco

Dès que je mis le pied dehors, je sentis le vent traverser l'écharpe de laine qu'Henrietta m'avait tricotée. L'automne éclaboussait Montréal de ses dernières couleurs et les chemins de la montagne étaient envahis de feuilles mortes frissonnant sous les pas. Je renouais avec la ville que j'avais habitée tout en constatant qu'elle avait encore grandi. Elle s'était taillé une place parmi les géantes et était devenue la plus grande ville américaine de l'Empire britannique et l'une des plus grandes du continent. Son port accueillait des navires venus de partout. Les cargaisons alimentaient les industries, les villes et les campagnes des anciens et des nouveaux territoires à l'ouest et au sud de Montréal.

Je passai ma première journée à déambuler dans les rues et à chercher des lieux susceptibles d'abriter des sympathisants confédérés. Ma mission à Montréal me semblait bien dérisoire en comparaison du travail que j'aurais pu effectuer à Washington. L'exil que Jaze et mes compagnons craintifs m'avaient imposé me paraissait exagéré. Au cours des prochains mois, l'automne et ses pluies, l'hiver et le froid allaient refouler la guerre civile au sud du Maryland. Malgré leur ténacité et leur acharnement, les soldats du général Lee, aux chaussures trouées et à la maigre pitance, n'auraient pas d'autre choix que de reculer à la première bordée de neige. En été, marcher pieds nus allait encore, mais au cours de l'hiver, le vent du nord aurait tôt fait d'éteindre les plus vaillantes ardeurs.

La rue Saint-Jacques s'étirait entre les devantures opulentes des compagnies d'assurance et de finances. Dans ce décor de sièges sociaux et d'hôtels luxueux défilaient les touristes et les hommes d'affaires. Si les rebelles avaient élu domicile à Montréal, ils devraient tôt ou tard se retrouver dans cette rue achalandée. Mais où ? J'avais beau arpenter les trottoirs, pénétrer dans les boutiques et visiter les halls des édifices, je ne voyais pas comment je parviendrais à trouver des Confédérés. Loin des champs de bataille, ils ne devaient pas moins se méfier des gens qui leur étaient étrangers.

Bien que tout ici me rappelât l'absence de mon frère Dillon, je n'osai pas me rendre à l'hôpital où il avait été soigné. À quoi bon ? Il n'y était sûrement pas et les frasques de ma dernière visite ne m'incitaient guère à y remettre les pieds. Quant à ma hantise de voir les policiers me livrer aux gardiens de la prison de Kingston, Joseph s'était efforcé de la dissiper : «Tu n'as rien à craindre. Les prisons ont une mémoire aussi courte que le bout de leur nez. Elles ne voient pas plus loin. Au-delà des murs, la vie n'existe pas. Ne t'en fais pas. Ils ont classé ton dossier depuis longtemps. Aucun policier n'est revenu te chercher. Oublie tout ça.»

La lumière du jour s'évaporait dans le froid. Bientôt, décembre fermerait sa nuit sur Montréal. De nouvelles rues s'étiraient vers le nord, découpant le ciel du contour des faubourgs, des maisons d'ouvriers, des cheminées des usines et des enseignes des commerces.

La flamme d'une lampe dansait à la fenêtre de la maison d'Henrietta et de Joseph. J'y jetai un coup d'œil. Dans le salon, un homme au visage ténébreux discutait avec Joseph. Une longue cape noire, un chapeau melon, des bottes montant jusqu'aux genoux et des gants de cuir souple lui donnaient le panache d'un grand seigneur. Qui était-il ? Lorsqu'il vint s'asseoir sur le fauteuil qu'Henrietta lui proposait, je remarquai son ceinturon sur lequel s'accrochait un colt. Porter une arme dans les rues de Montréal n'était pas ordinaire. Le visiteur était blanc de peau, mais ses lèvres proéminentes et son faciès particulier le distinguaient des gens d'ici. C'était un étranger. Joseph et Henrietta discutaient avec lui avec une politesse retenue. Il était là pour moi.

Les rênes de son cheval étaient attachées à la clôture. De toute évidence, il ne comptait pas rester très longtemps. Je plongeai ma main dans la poche d'une sacoche restée sur la croupe de sa monture. J'y trouvai des cartes du Maryland et de Virginie, un carnet vierge, un crayon, des cigares et la boîte d'un Deringer, le même que m'avait prêté le Prof lors de notre séjour à Natchez. Je le chargeai comme il me l'avait montré et le dissimulai sous mon écharpe. S'il s'agissait d'un fauteur de trouble, je le désarmerais et nous verrions ensuite. Une chose à la fois. Je frappai à la porte. Henrietta vint m'ouvrir.

— Tu arrives juste à temps, m'indiqua-t-elle. Un ami à toi est venu te voir. Il allait partir. Nous l'avons retenu.

— Bonjour, Molly, fit l'étranger en m'apercevant.

— Bonjour, répondis-je négligemment.

— Je vous avais bien dit qu'elle ne se souviendrait pas de moi, dit-il en prenant Henrietta et Joseph à témoin. Nous nous sommes connus à St. Catharines. Je travaillais au champ. Voyons, c'est moi, Baco !

Ne sachant que faire, je lui souris gauchement. Je ne le connaissais pas. Par contre, lui connaissait mon nom et il savait où me trouver. Son accent était difficile à définir. Il n'était pas d'ici, mais il n'était pas du Sud profond. Ses sourcils étaient broussailleux, sa chevelure était noire et en bataille, mais sa moustache était fine et bichonnée de cire. Il ressemblait à un chasseur de primes reconverti en gentleman.

— J'ai quelque chose pour vous, Molly, signifia notre hôte en m'entraînant vers l'extérieur.

Sentant ma résistance, il se pencha à mon épaule.

— Je ne vous veux aucun mal, poursuivit-il à voix basse. Baissez cette arme. Elle est très sensible.

— Si vous gardez vos mains loin de votre colt, répondis-je aussi sournoisement, vous n'avez rien à craindre.

Après avoir remercié Henrietta et Joseph pour leur accueil chaleureux, l'étranger referma la porte derrière lui et me conduisit à l'écart tout près de son cheval. Là, il me raconta une tout autre histoire.

— Harriet m'a demandé de vous contacter lorsqu'elle a su que j'étais à Montréal.

— Harriet?

— Oui, Harriet. Elle a compris qu'il se passe ici des choses bien plus graves que ce qu'elle ne craignait.

— À première vue, il ne se passe pas grand-chose.

— Détrompez-vous. Montréal est une base d'opérations pour les Sudistes.

— Comment vous appelez-vous?

— Baco, c'est mon nom, mais oubliez-le. À Montréal, je suis Thaddeus Humphrey, Tad pour les intimes. Vous m'appellerez Tad.

— Nous sommes intimes?

— Oui, fit-il en souriant. Nous sommes intimes. C'est le plan.

— Le plan? Quel plan?

— Je vous expliquerai.

— Vous venez du sud, n'est-ce pas?

— Du Nicaragua.

— Du Nicaragua ? sursautai-je. Que venez-vous faire dans cette guerre ?

— Oh moi, votre guerre, je m'en fous.

— Pourquoi êtes-vous ici alors ?

— J'ai mes raisons.

— Comment avez-vous connu Harriet ?

— Vous posez beaucoup de questions, Molly, dit-il en montant à cheval.

— Pourquoi je vous ferais confiance ?

— Parce que vous n'avez pas le choix. Sans moi, vous n'arriverez à rien. Ils sont plus malins que vous ne le croyez.

— Qui ça, « ils » ?

Avant de s'engouffrer dans la nuit, Baco fit tourner son cheval autour de moi.

— Tenez, dit-il en me tendant la boîte vide du Deringer. Vous pouvez le garder. Rendez-vous demain matin, huit heures, à la basilique Notre-Dame. Soyez à l'heure.

Les Chevaliers du Cercle d'or

Le parvis de la basilique était bondé. Une cérémonie s'annonçait. Chacun pénétrait l'enceinte en se délestant de son couvre-chef et en frappant les pans de son paletot comme pour y faire tomber le froid. Les deux tours jumelles résonnèrent sous un carillon de cloches. Surpris par la puissante musique des bronzes, des bourdons et des battants, un garçon se précipita dans les bras de son père. Voulant le rassurer, celui-ci leva la main et pointa les tours de la basilique. Il haussa la voix et dit à son fils que la tour ouest s'appelait la Persévérance et la tour est, la Tempérance. Le garçon ne fut guère satisfait de cette explication. Il préféra plonger son nez dans le foulard de son père. Puis, il releva la tête, essuya de sa manche une larme sur sa joue et voulut redescendre pour rejoindre ses amis. Depuis qu'une parcelle d'enfant poussait en moi, mon regard s'attardait sur tous ceux que je croisais. Il y en avait tant, tout à coup.

Thaddeus arriva. Sa cape noire flottait sur les courbes du vent. Il incarnait tout à la fois le chic moderne des gens de la haute société et le panache belliqueux des conquistadors d'une autre époque. Un mélange obscur de flibustier et de banquier. Que venait-il faire ici ? Qu'est-ce qui unissait Montréal et le Nicaragua ? Je n'avais que des questions en tête. Tôt ce matin-là, j'avais songé à expédier un message par télégraphe à Washington. Recevoir des instructions m'aurait été d'un grand secours, mais à mon départ, nous avions convenu de ne pas communiquer par télégraphe. Trop d'intermédiaires étaient susceptibles d'intercepter le message. La clandestinité était la meilleure esquive de l'espion.

— Ne me parle pas, chuchota-t-il en passant près de moi. Compte jusqu'à cinq, puis suis-moi, à distance.

Il poursuivit sa course rue Notre-Dame, bifurqua sur Saint-François, puis je le vis grimper sur le marchepied d'une calèche, me jeter un regard et s'y engouffrer. Je le suivis.

— Quel est cet accoutrement ? me lança-t-il aussitôt que je fus entrée dans la voiture.

— Pardon ?

— Tu ne peux pas t'habiller comme ça.

— Tad, répondis-je, tu as bien dit que nous étions intimes ?

— Nous devons le paraître, oui. C'est bien pour ça que…

— C'est bien pour ça que tu dois savoir que je m'habille comme je veux, je fais ce que je veux, quand je veux, et tu ne viens plus jamais chez les Guibord sans me prévenir.

— Tu es habillée en homme.

— Je porte un pantalon.

— C'est ce que je dis, tu es habillée en homme.

— Tu m'as dit que nous avions beaucoup à faire. Pour bien faire ce que j'ai à faire, je dois être à mon aise.

— Nous n'allons ni traire les vaches ni tirer du revolver. Nous ne sommes pas à New York ni à Philadelphie ici. J'ai besoin d'une femme, d'une femme du monde. Un point c'est tout.

— Je crois que nous ne pourrons pas travailler ensemble, conclus-je en ouvrant la portière.

— Attends, fit Tad en soupirant. Je vais t'expliquer.

Thaddeus frappa sur le toit, indiquant au conducteur que nous désirions partir.

— Où allons-nous ?

— Chez des amis.

— Tes amis ?

— Nos amis, Molly. Il faudra me faire confiance.

Durant quelques instants, le grincement des essieux et le claquement des sabots remplirent le silence. Au détour des rues, les marchands ouvraient leur boutique et les premiers clients faisaient sonner les clochettes accrochées aux portes.

— Tu seras Mathilda, mon épouse, reprit Thaddeus. J'ai dit que tu arrivais prochainement. Si tu ne m'accompagnes pas, ils auront des soupçons.

— Qui ça, « ils » ?

— Mathilda Walsh, souviens-toi. Tu viens d'une grande famille d'armateurs qui a fait fortune dans la traite des esclaves. Ton grand-père était installé à Nantes, c'est pourquoi tu sais parler français. De France, ton père a traversé l'Atlantique et a poursuivi les affaires à Cuba. C'est là que nous nous sommes rencontrés.

— Qui ça, « ils » ?

— « Ils » ? reprit Thaddeus, songeur.

— Je dois savoir, affirmai-je.

— Ce sont les sympathisants d'une organisation, une puissante organisation. Ce sont les Chevaliers du Cercle d'or.

— Les Chevaliers du Cercle d'or, répétai-je dans un sourire incrédule. Tu lis beaucoup trop, Tad. Edgar Allen Poe ? Mary Shelley ? Ne te moque pas de moi. Je ne te crois pas.

— Est-ce que tu sais que l'épouse et la famille de l'éminent président de la Confédération, monsieur Jefferson

Davis, vivent ici à Montréal ? Il les a planqués à quelques pas de l'Université McGill. Montréal, c'est une position stratégique pour les Confédérés. Ils sont les bienvenus ici. Ils vivent en toute sécurité à quelques milles seulement de leur ennemi. Un ennemi qui regarde vers le sud et qu'ils peuvent frapper dans le dos en toute impunité. N'oublie pas ça. Ils sont ici chez eux.

Là, j'avoue que je restai bouche bée. Tad lisait beaucoup, un peu de tout, mais pour l'heure, il ne racontait pas d'histoire.

Thaddeus me jeta un regard dubitatif. Lui aussi devait me faire confiance. Je compris rapidement que nos vies allaient se lier l'une à l'autre dans un jeu dangereux. Il m'en apprit un peu plus sur le Cercle d'or et ses Chevaliers. Il s'agissait d'une des plus grandes menaces planant sur l'Union américaine. Ce cercle secret réunissait des sympathisants esclavagistes qui œuvraient déjà dans plusieurs villes du Nord. Il avait des ramifications à Cincinnati, à Pittsburgh, et même à Washington. Les Chevaliers étaient présents dans tous les États du Sud, et particulièrement au Texas, mais leur influence s'étendait au cœur des plus vieux États abolitionnistes et jusque de l'autre côté de la frontière, à Toronto, mais principalement à Montréal.

Le rôle que pouvaient jouer les Chevaliers du Cercle d'or sur le territoire des États-Unis était important, mais la plus grande menace que faisait planer cette organisation sur l'Union américaine et sur l'issue de la guerre venait de son influence extérieure. Le Cercle d'or était une zone géographique incluant plusieurs pays esclavagistes des Caraïbes et de l'Amérique du Sud, dont Cuba, le Brésil, le Paraguay et Puerto Rico. Plusieurs États de ces régions avaient aboli l'esclavage depuis peu et les anciens propriétaires rêvaient du jour de sa restitution. Les Chevaliers du Cercle d'or avaient pour objectif de réunir ces pays et de propager l'institution particulière à d'autres pays, dont le Mexique, qu'ils souhaitaient annexer. En unifiant ces pays sous la bannière esclavagiste, l'Union américaine serait à mille lieues de celle que souhaitait préserver Lincoln. Dans le cas d'une victoire du Sud, les États-Unis tels qu'ils étaient avant la guerre allaient être dissous. Washington et les États du Nord se retrouveraient coincés entre les États de la Confédération esclavagiste des États-Unis, des Caraïbes et de l'Amérique du Sud, et le Canada-Uni, colonie de l'Empire de Sa Majesté au nord.

La fierté britannique était toujours vivante dans les chaumières canadiennes. Il n'y avait pas si longtemps, les grands-pères fidèles à la Couronne britannique racontaient encore les faits d'armes de leur défaite lors de la Révolution américaine. Tous leurs petits-enfants avaient entendu l'histoire des périples et des déboires de la longue marche qui leur avait permis de trouver refuge au Canada. Ils avaient ainsi sauvé leur famille et leur descendance tout en préservant leur allégeance. Au Canada-Uni, à Toronto, à Montréal et à Québec flottait l'Union Jack britannique. À n'en pas douter, pour plusieurs habitants du Canada, la défaite de l'Union américaine et de Lincoln serait une douce vengeance. Malgré l'aversion du peuple anglais pour l'esclavage, le parlement anglais aurait tôt fait de reconnaître la Confédération sudiste et, qui sait, peut-être même de lui offrir son appui. Depuis longtemps déjà, les grandes puissances d'Europe avaient compris qu'il était de leur intérêt de réduire l'influence des villes industrielles des États américains du Nord. La réunion des pays esclavagistes, sous la gouverne de Jefferson Davis, pouvait leur en offrir l'occasion.

— Le président Lincoln est-il au courant? demandai-je.

— Le président ne croyait pas que les Chevaliers puissent être aussi bien organisés, répondit Thaddeus. Il y a deux jours, des espions ont déjoué un complot pour l'assassiner à Washington même, à la Maison-Blanche. Maintenant, il y croit.

— Et toi, Baco, tu crois qu'elle est si puissante, cette organisation ?

— Bien entendu. Je le sais. J'en ai fait partie. Ne m'appelle pas Baco.

— Tu en as fait partie ? Au Nicaragua ? Tu as dit que c'était un pays du Cercle d'or ?

— J'en ai fait partie contre mon gré. Le Nicaragua a aboli l'esclavage, mais c'est un pays fragile qui pourrait facilement retrouver ses vieilles habitudes. Tout comme l'Uruguay, la Colombie, l'Argentine…

— Tu es un ancien esclave ?

Thaddeus ne répondit pas. La voiture s'arrêta rue Sherbrooke devant une de ces nouvelles résidences qui faisaient l'orgueil de Montréal. Tad descendit, glissa son chapeau melon sous son bras et grimpa les quelques marches menant au balcon d'une maison de pierres grises. Une main féminine tira et relâcha le rideau d'une large fenêtre surplombée de vitraux rouges et jaunes. Durant un court instant, un rayon de ciel vibra sur la soie de la robe d'une dame aux cheveux de jais.

— Où allons-nous ? demandai-je à Tad.

— Au bordel, répondit-il en souriant.

— Pardon ?

— Sois sans crainte, c'est la plus sûre maison de Montréal… et la plus dangereuse, murmura-t-il pour lui-même.

La reine Jeanne

Le verrou glissa et la porte roula sur ses gonds. Un parfum délicat embauma l'air jusqu'à la rue. Aussitôt que nous fûmes engagés dans le portique, la dame de soie bleue se jeta dans les bras de Tad, caressa son visage puis l'embrassa goulûment sans se soucier de ma présence. De toute évidence, elle le connaissait sous plus d'une couture. Lorsque l'effluve de passion se dissipa, la dame me toisa de la tête aux pieds, jaugeant les courbes de mon corps tout autant que celles de mon âme. Elle s'appelait Jeanne. Elle dirigeait cet établissement et quelques autres de la rue Sherbrooke. D'un seul regard, elle déshabillait la vie et en décryptait les codes les plus intimes. Jeanne disposait d'une connaissance infuse de la race humaine, celle de l'encyclopédie des cœurs, de la bible des intuitions. Dans sa redoute de vices et de vertus, l'aigle le plus fier devenait une fragile mésange, l'oiseau le plus discret se faisait perroquet. Les hommes se donnaient à elle jusqu'à la supplier de refermer sur eux la porte de la cage qui, pourtant, leur couperait les ailes. Son champ de bataille était celui du désir. Munie de ses charmes, elle guerroyait à coups de grâces et de douceurs. L'arsenal de toutes les armées d'Amérique ne parviendrait pas à égratigner la fine cheville de sa citadelle. Son emprise sur les cœurs faisait d'elle une arme implacable, dangereuse et redoutable. Et elle le savait.

À travers les fenêtres givrées d'une grande véranda pénétrait une lumière blanche et chaude. Attablées devant un café et un déjeuner, des femmes d'une grande beauté déliaient le regret de sommeil qui s'attardait sous leurs paupières. Si je n'avais pas su où je me trouvais, je me serais crue dans un repaire de princesses. Il y avait là une sirène aux cheveux tressés par les eaux d'un fleuve des Indes, une déesse aux yeux plissés par le vent qui aurait fait rompre les amarres du grand Marco, une rêveuse Pénélope attendant Ulysse, une perle des Caraïbes, un diamant d'Afrique, une comtesse au regard d'ambre de Pologne.

La reine Jeanne entra dans la pièce. Elle jeta quelques signes, lança des ordres et rechigna sur la tenue froissée d'une de ses prisonnières de l'amour. À sa vue, les domestiques s'agitèrent comme si leur vie dépendait du bon ou du mauvais gré de Sa Majesté. Dans un coin à l'écart, une femme tira une chaise et m'invita à m'asseoir. Elle me regarda, souriante et paisible. J'y reconnus les plaines des matins de rosée d'Irlande. Elle était fort belle, mais les quelques rides qui ornaient son visage avaient tôt fait de l'écarter du cruel champ de bataille de la conquête des hommes. Elle s'éloigna et laissa la place à une autre servante qui s'empressa de napper la table de blanc et de monter trois couverts de porcelaine, de cristal et d'argent.

Un homme noir, élégamment vêtu d'un habit de cocher, fit une entrée remarquée. Instinctivement, la tribu de princesses s'éveilla par la promesse d'un baiser. L'homme répondit avec plaisir à toutes ces lèvres tendues, puis il s'approcha de nous et s'adressa à Tad.

— La voiture est dans la cour arrière. Je n'ai pas dételé les chevaux.

— Très bien, répondit Tad. Nous partirons vers midi.

L'homme se présenta à moi en baisant ma main.

— Bonjour, madame Molly, fit-il. Je suis enchanté de vous rencontrer. Je m'appelle Sammy. Je suis l'esclave de monsieur Thaddeus.

— Son esclave ? m'enquis-je, stupéfaite.

— Arrête de faire l'idiot, répliqua Tad qui lissait sa moustache ébouriffée par les caresses de Jeanne.

— Oui, je suis l'esclave de Thaddeus Humphrey, « Tad pour les intimes », mais je suis aussi le frère de Baco Barrios, précisa-t-il en lançant un regard moqueur. Parfois, je me demande quel personnage il préfère jouer. Chose certaine, Tad a du talent pour dompter les négros comme moi.

Sammy prit place à notre table et s'empressa de commander des œufs, du jambon et des crêpes à la première servante qui accrocha son jupon à ses mains baladeuses.

— Vous êtes frères ? demandai-je en tentant de profiter de la langue bien pendue de Sammy.

— De la même mère, répondit-il sans hésitation. Mais pas du même père. Celui de Baco était plus pâle que le mien. Plus pâle et plus riche. C'était le propriétaire de la plantation.

— Donc, vous êtes des esclaves.

— Nous étions des esclaves, rectifia Sam.

— Tu parles trop, Sammy. Encore une fois, tu parles trop.

— Je dois savoir, répliquai-je.

— Tu vois, monsieur Tad, fit Sammy avec ironie, madame, elle doit savoir.

Tad abdiqua, se leva, prit une dernière gorgée de café et traversa la salle en direction de la robe aimantée de Jeanne.

— Raconte-moi, Sammy, l'encourageai-je en le regardant droit dans les yeux. J'arrive à Montréal avec la conviction qu'Harriet m'a envoyée ici parce qu'elle voulait se débarrasser d'une femme enceinte gênante et encombrante, et je me retrouve au cœur d'un complot dans un bordel de la rue Sherbrooke. Tu comprendras que…

— Ça ne paraît pas que tu es enceinte. Harriet et Jaze nous ont dit de prendre soin de toi.

— Tu connais Jaze?

— Bien sûr. Jaze et Harriet nous ont sauvé la vie.

— Vous vous êtes échappés d'une plantation?

— C'est une longue histoire, Molly.

— J'ai tout mon temps. Si j'ai bien compris, nous allons devenir vipères dans un nid de vipères. En cas de morsure, j'aimerais savoir sur qui je peux compter.

— D'accord. C'est bon. Tu vas tout savoir. Harriet nous avait prévenus…

— De quoi?

— Oh, rien. Toi. Tu sais. Tes questions.

— Vous vous êtes renseignés sur moi, à ce que je vois.

— Il ne faut faire confiance à personne dans ce métier.

— C'est justement ce que je me dis. Allez, raconte. Depuis le début…

— Baco et moi sommes nés sur une plantation de tabac en Virginie.

— Vous n'êtes pas nicaraguayens, alors?

— Attends. Sois patiente.

— D'accord, je me tais.

— En Virginie, Baco est né blanc. Les femmes étaient souvent violées. Il était blanc, mais esclave. Sur la planta-tion, il en a bavé. Personne ne voulait de lui. Devenu adulte, il a rencontré Marguerite, une jeune esclave avec qui il a eu deux enfants, Hanna et Joe, tous les deux ni noirs ni blancs. Année après année, jour après jour, Baco et les enfants étaient battus autant par les autres esclaves que par les Blancs. Mon père en a eu assez. Durant des mois, nous avons amassé un peu d'argent. Puis un jour, pendant que mon père payait un gardien pour qu'il regarde ailleurs, Baco, les enfants, Marguerite et moi avons filé à travers les champs.

— Et vous avez rejoint le chemin de fer clandestin ?

— On a trouvé Harriet et Jaze à Gallipolis. Ils voulaient nous conduire chez vous, à St. Catharines. C'est bien là que vous habitez ?

— Il y a longtemps que je n'y ai pas mis les pieds. Pourquoi vous n'êtes jamais venus ?

— À Salem, nous étions tous épuisés et Marguerite avait un pied infecté qui l'empêchait de marcher. Nous avons décidé d'attendre quelques jours puis de reprendre la route, mais cette fois vers l'ouest, vers le Wisconsin. Baco avait entendu dire que les mines du Wisconsin offraient de bons salaires et que, dans l'État, les Noirs étaient passés à deux doigts d'obtenir le droit de vote. Harriet et Jaze nous ont laissé des vivres et de faux papiers et ont poursuivi vers le nord. Ils sont partis juste à temps. Après leur départ, deux chasseurs d'esclaves ont défoncé la porte des quakers qui nous hébergeaient. Ils les ont jetés à la rue et ils ont brûlé leur maison. Nous nous sommes retrouvés enchaînés, en route vers notre bienheureuse plantation de Virginie. Les enfants ont pleuré tout le long. Lorsque nous sommes arrivés, mon père et ma mère étaient ligotés l'un à l'autre. Ils se balançaient au bout d'une corde depuis plusieurs jours. Leurs corps étaient gris. On les avait pendus à la branche d'un arbre tout près des cases des esclaves.

— C'est affreux. Ils ont servi d'exemple.

— Oui, un exemple à ne pas suivre régi par un code de lois écrit dans le sang.

— Pourquoi Tad m'a dit qu'il venait du Nicaragua ?

— Parce que c'est vrai.

— Je ne comprends pas.

— Baco est né en Virginie, mais Thaddeus est né au Nicaragua. C'est au Nicaragua que Baco est devenu Thaddeus.

Sammy sortit de sa poche un élégant étui de cuir dans lequel se trouvaient deux papiers d'identité. L'un mentionnait que Sammy Diaz était l'esclave et le bien de Thaddeus Barrios Humphrey, de nationalité nicaraguayenne, homme de loi et propriétaire terrien de la région de Granada. L'autre, muni d'un sceau légal, certifiait que Sammy Diaz avait obtenu sa pleine et entière liberté.

— Ce sont de vrais beaux faux papiers.

— Oh, les papiers. Ils sont faux jusqu'à ce qu'on dise qu'ils sont vrais. L'important, c'est qu'ils nous ont sauvé la vie.

— À l'allure de vos costumes, il semble bien qu'ils ne vous aient pas seulement sauvé la vie.

— Les apparences, tu sais ce que c'est…

— Parfois, elles ne trompent pas, dis-je, incrédule.

— Thaddeus dit qu'il est millionnaire. C'est pour ça qu'il a ses entrées dans les cercles privés des Sudistes.

— Millionnaire?

— C'est ce qu'il dit… Millionnaire, esclavagiste, homme du monde, propriétaire terrien, Nicaraguayen. Il a toutes les qualifications pour être chevalier du Cercle d'or. Et en prime, il m'a moi, ajouta-t-il en souriant, un gentil noiraud docile qui sait dire : «oui, missié».

— Comment deux esclaves de Virginie…

La dame de la maison coupa court à notre conversation. Malgré mon mécontentement, Jeanne insista et Thaddeus approuva. Nous n'avions pas le temps. Un rendez-vous avait été fixé avec les Chevaliers : St. Lawrence Hall, rue Saint-Jacques, treize heures. Je devais être au bras de mon époux de circonstance.

— Je dois faire de toi une femme, lança Jeanne, affectant un air défrisant de sarcasme.

— Les costumes ampoulés me donnent un mauvais teint, répliquai-je.

Jeanne s'esclaffa de bon cœur et me prit par le bras.

— Tu sais, Molly, insista-t-elle, malgré ce que tu penses de moi, je ne crois pas que nous soyons si différentes.

Je lui laissai ses illusions.

Les papillons

Lorsque j'arrivai à l'étage, Jeanne m'abandonna aux mains d'une servante qui me fit entrer dans une grande pièce au milieu de laquelle un bain fumant m'attendait. Tout autour, il y avait des miroirs et des chaises, des lampes, des robes, des dentelles, des fards et des parfums. Cette salle, qui ressemblait à s'y méprendre à la loge d'un théâtre, était le royaume des précieuses princesses qui brûlaient les planches de la séduction.

Après un bain à l'eau parfumée, la servante m'épongea dans une serviette à la douceur insoupçonnée. Elle examina mon corps, pressa mon ventre, me tourna, me retourna, puis elle se dirigea vers un bahut duquel elle sortit des culottes, de la lingerie et un corset.

— Je suis enceinte, dis-je en voyant l'instrument de torture. Je ne peux pas mettre ça.

— Bien sûr que si, affirma-t-elle. On va serrer là où il faut serrer.

Lorsque les lacets glissèrent dans les œillets, je crus ne plus jamais pouvoir respirer. Je ne sais pas si mes poumons se logèrent dans mes seins, mais je ne parvins à reprendre mon souffle que lorsque je les vis monter et descendre comme de petits ballons gonflés d'hydrogène. Jaze aurait adoré ça.

Jeanne fit son entrée, suivie par une armée de servantes qui se mit à tourner autour de moi comme un essaim d'abeilles impatientées par une fleur qui tarde à s'ouvrir. Lorsque je fus montée sur un tabouret, de petites mains m'habillèrent et me déshabillèrent, me tournèrent, me retournèrent, me tripotèrent sans que je puisse faire quoi que ce soit. La reine mère contrôlait le manège d'une main de maître. Bleu, rouge, jaune, vert. Les robes se ployaient et se déployaient sur moi sans contenter la prêtresse de la beauté et du style.

— Et celle-là, fis-je en profitant d'un moment d'accalmie.

— Laquelle ? demanda Jeanne.

— J'ai vu cette couleur une seule fois, dans la vitrine d'une boutique à New York.

— Ma chère, s'exclama Jeanne, vous avez un goût qui vous fait honneur ! J'ai acheté cette robe tout récemment à prix d'or. Elle est faite de soie et teintée de mauvéine, un nouveau colorant inventé par un chimiste. C'est la première couleur qui ne provient pas de la nature.

Je n'avais jamais été aussi belle. Devant le miroir, je tournais de plaisir. Jeanne me regarda d'un air satisfait. Elle avait éveillé en moi ce qui pouvait s'avérer être le pire et le meilleur : le pouvoir de plaire. Elle me fit un clin d'œil comme aurait pu me le faire un homme. Je lui souris.

Une servante s'avança avec un attirail de peignes et de ciseaux. Elle lissa mes cheveux, coupa quelques mèches et en un tour de main, elle monta un chignon à la fois discret et voluptueux. Une autre me poudra le visage et s'empara de mes cils, les laissant longs et gracieux, et tirant des traits pour rehausser la couleur de mes yeux.

— Mes pieds détestent être trop à l'étroit, dis-je lorsque je vis les bottillons cirés qu'on déposait devant moi.

Quelques instants plus tard, Jeanne examinait son chef-d'œuvre, y mettant la touche finale en attachant à mon cou un collier de perles.

— Te voilà prête, s'exclama-t-elle fièrement.

Manteau, pèlerine, foulards, gants de velours, je descendis l'escalier en prenant garde de ne pas marcher sur un pan de ma robe mauve. Thaddeus m'attendait. Je crois que sa mâchoire se décrocha quelques instants. Le temps de me faire plaisir.

— Ne t'en fais pas, Tad, c'est bien moi, j'ai un Deringer accroché sous mon jupon. Allons-y. Et n'oublie pas de mettre ton manteau.

La rue Saint-Jacques était bondée d'hommes vêtus de pelisses et de manteaux de fourrure. Ici et là, quelques rares dames les accompagnaient. Tout comme dans les résidences sudistes de Vicksburg et de Natchez, l'élégance et le raffinement des richissimes citadins les distinguaient et les préservaient de la faune et de la fiente paysannes et laborieuses des alentours. Dans les rues dédiées à la finance, au commerce et au transport, la bonne société suivait avec assiduité les tendances européennes. Le St. Lawrence était l'un des plus chics et des plus récents hôtels de Montréal. Il accueillait la fine fleur de la bourgeoisie marchande. C'était aussi le siège social de l'armée confédérée. Certains affirmaient que, sous les lustres des salons de l'hôtel, avaient eu lieu d'importantes réunions dirigées par le président de la Confédération, Jefferson Davis en personne. À n'en pas douter, après Richmond, Montréal était un centre névralgique de la Confédération sudiste.

Un valet nous débarrassa de nos manteaux et nous invita à le suivre vers un salon d'où émanaient des rires, des discussions et le tintement répété des verres. Il y avait là six ou sept hommes rassemblés autour d'une table basse et confortablement installés dans des fauteuils capitonnés.

— Je ne peux pas entrer, dis-je en me blottissant contre le mur.

— Pourquoi ? chuchota Tad.

— Il y a là deux hommes que j'ai croisés à Washington. Deux espions, j'en suis certaine. Ils parlent français.

— Ils ne te reconnaîtront pas. Dans cette robe, je t'ai à peine reconnue.

— Que se passe-t-il, monsieur Humphrey ? interrogea un homme qui nous surprit à l'entrée.

— Ma femme a eu un malaise, répondit Tad. Elle est enceinte.

— Mais faites-la entrer tout de suite ! Walter, vite, de l'eau et une serviette.

Simulant un étourdissement, je m'allongeai sur un canapé. L'un des deux hommes que j'avais vus à Washington s'approcha et me prit la main. Il se pencha vers moi et me regarda fixement.

— Je suis médecin, précisa-t-il. Soyez sans crainte. Les nausées sont courantes aux premiers temps de la grossesse. Vous parlez français à ce qu'on m'a dit.

— C'est... c'est sûrement le voyage, balbutiai-je.

— Laissez à votre femme le temps de se reposer, sermonna un homme barbu en s'adressant à Thaddeus. Ces anges ont besoin de repos, d'air frais, de calme... pas de l'âpreté de nos discussions masculines.

— Vous avez raison, approuva Tad. Je rappelle mon cocher immédiatement.

Et c'est ainsi que se termina ma première incursion dans la tanière des chevaliers de l'esclavage. Si les robes ouvraient la porte des cœurs et des âmes, elles fermaient tout autant celle des idées et des manigances. J'en glisserais un mot à Jeanne.

Sammy s'avança dans la pièce et vint me porter un secours dont je n'avais pas besoin.

— Mais non, tentai-je. Je vais mieux. Je peux rester.

— Retournez vous reposer, Mathilda, insista Thaddeus en me glaçant du regard.

— Mais je voulais parler affaires avec ces messieurs.

— Votre femme est splendide, Humphrey, ricana l'un d'eux. Avec des femmes de cette trempe, la famille Walsh n'a rien à craindre pour sa fortune.

— Et les Lincoln de ce monde n'ont qu'à bien se tenir, poursuivit un autre.

La portière de la voiture claqua. J'étais furieuse. Sammy nous conduisit rapidement vers la rue Sherbrooke et gara son attelage dans la cour arrière. Lorsque j'entrai dans la maison, Jeanne vint à ma rencontre, étonnée de me voir revenir si rapidement.

— Ta robe ne vaut pas un clou, lançai-je en lui remettant le manteau qu'elle m'avait prêté.

— Que s'est-il passé ?

— Ils m'ont retournée à mes travaux d'aiguille.

— Est-ce que tu crois qu'ils t'ont trouvée belle ?

— Deux d'entre eux ne m'ont même pas reconnue. À Washington, je les avais pourtant croisés à plus d'une reprise.

— Alors, conclut Jeanne, tu as gagné. Maintenant, ils mangeront dans ta main et Tad aura le loisir de faire tout ce qu'il veut. C'est bien ce que vous vouliez ?

— Tu crois ?

— J'en suis certaine. Les hommes vivent dans la pénombre. La beauté les éblouit.

— Je vais tout de même me changer, indiquai-je en montant l'escalier. La pénombre me sied à merveille.

Lorsque je redescendis, Sammy était attablé dans la véranda. Je m'installai sur la chaise que j'avais quittée quelques heures plus tôt. Nous étions seuls. Les filles étaient montées. Elles préparaient le festin de la soirée au cours duquel elles offriraient hors-d'œuvre, plats et gâteaux contre gages sonnants et promesses infinies.

— Non, fis-je en mettant un terme à ce que Sammy s'apprêtait à dire, je ne veux pas parler de cette rencontre. Par contre, j'aimerais entendre la suite de ton histoire. Si je me rappelle bien, vous étiez de retour à la plantation. Deux esclaves en fuite, repris par des chasseurs de primes, battus et maltraités deviennent soudainement millionnaires et nicaraguayens.

— Tu ne me crois pas.

— J'avoue que je ne suis pas d'humeur à croire quoi que ce soit, mais je vais essayer.

— Je t'aime bien, Molly Galloway, répondit-il dans un grand rire.

Durant un court instant, Sammy plissa les sourcils et trotta dans sa tête afin de recoudre le fil de son histoire.

— Lorsque les chasseurs d'esclaves nous ont ramenés à la plantation, notre maître n'avait qu'une idée en tête : nous écorcher vifs. Il voulait nous battre à mort et nous donner en pâture aux cochons. Dans la grande maison, il y avait un invité. Il s'appelait William Walker. C'était un jeune homme blondinet d'une stature tout à fait quelconque. Marguerite, la compagne de Baco, le sentit sensible à notre situation et le supplia d'intervenir en notre faveur. Walker comprit qu'il y avait là une belle occasion à saisir : deux hommes dans la fleur de l'âge, une femme au ventre fertile et deux enfants qui se soumettraient à son autorité. C'était une affaire. Dans un élan de générosité, monsieur Gorman, notre maître, nous offrit tous les cinq sans demander la moindre rétribution. Trois semaines plus tard, nous nous retrouvions à la Nouvelle-Orléans, puis au Texas, et finalement à San Francisco. Tu ne connais pas William Walker ?

— Non. Je ne le connais pas.

— Les journaux ont parlé de lui à plus d'une reprise.

— Dans quelle section ?

— Celle des enfants de salaud.

— Raconte.

— Marguerite était reconnaissante envers Walker. Après tout, nous lui devions la vie. En peu de temps, Baco est devenu son homme de main le plus sûr et le plus fidèle, et moi, je le suivais partout. Walker était un flibustier. Il voulait conquérir l'Amérique latine, et pour y arriver, beaucoup d'hommes allaient mourir.

— Et vous étiez là pour lui ouvrir le chemin.

— Oui. Il nous donna des armes, de l'argent. Nous étions toujours sur les routes. Nous nous sentions vivants, forts, puissants. Nous étions libres. Riches. Tant que nous rapportions, nous étions de bons investissements, presque des partenaires...

— Et Marguerite et les enfants ?

— Ils restaient à San Francisco. Ils étaient bien logés, bien nourris. Ils étaient sous la protection de Walker. Nous n'avions rien à craindre pourvu que nous fassions ce qu'il voulait.

— Walker a levé une armée et s'est emparé du Nicaragua. C'est là que nous avons eu nos papiers. Ils permettaient à Walker de nous utiliser comme bon lui semblait. Lorsque les affaires allaient mal, nous remontions à San Francisco en rapportant de l'or et de l'argent. Nous savions où Walker planquait sa fortune.

— Et vous la lui avez volée ?

— Non. Il est mort.

Sammy s'arrêta et demanda qu'on lui apporte un whisky.

— À San Francisco, il y avait de plus en plus de rencontres avec les Chevaliers du Cercle d'or. Ils étaient hautains, prétentieux, et leur haine pour les Noirs augmentait à mesure qu'ils perdaient leurs privilèges.

— Marguerite n'était plus en sécurité ?

— Marguerite, les enfants, moi, tous ceux qui n'étaient pas blancs…

— Qu'est-il arrivé ?

— Tu veux vraiment tout savoir ?

— Oui. Tout.

— On a vite compris que nos vies ne tenaient plus à grand-chose. Walker a levé une autre armée et nous sommes partis pour le Honduras. Il voulait construire un canal entre l'Atlantique et le Pacifique. Il allait contrôler tout le trafic maritime, ouvrir de nouveaux marchés. Il allait devenir riche à millions. Et il allait donner aux Chevaliers une arme diplomatique pour établir la suprématie du Cercle d'or. La guerre civile n'aurait pas lieu aux États-Unis. Le Nord devrait se soumettre au Sud et aux pays de l'alliance esclavagistes. Les Noirs seraient esclaves jusqu'au prochain millénaire.

— Comment avez-vous fait pour l'en empêcher ?

— Nous avons livré Walker aux Britanniques. Personne n'a su qui l'avait trahi. Les bateaux de la Royal Navy naviguaient tout près. Les Britanniques ne voulaient pas qu'un flibustier vienne en Amérique centrale avec l'intention de percer un canal maritime et de récolter la fortune qui allait passer par là. Walker a été fusillé. Et nous sommes revenus à San Francisco.

Sammy s'arrêta de nouveau et commanda un second whisky. Il était de plus en plus nerveux, et la suite de son histoire lui brûlait les lèvres. Je déposai ma main sur son bras. Il revint à lui, me regarda et respira profondément.

— Il y a des jours qu'on voudrait ne jamais avoir vécus, me dit-il avant de replonger dans les décombres de ses souvenirs. Lorsque nous sommes revenus à San Francisco, Marguerite et les enfants n'étaient plus là et la maison était vide. D'autres avant nous étaient passés et avaient tout mis sens dessus dessous. Ils cherchaient l'argent de Walker, mais ils n'avaient rien trouvé. Nous, nous connaissions la cache, alors nous avons tout pris.

— Les enfants, vous les avez retrouvés ?

— Oui.

Sammy fit une pause, soupira et reprit le cours de son récit.

— On a cherché partout en ville. Personne ne les avait vus. Nous ne pouvions plus retourner à la maison de Walker, mais il possédait une autre maison dans la montagne. Bien à l'abri des regards. Les Chevaliers du Cercle d'or s'y réunissaient parfois. Marguerite et les enfants avaient peut-être réussi à s'y réfugier.

— Ils y étaient ?

Dans le regard de Sammy, la rage et la peine se mêlaient.

— On les avait pendus. Tous.

— Pourquoi ?

— Tu te demandes encore pourquoi on pend les Noirs, Molly ?

— J'espère que je demanderai toujours pourquoi, ajoutai-je à la bêtise de ma question. Continue, je t'en prie.

— Il y avait une rencontre des Chevaliers à l'intérieur. Sur la table, il y avait des cartes, des pistolets, des revolvers. D'abord, nous avons tranché la gorge des cowboys qui surveillaient les alentours. Puis, nous sommes entrés. Et nous les avons tous tués.

Dans les vitres givrées de la véranda, les derniers rayons de soleil se décomposaient en faisceaux multicolores. Sammy déposa sa main sur la nappe comme s'il tentait d'attraper un peu de cette lumière. Puis, il regarda sa main, la tourna, la retourna, encore surpris qu'elle fût noire. Carolina, une plantureuse femme du Sud, ouvrit la porte de la véranda. Elle empoigna une bouteille de whisky et, avant de repartir, elle déposa un baiser dans le cou de Sammy en faisant rebondir quelques mots d'espagnol dans son décolleté plongeant. Je ne m'étais pas rendu compte que les premiers dandys roucoulaient déjà sur les marches du palais.

— Nous avons enterré les corps et nous sommes partis nous installer au Mexique dans une région que nous connaissions, le Michoacán. Personne n'a jamais su que c'était nous. Pour les partisans du Cercle d'or, il ne faisait aucun doute que Thaddeus Humphrey était toujours des leurs. Le Cercle d'or voulait annexer le Mexique. Nous avons joué double jeu. Voilà. Fin de l'histoire… Tu sais, là-bas, au sommet d'une colline, il y a une forêt d'oyameles où des milliers de papillons viennent se poser chaque année. C'est un miracle d'une grande beauté. On ne sait pas d'où ils viennent. Certains croient qu'ils transportent l'âme des morts. Baco pestait contre toutes ces légendes. Il était inconsolable. Lorsque le premier coup de canon a sonné le début de la guerre entre les États de l'Union, nous savions que les Chevaliers du Cercle d'or se cacheraient dans l'ombre de tout ce qui pouvait lutter contre l'abolition de l'esclavage et se rapprocheraient de Richmond et de Washington, alors nous sommes revenus… Maintenant, tu m'excuseras, mais je dois aller chercher «monsieur Humphrey» à l'hôtel St. Lawrence. Tu veux que je te raccompagne à la maison de tes amis?

— Non, je vais marcher.

J'ai embrassé Sammy sur la joue et je suis sortie. À partir de ce moment, Sammy et Baco auraient toute ma confiance.

Le hall d'entrée s'enivrait des volutes bleues des cigares et du parfum des mouchoirs les repoussant. Le salon se gonflait de moustaches et de parures. Je remarquai quelques sabres sudistes laissés bien en vue au vestiaire. Je refermai doucement la porte derrière moi. Dans la rue, le vent du nord transportait de timides flocons. Les papillons n'y auraient pas survécu.

Mots de pluie, mots d'amour

Quelques jours plus tard, je reçus un billet de Thaddeus. Ma venue à l'hôtel avait eu l'effet escompté. Monsieur Thaddeus Humphrey avait consolidé ses entrées dans les hauts lieux montréalais de la confrérie sudiste. L'affinité virile et la communauté de vues semblaient désormais acquises. La couverture était parfaite. Maintenant, il pouvait livrer de précieuses informations à Washington. Tad avait réussi à communiquer avec Harriet et Jaze. «Ils m'ont fait comprendre que la place d'une femme enceinte n'est pas au cœur d'un repaire de conspirateurs», écrivait-il.

— Même à des centaines de milles, soupirai-je, ils ne peuvent s'empêcher de contrôler mes allées et venues. S'ils croient que je ne retournerai pas rue Sherbrooke…

De sa plus belle plume, Thaddeus m'invitait justement à ne pas le faire. «Étant donné que deux Chevaliers du Cercle d'or vous ont déjà croisée dans d'autres circonstances, il serait préférable de ne plus vous présenter en public dans certains secteurs de la ville, et plus particulièrement chez madame Jeanne.»

— Il n'en croit pas un mot, pensai-je. Tad a vu de ses propres yeux que personne ne m'a reconnue. Lui-même l'a dit… Harriet et Jaze ont dû être très convaincants.

Le billet de Thaddeus se terminait sur une note laconique : « S'il advenait que je sois contraint de faire appel à vos services à nouveau, je vous contacterais. »

Thaddeus avait déposé son mot au bureau du journal *Le Pays* et Joseph me l'avait rapporté à son retour du travail. Il était accompagné d'une autre lettre. J'avais reconnu l'écriture de Jaze, mais je réservai sa lecture à l'intimité de ma chambre.

Au repas du soir, l'impatience noua mon estomac et je quittai la table d'Henrietta et de Joseph en prétextant une soudaine fatigue. À la lumière de ma lampe, je me glissai confortablement sous les couvertures. Peu importe les bonnes et les mauvaises nouvelles que pouvait contenir cette lettre, le fait de lire les mots de Jaze et de me retrouver quelques instants en sa compagnie me comblait d'un bonheur immense. Il me manquait.

Tout en haut de la lettre, à droite, il avait inscrit la date : « Washington, 3 décembre 1862 ». Puis, au début, à la fin, au milieu, partout : « ma belle amour ». Je fermai les yeux. J'entendais le son de sa voix me dire et me redire : « ma belle amour ». Je portai sa lettre à mes lèvres pour sentir ses doigts sur ma peau. « Je ne sais pas comment dire combien je t'aime. Je ne trouve pas les mots. Lorsque ton souvenir m'étreint, le monde est plus beau, le ciel plus bleu, le jour plus clair. Je rêve de ces moments prochains où nous n'aurons plus peur et où nous pourrons être heureux. Je veux que tu saches que si je devais mourir dans cette guerre, là, maintenant, je remercierais la vie de m'avoir permis de te connaître et de te tenir dans mes bras. » Mon désir se noya sous mes paupières.

Dans sa lettre, Jaze me donna des nouvelles de nos amis. Ils étaient tous bien-portants. Harriet avait été envoyée en mission en Caroline du Sud où elle passait le plus clair de son temps. À en croire Jaze, non seulement mes amis, mais tout Washington souhaitaient me revoir rapidement avec notre bébé. Autour de la table, le soir, ils s'étaient inventé un jeu pour trouver le nom de notre enfant : celui qui perdait aux dés devait inscrire un nouveau prénom. Comme il y avait plusieurs perdants par soir, les prénoms commençaient à manquer. Ceux qui gagnaient la faveur de plusieurs étaient : Flora, Éliza, Abraham, Waldo et David. King ne cessait de répéter « -ine », mais personne n'avait encore découvert les premières syllabes du prénom que le géant s'amusait à faire deviner.

Jaze était triste de devoir m'annoncer qu'il ne pourrait pas venir à Montréal pendant les fêtes de fin d'année. Malgré ses longues journées de travail, il n'était pas parvenu à amasser suffisamment d'argent. Il partageait son temps entre le pigeonnier et l'hôpital. Nous devions encore sacrifier ce temps précieux où nous aurions pu être ensemble. Chacun de notre côté, nous allions fêter Noël, puis la nouvelle année. Nous serions à des lieues l'un de l'autre en ce 1er janvier 1863, date unique qui allait marquer l'histoire par l'abolition de l'esclavage aux États-Unis. Nous nous étions pourtant promis de faire de ce moment l'une des plus grandes fêtes de notre vie. Washington préparait déjà les festivités. C'était injuste.

Walt Whitman lui avait avoué son penchant pour les hommes. Jaze ne savait trop quoi penser de cette tendance qui semblait aller à l'encontre de la nature, mais il savait que la nature n'avait pas révélé tous ses secrets. « Certains croient encore que la couleur de la peau est une marque d'infériorité naturelle et divine. Chose certaine, l'ignorance et les préjugés sont les pires avenues pour mieux nous comprendre. Walt est un vrai poète. Il prodigue des soins à l'âme comme personne d'autre ne saurait le faire. Il m'a demandé de garder son secret, mais te le dire à toi, ce n'est pas pareil, et puis tout le monde le sait déjà.

«J'ai averti le chirurgien-major que d'ici quelques mois, lorsque je recevrai le pigeon qui m'annoncera la venue de notre bébé, je prendrai mon baluchon et je courrai vers toi, vers vous. D'ici là, j'aurai assez d'argent pour prendre le train. Anavita ne cesse de dire qu'elle viendra aussi, mais je ne sais pas où elle prendra l'argent. Elle veut savoir si les médecins de Montréal savent aussi bien qu'elle comment s'occuper d'un nouveau-né. À l'entendre, on peut en douter.»

Jaze signa. «Ce soir, comme tous les soirs, je te prends dans mes bras et je m'endors tout contre toi. Je t'aime, Molly. Je t'aime.» Dans sa cage, un pigeon roucoula. Je m'endormis dans la chaude caresse de Jaze.

Virago de Noël

— Comment allons-nous y parvenir ? s'inquiéta Henrietta, montée sur le cheval du « temps qui passe toujours trop vite ».

— Nous allons y arriver, tentai-je de la rassurer.

— Nous allons y arriver, bien sûr, mais dans quel état ? Regarde ma tourtière. Elle est complètement ratée. Je vais devoir recommencer.

Noël approchait. Les fêtes du Nouvel An également, mais ce qui rendait folle toute la maisonnée était la fameuse séance annuelle de l'Institut canadien qui aurait lieu le 23 décembre.

— Deux jours avant Noël, répétait Henrietta, indignée.

Au cours de plusieurs soirées, Joseph et Louis-Antoine revisitèrent le discours que s'apprêtait à prononcer le seigneur de Saint-Hyacinthe devant les membres de l'Institut. Malgré les attaques incessantes de l'Église et de monseigneur Bourget, l'Institut résistait. Aucun compromis ne parvenait à rétablir les liens. Monseigneur Bourget exigeait une soumission sans équivoque en invoquant la primauté du pouvoir spirituel sur le pouvoir temporel. L'Église ne céderait jamais son pouvoir de régir les cœurs et les pensées. Il était hors de question d'abandonner une quelconque parcelle du terrain de l'enseignement et de la connaissance entre les mains de libertins démocrates prônant la suprématie de la raison et de la liberté. À l'occasion de ce dix-huitième anniversaire de l'Institut, Louis-Antoine Dessaulles avait l'intention de frapper un grand coup.

En compagnie de plusieurs épouses des membres de l'Institut, je m'engageai dans les préparatifs en vue de cette soirée qui allait précéder les festivités de Noël et du Nouvel An.

Le soir du 23 décembre, la rue Saint-Jacques se peupla soudain de jeunes et moins jeunes gens, les uns venant à pied, les autres débarquant d'une calèche feutrée. Sur les marches menant à la grande salle réservée par l'Institut, les salutations distinguées se mêlaient aux accolades sympathiques. Le bruit des chaises glissant sur le parquet se fit envahissant. Les membres s'installèrent devant la tribune.

Dessaulles arriva, serra quelques mains et s'avança vers le lutrin. Le président de l'Institut canadien avait l'attention de chacun. Plusieurs des femmes que j'accompagnais sortirent de la salle pour vérifier les préparatifs. À la fin de chacune des conférences, les membres de l'Institut profitaient de l'occasion pour donner des nouvelles et échanger sur les propos tenus. Les discussions allaient bon train et asséchaient les langues déliées des invités. Un gobelet d'eau fraîche (lorsque ce n'était pas quelque autre boisson) était toujours le bienvenu. Je m'installai sur une chaise aux derniers rangs, sous le regard réprobateur de certains.

«Messieurs, débuta Dessaulles, il y a dix-huit ans déjà à pareil jour, plus de deux cents jeunes gens se réunissaient dans les anciennes salles de la Société d'histoire naturelle de Montréal.

«Sentant les difficultés de plus d'un genre qu'éprouve en ce pays l'homme qui veut s'instruire, comprenant par sa propre expérience que l'éducation que l'on reçoit au collège n'est pas autre chose qu'un point de départ...»

— Tu ne viens pas nous aider ? murmura une petite voix à mon oreille.

— Non, répondis-je, je préfère écouter. J'irai vous rejoindre tout à l'heure.

« Une fois l'Institut formé, une fois ce moyen formé pour la jeunesse de Montréal, les hommes déjà mûris par la réflexion et l'étude, ou ceux qui s'étaient déjà acquis une position par un travail quelconque, sentirent l'à-propos d'encourager ces jeunes gens qui, d'eux-mêmes et par le simple désir du bien, du perfectionnement individuel et du progrès général, s'unissaient dans une action commune pour se préparer à mieux étudier et approfondir les sciences humaines. Un grand nombre d'amis des lettres et de l'éducation s'empressèrent de faire des dons de livres, et après trois ou quatre ans, l'Institut possédait déjà, provenant des dons et des amis, une bibliothèque de quinze cents volumes. Une grande activité intellectuelle se manifesta de suite, et les séances étaient suivies par un nombreux auditoire de membres et d'amis qui s'intéressaient vivement au progrès de la nouvelle association. »

À mots couverts, Dessaulles revenait sur les événements des dernières années qui avaient amené monseigneur Bourget à imposer une censure sur la plupart des livres et des romans de l'époque. Même à travers des histoires inventées, les romanciers, Alexandre Dumas en tête, ne pouvaient mettre en scène des personnages qui, par leurs gestes ou leurs paroles, mettaient un tant soit peu en cause les préceptes de l'Église catholique. Que dire des penseurs qui proposaient de nouvelles visions sociales dans lesquelles le pouvoir du clergé était restreint ? Pour l'Église, l'idée que des membres de la société civile aient la liberté de penser en dehors du cadre de la foi était en soi un acte répréhensible. Et que dire des journaux protestants que l'Institut réservait à ses membres de cette confession et qui avaient été l'objet des plus virulentes menaces du clergé catholique?

« Respecter leurs idées, respecter leurs croyances, ce n'est pas les adopter ! Nous ne devons pas plus mépriser leur culte que nous ne devons leur permettre de mépriser le nôtre. »

Tolérance, liberté de penser et non-confessionnalité servaient de guide aux actions de l'Institut. La censure n'avait pas de place dans un lieu de savoir œuvrant à mieux comprendre le monde à travers les diverses disciplines de la connaissance.

« Vous voyez donc, messieurs, que s'il est toujours facile de dire d'une manière générale qu'il faut bannir les mauvais livres d'une bibliothèque, il n'est pas toujours facile de définir exactement quel est le mauvais livre, car des milliers de livres qui sont jugés dangereux pour les uns ne le sont pas pour les autres. »

Il y avait là matière à quelques dérives, Dessaulles en convenait, mais fallait-il pour autant faire de l'ignorance le principe fondateur de toute une société ?

« ... il n'est presque pas un sujet d'étude qui n'offre un danger possible aux esprits mal faits ou peu éclairés : cela dépend beaucoup du point de vue où l'on se place. Faut-il pour cela renoncer à s'instruire ? Faut-il mettre sous clé tous les trésors de la pensée humaine ? Faut-il que nos bibliothèques deviennent des moyens de réaction ou d'amoindrissement intellectuel ? Faut-il qu'elles cessent d'être des répertoires complets des connaissances humaines ? Faut-il rejeter les trois quarts des esprits éminents qui ont élevé si haut la raison de l'homme et illuminé le monde ? »

Dessaulles ne pouvait imaginer qu'une nation puisse se construire, grandir et progresser sans élever connaissance et raison au sommet de ses convictions. En cette matière, l'Église faisait piètre figure. Au cours des siècles, au nom de Dieu, les prélats de l'Église avaient commis de grandes injustices. Son histoire en était souillée. Dans son discours, Dessaulles n'attaquait pas directement l'Église ni monseigneur Bourget. C'était d'ailleurs inutile. Tous les membres de l'Institut connaissaient le nom de ceux que Dessaulles citait à comparaître comme les détracteurs de l'Institut, de la raison et du progrès.

« Voyez-les traîner éternellement Galilée par les cheveux, mettre un bâillon à la pensée partout où ils en ont le pouvoir, ramener le peuple à l'esclavage, proscrire la démocratie, n'adorer que la force, se prosterner avec empressement devant le succès et frapper d'anathème toutes les libertés : la liberté politique, la liberté de conscience et même la liberté civile. »

La liberté politique, la liberté civile, Rome ne savait qu'en faire. Depuis un an, sous la gouverne de Garibaldi, l'Italie avait été unifiée. Ne restait plus qu'à libérer Rome du pouvoir du pape. L'Institut canadien de Montréal avait des affinités certaines avec les Chemises rouges italiennes. Arthur Buies, qui avait combattu auprès de Garibaldi, était de retour depuis peu. Sa verve polémiste et radicale, anticléricale et républicaine, lui attirait les foudres de monseigneur Bourget qui avait tôt fait d'associer le rouge montréalais au rouge italien, ainsi qu'au monde moderne et libéral pour lequel se battaient les armées unionistes. Une rumeur voulait que Lincoln ait demandé à Garibaldi de prendre la tête des armées de l'Union. Tout cela n'était pas de simples coïncidences. À travers le monde, les peuples se battaient pour se libérer des pouvoirs anciens qui avaient servi à perpétuer tant d'injustices.

« Messieurs, le fait est qu'il y a une section importante de la population de cette ville qui tient à faire triompher l'esprit de tolérance, la liberté de penser, d'étudier, de discuter et de s'instruire; et qui veut conserver un asile à l'inviolabilité de la raison humaine. Nous pouvons continuer d'inscrire sur la bannière de l'Institut canadien, cette devise qui a fait notre force : "Travail et progrès! Tolérance et liberté de penser!" »

L'assemblée se leva comme un seul homme. Les applaudissements et les sifflets fusaient de toutes parts. Je me levai aussi en applaudissant. Le discours de Dessaulles était un hymne à ce que chacun de nous croyait. Le désir de se battre pour la liberté en était ragaillardi. Dans cette pléthore de bons sentiments, il me sembla cependant qu'il manquait quelque chose. Je levai la main pour signifier mon désir de parler. De la tribune, Dessaulles saluait et remerciait à bras ouverts. Il me vit et crut probablement que je voulais annoncer une quelconque directive pour la suite de la soirée. Il fit taire la foule et me céda la parole.

— Monsieur Dessaulles, fis-je timidement, vous parlez de la raison, de la liberté, de la tolérance et de l'éducation pour la progression sociale des hommes. J'ai beaucoup lu ces derniers temps, entre autres, des écrits sur la Révolution française. Je sais que vous aimez cette période de l'histoire de France. C'est une période fascinante. Les esprits de cette révolution sont encore présents dans cette salle. Je crois que plusieurs ne connaissent pas l'œuvre de celle dont j'ose vous parler ici. J'ai ici les écrits d'Olympe de Gouges.

Dans les brouhahas de l'assistance, j'entendis «virago, virago». Malgré mon étonnement et la timidité tremblante que je sentais m'envahir, je m'obligeai à poursuivre.

— D'abord, je me suis intéressée à une pièce de théâtre qu'elle a montée avec sa troupe et qui s'intitule l'*Esclavage des Noirs*. Croyez-moi, m'exclamai-je innocemment, cette femme a été plus révolutionnaire que plusieurs révolutionnaires! Elle avait des idées très en avance sur son temps. Imaginez, en 1791, en réponse à la *Déclaration des droits de l'homme et du citoyen* de 1789, elle a rédigé *La Déclaration des droits de la femme et de la citoyenne*. Olympe de Gouges exhortait les femmes de son temps à réagir: «Femmes, disait-elle, ne serait-il pas grand temps qu'il se fît aussi parmi nous une révolution? Les femmes seront-elles toujours isolées les unes des autres, et ne feront-elles jamais corps avec la société, que pour médire de leur sexe et faire pitié à l'autre?» Olympe de Gouges est morte guillotinée le 3 novembre 1793. Elle s'est battue pour les droits civiques et politiques des femmes et l'abolition de l'esclavage. Elle s'est battue pour tout ce que vous défendez aujourd'hui. Elle a dit: «si la femme a le droit de monter sur l'échafaud; elle doit avoir également celui de monter à la Tribune». Monsieur Dessaulles, dis-je pour conclure ma trop longue tirade, à partir de quand les femmes auront-elles accès librement à la bibliothèque et pourront-elles participer pleinement au progrès de l'Institut?

Un boulet dans la marre aux canards. Si j'avais su l'ampleur de la réaction qu'allait susciter mon intervention, je crois que je l'aurais remisée jusqu'à une date ultérieure. Dans le cénacle montréalais de la défense des libertés, sur le coup, je m'étonnai d'avoir touché à des convictions plus sensibles et plus profondes que celles qui opposaient la séparation de l'Église et de l'État. J'avais mis à l'ordre du jour les rôles prédestinés des hommes et des femmes, et l'inégalité des uns par rapport aux autres. C'était aller beaucoup trop loin.

Henrietta et les autres femmes me poussèrent à l'extérieur de la salle. L'une m'enveloppa de mon manteau et, en moins de deux, je retrouvai mes bottes plantées dans l'eau glacée des rues de Montréal. Le temps n'était pas favorable.

Le verglas bordait les toits de glaçons menaçants. La lumière des maisons éclatait dans le givre étincelant des fenêtres.

La patinoire Victoria

Est-ce parce que Joseph et Louis-Antoine m'en voulaient encore que le lendemain de l'assemblée, Henrietta
m'invita à la patinoire Victoria? Sans doute. Malgré les
préparatifs des fêtes de Noël et du Nouvel An qui, la veille,
ne pouvaient souffrir d'un quelconque retard, Henrietta
délaissa poêles et chaudrons pour me conduire à l'inaugu-
ration de cette patinoire intérieure. L'idée de découvrir ce
lieu magique m'enchantait. Je le savais situé rue Drummond
dans les quartiers que fréquentaient les Chevaliers du
Cercle d'or, mais la tentation était trop forte. Depuis plusieurs semaines, les journaux montréalais ne tarissaient pas
d'éloges à l'endroit de ce nouveau joyau d'architecture
montréalais. À n'en pas douter, cette patinoire éclairée par
cinq cents lampes au gaz deviendrait un rendez-vous mondain incontournable et une attraction sans pareille.

Je me regardai dans la glace du salon en riant. Enveloppée
dans le manteau que m'avait prêté madame Dessaulles, une
tuque de laine enfoncée sur la tête et un foulard enroulé
jusqu'au nez, même Jaze ne m'aurait pas reconnue. J'étais
fin prête à m'exhiber en public, fût-il celui des conspirateurs
sudistes. Par prudence, je dissimulai le Deringer de
Thaddeus dans la poche de mon magnifique manchon de
fourrure. Nous nous mîmes en route.

Percé de grandes fenêtres rondes, le bâtiment de briques abritant la patinoire Victoria était imposant. À l'intérieur, les poutres de bois élevaient le toit à une hauteur impressionnante. Tout cet espace libre de murs et de cloisons donnait un sentiment de vertige. Pour l'occasion, des banderoles, des fanions et des drapeaux décoraient la salle de couleurs joyeuses. Des centaines de personnes enfilaient lames et patins et s'empressaient de rejoindre les danseurs endimanchés. Les uns parvenaient à éblouir les spectateurs par leurs figures de style. Les autres se relevaient, défroissant l'orgueil qu'ils avaient meurtri en tombant sur le derrière.

Soudain, au loin, je remarquai Thaddeus et trois des hommes que j'avais entrevus dans les appartements sudistes de l'hôtel St. Lawrence. À quelque distance d'eux, Jeanne et trois princesses frivoles tentaient de faire quelques pas sur la glace et de briser celle, ô combien mince, qui les tenait à l'écart du cœur de leurs futurs prétendants. Thaddeus et Jeanne étaient de connivence. Les hommes du Sud ignoraient qu'ils étaient devenus des proies et qu'un filet de soie et de dentelles allait bientôt s'abattre sur eux. Au rythme de leurs sourires échangés, nul doute que la chasse serait de courte durée.

— Tu es bien songeuse, Molly, déclara Henrietta.

— C'est si magnifique, si impressionnant !

Autour de la salle, plusieurs policiers dans leur nouvel uniforme rassuraient les gens par leur simple présence. Ce n'était pas mon cas. Je détournai le regard d'Henrietta. Je ne voulais pas qu'elle reconnaisse mon prétendu ami qu'elle avait déjà rencontré. Je feignis un étourdissement.

— Retournons à la maison, dit Henrietta en me tapotant délicatement la main. Il y a beaucoup trop de monde ici.

À peine avions-nous mis le pied à l'extérieur qu'un homme nous aborda.

— Bonté divine ! s'écria Henrietta devant l'homme à la peau noire.

— Je suis désolé de vous avoir surprise, madame, s'excusa Sammy sans dévoiler son identité.

Il me tendit une enveloppe en prétendant qu'elle avait sans doute glissé de mon manchon.

— Je ne suis pas dupe de vos petits manèges, monsieur, lança Henrietta en se précipitant devant moi.

— Mais madame, s'offusqua Sammy, interloqué.

— Vous êtes cocher, n'est-ce pas ?

— Oui, madame, répondit-il comme un écolier.

— Où est celui qui vous paie pour venir importuner cette dame ?

— L'homme qui me paie ?

— Dites à cet homme que cette dame est mariée. À un de votre race, d'ailleurs. Et elle attend un enfant.

— Je... je... bafouilla Sammy en me donnant la lettre.

— Retournez ces mots doux à son expéditeur, réclama Henrietta en tentant sans succès de saisir l'enveloppe entre mes mains.

Sammy s'avoua vaincu et fila sans demander son reste. Henrietta s'élança dans la rue comme un taureau dans l'arène.

— Et ne revenez pas, cria-t-elle fièrement.

Elle me tendit le bras, m'invitant à reprendre notre marche vers la maison. Je ne savais pas qu'un si ardent garde du corps protégeait ma vertu.

— Cette lettre, tu vas la jeter, n'est-ce pas ?

— Bien sûr que oui. Je la jetterai au feu.

Ce que je fis... après en avoir pris connaissance.

Rigodon et turlupine

Le froid s'incrustait dans les rues de Montréal. À la prochaine tempête, les chariots glisseraient sur la neige plutôt que de rouler sur la terre gelée, la boue et les trous d'eau creusés par les derniers relents d'automne. L'hiver s'installerait à demeure. Dans le port, Montréal fermerait ses portes de glace. Jusqu'à l'arrivée du premier transatlantique de la prochaine année, les précieuses de la rue Sherbrooke et les intellectuels de la rue Notre-Dame devraient se contenter des robes et des livres qu'ils avaient engrangés dans leur placard. Le printemps suivant ramènerait les nouveautés européennes de la mode et de la littérature. En attendant, décembre couvrait les têtes de tuques de laine et de chapeaux de poils, et emmitouflait les cœurs et les esprits dans les mitaines tricotées de souvenirs d'été.

Noël et le Nouvel An étaient des périodes toutes désignées pour renouer avec les membres de la famille restés dans les terres ou ceux exilés dans les manufactures des villes frontalières. La présence chaleureuse des amis et de la parenté des Guibord me rappela le temps précieux et trop court où j'avais pu tenir mon frère Dillon dans mes bras. Où était-il aujourd'hui? Était-il toujours vivant? Joseph avait la conviction qu'il pouvait être là quelque part, à Trois-Rivières peut-être, mais le regard fuyant d'Henrietta révélait sa désillusion. Nous n'étions que deux enfants en terre d'Amérique, mais je persistais à tisser le fin fil d'espoir de nous retrouver.

Les réjouissances, les jeux de cartes, les contes au coin du feu, les tablées de victuailles et les rires des enfants faisaient naître en moi un curieux mélange de joie et de nostalgie. J'avais le rire au bord des larmes. La nuit du Nouvel An, lorsque le dernier fêtard s'enfonça dans le froid, le temps s'arrêta, laissant au silence le soin de pelleter dehors les échos encore vibrants de la soirée. Je montai dans ma chambre pour écrire à Jaze. Coucher des mots sur le papier en sachant que son regard les lirait me réconfortait. Il était toute ma famille et l'enfant qui naissait en moi était notre avenir. En ces premières heures de l'an 1863, les esclaves des États du Sud pouvaient espérer goûter à la liberté. Lorsque la victoire serait acquise par le Nord, l'abolition de l'esclavage s'étendrait de l'Atlantique au Pacifique, des Grands Lacs au golfe du Mexique. Encore fallait-il gagner la guerre. J'aurais tant aimé être aux côtés de mon amoureux. Jaze devait jouer du tambour à tout rompre. Pour trouver le sommeil dans cette trop courte nuit, j'imaginai les couleurs et les chants de la fête qui illuminaient les rues de Washington.

Quelques heures plus tard, en ce premier jour de l'An, ainsi que me l'avait demandé Thaddeus dans sa lettre, je devais le retrouver rue Sherbrooke dans l'antre de la dame Jeanne. Les choses ne devaient pas se passer comme il espérait. Malgré la promesse faite à Harriet et Jaze, il avait besoin que je replonge dans l'arène. Le couple Humphrey-Walsh était invité à une grande fête.

Mathilda Walsh

Au petit matin, la maisonnée se chauffait encore de l'atmosphère enfiévrée de la veille. Henrietta m'accueillit avec un succulent déjeuner. Elle s'était levée tôt et avait déjà terminé de laver la vaisselle et de faire briller son plus beau service de couverts.

— Henrietta, vous aviez promis de m'attendre pour tout ranger.

— Je n'arrivais plus à dormir, s'excusa-t-elle en tordant un linge imbibé d'eau. Chaque année, je me demande comment je vais sortir vivante du temps des fêtes. Et chaque premier jour de l'an, je me lève avec plus d'entrain que la veille.

— C'était une veillée très réussie.

— Oh oui, mais j'ai hâte de me reposer. Ce soir, Joseph sera à Saint-Hyacinthe, chez les Dessaulles. Nous pourrons nous installer près du feu et parler entre femmes.

— Ce soir... hésitai-je, c'est que je ne pourrai pas.

— Ah, pourquoi ?

— Je serai... occupée.

— Occupée ?

— Oui. En fait, j'ai oublié de vous en avertir, mais je suis invitée à une soirée.

— Une soirée ? Par qui es-tu invitée ? demanda avec suspicion ma mère supérieure.

— Par qui ? Vous vous souvenez de l'homme qui est venu me voir lorsque je suis arrivée, Thaddeus ?

— Tu parles de monsieur Barrios ? rectifia Henrietta. Qui est Thaddeus ?

— Vous avez raison, oui. Je confonds, fis-je, empêtrée dans mes mensonges. Baco. Baco Barrios, Baco est virginien. Il vous l'avait dit ? Ce soir… vous savez que c'est aujourd'hui que la Proclamation d'émancipation du président Lincoln prend effet. En principe, c'est le premier jour de liberté pour les esclaves. J'ai été invitée à une fête… C'est un jour historique.

— Je ne savais pas que tu avais revu ce monsieur.

— Par hasard…

— Et où a lieu cette fête ?

— Rue Brunswick, répondis-je spontanément en révélant le lieu que Thaddeus avait mentionné dans sa lettre. Ou est-ce rue Saint-Jacques ? tentai-je de me reprendre en faussant la piste.

Je ne voulais pas que Joseph et Henrietta soient mêlés d'une quelconque manière aux affaires de la guerre et aux Chevaliers du Cercle d'or. Moins ils en savaient et plus ils étaient en sécurité, et cette sécurité assurait aussi la mienne.

— Si tu ne sais pas où tu t'en vas, comment pourras-tu t'y rendre ?

— On passera me chercher après le souper.

— Joseph pourrait te reconduire.

— Je ne veux pas le déranger. Et puis, vous avez dit qu'il devait se rendre à Saint-Hyacinthe. J'imagine qu'il ne sera pas de retour avant demain. Ne vous inquiétez pas, Henrietta. Ce sont des gens très bien. Je ne rentrerai pas tard.

Par chance, le cocher qui vint me chercher n'avait pas la peau noire et ne s'appelait pas Sammy. Ma crainte de le voir arriver devant la maison s'apaisa. Le nez collé à sa fenêtre,

Henrietta aurait pu le reconnaître et elle se serait monté un théâtre qui n'avait pas lieu de se jouer. Qu'elle pût craindre pour ma vertu m'attendrissait. Toutes ces marques d'affection, fussent-elles inutiles, me réconfortaient. Henrietta et Joseph étaient à des milles de saisir comment se jouait la guerre à Montréal.

Le cocher s'arrêta dans la cour arrière de la maison des fées. La reine des nymphes m'ouvrit la porte de son royaume. Elle semblait anxieuse et agitée.

— Entre et monte tout de suite à l'étage, m'ordonna-t-elle.

— Que se passe-t-il ?

— Il se passe que je vais perdre tout ce que j'ai avec les manigances de Baco. L'amour a des limites, tu ne crois pas ?

— Non, je ne crois pas.

— Vous êtes tous pareils, gloussa-t-elle, ulcérée. Des Confédérés s'envoient en l'air avec mes filles tous les jours, et moi, je cache des conspirateurs dans la chambre d'à côté. Je risque gros dans tout ça.

Thaddeus et Sammy m'attendaient.

— Besoin de moi pour une figuration ? demandai-je à mon auditoire.

— Heureux de te revoir, répondit Sammy.

— Je suis heureuse aussi. Mais j'espère que, cette fois, vous ne me retournerez pas à mes chaudrons.

— La fête débute dans quelques heures, ajouta Tad. Tu as le temps de te préparer.

— Tout de même étonnant, remarquai-je, que les Sudistes organisent une fête le jour de l'abolition de l'esclavage.

— Ils se croient supérieurs en tout, pesta Sammy.

— C'est le Nouvel An pour tout le monde, riposta Tad. Même pour l'épouse du président Davis.

— La femme du président sera là ?

— C'est elle qui invite, précisa Tad. Nous allons à la fête qu'organise la femme du président de la Confédération.

— Et le président Davis?

— Non, il est à Richmond, mais plusieurs gradés de l'armée sudiste y seront accompagnés des plus hauts dirigeants du Cercle d'or. Ce sera le plus grand rassemblement depuis le Grand Réveil des pasteurs du Sud. Tes ennemis et les miens, à la même fête, dans la même maison.

Jeanne fit son entrée.

— Vous êtes tous fous, statua-t-elle en refermant et en s'appuyant sur la porte derrière elle.

— Jeanne, mon colibri, se défendit Thaddeus, nous en avons déjà discuté. Une nuit seulement. Nous passerons une dernière nuit. Demain, nous repartons vers le Mexique. J'insiste. Tu devrais nous accompagner.

— Que veux-tu que j'aille faire au Mexique? Et je ne suis pas ton colibri.

— Bon. C'est comme tu veux…

— Non, ce n'est pas comme je veux. Mon hangar est bourré de barils de poudre, mon salon rempli de Sudistes et j'abrite deux fous qui vont mettre le feu à la ville.

— De la poudre? répétai-je.

— C'est le plan, me lança Tad en tentant de calmer Jeanne.

— Quel plan? demandai-je en attrapant le bras de Sammy qui s'apprêtait à partir.

— Je dois atteler les chevaux et préparer le matériel, répondit-il en échappant à mon emprise. Tad va t'expliquer.

— Le plan, Tad, insistai-je en le saisissant fermement par une épaule. Quel est le plan?

— Nous allons faire sauter la baraque et tous ces salauds. Sammy posera les explosifs. À minuit, des discours sont prévus et un gâteau sera servi. Pendant qu'ils se lécheront les babines et se flatteront l'enflure, nous en profiterons pour nous éclipser. Boum. Tu rentres chez toi. Je rentre chez moi.

— Vous êtes fous, renchérit Jeanne.

— Mon colibri, reprit Tad, aide madame Humphrey à s'habiller et cesse de t'en faire. Tout va bien se passer.

Renversée par l'ampleur du complot, je m'assis sur une chaise bancale et faillis me retrouver par terre. Jeanne haussa les épaules, se signa en levant la tête au ciel et m'invita à la suivre dans la pièce d'à côté.

— Harriet est au courant? Washington est au courant?

— Non. Personne n'est au courant. Ma guerre à moi, elle se passe ici, dit Tad. Ils se croient à l'abri de tout à Montréal. La présidente n'a même pas de garde du corps. Sa maison n'est pas protégée.

— Tu agis par vengeance, ce n'est pas la meilleure conseillère.

— J'ai besoin de toi, mais si tu ne veux pas venir, je prétendrai que tu es indisposée.

— Je vais y aller.

— Alors, fais ce que je dis.

— Le président Lincoln ne voudrait pas pareille hécatombe.

— Parce que tu crois que ton président n'est pas responsable des hécatombes de cette guerre?

— Faire sauter une maison à Montréal, tuer des civils, c'est vicieux. Il n'accepterait pas.

— Je me fous de Lincoln. Et crois-moi, lorsque tous ces rebelles grilleront en enfer, ton président lèvera son verre à ma santé.

Tad avait sans doute raison, sauf pour le verre de Lincoln. Frapper au cœur de la présidence sudiste, décapiter l'armée sécessionniste et mettre en déroute l'organisation secrète des pays esclavagistes, voilà qui pouvait donner la victoire à l'Union et au président Lincoln, sauver des milliers de vies. Sauver Jaze. Me sauver.

Jeanne accrocha à mon bras une robe de soirée d'un vert émeraude. Je tendis une main interrogative vers la robe mauve accrochée à un cintre.

— Mettre deux fois la même robe ? dénigra-t-elle. Non, ça ne se fait pas.

La frugalité du décolleté de cette robe et la simplicité de sa coupe semblaient, aux dires de Thaddeus, être plus appropriées pour les circonstances. Jeanne en doutait, mais elle avait abdiqué toute prétention à la négociation, même dans le domaine de l'élégance qui était pourtant le sien.

— Qu'est-ce que je devrai faire ? demandai-je à Thaddeus.

— Rien, répondit-il avec insistance. Tu n'as rien à faire.

— Comme d'habitude…

— Tu es Mathilda Walsh, mon épouse. Tu attends un enfant. Tu possèdes plusieurs esclaves à Cuba et tu connais la suite. Tu pourras même parler français avec le général Beauregard. Il devrait être des nôtres.

— Celui qui a vaincu nos troupes à Bull Run ?

— Celui-là même.

— Les deux espions que j'ai rencontrés à Washington seront là ?

— Sûrement. Mais s'ils ne t'ont pas reconnue à l'hôtel, ils ne te reconnaîtront pas plus dans une salle de bal.

— Et à minuit ?

— À minuit, tu enfiles ton manteau et nous partons. Si quelqu'un demande pourquoi, nous dirons que tu as un malaise. Sammy nous attendra. Nous monterons lentement dans la calèche et nous partirons. Nous aurons deux minutes pour quitter les lieux. Après ce délai, le feu atteindra les explosifs. Ceux qui auraient pu nous soupçonner seront morts et les autres penseront que nous le sommes. Nous reviendrons ici, tu changeras de vêtements et nous te reconduirons chez les Guibord. Demain, Sammy et moi repartons retrouver nos papillons au Mexique et toi, tu redeviens Molly Galloway. Ni vu ni connu. Dans quelques mois, tu mets au monde un beau bébé. Ta guerre se termine ce soir et la mienne aussi.

— Jeanne, dis-je en arrachant la dame à ses pensées, est-ce que tu as un ruban bien large et bien solide ? J'aimerais accrocher mon Deringer à ma cuisse.

Rendez-vous rue Brunswick

De nombreux drapeaux confédérés flottaient au balcon et aux fenêtres d'une somptueuse résidence de la rue Brunswick. Accrochées à des ficelles ornées de sapinage, des lanternes balançaient leur lumière jusque dans la rue. En cette fête du Nouvel An, la maison Davis affichait distinctement son appui à la cause sudiste. Sur ce territoire confédéré de Montréal, l'abolition de l'esclavage n'avait pas eu lieu. Les dernières victoires de l'armée de Lee confirmaient les heureuses prétentions de la nouvelle année.

La soirée chez madame Davis était grandiose. Elle me rappelait celle que j'avais observée par la fenêtre de Rosedown Hill, la somptueuse résidence de Stephan Corner à Natchez. C'est d'ailleurs dans cette ville que madame Davis rencontra son futur mari pour la première fois, comme elle me le raconta elle-même. Cette fois-ci cependant, nous étions loin de Natchez. La porte se refermait derrière moi. Je ne pourrais pas m'éclipser en douce sous l'apparence d'un jeune garçon. Je faisais partie de la fête et je devais jouer le jeu.

— On m'a dit que vous attendiez un bébé, fit la présidente en évaluant la grosseur de mon ventre. Rien n'y paraît encore. Attendez dans quelques mois, vous serez grosse comme une baleine, mais heureuse et aussi radieuse qu'un lever de soleil.

Durant la soirée, Varina Davis me prit sous son aile et me fit rencontrer ses enfants. Elle en était très fière et me souhaitait une aussi grande et belle famille que la sienne. Elle me présenta avec beaucoup de tendresse sa fille Margaret qui s'empressa de me dire qu'elle allait avoir huit ans en février, puis Jefferson, Joseph et le petit William qui avait tout juste un an et qui dormait dans les bras de sa nounou.

Le piano jouait des airs du Sud. Les habits gris de l'armée sudiste se mêlaient aux vestes à basque et aux gilets brodés des financiers et des hommes d'affaires montréalais.

— On ne peut pas, chuchotai-je à Tad. Il y a plus d'innocents que de soldats dans cette maison.

— Personne n'est innocent, ici.

— Il y a des femmes et des enfants.

— Dans dix ans, ces enfants viendront tuer le tien et ils en feront un esclave. C'est ce que tu veux ?

Je ne parvenais pas à me faire une raison et à trouver une solution. Sammy devait déjà être au travail. Il posait sa dynamite sur tout le pourtour de la maison. Au nombre de bâtons que j'avais entrevus dans la malle de notre attelage, à minuit, il ne resterait plus rien de cette demeure et de ses invités.

Vers vingt-trois heures, madame Davis demanda le silence pour que la petite Margaret, avant de se mettre au lit, chante *Dixie Land*, l'hymne des soldats confédérés, qu'elle avait longuement appris pour l'occasion. Durant sa prestation, on frappa à la porte d'entrée et un serviteur disparut dans le portique. Il revint et, profitant du silence qui s'était fait dans la maison, il lança :

— On demande madame Molly Galloway.

Mes jambes flanchèrent quelques instants. Thaddeus me regarda, interloqué. Tous les convives se dévisagèrent, cherchant l'appelée.

— Je ne connais pas de Molly Galloway, fit madame Davis en s'avançant vers la porte.

— Bonsoir, madame, salua le cocher que je ne connaissais pas. On m'a demandé de passer chercher madame Molly Galloway à une fête rue Brunswick. Comme cette maison est la plus joyeuse de toute la ville, je me suis dit que j'étais au bon endroit.

— Molly Galloway, vous êtes certain ?

— Oui, c'est ce qui est écrit. On m'a demandé de venir chercher madame Galloway qui serait à une fête pour l'abolition de l'esclavage.

— L'abolition de l'esclavage ?

— Oui. On m'a même dit qu'Harriet Tubman serait peut-être ici.

— Harriet Tubman ? lança un militaire offusqué. Vous êtes un plaisantin ? Qui vous envoie ?

— Non, monsieur, vous vous trompez, tenta de se défendre le cocher.

— Filez, gredin, ajouta l'officier. Filez avant que je vous enfonce ma lame en travers de la gorge.

Le cocher prit ses jambes à son cou. Son attelage disparut loin des feux de la fête et sous une pluie de jurons. Les convives discutèrent de l'événement fâcheux, mais la petite Margaret n'en avait que faire. Elle recommença sa chanson depuis le début. Tad me jeta un regard inquiet.

Quelques minutes plus tard, la porte claqua de nouveau. Deux hommes criaient à tue-tête. Projeté dans les airs, Sammy vint s'effondrer violemment sur les dalles froides du plancher de la salle d'entrée. Il était couvert de boue et son visage tuméfié saignait abondamment.

— Regardez ce que nous avons trouvé, lança l'un d'eux.

— Un négro. Ce foutu négro a fixé des barils de poudre tout autour de la maison.

— Des explosifs ? s'inquiéta un homme d'affaires en redingote.

— Il n'y a pas de danger, rassura un soldat. Restez calme. Nous nous en occupons.

— Le visage de cet homme me dit quelque chose, s'inté-ressa un des Chevaliers du Cercle d'or. C'est votre cocher, monsieur Humphrey, affirma-t-il.

Il n'y avait pas mille solutions.

— Restez tous où vous êtes, dis-je en braquant mon Deringer sur la tempe de madame Davis.

— Personne ne bouge, ajouta Thaddeus en menaçant la foule hostile de son colt.

— Ça va aller, Sammy ?

— Oui, répondit-il. La voiture est tout près.

— Ne bougez pas, répétai-je en entendant le cliquetis des armes qui se braquaient sur nous. Nous allons sortir et monter dans la voiture. Si vous nous laissez partir, madame Davis descendra au prochain coin de rue. Elle pourra revenir à pied, tout doucement.

Un chemin se dégagea jusqu'à la porte. Le silence était lourd et dense. Même les enfants s'étaient tus. Nous mar-chions dans un champ rempli de crotales. À l'affût d'un moment d'inattention, ils attendaient, impatients, pour s'élancer sur nous et déchirer notre audace de morsures venimeuses et fatales. Ils ne feraient pas de quartier.

— Vous êtes Molly ? me demanda la première dame de la Confédération. Ils ne vous laisseront pas partir. Si vous ne pensez pas à vous, pensez à votre enfant. Si vous me libérez, je vous promets que vous pourrez faire naître cet enfant en paix.

— Taisez-vous.

— Vous n'êtes pas une tueuse, Molly. Laissez-moi, et il ne vous sera fait aucun mal. Vous pourrez partir.

— Assez parlé, intervint Thaddeus en braquant son arme sur la tête de madame Davis. Reculez tous. Je n'hésiterai pas une seconde à lui faire sauter la cervelle.

Sammy empoigna le fusil à deux canons qu'un soldat pointait dans sa direction et il s'élança vers la voiture. En quelques instants, les chevaux piaffaient au bout de l'allée. Les dalles étaient glissantes de neige et de glace. Nos souffles remplissaient l'air de buée grise. Voyant que nous allions réussir à nous enfuir, quelques-uns se précipitèrent vers nous dans un geste désespéré. Thaddeus tira et un homme s'écroula, glaçant net la fièvre des autres. Il s'ensuivit cependant un affolement général qui fit bientôt place à un échange de coups de feu désordonné. Sammy tira sur un baril de poudre déposé dans la cour avant. Il explosa sans faire trop de dégât, mais sema la panique dans la maison. Tad était monté et pointait son arme à travers la fenêtre de la carriole. Je me précipitai dans la voiture après avoir repoussé violemment la première dame dans la neige. Les chevaux s'élancèrent sous une pluie de balles.

— Pourquoi l'as-tu laissé partir ? hurla Thaddeus.

— Qu'est-ce que tu voulais en faire ? hurlai-je à mon tour. C'est raté. Raté.

— C'est toi qui as tout fait rater.

— Tuer des femmes et des enfants dans un pays étranger n'aurait pas servi la cause.

— C'est pourtant ce qu'ils ont fait avec ma femme et mes enfants. Tu crois qu'ils ont hésité avant de les pendre ? cria Thaddeus. Tu crois qu'ils ont eu des remords ?

Une balle traversa le bois verni de notre nacelle et vint se loger dans le capitonnage de nos bancs. La chasse était lancée. Trois cavaliers nous poursuivaient avec fureur. Ils nous rattrapaient. Au détour d'une rue, Sammy freina notre attelage avant de le faire repartir au galop. C'est à ce

moment que, sans crier gare, Thaddeus nous faussa compagnie. Il se tint debout au milieu de la rue. Lorsque le
premier cavalier arriva, Tad tira sans rater sa cible. Il
s'empara des rênes du cheval abandonné par son cavalier,
mais il ne réussit pas à y monter. Un coup de feu le jeta sur
les pavés. Arrivés à sa hauteur, les deux autres cavaliers
vidèrent leur chargeur. Le corps de Thaddeus sursauta sous
les décharges. La haine nous sauva. Sammy dirigea notre
attelage vers une rue transversale et les chevaux partirent
au galop sans laisser d'espoir qu'on nous rattrape.

Lorsque la porte se referma derrière nous, Jeanne comprit qu'elle ne reverrait plus l'homme qui avait fait une
différence dans sa vie. Elle tenta de cacher sa douleur dans
l'habituel maquillage de ses peines. En vain. Elle préféra
disparaître. Je montai à l'étage pour me changer. Dans la
salle d'habillage, deux princesses conversaient sur les clients
et les recettes de la soirée. Dans la pièce d'à côté, un couple
dévorait bruyamment ses derniers instants de plaisir. Un
calme étrange remplit le vide qui m'envahissait. Le sens de
la vie me sembla confus, presque inutile.

Sammy manda un cocher pour me reconduire. Tout se
déroulait trop vite. Lorsque j'ouvris la porte de la maison
des Guibord, Henrietta m'attendait assise dans un fauteuil
près du feu. Elle évita de me parler de son chaperon de
cocher revenu bredouille.

— J'étais inquiète.

Je ne répondis pas. Assise par terre à ses pieds, je déposai
ma tête sur ses genoux et fermai enfin les yeux. Henrietta
glissa sa main dans mes cheveux défaits.

— Qu'est-ce que tu as, ma petite Molly?

— Rien, répondis-je. Je n'ai rien.

— Mais voyons, fit-elle soudainement en se dressant sur
son fauteuil. Là, ta robe, elle est tachée de sang.

Poupée de chiffon

Le médecin appelé en renfort par Henrietta plongea sa tête et ses instruments entre mes jambes. L'impatience me gagna doucement, mais sûrement. En attendant la fin de l'examen, mon regard s'accrocha aux poutres du plafond. Henrietta avait insisté pour assister le docteur. Elle craignait que je mette en sourdine certains détails sur ma condition.

— Est-ce que vous avez reçu un coup au ventre ?

— Non, assurai-je. Je n'ai pas reçu de coup au ventre.

— C'est que vous avez des contusions sur les cuisses. Ici, ça vous fait mal.

— Oh oui, répondis-je, surprise par une soudaine douleur.

— À part cet écoulement de sang, vous allez bien ?

— Très bien, docteur. Je vais bien.

— Ce n'est pas vrai, docteur. Elle a des humeurs.

— Des humeurs ? m'écrirai-je.

— Oui, des humeurs. Tu t'emportes. Tu dis des choses que tu ne penses pas. Tu es distante, secrète. Tu n'es pas comme d'habitude.

— Oh, Henrietta, je suis désolée... Docteur, dites-nous, y a-t-il un danger pour l'enfant ?

— Je ne crois pas. Prenez du repos, beaucoup de repos. Ne faites pas d'efforts violents. Gardez le lit durant quelque temps. Il n'y a plus de saignement. Tout devrait bien se passer. S'il y a un autre écoulement de sang, nous aviserons.

— Vous voyez, Henrietta. Il ne faut pas vous inquiéter.

Le docteur enfila son manteau et descendit l'escalier. Au rez-de-chaussée, je l'entendis saluer Joseph et Louis-Antoine Dessaulles qui entraient en toute hâte dans la maison.

— Molly est là-haut ? s'informa Joseph à son épouse.

— Oui, déclara Henrietta, mais elle doit se reposer. Il ne faut pas la déranger.

L'escalier craqua sous les pas pressés des deux hommes pourchassés par ceux d'Henrietta.

— Molly, dit Dessaulles sur un ton solennel.

— Vous êtes pâles, tous les deux, remarqua Henrietta. Qu'est-ce qui se passe ?

— Vous ne pouvez pas rester ici, poursuivit Dessaulles sans se préoccuper des questions d'Henrietta. Un homme est passé au bureau du journal. Il cherchait Molly Galloway. Un Américain. Un Sudiste.

— Je dois partir, affirmai-je en me levant.

— La nuit dernière, s'enquit Dessaulles, une violente explosion a eu lieu rue Brunswick. C'était vous ?

— Oui.

— … rue Brunswick… enchaîna Henrietta qui mettait les morceaux du casse-tête en place.

— Je dois partir, repris-je. Je ne veux pas que vous soyez mêlés à toutes ces histoires.

— Mais où crois-tu pouvoir aller dans ton état ? s'inquiéta Henrietta. Il n'est pas question de partir.

— Je vais aller à St. Catharines.

— Pour habiter dans une étable, s'écria Henrietta. Il n'en est pas question. Tu as besoin de soins et d'un médecin.

— Je suis médecin, répondit Dessaulles aux inquiétudes d'Henrietta tout autant qu'aux miennes. J'ai une solution.

Ce soir, rendez-vous chez moi, au 33, rue Berri. Demain à la première heure, Joseph nous conduira à Longueuil. Nous y prendrons le train pour Saint-Hyacinthe. Là-bas, vous serez en sécurité.

— Je ne veux pas abuser…

— Vous connaissez ma haine pour l'esclavage, Molly. Je serai heureux de vous aider et d'aider ceux qui combattent pour la liberté.

— J'écrirai à Jaze et à Harriet.

— Vous pouvez rester aussi longtemps que vous voudrez. Jusqu'au printemps, s'il le faut. Jusqu'à votre accouchement, idéalement. Vous avez besoin de repos. Il y a même de la place pour Jaze et Harriet.

— D'accord, acceptai-je, reconnaissante.

Ce soir-là, au bord de la fenêtre, ma poupée de chiffon et le cheval de bois de Dillon retrouvèrent leur solitude.

Au bord de la Yamaska

Louis-Antoine Dessaulles était seigneur de Saint-Hyacinthe. Sa famille y occupait les plus hautes fonctions. Elle possédait des terres, des forêts, un manoir seigneurial et plusieurs dépendances. Maire de la ville jusqu'en 1857, Dessaulles était convaincu que le progrès et l'essor d'une population étaient proportionnels à sa capacité d'intégrer les connaissances et d'adapter les techniques et les moyens de transport à ses besoins. Saint-Hyacinthe ne comptait que peu d'habitants, mais elle avait l'audace des villes modernes où le chemin de fer et les manufactures croissaient tout autant que les services de santé et d'éducation. L'Institut canadien y était implanté et, malgré ses déboires avec l'Église, y connaissait un succès d'estime. « Plus le peuple est instruit, moins il est maniable », disait Louis-Antoine Dessaulles.

— Le manoir vous est grand ouvert, dit-il en passant devant le magnifique bâtiment, mais je préfère vous conduire dans une dépendance à l'abri des regards. Vous y serez tout à votre aise. Henry David Thoreau y a déjà séjourné quelques jours.

— Henry David Thoreau, répétai-je, impressionnée. Le philosophe américain ?

— Oui, lui-même. De son passage au Bas-Canada, il concluait qu'il y avait deux fléaux dans ce pays : les militaires et les curés. Selon lui, le catholicisme aurait été une religion exemplaire si elle avait été en mesure de se débarrasser de ses prêtres. Il avait un humour d'une ironie parfaite.

— J'ai été très attristée à l'annonce de son décès l'an dernier.

— C'était un grand homme. Les États-Unis avaient encore besoin de lui. Vous avez lu ses livres?

— Bien sûr. *Walden*, *La Désobéissance civile*…

— Nous sommes arrivés, signala Dessaulles en ouvrant la portière. Habituellement, cette maison est habitée par les ouvriers agricoles engagés durant les bonnes saisons. Ils arriveront au printemps. En attendant, elle est vide. Après un bon feu, elle deviendra vite confortable.

— Ce sera parfait.

— Il y a un grand dortoir et, à l'étage, une chambre pour le contremaître. C'est aménagé simplement, mais vous y serez bien et en sécurité. Tous les jours, une servante vous apportera à boire et à manger. Mon frère Casimir se fera un plaisir de venir vous visiter et vous entretenir sur les nouvelles du jour. Lorsque je serai à Montréal, un ami médecin prendra soin de vous. S'il y a quoi que ce soit, n'hésitez pas à me le faire savoir.

Louis-Antoine Dessaulles déposa la cage de mes pigeons près du gros poêle ainsi que ma valise et mon parapluie dans la chambre du haut, puis il retourna vaquer à ses nombreuses occupations. Lorsque la porte se referma derrière lui, je m'assis par terre. Comme pour rattraper le temps que je n'avais pu prendre pour me désoler de tout ce qui venait de se produire, mon cœur se mit à battre à tout rompre et mon souffle devint aussi lourd que la peine et la peur qui m'assaillirent. Thaddeus était mort, Sammy avait disparu. Je tremblais. J'ouvris mon manteau et ma veste et empoignai mon ventre. Nous étions toujours vivants.

Peu à peu, je recouvrai mes esprits et réussis à défaire ma valise et à nourrir mes pigeons. Je m'allongeai sur le lit. De chaudes et pesantes couvertures le recouvraient. Je m'y enroulai pour mieux disparaître.

Mes premiers jours à Saint-Hyacinthe furent empreints d'une crainte démesurée de voir arriver un détachement de cavalerie sudiste. Bien qu'à maintes reprises Dessaulles me fît connaître son désir de s'entretenir avec moi, son emploi du temps ne lui permit que rarement de m'inviter dans sa bibliothèque. J'y empruntai cependant suffisamment de livres pour garnir mes journées de poésie, d'aventures, d'histoire et de politique. Louis-Antoine Dessaulles défendait ses causes comme un érudit magnifique, un humaniste courageux, un libre-penseur impénitent et un Don Quichotte de première classe. Après les Rébellions de 1837, il s'était embarqué en compagnie de sa tante sur un navire en partance de New York afin de rejoindre son oncle Louis-Joseph Papineau en exil à Paris. Il me parla de tous les peuples soumis à la tyrannie des pouvoirs, ceux de Pologne, de Hongrie, d'Autriche, d'Espagne et d'Italie. Il s'opposait au projet de Confédération des territoires canadiens et prônait l'annexion aux États-Unis.

— L'Empire britannique ne nous laissera jamais quitter le navire, disait-il. Nous devons nous rallier à une puissance moderne et libérale qui pourra nous soutenir dans nos projets de libération.

Quelques jours après mon arrivée à Saint-Hyacinthe, monseigneur Bourget contraignit les curés de toutes les églises à faire une annonce contre l'Institut canadien. Le prélat réagissait aux propos tenus par Dessaulles à sa dernière conférence et aux articles publiés dans *Le Pays*. Les ouailles s'agenouillèrent et prièrent. Ceux dont les genoux ne voulaient pas plier et dont les oreilles refusaient d'entendre se firent pointer du doigt.

« L'institut, disait l'Église, se fait l'apôtre de l'abominable doctrine du rationalisme, qui voudrait faire prévaloir la pauvre raison humaine sur la foi divine. Nous allons donc prier pour que ce monstre affreux du rationalisme, qui vient de montrer de nouveau sa tête hideuse dans l'Institut et qui cherche à répandre son venin infect dans une brochure qui répète les blasphèmes qui ont retenti dans cette chaire de pestilence, ne puisse nuire à personne. »

— Ce qu'il oublie, clama Dessaulles au salon, c'est que l'Église et la foi divine dont il parle ne sont pas dirigées par Dieu, mais par des hommes, et que ces mêmes hommes utilisent leur « pauvre raison » et leur « affreux rationalisme » pour perpétuer les iniquités dont ils profitent. Ce ne sont que des menteurs.

Au bord de la rivière Yamaska, mes journées étaient toutes semblables les unes aux autres. Elles débutaient par un déjeuner, se poursuivaient par une marche aux abords de la forêt et se complétaient par l'écriture d'une lettre à Jaze. Pas un jour je ne manquai de lui écrire. Ce moment de retrouvailles était celui que je préférais, celui qui me gardait sereine. La solitude me pesait. Jaze m'écrivit autant qu'il put, mais le temps lui manquait. La guerre faisait toujours rage.

Dans les plaines et les vallées maskoutaines, seules les bourrasques venaient troubler le silence. Difficile de croire que, là-bas, de jeunes hommes mouraient au bout de leur fusil. Dans ma retraite paisible, malgré les mises en garde de Dessaulles, le seul de mes soucis était celui de rester loin des regards indiscrets. Quelques voisins curieux signalèrent la présence d'une lumière inhabituelle dans la dépendance présumée inhabitée. Dans ce pays où les filles-mères faisaient la honte de toute la paroisse et de toute la communauté, il n'était pas rare de conclure qu'un secret trop bien gardé était celui d'une grossesse non désirée. Les cancans de village allaient bon train. S'ils exaspéraient certains membres de la famille Dessaulles, Louis-Antoine et moi savions qu'ils étaient le plus sûr rempart de ma clandestinité. Jour après jour, la seule différence qui marquait ce temps long et froid de l'hiver était ce ventre qui n'en finissait plus de grossir et qui me réchauffait de l'intérieur.

À la fin de février, une douleur sourde me transperça et un écoulement de sang tacha mes draps. Louis-Antoine me fit transporter dans une chambre du manoir où je restai alitée durant deux longues semaines. Le docteur Leman m'ausculta et passa me voir tous les jours. Il possédait un curieux instrument qui lui permettait d'entendre les battements du cœur.

— Il est bien vivant, déclara-t-il, rassurant. Maintenant, il faut qu'il s'accroche et, pour ça, la maman doit se reposer.

— Je ne fais que ça, répondis-je. Je peux écouter ?

La force du battement me fit sursauter.

— J'entends un autre bruit, plus sourd, plus lent.

— C'est votre cœur, Molly.

Dans mon corps, deux cœurs battaient. La vie. Comment était-ce possible ?

— Je vous laisse le stéthoscope, s'amusa le docteur en enfilant son lourd manteau de fourrure. Le tube de caoutchouc ne me plaît pas. J'en ai un autre, gardez-le. En vous levant et en vous couchant, vérifiez si le cœur du bébé bat normalement.

En me levant, en me couchant, en mangeant, matin, midi, soir, en me lavant, en lisant, en écrivant, en m'endormant, je ne me lassais pas d'entendre la tambourinade du duo de nos cœurs.

Lorsque le mois de mars entama sa course vers le printemps, le docteur Leman me permit de retourner dans mon royaume au bout du rang. Je m'y sentais plus à mon aise et moins exposée aux allées et venues des marchands, des commerçants et des notables qui défilaient au manoir. Les dernières bordées de neige allaient encore former d'immenses bancs de neige, mais le soleil qui perçait les nuages insistait pour réveiller la sève des érables. Dans la cabane à sucre, l'eau se transformerait bientôt en tire et en sirop.

Tout ce que je veux

Un matin, un splendide matin, j'entendis frapper à ma porte. Comme je n'étais pas décemment vêtue, je pris quelques instants avant de descendre. C'est là que j'entendis un battement de tambour, le son joyeux d'un harmonica et la voix d'une femme qui se plaignait du froid.

— Jaze, criai-je à tue-tête. Jaze. Tom. Anavita. Que faites-vous là ? Je n'ai pas expédié de pigeon. Je n'ai pas encore accouché…

Je dévalai les marches comme un ballon percé. Ils étaient là devant moi. Je n'en croyais pas mes yeux. Jaze tenta de m'embrasser, mais freina sa course devant mon ventre-surprise que je dissimulais sous une ample chemise. Je l'empoignai et le fis valser dans l'allée du dortoir avant de le faire basculer sur un lit pour mieux l'embrasser.

— J'ai essayé tous ces lits en pensant à toi, lui avouai-je en reprenant mon souffle.

— Comment vas-tu, Molly ? me demanda-t-il en tentant de lire dans le blanc de mes yeux.

— Je vais bien. Le bébé va bien.

— Tu as encore ces maux de ventre ?

— Non… enfin, presque pas… Ne t'en fais pas. Et toi, comment vas-tu ? Que faites-vous ici ? Vous êtes venus vérifier ma conduite ?

— Je ne fais pas confiance à tes médecins, décocha Anavita avec un air de dédain.

Après avoir accroché leurs manteaux sur les crochets de l'entrée, Tom et Anavita avaient transporté leurs bagages à côté de deux lits qu'ils collèrent l'un à l'autre.

— Tu es bien installée ici, constata Tom en palpant la paillasse douillette.

— Est-ce qu'on pourrait ajouter un peu de bois dans le foyer de ce poêle? proposa Anavita en ajustant son châle sur ses épaules.

— Je suis tellement heureuse de vous voir, bafouillai-je, en sanglots.

— Ne pleure pas ainsi, me dit Jaze en m'offrant ses bras.

— C'est que… tentai-je d'expliquer dans le brouhaha des sentiments qui m'assaillaient. C'est que je t'aime tant. Vous m'avez tous tellement manqué.

— Oh, soupira Anavita en mêlant ses bras aux nôtres.

— Et moi, alors? s'offusqua Tom.

Quatre amis. Quatre amours. La neige. Le vent. La mort. La haine. Le sang. Rien n'y ferait. Nous étions, en ce moment, en ce lieu, unis pour toujours, à tout jamais. Respirer, calmer ma peur, saisir l'amour qui donne un sens à la vie, faire provision pour les jours où il en manquerait.

— Harriet a reçu une lettre de Sammy, murmura Jaze sans se délier de notre emprise. Il est rendu à San Francisco, en route pour le Mexique. Il va bien, ne t'en fais pas. Il voulait prendre de tes nouvelles. Harriet a expédié un télégramme à son hôtel.

— Tad est mort pour nous…

— Qu'est-ce que tu as dans le cou? voulut savoir Anavita en coupant notre cordon d'amitié.

— C'est un stéthoscope, certifia Jaze avec fierté. Un jour, à l'hôpital de Washington, j'ai vu un médecin qui en avait un comme ça.

— Sur un champ de bataille, ce n'est pas vraiment utile, ajouta Tom.

— Ceux que j'ai vus n'avaient qu'une seule tige rigide, nota Anavita en examinant l'instrument.

— C'est un tube de caoutchouc.

— C'est mou et ça s'étire, s'étonna Tom. Molly, tu n'as pas pensé à t'en faire un lance-pierre? En le prenant comme ça par les oreilles...

— Arrête de jouer, gronda Anavita. Ce n'est pas le temps de le briser.

Durant l'heure qui suivit, je devins à tour de rôle un carrousel de foire entre les mains d'enfants turbulents et une œuvre d'art digne d'admiration. Tom jura avoir entendu notre enfant dire que Jaze jouait du tambour comme une vieille crécelle.

Anavita posa l'embout de bois du stéthoscope partout sur mon ventre. Elle écoutait attentivement, hypnotisée par la musique de nos cœurs. Elle s'émerveillait d'entendre le son du sang pompé dans nos veines comme des vagues s'abattant sur la plage.

— Un jour, Molly, me promit Jaze, nous irons nous baigner sur une plage du Sud.

— En attendant, ironisa Anavita, si on remettait du bois dans le poêle?

Le vent chantait aux fenêtres. La neige couvrait les champs de blanc. La lune scintillait au-dessus de mon lit. Ceux que j'aimais étaient là, avec moi. Il n'y avait plus de guerre, plus de haine, plus de méchanceté. Partout au monde, le ciel était bleu et la mer calme. Partout au monde, il n'y avait que des enfants heureux. Je fermai les yeux. Jaze se serra contre moi et posa ses lèvres dans mon cou. Je sentais la chaleur de son souffle, la tiédeur de sa peau, la douceur de sa main sur mon sein, la caresse de sa jambe contre la mienne. Je m'enivrai de toutes les saveurs de ce moment béni.

— Nous ne pourrons pas rester très longtemps, chuchota-t-il.

— Ce soir, réclamai-je en déposant un doigt sur sa bouche, il n'y a que de l'amour. C'est tout ce que je veux.

Le 54ᵉ

Depuis la Proclamation d'émancipation du président Lincoln, la guerre était devenue celle de la libération de tous les esclaves en sol américain. Il n'y aurait plus deux Amériques. Une seule survivrait à la guerre. La liberté était devenue l'enjeu et la victoire ne pouvait être que totale. Elle annihilerait les ambitions esclavagistes des États et des pays de toutes les Amériques. Elle briserait à jamais les privilèges d'une caste sur une autre, le pouvoir d'un homme sur un autre. Du moins, c'est ce qu'on croyait.

Depuis la première bataille de l'histoire du monde, les guerres remplissaient le butin des vainqueurs de cohortes d'esclaves. Depuis toujours, plusieurs d'entre eux s'étaient révoltés contre la tyrannie de leur maître. Ils avaient souvent été vaincus. Cette fois, ils devaient être les vainqueurs. Et pour vaincre, ils devaient se battre.

— Je n'ai pas le choix, Molly, répétait Jaze en réponse à mes appréhensions. Si nous ne nous battons pas, notre enfant ne sera jamais libre. Je serai le père d'un esclave.

— Et si tu meurs, il n'aura pas de père du tout.

Au troisième jour de ce court temps de bonheur qui m'avait été accordé, Jaze et Tom disparurent au bout du chemin et ils plongèrent en enfer. Ils s'embarquèrent sur le train vers Longueuil et Montréal, puis sur celui en direction de Boston. Ils allaient s'enrôler dans le 54ᵉ régiment d'infanterie du Massachusetts formé de volontaires noirs et dirigé par Robert Shaw, un jeune colonel blanc de vingt-cinq ans.

Il ne fallait pas se faire d'illusion. Les nouveaux régiments de Noirs étaient formés de recrues qui n'avaient qu'une piètre connaissance du maniement des armes. Rares étaient ceux qui avaient combattu sur les champs de bataille et qui en connaissaient les règles. Depuis le début du conflit, ils n'avaient servi que de témoins. L'état-major, les généraux et la plupart des soldats blancs les croyaient inaptes à se battre et résistaient à l'idée de risquer leur vie à leur côté. Dans les régiments noirs, peu de volontaires avaient l'expérience du front et du feu, mais tous, depuis toujours, connaissaient l'odeur et le prix du sang.

La réaction ne se fit pas attendre. Les Sudistes promulguèrent des lois pour freiner l'enrôlement des Noirs libres du Nord et pour désamorcer les possibles rébellions des esclaves du Sud.

« Tout Nègre surpris les armes à la main contre les États confédérés sera séance tenante remis en position d'esclavage.

« Tout Nègre capturé en uniforme fédéral sera sommairement passé par les armes.

« Tout officier blanc qui commandera durant la guerre en cours des soldats noirs ou mulâtres en armes contre les États confédérés, ou assistera volontairement des Noirs dans une quelconque entreprise militaire, sera jugé pour incitation à l'insurrection d'esclaves, et sera, en cas de capture, passé par les armes, ou puni selon la décision de la cour. »

Jaze, Tom et tous les Noirs qui s'engageaient à porter l'uniforme bleu de l'Union savaient que sortir vivants d'une bataille perdue n'était pas envisageable. Après une défaite, pires que les balles et les obus, s'abattraient alors sur eux la haine et la démesure de la vindicte esclavagiste. Les soldats noirs représentaient l'ultime cauchemar sudiste. Jusque-là docile, ignorant et soumis, un esclave se levait, s'armait et criait vengeance. Un Noir devenu soldat était un homme mort. Il n'y aurait pas d'exception, pas de pitié, pas de prisonniers. Bêtise ou courage ? Je ne savais pas lequel de ces mots qualifiait le mieux leur engagement. Probablement les deux.

En avril, les maux de ventre me clouèrent au lit. Le docteur Leman passa me voir et me proposa plusieurs examens. Anavita se faisait un malin plaisir à critiquer ses interventions et ses diagnostics. Du haut de ses diplômes et de son expérience, le docteur Leman n'en prit pas ombrage. Au contraire, il jugea que les connaissances d'Anavita faisaient d'elle la personne toute désignée pour m'accompagner et me servir de sage-femme.

— Sage-femme, sage-femme, rechignait-elle. Je ne suis pas une sage-femme…

Vivre, malgré tout

Après quelques jours, la douleur s'atténua et mon bébé se calma aussi. Ses mouvements moins brusques et moins douloureux me permirent de prendre du repos. Toutes les heures de la journée, Anavita écoutait le cœur de mon bébé.

— Que se passe-t-il, Anavita ? Tu es inquiète ?

— Je ne suis pas habituée à entendre le cœur des bébés... Je me trompe peut-être. Les battements ne sont pas aussi réguliers qu'ils l'étaient. Je crois qu'il serait temps de provoquer ton accouchement. J'ai demandé au docteur Leman de passer.

— Provoquer l'accouchement, ce n'est pas dangereux ?

— Ce n'est pas l'idéal, mais je crois que ton bébé a besoin de prendre l'air.

Le docteur Leman acquiesça. L'accouchement devait avoir lieu le plus rapidement possible. Malgré la science, malgré les connaissances acquises depuis des millénaires d'enfantement, la nature conservait plusieurs de ses secrets.

Anavita, qui m'avait gardée au lit jusque-là, se transforma en entraîneuse de boxe. Elle me fit bouger, marcher, lever les jambes, lever les bras. Elle me fit boire des tisanes de sauge et des décoctions de framboisier. Après l'arnica, le gelsemium et le caulophyllum, mon infirmière passa aux choses sérieuses.

— Tu ne vas pas aimer ça, me dit Anavita. C'est de l'huile de ricin…

Louis-Antoine informa les Guibord de l'imminence de mon accouchement. Henrietta arriva à Saint-Hyacinthe par le premier train. Elle venait prêter main-forte à Anavita. Elle nous accompagnerait dans ce moment que nous voulions heureux.

Une fille, une jolie fille, grande et potelée. Son cri déchira le soir couchant. Ses joues étaient pleines de rires à offrir à la vie. Elle avait une tache de naissance sur l'épaule, la même que portait son père. Quelques cheveux roux ondoyaient sur son crâne dégarni. Pour l'instant, sa peau était blanche, mais tout portait à croire qu'elle accueillerait volontiers le soleil du Sud. Le rideau de la chambre gondolait sous la brise de cette journée de chaleur exceptionnelle. Mes draps étaient encore humides d'eau, de sueur, de pleurs et de sang. Sa bouche palpa mon sein. Difficilement.

Quelques heures après sa naissance, malgré les soins d'Anavita, d'Henrietta et du docteur Leman, malgré l'amour que je lui jurais, malgré le temps précieux que serait le nôtre, malgré nos prières à ce dieu qui ne répondait jamais, elle cessa de respirer. Elle n'avait pas eu le temps de me dire son nom. Plus vite qu'un éclair de lune, elle me quitta, me laissant seule avec cet excès de vie. Son cœur s'arrêta de battre et le mien aussi. Il n'y avait rien à faire, disait-on. Rien. Se soumettre. Plier l'échine. Pleurer, souffrir, oublier. Moi qui me plaignais depuis des mois d'être trop pleine de tout, je me retrouvais soudain trop pleine de rien.

La journée qui suivit se passa comme un vertige au-dessus du vide. Le désir d'y plonger succédait à celui de s'enfuir. Un prêtre passa pour offrir les derniers sacrements. Il était trop tard pour éviter à ma jeune âme la sévère banquette des limbes, mais Henrietta insista. Elle qui avait fait plus que sa part pour accroître le contingent des enfants mort-nés croyait pouvoir duper la vigilance de Dieu. Il était si nonchalant à répondre à nos appels, peut-être l'était-il aussi pour déterminer qui des uns et des autres avait droit au paradis.

Henrietta et Anavita enveloppèrent ma fille dans un linceul. Je refusais de la quitter. Pas encore. Pas tout de suite. Elle m'avait accompagnée. Je l'avais portée. Elle avait fabriqué sa vie de la mienne. Sa mort emportait un bout de moi. Au lendemain de ce jour marqué d'une croix, je quittai la maison endormie et marchai pieds nus jusqu'au bord de la rivière. La brume remplissait l'air d'un paysage sans horizon. Comme mon père l'avait fait avec ma sœur Nelly, comme Monique l'avait fait dans la prison de Kingston, je creusai une tombe dans un coin de terre qui me serait sacré.

— Tu t'appelleras Emelyn comme ta grand-mère, chuchotai-je en sanglotant. Tu ne pourras pas manger de confiture avec moi. Tu ne pourras pas me raconter les histoires que tu as lues. Je ne pourrai pas consoler tes peines. Je ne verrai pas ton sourire à Noël. Mais tu seras toujours avec moi. Sur la lune. Je regarderai la lune, moi aussi. Lorsque je te parlerai la nuit, je t'appellerai Emelyn. N'oublie pas.

L'eau cimenta la boue et les pierres du mausolée que j'érigeai au bord de la Yamaska. Le printemps gonflait la rivière d'un courant inhabituel. J'étais trempée et transpercée par le froid. Lorsque je revins vers la maison, Henrietta et Anavita m'attendaient. Une carafe de café fumait sur la table. Henrietta n'approuvait pas que ma fille soit enterrée dans une terre non consacrée, mais elle comprenait... Elle comprenait surtout qu'il n'en serait pas autrement. Je libérai les pigeons. Ils s'envolèrent et disparurent rapidement dans la brume. Sans message accroché à leur patte.

Trois semaines passèrent. Henrietta tenta en vain de concocter la soupe miracle qui me ferait ouvrir la bouche. Anavita passa des larmes aux cris, des jurons aux rires pour me faire réagir. Entre les douleurs de mon corps et celles de mon cœur, je ne sais lesquelles me firent souffrir le plus. Une lourdeur coupable m'affligeait. Les pensées tournaient dans ma tête et m'imposaient un verdict : ma bêtise et mon entêtement avaient eu raison de la vie qui grandissait en moi. Le soleil de mai éblouissait ma peine de trop de lumière. Je préférais l'ombre et le silence. Après les larmes vint la douleur sourde de l'absence, celle qui fait poindre la mort par dépit de la vie. Je ne ressentais plus rien. Quelque part, au fond de mes jours sans heures, entre l'asphyxie de mon cœur et la paralysie de mon âme, Jaze me manquait. J'aurais aimé qu'il me berce quelques instants. Le temps que je retrouve la peur. La peur et la vie.

Cet après-midi-là, Anavita entra dans ma chambre en déployant la prestance et la fougue qu'elle savait si bien déplacer.

— C'est assez, m'ordonna-t-elle en ouvrant les rideaux, maintenant, tu te lèves. Ce qu'il te reste à guérir, tu ne peux pas le guérir en restant emmitouflée dans tes draps. Tu dois te lever et sortir. Prendre l'air. L'hiver est fini. L'été sera bientôt là. Tu n'es pas responsable de ce qui est arrivé. C'est comme ça. C'est la vie. Si elle avait été bien accrochée, elle aurait survécu. Elle n'avait pas la force de se battre, mais toi, tu l'as.

— J'aimerais que nous partions, murmurai-je comme si j'attendais ce moment depuis longtemps.

— Tu m'enlèves les mots de la bouche, Molly. Ça tombe bien. Monsieur Dessaulles nous a fait parvenir le télégramme qu'il a reçu au bureau de son journal.

— Un télégramme ? De qui ?

— Harriet. Elle nous demande d'aller la rejoindre.

— D'accord. Retournons à Washington.

— Elle n'est plus à Washington.

— Où allons-nous alors?

— Tu ne devineras jamais, dit-elle pour me faire languir. À Boston!

— À Boston? répondis-je avec joie. Mais c'est là que sont cantonnés Jaze et Tom.

— Oui! explosa-t-elle en me sautant dans les bras. Mais il ne faut pas se faire trop d'illusions. Ils ne sont peut-être plus là.

— Dans sa dernière lettre, Jaze disait que les régiments noirs étaient gardés à l'arrière. L'armée ne leur fait pas confiance. Peut-être y sont-ils encore.

— Le message d'Harriet ne fournit pas beaucoup de détails. Chose certaine, elle veut que nous soyons au port de Boston, le 3 juin à midi. Elle mentionne également Frederick Douglass.

— Peut-être sont-ils ensemble. J'aimerais bien revoir monsieur Douglass.

— La dernière fois que je l'ai vu, se rappela Anavita, c'était à ton mariage.

— J'ai une faveur à te demander, lançai-je en me jetant hors du lit. J'aimerais que tu ailles en ville et que tu me déniches un nouveau pantalon et des bottes, ceux que j'ai sont trop usés.

— Je n'ai presque plus d'argent, Molly. Juste ce qu'il faut pour acheter deux billets de train.

— Vous n'allez pas partir? fit Henrietta en apparaissant dans l'embrasure de la porte de ma chambre. Molly, tu devrais encore te reposer.

— Si je me repose encore, je ne vais plus pouvoir me relever. Je dois y aller, Henrietta. Je dois rejoindre Jaze. Maintenant que je n'ai plus d'enfant…

— Oh, soupira Henrietta en songeant à ces moments où elle-même avait eu envie de partir pour oublier son ventre stérile. Je te comprends, finit-elle par dire après s'être tordu la bouche dans tous les sens. Je vais te trouver les vêtements que tu veux.

En fin de journée, lorsque Henrietta revint de ses courses, la maison sentait bon le repas qu'Anavita nous avait préparé.

— Mais qu'est-ce que tu as fait à tes cheveux ? gronda Henrietta.

— Je les ai coupés, répondis-je.

— Ils étaient si beaux, si soyeux.

— Là où nous allons, ils ne le resteront pas longtemps.

— C'est vrai que dans les hôpitaux, ajouta Anavita, les poux ne se lavent pas souvent.

— En pantalon, en bottes et en chemise, tu auras l'air d'un garçon.

— Les robes de bal ne me portent pas chance.

Je remis deux lettres à Henrietta, l'une pour Joseph et l'autre pour Louis-Antoine. Je les remerciais pour tout ce qu'ils avaient fait pour moi et m'excusais de les avoir entraînés dans de si fâcheux événements. À bien des égards, la lutte qu'ils menaient pour la libre pensée était aussi importante que celle qui se livrait de l'autre côté de la frontière. Leur victoire serait déterminante pour l'avenir.

Baisers volés

Deux jours plus tard, Anavita et moi arrivions à Boston. Jaze m'avait décrit le camp Meigs où le 54e régiment était cantonné. Il était situé dans un champ de Readville, à quelques heures de marche de Boston. Nous n'avions pas le temps de nous y rendre avant le rendez-vous fixé avec Frederick Douglass, mais nous nous promettions de le faire aussitôt que nous aurions reçu les instructions d'Harriet et pris congé du célèbre abolitionniste. Frederick Douglass défendait avec une ferveur renouvelée l'égalité pour tous, hommes, femmes, Noirs, Amérindiens, immigrants. Depuis le début de la guerre, il faisait pression jusqu'à la présidence, pour faire en sorte que l'enjeu ultime de cette guerre civile soit la lutte contre l'esclavage. Il avait gagné. Depuis la Proclamation d'émancipation, cette guerre était devenue la sienne. Selon lui, que les Noirs portent des armes, mettent des aigles sur les boutons de leur uniforme, participent aux combats et versent leur sang sur les champs de bataille, c'était là le sacrifice qu'ils devaient accomplir pour devenir des citoyens américains à part entière. Avec Frederick Douglass planait le malheur de voir partir ceux que nous aimions, mais nous savions que son regard s'étirait plus loin que nos vies.

À grand-peine, nous nous dirigeâmes vers le port. En ce matin de mai, le chemin y menant était encombré de tout ce qui portait veste et pantalon, ceinturon, casquette, fusil et harpon. Au-delà de la foule des marchands et des matelots, les navires se lestaient et se délestaient de leurs cargaisons de passagers et de marchandises. Leurs cordages se tendaient et se distendaient au rythme du va-et-vient de ce ballet portuaire. Malgré la brise du large, l'air du matin s'emplissait de soleil. Installées contre les briques rouges de la taverne, des tables et des chaises offraient aux passants le plaisir de manger et de boire en profitant du temps doux.

— Anavita, Molly, quel plaisir de vous revoir !

— C'est un plaisir partagé, monsieur Douglass, dis-je en lui tendant la main.

— Pas de formalités entre nous, répondit-il en exhibant la bague à mon doigt. Je fais partie de la famille, après tout.

— Nous avons d'ailleurs l'intention de retrouver cette famille à Readville, révéla Anavita.

— Vous n'aurez pas le temps de vous y rendre, déclara Douglass. Vous devez embarquer sur ce clipper dans moins d'une heure.

— Où allons-nous ? demanda Anavita.

— À Beaufort, en Caroline du Sud. Harriet vous y attend. Elle a besoin de vous.

— Pourquoi nous ?

— Pour cette mission, elle ne fait pas confiance aux soldats, surtout s'ils sont blancs et n'ont pas de poil au menton.

— Quelle est la mission ?

— Harriet veut libérer des centaines d'esclaves des rizières de la Caroline. Mais les soldats et les armes font peur aux esclaves. S'ils débarquent sans prévenir, ils vont tous se sauver. Vous, vous avez l'habitude, et Harriet vous fait confiance… Vous savez que mes fils Charles et Lewis font partie du même régiment que Jaze et Tom ?

— Vous aurez sûrement le temps de passer les voir à Readville… ironisa Anavita.

— À Readville ? Non. Pourquoi j'irais les voir là-bas ? poursuivit Douglass qui avait remarqué ma déception. Pourquoi se rendre jusque-là puisque ce sont eux qui viennent à nous ?

Au bout de la rue, le brouhaha d'une foule en liesse se mêla au son d'une fanfare et aux pas cadencés d'une troupe de soldats.

— J'ai appris pour votre enfant, chuchota Douglass en se penchant sur mon épaule. J'en suis désolé. Je vous souhaite d'en avoir un autre bientôt, en bonne santé.

— J'y compte bien, assurai-je en dégageant mon regard de la foule. Le mieux serait de finir cette guerre avant tout. Après, je nous promets une marmaille et des caisses de pots de confiture pour les nourrir.

Parti du camp Meigs, le 54e régiment faisait son entrée dans le port de Boston. Le défilé de la troupe était chaudement applaudi. Pour une rare fois dans l'histoire, les Noirs étaient honorés. Ils ne marchaient pas en frôlant les murs. Ils ne baissaient pas la tête. Ils promenaient leur fierté au milieu de la rue. Dans la foule, Noirs et Blancs lançaient vers eux des hourras et des encouragements. Les soldats recevaient tout l'honneur qui revient à ceux qui vont se battre et mourir. Sous les drapeaux flottant à l'avant du cortège, Jaze était là, en première ligne. Il rythmait le pas en battant du tambour. Une onde de bonheur et un ressac de peine m'envahirent. Je me sentais à la fois amoureuse et honteuse de ne pas porter notre enfant.

— Ils s'embarquent eux aussi ? demanda Anavita. Avec nous ?

— Non, malheureusement. Vous vous rendez à Beaufort en Caroline du Sud. Eux vont rejoindre les troupes en

Caroline du Nord. Mais vous ne serez pas loin les uns des autres.

— Nous serons aussi loin qu'on puisse l'être durant une guerre…

— La guerre ne durera pas. Ce n'est qu'une question de temps.

Arrivée sur le quai, la troupe se disloqua en attendant les ordres d'embarquement. Jaze croisa mon regard. Il déposa son tambour et s'avança vers moi, d'abord lentement, puis en courant. Lorsqu'il arriva à ma portée, il s'arrêta. Il pleurait.

— Ce n'est pas de ta faute, Molly, dit-il en me prenant dans ses bras. Tu ne pouvais rien y faire. Elle n'aurait pas survécu. Tu le sais bien.

— J'aurais peut-être pu…

— Non, Molly, non, tu as fait tout ce que tu pouvais. Tu feras la meilleure des mères. Je veux avoir plein d'enfants avec toi. Des douzaines. Tu te rappelles à St. Catharines, sous la lune? Nous avons imaginé notre maison des centaines de fois. C'est comme ça que nous allons vivre. C'est mon rêve et nous allons le réaliser.

— Oh, mon bel amour, dis-je en prenant son visage entre mes mains.

Jaze me sourit. Comme il le faisait dans nos plus grands moments d'émotion, il porta sa main à sa poitrine, fit mine de prendre son cœur pour le déposer dans ma main qu'il enveloppa doucement. L'amour n'a pas de mots.

Le clairon sonna le rappel de la troupe. Tom avait troqué son harmonica pour un clairon. Je me rendis compte qu'Anavita n'était plus à mes côtés et que Frederick Douglass saluait ses fils pour une dernière fois. Le temps s'était arrêté durant quelques trop courts instants. La réalité nous rattrapait. Elle nous rattrape toujours.

Jaze m'embrassa. Je sentais encore la douceur de ses lèvres sur les miennes lorsque je le vis disparaître sur le pont de leur bateau.

— Votre navire appareille aussi, nous informa Douglass, vous devez y monter. D'ailleurs, voici les derniers passagers qui arrivent. Vous vous connaissez, je crois.

— Phil le mordu, m'étonnai-je en voyant le forban de *Harper's Ferry* à la tête de quelques durs à cuire. Que fais-tu là ?

— Douglass a toujours un petit service à me demander, répondit-il à la blague. Nous partons avec vous.

— Je suis heureuse de te revoir, dis-je en me rappelant les durs moments passés à la prison de Charles Town.

Notre navire s'avança en mer. Celui de Tom et de Jaze était toujours en rade. Des matelots y chargeaient un dernier canon se balançant aux cordes d'un palan. Les soldats chantaient. Le son de leurs voix parvenait jusqu'à nous. Il se mêla au bruit des vagues et aux cris des goélands, puis il disparut.

Retrouvailles

De gros nuages noirs tourbillonnaient dans le ciel de la Caroline. Le temps était chaud et l'humidité alourdissait l'air jusqu'à se noyer. Un... deux... trois... quatre. Je comptais les secondes entre l'éclair et le tonnerre. Venu du large, l'orage allait s'écraser sur la côte. Un vent soudain se leva et la pluie balaya du pont les empreintes des marins. Ancré dans la baie de Beaufort, le navire se balançait sur les vagues houleuses de la mer. Ne restait plus qu'à attendre que le temps se calme pour transborder armes et bagages, matelots et passagers dans des barques qui nous mèneraient au rivage et au camp d'Harriet. Cette attente donna à Phil le mordu l'occasion de me raconter son histoire depuis sa fuite de la prison.

— Je ne suis pas officiellement intégré à l'armée, m'avoua-t-il candidement. J'ai ma troupe personnelle. Nous faisons le sale boulot.

— Ça ressemble à quoi, le «sale boulot»?

— Tu connais Nathan Forrest?

— Non, je ne le connais pas.

— Forrest est un lieutenant général des Confédérés. Il a jugé que l'armée confédérée était trop couarde. Il a monté son propre détachement de cavalerie, sa petite armée à lui. Il harcèle nos troupes sur les routes. Il attaque les convois, les forts, les entrepôts, les trains. Il tue, il brûle et il disparaît. Un vrai fantôme… Je fais la même chose.

— Et tous les deux, vous vous payez en ramassant le butin que vous trouvez en chemin.

— Il faut bien se nourrir, répondit Phil en riant.

— Bandit un jour…

— On peut le voir comme ça. L'armée rebelle tolère Forrest. L'armée yankee me tolère. Faut dire que je prends tous les risques et que je rapporte gros.

— Je n'aime pas cette manière de faire. Mettre le feu. Détruire. Nous devrons tout reconstruire. Reconstruire avec l'injustice et la haine au cœur, ça ne doit pas faire du solide…

— Je laisse ça aux politiciens. Avons-nous vraiment le choix ?

Nathan Forrest était un guerrier intrépide et cruel. Il se croyait investi du pire pouvoir, celui de la Providence. Il protégeait les valeurs sudistes au nom de Dieu. Au grand malheur de tous, c'est lorsque la guerre prit fin officiellement que son œuvre plongea le cœur de l'Amérique dans une plus grande noirceur. Après 1865, il poursuivit sa croisade en devenant le premier Grand Sorcier du célèbre Ku Klux Klan. La vie d'un seul individu peut-elle faire la différence dans la destinée de l'humanité ? Dans la mienne, l'existence de Nathan Forrest et du Klan fit toute la différence.

Harriet dirigeait une troupe d'éclaireurs et d'espions qui avait pour mission de fournir des informations sur les mouvements de l'ennemi et de cartographier les lieux, et plus particulièrement les cours d'eau. Monsieur Stanton, le secrétaire à la Guerre, de qui relevait directement Harriet, était convaincu que des cartes fiables et précises constituaient un précieux atout. Les combats sur le Mississippi en étaient la preuve. La connaissance des cours d'eau tout comme celle des chemins de fer permettaient de pénétrer profondément dans les territoires et d'attaquer, de diviser et de couper les lignes de ravitaillement.

Washington visait un objectif bien précis : la ville de Charleston en Caroline du Nord. C'est là que se dirigeait le 54e régiment. Le port de Charleston était fort achalandé. Il permettait au Sud de poursuivre son commerce avec le reste du monde. Transportées et défendues par les corsaires de la marine confédérée, les marchandises affluaient sur ses quais. Y débarquaient des armes, des canons, de la nourriture, du fer, de la poudre, des outils, des tentes, des tissus et des vêtements. Y embarquaient du coton, du tabac, du riz, des fruits et toute la production des terres du Sud.

La prise de Charleston était capitale dans le plan de l'Union. Elle renforcerait le blocus maritime imposé par le Nord, étoufferait l'économie du Sud déjà mal en point et isolerait la capitale confédérée de Richmond. L'importance stratégique de Charleston était connue et précieusement défendue par les Sudistes. La bataille ne se livrerait pas sans peine. Fortement armés, les forts Wagner, Sumter et Moultrie tenus par les Confédérés défendaient un étroit bras de mer donnant accès à la baie.

— Mama ! King ! hurlai-je en retrouvant mes amis.

— C'est bien moi, fit la rondelette dame qui m'avait si bien accueillie à St. Catharines. Tu ne pensais pas me retrouver ici, n'est-ce pas ?

— Je ne pensais jamais vous retrouver, Mama.

— Avec tout ce que j'ai entendu sur la guerre, reprit ma bonne fée, je ne pouvais plus rester à mes fourneaux si loin de vous. Je me demandais bien comment vous pouviez vous nourrir sans moi. J'avais raison.

— –ing, –tent, ly.

— Moi aussi, je suis contente de te voir, King. Tu voulais devenir un héros. Avec Harriet, tu en es devenu un… même si tu en étais déjà un…

— Vous voilà enfin, dit Harriet qui, dans un élan d'intimité qui ne lui était pas familier, enlaça ma taille et celle d'Anavita. Venez avec moi. Vous partirez cet après-midi. Phil, poursuivit-elle, tes chevaux sont dans l'enclos. Toi et tes gars, prenez la route tout de suite. Les navires partiront cette nuit. Anavita, Molly, venez que je vous présente le colonel Montgomery.

Dans la tente du colonel, des plans, des cartes, des notes prises sur le terrain, tout indiquait qu'une attaque aurait lieu le long de la rivière Combahee.

— Les fameuses espionnes d'Harriet Tubman, déclara le colonel en nous apercevant. Harriet ne jurait que par vous pour cette mission. Trois cents hommes vont participer à ce raid, mais aucun ne pouvait accomplir le travail qui vous est destiné.

— C'est certain que nous avons des qualités que vos hommes n'ont pas, ironisa Anavita.

— J'aimerais bien les connaître, murmurai-je, incrédule.

— Nous allons libérer les esclaves des plantations qui longent la rivière Combahee, nous révéla Harriet.

— Trois vapeurs sont parés pour les embarquer, compléta le colonel.

— Je guiderai les navires, enchaîna Harriet. Nous avons relevé tous les endroits où sont immergées des mines sous-marines. Je les mènerai jusqu'à vous.

— À nous? questionna Anavita.

— Oui, vers vous. Vous irez au-devant pour prévenir nos frères et nos sœurs. Qu'ils se préparent à partir. Vous les connaissez, vous savez comment leur parler. Ils vous écouteront.

— Ils nous écouteront, mais les propriétaires ne seront sûrement pas d'accord.

— Ils sont peu nombreux, nous informa le colonel. Plusieurs ont quitté la région. Il y a beaucoup de rivières et de marécages par ici. C'est la saison des fièvres. Les propriétaires préfèrent quitter leurs terres durant cette période. Les autres Blancs sont partis se battre. Ils ne sont que quelques-uns avec les contremaîtres. Les troupes des Confédérés sont stationnées plus loin. Nous saurons les retenir.

Un soldat souleva la toile de la tente et deux hommes noirs firent leur apparition. Harriet s'approcha d'eux. Elle nous présenta Zak et Andrew, deux soldats qui, se plut à dire Harriet, se plaignaient de ne pas avoir eu l'occasion de porter un uniforme yankee. Sous les ordres d'Harriet, la préférence était aux déguisements, mais surtout pas ceux arborant grades et décorations, à moins que ce ne soient ceux de l'ennemi.

— Zak et Andrew vous accompagneront. Ce sont de bons tireurs et de bons artificiers. S'il y a une embrouille, vous pourrez dire que ce sont vos esclaves.

— Mieux vaut qu'il n'y ait pas d'embrouille, insista le colonel. Les Sudistes sont nerveux et ont perdu leur sens de l'hospitalité.

— Phil le mordu et ses cavaliers iront se faire voir près de Green Pond. Ils feront diversion et les conduiront sur une fausse piste. Puis, ils reviendront. Ils ne seront pas loin. Si vous avez des problèmes, tirez.

— Comment saurons-nous que les bateaux sont arrivés?

— Vous entendrez leurs sifflets… répondit Harriet.

— … et leurs canons, ajouta Montgomery.

— En attendant, reposez-vous, mangez, buvez, faites quelques provisions, conseilla Harriet. Vous partez dans une heure. Vos chevaux sont prêts.

Harriet nous indiqua le chemin vers la cantine. Dans une fumée ambrée aux odeurs savoureuses, Mama se révéla dans toute sa splendeur. Sa présence me rassurait. Elle me rappelait les jours heureux passés à St. Catharines.

— J'ai fait une tarte aux pommes avec des ananas, me proposa-t-elle. Tu en veux un morceau ?

La rivière Combahee

Le ciel s'était dégagé, mais la terre était détrempée de l'orage du matin. Les chevaux clopinaient dans la boue. Nous longions un chemin peu fréquenté qui bordait l'arrière des terres. En bordure des champs, nous étions à l'abri. Trop à l'abri. Personne ne nous voyait et nous ne voyions personne.

— Il faut laisser les chevaux ici, proposa Anavita. Marchons jusqu'aux cases des esclaves. Si les hommes sont aux champs, les gardiens sont aux champs aussi. Les femmes doivent être seules. Nous pourrons leur parler.

— C'est dangereux, répliqua Zak.

— Tu as raison, Zak, ajoutai-je. Andrew et toi, vous resterez en retrait, cachés. Si quelqu'un arrive, vous serez en mesure de nous sortir du pétrin. Et puis, avec vos fusils, vous risquez de leur faire peur.

Une dizaine de femmes préparaient le prochain repas. Des enfants, quelques vieillards et quelques hommes malades ou blessés les accompagnaient. Nous approchâmes des marmites bouillantes tout en douceur.

— Ça sent bon, fit Anavita en saluant la compagnie. Qu'est-ce que c'est?

— Du riz, soupira une femme en réponse à une question qui lui paraissait complètement idiote.

— Vous n'êtes pas d'ici? répliqua une autre.

— Non. Nous venons du Nord.

— Du Nord ? s'interposa un homme au bras drapé dans une écharpe.

— Oui, et nous aimerions vous y emmener, osa dire Anavita.

Les oreilles se tendirent et les yeux s'écarquillèrent. En quelques minutes, le plan fut exposé et les sourires qu'il provoquait en disaient long sur les intentions de départ de ces gens oubliés dans ces malheureuses contrées. Puis, les questions fusèrent de toutes parts : quand ? où ? comment ?

— N'oubliez pas, attendez le signal et courez vers la rive, fit Anavita en quittant les lieux.

— Je ne croyais pas que ce serait si facile, chuchotai-je en rejoignant Zak et Andrew qui nous attendaient.

À la troisième plantation, la consigne avait parcouru les champs plus rapidement que nous. Les esclaves savaient déjà qui nous étions, ce que nous leur proposions et ce qu'ils avaient à faire.

Le soleil rougeoyait à l'horizon lorsque nous arrivâmes à la plantation Heyward. Les hommes étaient revenus des champs et de la rizière. Ils nous accueillirent avec joie. Ils nous offrirent une part de leur repas. Deux femmes portèrent des assiettes à Zak et Andrew qui se tenaient à l'écart. Nous étions trop confiantes.

Une jeune fille d'une dizaine d'années s'avança vers moi et me pointa du doigt.

— C'est elle, dit-elle à deux soldats confédérés qui apparurent soudainement.

Je sortis mon Deringer pour avertir Phil de se porter à notre secours. Aussitôt que l'arme brilla dans ma main, un soldat me projeta par terre d'un violent coup d'épaule, me laissant désarmée et à sa merci.

— Et voilà les deux négros qui les accompagnent, crièrent deux autres soldats tenant en joue nos compagnons.

— Tuez-les, ordonna le chef de la troupe.

— Vous n'avez pas le droit, hurla Anavita. Ce sont des esclaves. Ils doivent être remis à leur propriétaire.

Bougeant le revolver qu'il tenait à la main, le barbu fit signe à ses hommes d'amener Zak et Andrew près de lui.

— Enlevez vos bottes, ordonna-t-il. Ce sont de belles bottes que vous avez là. Il n'y en a pas comme celles-là par ici. D'après moi, ce sont des bottes yankees. Alors, ou bien ces négros sont des soldats, ou bien ce sont des voleurs. Dans les deux cas, c'est la peine de mort.

Le barbu pointa son arme sur la nuque de Zak et tira. Son sang m'éclaboussa au visage. Le temps se figea. Le bruit du coup de feu résonna dans ma tête à m'en déchirer les tympans. Il s'approcha d'Andrew et tira de nouveau. Effondrés l'un sur l'autre, les deux corps se vidèrent de leur sang.

— Ligotez ces jolies dames et mettez-les au trou. Nous pourrons nous amuser avec elles un peu plus tard. En attendant, allons calmer nos négros et voir ce qu'ils préparent.

Dans un champ au milieu de nulle part, les hommes nous précipitèrent dans un cachot creusé à même le sol. Un panneau de bois nous plongea dans le noir. Impossible d'en sortir. Seuls les bruits de la fureur parvinrent jusqu'à nous. Les coups de fouet claquèrent dans l'air et des cris retentirent dans les cases. Des femmes hurlèrent. Des hommes gémirent. Les chevaux tirèrent sur leur attelage. Les baraquements saccagés craquèrent de toutes parts. Des coups, des injures, des supplications. Puis, le silence encombra le fardeau de la nuit. Les heures passèrent.

— Il va venir, répétait Anavita dans notre prison de terre. Deux coups de feu ont été tirés. Il va venir nous chercher.

Au milieu de la nuit, au loin, des combats. Nos navires étaient là. Les canons crachèrent des bombes sur la résistance confédérée. Des coups de feu résonnèrent sur la rive. Les combats ravagèrent une partie de la nuit.

Au petit matin, la lourde pierre qui barricadait notre prison roula sur le couvercle de planches. Plusieurs mains se tendirent vers nous et nous hissèrent hors du trou.

— Enfin, pesta Anavita. Il était temps.

— C'est comme ça que tu nous remercies ? s'offusqua faussement Phil le mordu.

— Que se passe-t-il ? dis-je en voyant le ciel rougeoyant de flammes.

— Il est temps de partir.

Le sifflement des bateaux à vapeur se fit entendre. Le signal était donné. Laissant leur ancienne vie, les esclaves risquaient la liberté. Ils venaient de partout. Sortant des bosquets et des buissons, traversant les marécages et les champs de roseaux, des centaines d'esclaves convergeaient vers les berges où les attendaient les barques les menant jusqu'aux navires.

Toutes les propriétés bordant la rivière Combahee étaient en flammes. Maisons, moulins, dépendances, champs de maïs et de tabac, magasins de riz et de coton, tout brûlait. Il ne resterait rien des réserves qu'avaient engrangées les gens du Sud. Les esclaves transportaient le reste. Ils arrivaient avec des poules et des cochons plein les bras, des sacs de riz sur les épaules et des paniers de légumes sur la tête. Tous se précipitaient vers les barques avec une telle vigueur que les soldats durent sévir pour éviter qu'elles ne chavirent. Il fallut plusieurs heures pour mener les esclaves aux navires.

La guerre que livra Harriet ce jour-là fut un impressionnant exploit. Elle prépara et dirigea ce raid d'une main de maître. En quelques heures, nous avions libéré près de huit cents esclaves.

Sur le pont du *USS John Adams*, le rire rare et précieux d'Harriet traversa l'épais vrombissement des chaudières et des turbines, tout autant que les cris des bébés, les grognements des cochons, les caquètements des poules et les chants des esclaves libérés.

Sur le pont, King déposa les corps de Zak et d'Andrew.

L'île des Gullah

Les trois canonnières chargées de leur cargaison bigarrée, joyeuse et caquetante, se dirigèrent vers la mer. Le jour sembla ne jamais vouloir prendre fin. À travers les eaux sablonneuses, les îles et les marais, les navires se frayèrent un chemin vers l'île St. Helena. Libérée depuis 1861 et protégée par les troupes de l'Union, la région abritait une population noire tout à fait particulière : les Gullah. Les conditions de vie difficiles, le climat tropical et la malaria à laquelle ils résistaient remarquablement, mais aussi et surtout leur virtuosité particulière pour la culture du riz leur avaient évité la dispersion que subissaient les autres peuples noirs d'Amérique. Leurs habiletés ancestrales avaient fait la fortune de leurs anciens propriétaires qui n'avaient voulu ni s'en départir ni les troquer contre des esclaves étrangers.

De génération en génération, les deux pieds dans la rizière, les Gullah transmettaient leur précieux savoir-faire. Cet héritage les avait protégés. Partout sur la côte, de la Caroline à la Floride, les enfants gullah avaient appris à survivre à l'esclavage, mais ils avaient aussi appris les chants de leur mère et les histoires de leur père. Les Gullah conservaient une culture, une langue et des croyances uniques. L'île St. Helena plongeait ses racines jusqu'en terres d'Afrique. La souffrance avait beau s'acharner à vouloir détruire la beauté du monde, elle n'en nourrissait pas moins les fleurs les plus fragiles.

Des navires à la plage de l'île, les barques firent d'incessants allers-retours. Elles transportaient les hommes, les femmes et les enfants, mais aussi les vivres, les cochons et les poules, les instruments de musique, les paniers, les chapeaux et les châles. Des familles se retrouvaient, pleuraient, dansaient. C'était un jour heureux.

— Venez que je vous présente, dit Harriet en nous invitant, Anavita et moi, à la suivre.

De grands arbres surplombaient le chemin de terre parcourant le village. Une nature luxuriante se faufilait dans chaque recoin de cette île. Des maisons de bois simples et jolies, la plupart peintes en blanc, se dessinaient au fond des allées. Au loin, des hommes étaient aux champs. Assise sur la galerie de sa maison, une femme à la jupe tirée par deux jeunes enfants nous salua avant d'offrir un sein dodu à son bébé.

— C'est ici, annonça Harriet en nous indiquant l'entrée menant à une magnifique demeure dominant une plantation. Ne craignez rien, répondit-elle à notre hésitation, l'ancien propriétaire a déguerpi sur le continent.

Sur le terrain attenant à une dépendance, de longs bancs de bois avaient été installés sous les arbres. Soudain, des dizaines d'enfants s'y précipitèrent en se tiraillant et en faisant vibrer l'air de leurs cris de joie. Chacun prit place sur un banc et l'un d'eux, ardoise et craie à la main, poursuivit la leçon commencée à l'intérieur. Deux femmes les suivaient en grondant les plus turbulents et en répondant aux mille et une questions des autres.

— Je vous présente Laura Towne et Elen Murray, fit Harriet en réussissant à se frayer un chemin à travers les petites mains d'écoliers.

— Je rêve ? m'étonnai-je. Vous avez bâti une école sur cette île ? C'est… c'est…

— C'est indispensable, trancha Laura.

— C'est ce que tu faisais à St. Catharines, me rappela Anavita.

— Mais ici, au cœur du Sud… en pleine guerre.

— La guerre se passe loin d'ici, déclara Elen. Nous sommes suffisamment isolés pour être protégés.

— Mais s'il fallait…

— … s'il fallait que le Sud gagne cette guerre ? compléta Laura. Le Sud ne gagnera pas.

— L'école, poursuivit Harriet, accueille tous les esclaves libérés. Laura et Elen leur montrent à lire, à écrire et à compter, mais aussi à cultiver la terre et à se soigner. Ce sont des saintes.

— Et vous, Molly et Anavita, vous êtes institutrices ? demanda Laura avant d'être happée par les bras d'une jeune fille en pleurs.

— Oh non, répondit Anavita, pas moi, mais Molly est la meilleure institutrice de toutes les terres situées au sud de l'étoile du nord.

Le scintillement de ces enfants étudiant, jouant et riant déposait un baume miraculeux sur la plaie de cette époque. Les yeux pétillants de vie, ils levaient la main, parlaient, discutaient. Ils apprenaient à devenir des citoyens à part entière. C'était la mission de cette école du bout du monde : donner à ces enfants les connaissances nécessaires pour être libres, celles qui leur permettraient de revendiquer leurs droits, de les acquérir et de décider ce qu'ils voulaient en faire. On y formerait des avocats, des médecins, des fermiers, des ébénistes et des mécaniciens. L'Amérique se construisait là, sur cette île, sur ces bancs de bois dispersés au milieu d'une forêt centenaire, sur les ardoises de leur cœur. Le rêve de Frederick Douglass se réalisait enfin. Sur les rives du premier État esclavagiste à avoir fait sécession, une première génération de Noirs américains apprenait à lire et à écrire, à penser et à connaître. Ils rêvaient leur avenir. Ils étaient libres. Jaze me le répétait sans cesse : « Le monde ne sera plus jamais le même. »

Au soleil couchant, les ombres des croix s'étirèrent dans le cimetière près de la chapelle. Au fond d'une fosse, deux hommes déposèrent les corps drapés de Zak et d'Andrew. Harriet fit une prière et confia leur âme à Dieu. Elle s'age-nouilla, les yeux fermés, les mains jointes, longuement absorbée dans ce qui semblait être une interminable discussion avec l'au-delà. La ferveur de sa foi m'impressionnait chaque fois que j'en palpais les contours.

Le lendemain, informées de mes fonctions d'institutrice à St. Catharines, Laura et Elen insistèrent pour que je les accompagne en classe. Bien sûr, il fallut que je me présente à leurs élèves et que je leur raconte le Nord, la neige, les ponts de glace, les ours et les castors. Me retrouver au milieu de ces enfants gourmands de tout connaître fut une véritable bénédiction. J'en fus émue jusqu'aux larmes.

— Pourquoi pleures-tu, madame ? me demanda l'un d'eux.

— Il y a quelques semaines, hésitai-je, j'ai perdu ma petite fille.

— Elle est morte ?

— Oui, elle est morte. J'aurai aimé qu'elle vous connaisse.

— Elle s'appelait comment ?

— Emelyn.

— Comme moi, dit une jeune fille.

— Pourquoi as-tu les cheveux si courts ? enchaîna un garçon.

— Je me les suis coupés. Est-ce que l'un de vous a déjà eu des poux ?

Les jours suivants, malgré mes réticences et mes avertissements, une classe me fut confiée. Ils s'appelaient Tamba, Fadimata, Vandi, Hawa, Ndapi, Isata, Benedicte, Melvil et Emelyn. Plusieurs élèves de l'école étaient orphelins. Laura et Elen en avaient adopté plus d'un. Tous habitaient dans une grande maison. C'était la maison de mes rêves, celle que me promettait Jaze, celle qui était remplie d'enfants et qui sentait la confiture.

Les nouvelles du front nous parvenaient difficilement. Revenue d'un court séjour à Beaufort, Harriet nous apprit que le 54e régiment avait rejoint l'armée de Montgomery et que ses hommes s'étaient battus plus au sud à Darien, en Géorgie.

— Comment vont-ils ? demanda Anavita. Des nouvelles de Tom et de Jaze ?

— Non, répondit Harriet, mais ils ne sont pas sur la liste des morts. Ils se sont bien battus, paraît-il. Leur colonel a refusé d'engager le 54e dans la destruction de la ville, malgré les ordres de Montgomery. Il est fier, ce colonel Shaw. Je l'aime bien.

— Quand je pense qu'ils sont passés devant nous, juste ici, au large, soupira Anavita.

— Pas de nouvelles, bonnes nouvelles, dit Harriet.

— Quel est leur prochain ordre de mission ?

— Je ne sais pas.

— Nous ne pourrions pas nous joindre à eux ? demandai-je à Harriet.

— En plus d'être de fabuleuses espionnes, ajouta Anavita, nous faisons d'excellentes infirmières.

— Faut voir, répondit Harriet. Ce n'est pas impossible.

Cette réponse provoqua chez Anavita et moi un accès de folie qui nous fit sauter de joie. L'idée de retrouver nos hommes comblait nos désirs les plus chers. Harriet tenta sans succès de calmer nos ardeurs. Constatant la vigueur de notre frénésie devant ses pâles réticences, elle nous abandonna et retourna dans ses quartiers.

— Tu vas partir, Molly ? demanda un enfant surpris de nous voir si enjouées.

— Je ne sais pas, Isata, répondis-je, embêtée. Peut-être que oui.

— Tous ceux que j'aime me quittent.

— Moi aussi, j'ai souvent ce sentiment. Tu as perdu ta mère ?

— Oui. Et mon frère aussi.

— Je comprends. Moi aussi, j'ai perdu ma famille. Lorsque je m'ennuie d'eux, je regarde la lune et je leur parle. Tu devrais essayer.

La gamine s'éloigna en courant.

— J'aimerais vivre ici, semai-je dans le sillon de sa course.

— La guerre finira un jour, renchérit Anavita. Moi aussi, j'habiterais dans cette Caroline du Sud-là.

— Nous reviendrons, alors.

— Il faut d'abord partir, précisa la grande dame en me chatouillant à la taille.

— Tu as dit que nous étions de bonnes infirmières. Je ne t'ai jamais dit que j'ai horreur du sang ? la rabrouai-je.

Enrôler la lune

La chaleur de juillet remplit nos nuits de moustiques et nos jours de baignade. Durant l'été, le rythme des classes suivait le cours du temps. Les enfants proposaient des activités qui, selon les jours, se résumaient ordinairement en une chasse à la grenouille ou en une construction de châteaux de sable. Dans un cas comme dans l'autre, la journée débutait par une courte classe et se terminait au bord d'un étang d'eau claire bordé de pierres et de rocailles. Une cascade et une chute d'eau réjouissaient les enfants qui y jouaient et s'y rafraîchissaient avec grand plaisir. Les voir s'ébattre dans l'eau avec autant de vie était un festin de bonheur.

Un matin, alors que je me rendais en classe, je remarquai que les hommes étaient alignés devant une table plantée au milieu de nulle part. Deux soldats inscrivaient leurs noms dans un registre. Les esclaves que nous avions libérés s'enrôlaient dans les contingents noirs. Ils allaient regarnir les rangs du 54e et du 55e régiments du Massachusetts. Ils ne voulaient plus retourner en arrière. Ils ne voulaient plus que leurs enfants redeviennent des esclaves. Plus jamais. Ils préféraient se battre au risque d'y perdre la vie. Tout autour, des femmes et des enfants observaient la scène.

Dans la baie, un navire avait jeté l'ancre. Il battait pavillon de la marine de l'Union.

— Ce sont eux, dit Anavita en s'élançant vers moi. Ce sont eux. Ils sont là.

De part et d'autre de la table, une escouade de soldats montait la garde. Tom et Jaze étaient des leurs. Au garde-à-vous, ils ne bronchaient pas devant nos sauts de joie et nos simagrées d'amoureuses. Au contraire, leurs visages se durcissaient de nous voir si enjouées. Jaze esquissa un mince sourire et pointa son supérieur d'un regard qui en disait long sur l'attitude qu'il devait maintenir. Le lieutenant s'approcha d'eux, puis se retourna rapidement vers nous. Anavita feignit une douleur à la cheville et m'entraîna par terre, nous faisant disparaître derrière une rangée de femmes éplorées de voir leur époux se préparer à la guerre.

— Nous partons avec eux, jeta Harriet en passant près de nous.

Anavita sauta de joie en me hissant dans ses bras. Les enfants, attirés par l'odeur de la fête, accoururent vers nous. Je me penchai vers eux et, mettant mes mains autour de ma bouche comme pour en faire un porte-voix, je me mis à hurler comme un loup. Les enfants, frétillants de nous apercevoir ainsi déchaînées, se mirent eux aussi à imiter le loup. Au grand désespoir de Tom et Jaze, une meute de petits loups hurlait dans les terres des Carolines.

Une heure plus tard, le régiment avait fait le plein de sang neuf. De nouvelles pages du registre ondulaient sous l'encre humide. Le lieutenant rassembla sa troupe et donna des ordres.

— Demain matin, au lever du jour, nous embarquons ces bleus sur le navire. D'ici là, vous patrouillez le village et vous roupillez à tour de rôle. Rompez.

Tom et Jaze desserrèrent les fesses en s'éloignant de leur lieutenant qui gardait un œil sur eux. Nous n'en pouvions plus d'attendre qu'ils arrivent près de nous. Jaze déposa son fusil juste à temps pour attraper mon plongeon dans ses bras. Anavita fit la même chose avec Tom, mais comme il était beaucoup plus petit qu'elle, c'est lui qui ne toucha plus terre durant quelques instants.

— Nous partons avec vous ! Nous partons avec vous !

— Vrai ? Vrai de vrai ?

— Oui. Oui. Oui. Harriet va suivre le 54e.

— Et nous, nous suivons Harriet.

Ce soir-là, un grand feu attira tout le village. Chez les Gullah, l'heure solennelle d'un tel départ ne pouvait se vivre sans tatouer le temps d'une fête inoubliable. Ce serait un de ces moments magiques de la vie qui fixent dans la mémoire des souvenirs communs qui nous unissent pour toujours.

Du plus petit au plus grand, du plus jeune au plus vieux, tous étaient présents. Par ses chants, sa musique, ses jeux et ses danses, tout le village saluait ceux qui partaient et qui ne reviendraient peut-être pas. Sani, l'homme le plus âgé du village, s'approcha de chacun d'eux et appuya son front sur le leur. D'aucuns croyaient que son corps était si vieux qu'il touchait le cœur et l'esprit d'une vision de l'au-delà. Avait-il le pouvoir d'allumer la lumière dans le destin de ses enfants ?

Les femmes déposèrent aux pieds de chacun un panier de poisson et de riz. Mama était l'une d'elles. Elle se plaisait au milieu de ces femmes aux coutumes de partage et d'entraide. Après le repas, un homme grand et mince tira un banc tout près du feu. Attirés par ce signal, les enfants approchèrent pour écouter l'histoire. Le conteur commença : « Yé Krik, yé Krak ». Les enfants connaissaient déjà l'histoire, cent fois entendue, cent fois redécouverte dans leurs regards grandissants. Elle racontait les péripéties d'un lapin intelligent et malin qui savait à la fois profiter de la naïveté des uns et défendre la faiblesse des autres. Jaze écarquilla les yeux, se leva et me tendit la main pour que je le suive. Assis au milieu des enfants, il souriait. Il se tourna vers moi, me tint dans ses bras et m'embrassa.

— Mon père me racontait cette histoire, me dit-il comme s'il retrouvait un trésor qu'il ne se souvenait plus d'avoir perdu. Ce n'était pas exactement la même, mais il y avait ce lapin et cette araignée. Je l'aurais écouté toute la nuit, mais chaque fois, je m'endormais dans les bras de ma mère et je me réveillais dans mon lit.

— Tu faisais de jolis rêves.

— Je les avais oubliés.

Dans le feu, une bûche explosa en mille flammèches montant au ciel et se mêlant aux étoiles. Comme si cela avait été le signal, la musique s'éleva et enflamma les corps. La musique vivait en eux. La danse se propagea de l'un à l'autre. Elle aurait fait lever les morts. Jaze avait laissé le tambour de son régiment sur le navire. Son plaisir ne fut pas moindre lorsqu'il enjamba un tam-tam gullah à la sonorité franche et claire. King se trémoussa en tirant la corde tendue sur un manche à balai. Tom insuffla la vie à son harmonica. Les autres musiciens avaient fabriqué des instruments aux sonorités aussi étranges que mélodieuses, décorés d'un festin de couleurs, de plumes, de dessins et de gravures. Des tambours, des instruments à cordes montés sur des bouts de bois, des fifres en bambou, des morceaux de métal s'entrechoquant, des clochettes, des tambourins, des cors d'armée au son cabossé, un vieux violon rafistolé et des voix. Des voix d'hommes rauques, éraillées et puissantes, arrachées aux entrailles d'un univers lointain, lourd, profond et sensible. Des voix de femmes claires, vibrantes et pénétrantes, gardiennes des harmonies, imposantes et essentielles comme le froissement des feuilles de la forêt, comme le bruit sec du bois qui craque, comme le roucoulement des eaux nourrissant les racines.

— Tu as remarqué ? me demanda Jaze.

— Que la nuit est magnifique ?

— Oui, la nuit est magnifique, mais tu as remarqué ce que font les Gullah ? Ils se répondent. La musique parle. Écoute bien.

Jaze frappa sur son tambour une rythmique particulière aussitôt reprise par l'ensemble des musiciens. Ils répondaient tous à l'appel. Comme une prière lancée au ciel. L'hymne sacré d'une religion sans paroles et sans limites. Libre et divin comme sait parfois l'être le cœur des humains.

Les étoiles tournèrent dans le ciel. Jaze abandonna son instrument et vint me rejoindre dans la danse frénétique qui s'emparait des corps. Anavita et moi apprenions tant bien que mal les mouvements et les déhanchements gullah. L'aisance sensuelle de l'Afrique nous manquait. Nos corps transportaient sans doute la rigidité des hivers, mais nous apprenions en riant à faire fondre nos résistances nordiques.

Convaincu de la grandeur de la liberté de cette nuit, sans hésiter, Jaze me prit dans ses bras et m'embrassa. Au milieu de cette foule mouvante, nous arrêtâmes le temps. Je lui tendis la main pour le conduire là où nous pourrions nous retrouver seuls.

Tout près de l'étang où les enfants avaient pataugé quelques heures plus tôt, j'étendis une couverture. Sous la lumière des étoiles, à l'abri du regard de la lune cachée derrière les branches des arbres, Jaze se déshabilla et j'en fis autant. L'eau était douce et chaude. Il plongea, disparut, revint à la surface. Je plongeai, disparus et le retrouvai. Son corps m'avait manqué. Ses caresses tout autant. Je sentis son visage dans mon cou, ses épaules sous mes doigts.

Je frissonnai à l'idée que nous allions entrelacer nos chaleurs. Je goûtai ces quelques secondes précédant l'amour. Je touchai cette sensation. J'imaginai ce bonheur dans la certitude de le vivre.

Jaze allongea le bras en épongeant les gouttelettes qui perlaient sur sa peau. Le bout trempé de mes cheveux jeta des gouttes sur ma poitrine. La fraîcheur de sa peau cueillit ma chaleur. Mes yeux se fermèrent pour saisir l'éclat de notre union. L'amour plana sur son corps et je le pris dans mes bras. Ses mains s'engouffrèrent dans mes cheveux. Mes doigts sculptèrent son visage, ses paupières, son nez, ses joues, ses lèvres. Sa bouche s'entrouvrit à peine en m'offrant le délice d'un baiser. Ses mains dévalèrent mon corps jusqu'à mes cuisses. Ma bouche s'insinua dans son cou, voltigea sur ses épaules. Mes seins se gonflèrent de plaisir. Le bonheur de perdre la raison. Ses bras enveloppèrent mes reins. Ses hanches se frayèrent un chemin entre mes jambes. Lentement, doucement, longuement, il vint se fondre au fond de moi. Et puis, arrêter le temps, ne plus bouger l'espace d'un instant, un instant de grâce. Regarder les yeux, pénétrer jusqu'au bout de l'âme, caresser le cœur dépourvu des défenses de la vie, perdre la peur, n'être qu'un flot de passion, rejoindre l'inaccessible, toucher le néant et l'infini. Voilà, un seul instant. Puis, l'explosion de lumière.

Assourdie momentanément par la poésie nuptiale de cette nuit, la musique revint peu à peu. On entendit à nouveau les chants, les rires et les tambours de la vie. Nous renfilâmes nos habits de l'autre monde. Sur le chemin du retour, en marge de la fête, nous vîmes Isata qui regardait la lune. Je la pris dans mes bras.

— Tu n'es pas encore couchée ?

— Je parle à ceux que je n'ai pas connus.

— Tu auras tout le temps de leur parler, lui répondis-je en l'entraînant vers la fête. En attendant, viens parler à ceux que tu connais.

Ce soir-là, le nom de cette fillette s'ajouta à la liste de ceux à qui je pense en contemplant la lune.

Fort Wagner

À la frontière de la guerre, nos navires cuirassés crachèrent leur cargaison de soldats sur les rives des îles à proximité des forts confédérés dressés pour défendre Charleston et son port de mer. De l'autre côté, il n'y avait pas endroit mieux défendu et plus dangereux. Sur les plages, les dunes, les îles et les rades, des batteries de canons sudistes pointaient en direction de la mer. Un navire ne pouvait s'aventurer plus loin sans devenir la cible d'un redoutable manège.

Autour des feux de bivouac, les soldats ne parlaient que de la bataille qui avait eu lieu à Gettysburg. Quelques jours plus tôt, sachant le moral du Nord à son plus bas et désirant frapper au cœur du territoire de l'Union, le général Lee avait lancé une vaste opération en Pennsylvanie. Porter la lutte en territoire ennemi, saper l'humeur des civils, renforcer les arguments des pacifistes et obtenir la reconnaissance des pays étrangers résumait le plan confédéré. Après plusieurs jours de marche, à raison de quinze à vingt milles par jour, les deux armées s'étaient rencontrées dans les champs cultivés de la petite bourgade de Gettysburg. Au début de juillet, trois jours de combats firent rage. Le Nord réussit à repousser Lee dans ses terres. Mais toutes les victoires avaient un goût amer. Plus le temps passait, plus les hommes se méfiaient des réjouissances des politiciens et des reporters. Chose certaine, Gettysburg avait fait plus de cinquante mille morts. Chacun fut frappé d'horreur à la vue des photographies et des images du champ de bataille. Dans les camps, malgré le café et les cartes, les soldats gardaient le silence, absorbés qu'ils étaient à la pensée de ces corps mutilés qui allaient bientôt être les leurs.

Au 54e régiment, les soldats parlèrent surtout des émeutes qui avaient eu lieu à New York. Dans les rues de la ville, la haine envers les Noirs atteignait un paroxysme de violence. La guerre s'éternisant, la conscription, la marche des Noirs du Sud vers les villes du Nord, l'insalubrité des logements, la réduction des salaires, tout s'additionnait dans une terrible équation donnant les Noirs comme boucs émissaires. Je savais New York en proie au racisme, mais cette fois, les exactions contre les Noirs tournèrent à la rébellion. Des hommes, des femmes et des enfants furent lynchés sur la place publique. Washington dut dépêcher l'armée pour rétablir l'ordre. «Et nous, nous nous battons pour eux, pour la moitié du salaire d'un Blanc, et pourtant nous mourons tout autant», entendit-on dans les rangs des régiments noirs. Par chance, plus d'un sut répliquer : «C'est justement pour que des choses comme celles-là ne se reproduisent plus jamais qu'on se bat. Nous nous battons pour nous. Nous nous battons pour ceux qui se balancent au bout de leur corde. C'est pour ça que nous nous battons.»

À la défaite de Lee à Gettysburg s'ajouta une autre victoire du Nord. Après quarante jours de siège, le général Grant s'empara de Vicksburg. Désormais, l'Union contrôlait tout le trafic maritime sur le Mississippi et divisait en deux le territoire de la Confédération. À présent, le président Lincoln n'avait plus qu'à fermer les ports confédérés de l'Atlantique pour étouffer le Sud dans l'étau qui s'enroulait autour de lui.

Durant quelque temps, je repris du service dans la nacelle d'un ballon d'observation. Les conditions étaient difficiles et rendaient l'exercice périlleux. Lancée du pont d'un navire, je m'élevais au vent du large et je risquai à plus d'une reprise de m'échouer en mer. Suspendue au bout de ma ficelle, j'avais pu néanmoins fournir plusieurs informations aux armées de terre et fixer dans ma mémoire les éclats de certaines batailles que j'aurais préféré ne jamais avoir vues.

L'une d'entre elles découpa des pans d'horreur dans mes cauchemars. Le fort Wagner s'imposait à l'extrémité de l'île Morris comme la plus vaste fortification du dispositif de protection de Charleston. Confinée entre la mer et un marais impraticable, l'enceinte du fort s'élevait à une trentaine de pieds au-dessus de la plage. Elle était construite de bois, de pierres, de terre et de sacs de sable. Une douve et des fossés en parcouraient les contours et se remplissaient au gré des marées. Plus avant sur la plage, des parapets permettaient aux soldats de se tenir à l'abri et de tirer à couvert. À l'intérieur du fort, je comptai quatorze canons trônant sur leur socle. L'un d'eux pouvait tirer des obus de cent trente livres. J'évaluai la garnison à plus de mille soldats. À la nuit tombante, je remarquai aussi que des chaloupes à plusieurs rameurs s'approchaient subrepticement à l'arrière du fort pour l'approvisionner. «Ça, avait dit Phil le mordu, je m'en occupe.»

Le 11 juillet, l'état-major de l'Union lança un premier assaut d'envergure contre le fort Wagner. Un rétrécissement de la berge formait un passage obligé que les soldats devaient traverser. Il se formait là un entonnoir comme celui menant les brebis à l'abattoir. Les Confédérés tiraient dans le tas. Un coup de canon pouvait emporter jusqu'à dix hommes à la fois.

— C'est une boucherie, criai-je au commandant du navire.

Mais la boucherie se poursuivit. Par chance, le 54ᵉ régiment restait en retrait. Ce jour-là, le rouge tachait le blanc. À la fin du carnage, les brancardiers départagèrent les blessés des morts. Une dizaine de soldats confédérés avaient perdu la vie, mais plus de trois cents soldats de l'Union devraient être enterrés à l'autre bout de l'île.

Cinq jours plus tard, le second assaut débuta. Au premier jour, le général Gillmore, qui menait les troupes, expédia quelques régiments, dont celui de Jaze et de Tom, sur l'île James juste à côté. Il s'agissait d'une simple diversion qui devait se conclure sans effusion de sang. Pourtant, les Sudistes attaquèrent et, en tête de pont, le premier régiment de l'Union subit de lourdes pertes et céda sa place au 54ᵉ régiment. Lorsque j'entendis les premiers coups de feu, mon cœur ne fit qu'un bond. Jaze se retrouva au cœur de l'affrontement. Comme tous ceux de sa meute, rien ne le ferait reculer. Les soldats noirs tinrent tête aux Confédérés et les repoussèrent. Le soir venu, je sus enfin que Jaze et Tom étaient sains et saufs, mais le 54ᵉ régiment avait été amputé de quarante compagnons morts au combat. Pendant ce temps, une flotte de sept vaisseaux de l'Union se positionna face à l'île Morris et douze régiments blancs s'installèrent sur sa grève.

Au cours des jours suivants, les canonnières des vaisseaux et l'artillerie de terre pilonnèrent le fort Wagner dans l'espoir d'affaiblir les défenses et de permettre un second assaut de l'infanterie. Le 54ᵉ avait gagné l'estime de l'état-major, si bien qu'il fut rapatrié sur l'île Morris.

Les soldats savaient que le premier régiment à s'avancer sur la plage se retrouverait en enfer. Le colonel Shaw proposa d'y mener le 54ᵉ régiment. Le sacrifice de ses hommes ne serait pas vain. Ensemble, ils allaient ajouter quelques pages aux livres d'histoire. L'image de ces anciens esclaves traver-

sant la mort au nom de la liberté et de la démocratie s'impri-
merait dans la mémoire du monde. Devant l'adversité, ces
hommes, jusqu'alors considérés comme des sous-hommes,
montreraient à tous qu'ils étaient libres, courageux et fiers.
Les fruits de la leçon seraient cueillis par les prochaines
générations. « Foutaise, répondis-je à ce discours. On ne fait
pas des enfants avec des morts. » Mise au fait de ce plan
d'attaque, je demandai à descendre de mon ballon d'observation et tentai de raisonner le commandant du navire.

— Commandant, osai-je, le pilonnage du fort n'a donné
que peu de résultats. Les canons, les redoutes, les dépôts de
munitions sont intacts. Ce qui a été détruit a été reconstruit.
Je n'ai vu aucun mouvement indiquant des pertes de vie du
côté ennemi. Par contre, de notre côté…

— Je ne vous demande pas votre avis, répliqua-t-il
sèchement.

— Conduire les hommes à l'assaut est un suicide,
ajoutai-je malgré tout.

— La guerre est un suicide, madame, conclut-il cyni-
quement. Vous pouvez disposer.

— Je crois…

— Continuez de croire, madame, mais remontez dans
ce ballon, c'est un ordre.

Je tentai de rejoindre Harriet, d'expédier un message au
colonel Shaw et de convaincre un gradé d'avertir l'état-
major du général Gillmore. En vain. Ils étaient sur la terre
ferme. Je ballottais sur les flots. C'était la guerre. Des
hommes allaient mourir. Jaze allait mourir. L'angoisse
traversa ma peau et se noua dans mon ventre. Je dus me
résoudre à observer la scène du haut de mon promontoire
volant. C'est tout ce que je pouvais faire. Observer et prier.
Prier les dieux des Gullah, des Noirs, des Blancs, des
Irlandais, la lune, les étoiles, prier, prier, prier…

Sur le pont, un ordre fut lancé. Le silence se fit. Dans la bouche des canons, le feu se tut. Le spectacle commença. Le 18 juillet, à la tombée du jour, profitant de la marée basse, les six cents hommes du 54e avancèrent sur la plage de l'île Morris. J'entendis battre les tambours. Les drapeaux et les bannières flottaient au vent. Positionnées derrière les parapets, les troupes confédérées les attendaient de pied ferme. Leurs canons pointaient vers le rivage encore désert. Du côté de l'Union, l'état-major misait sur la force du nombre. Une stratégie qui condamnait les premières lignes d'assaillants à mourir comme des vagues sur les brisants.

Une première détonation déchira mon cœur et le ciel rougeoyant des éclats du soleil couchant. Avant même que les soldats n'arrivent à portée de tir de la ligne de feu, des tireurs d'élite confédérés munis de fusils à longue portée firent tomber les premières victimes. La horde rugissante de soldats s'élança. Un boulet de canon perça leurs rangs, fauchant et broyant les corps dans une longue traînée de sang s'étirant jusqu'à la mer. Une première salve de fusils les atteignit de plein fouet. Les morts s'effondraient sur place. Ils hurlaient en tombant. Les corps lacérés devenaient autant d'obstacles à éviter. Les blessés qui avaient encore quelques forces rampaient vers la mer brûlante d'eau saline, les autres étaient piétinés et s'enfonçaient dans le sable sous les bottes de ceux qui les suivaient.

Les soldats du 54e avaient reçu l'ordre d'atteindre le parapet avant de tirer. Malgré les soixante cartouches qu'ils transportaient, rares furent ceux qui eurent le temps de recharger leur arme. Le combat serait gagné ou perdu au corps à corps. Il leur fallait atteindre le mur et le traverser. Le nombre submergerait le nombre. Le calcul était malhabile. Le sacrifice inévitable.

Devant l'hécatombe, les soldats du 54ᵉ hésitèrent un moment, comme pour reprendre leur souffle. Puis, la masse d'hommes en bleu s'élança de nouveau, suivie par les douze régiments blancs. Le parapet fut atteint. De part et d'autre, un violent échange de coups de feu se fit à bout portant. Pour gravir le mur, les morts construisaient des marches aux vivants. Dans une fumée de poudre noire, l'assaut se poursuivit à coups de crosses, de baïonnettes, de couteaux et de poings. Le drapeau de l'Union disparut dans la cohue. Sous l'éclairage de la lune et des détonations, je parvenais à distinguer le mouvement sauvage du combat. Les soldats de l'Union réussirent à défoncer un angle de la fortification. Le drapeau flotta quelques instants sur l'enceinte, mais le 54ᵉ régiment était décimé. Soudain, le drapeau fit marche arrière et les survivants se replièrent. La bataille était terminée. Elle était perdue. Il n'y aurait pas d'autres assauts. Dans le fort, des coups de feu étaient encore tirés. Les Noirs ne faisaient pas de bons prisonniers.

Soudée à la nacelle du ballon, je sentis un mouvement brusque qui me fit perdre l'équilibre. Deux hommes me tiraient à bord.

— Vous devez aller à terre, m'informa un matelot. Une barque vous attend.

— Pourquoi ?

— Tout le personnel civil doit se rendre à l'hôpital, confirma un gradé. On a besoin de vous. Vous rédigerez votre rapport plus tard. Il y a beaucoup de morts et de blessés.

— Je sais.

L'occasion m'était donnée de rejoindre Jaze. Trois chaloupes se dirigèrent vers l'île. Un soudain silence submergea la nuit. Au loin, les lanternes de l'hôpital de campagne se balançaient et transformaient les tentes en un vaste théâtre d'ombres chinoises. Arrivée sur la plage, l'odeur du sang transperça mes poumons et s'y colla. Une cinquantaine de corps allongés sur le sable côtoyaient autant de blessés. Le chemin menant au champ de bataille était jonché de cadavres. Les soldats y revenaient comme des fantômes, traînant derrière eux des fusils encore chauds de chair et de sang. Les civières se suivaient dans une parade chancelante. Dans le sable et la vase, les brancardiers s'essoufflaient à garder le ballant. Un brancard se rompit et, dans un cri de douleur, un soldat acheva sa chute dans l'eau glauque d'un marécage. Anavita s'empressa de relever le blessé, d'évaluer son état et de demander aux brancardiers de le conduire avec les autres sur une dune près de la tente où le chirurgien opérait. Le sergent Carney passa devant moi en portant le drapeau qu'il ne voulait pas lâcher. Anavita départageait les vivants des morts. À ses côtés, Tom était assis sur une pierre. Un bandage lui encerclait la tête. Il avait une oreille arrachée et le visage couvert de sang.

— Je ne sais pas où il est, me dit-il en m'apercevant.

— Tu arrives à temps, Molly, lança Anavita, j'ai besoin d'aide.

— Il était avec le colonel Shaw, poursuivit Tom. Shaw a été tué. Je l'ai vu. Il a reçu une balle en pleine poitrine. Mais je ne sais pas où est Jaze.

— Il n'est pas ici, enchaîna Anavita en rabattant le bras d'un mort sur sa civière. Je l'aurais vu. Il est encore là-bas. Les brancardiers vont le trouver. Il va arriver, Molly. Il va arriver…

Les soldats, les vivants, les morts, les blessés se suivaient, mais Jaze n'arrivait pas.

— Qu'arrive-t-il aux nôtres qui sont tombés sur le rempart? demandai-je, sans recevoir de réponse.

Abandonnant ma tâche, je me précipitai vers un brancardier.

— Jusqu'où allez-vous chercher les blessés ?

— Jusqu'à la première butte de sable, répondit-il. Après, on risque de se faire tirer dessus.

— Qu'arrive-t-il aux hommes qui sont blessés près du rempart ?

— Mieux vaut qu'ils soient morts.

— Ils sont nombreux à être restés là-bas ?

— Je ne sais pas.

Je ne pouvais attendre plus longtemps. Si Jaze était là-bas, il était en danger. Je devais aller le chercher.

— Tu ne peux pas, rétorqua Anavita à mon air décidé. C'est trop dangereux.

— Ils ne font pas de prisonniers, répliquai-je. Je dois y aller.

— Je viens avec toi, ajouta Tom en tentant de se hisser au bout de ses jambes flageolantes.

— Il n'en est pas question, dit Anavita. Vous n'irez nulle part.

— J'y vais seule, déclarai-je en aidant Tom à se rasseoir. Je serai invisible.

Affairée qu'elle était à saisir le souffle des vivants, Anavita ne parvint pas à me retenir. Je m'engageai sur le chemin menant au fort Morris. Les soldats aux visages crispés et livides étaient encore nombreux à tourner le dos à ce qui avait été pour eux un moment d'horreur et d'effroi. Ils ne ressemblaient plus à ces vaillants guerriers sillonnant les rues de Boston. Dans la noirceur de cette nuit, ils avaient perdu leur ombre et leur lumière. Ils marchaient, muets et lourds, écrasés sous le poids du doute d'être encore des hommes.

Quelques cadavres marquaient la frontière de la portée de tir des uns et des autres. Personne n'osait s'y aventurer. Un peu plus loin, les lanternes des Sudistes éclairaient les remparts. Je m'approchai lentement. Le parapet semblait vide de ses cadavres. Soudain, à portée de voix, cinq ombres apparurent sur la plage. Je n'avais pas entendu venir ces soldats confédérés. Maintenant, ils étaient si prêts. Je me cachai derrière un bosquet. Ils arpentaient la grève où les derniers cadavres se soulevaient sous la pulsation de la marée montante. Tout à coup, l'un d'eux s'agenouilla prestement, leva son arme et visa la mer.

— Là, pointa-t-il avant de tirer. Ils nagent vers le large.

— Ils n'iront pas loin, jura un autre en ajustant sa mire.

Voyant leur sort abandonné entre les mains de leur ennemi, les fuyards se mirent à crier.

— Arrêtez de tirer, nous nous rendons.

Mais les fusils crachèrent une nouvelle salve. Je devais agir. Mon Deringer n'avait que deux balles. Un coup de feu me condamnait à une mort certaine. Je fis tourner mon lance-pierre. Un soldat fut heurté légèrement à la jambe, mais ne s'en préoccupa guère.

— Ne tirez pas, ne tirez pas, criait-on au large.

Cette fois, je reconnus la voix de Jaze. À tour de rôle, les soldats rechargeaient leur arme et tiraient. De toute évidence, le jeu ne s'arrêterait qu'après un long silence. Une pierre siffla dans l'air et frappa un soldat à la tête. Un autre se retourna et pointa son arme dans ma direction. Je retins mon souffle.

— Qui va là?

Ils ne me voyaient pas. Les armes continuaient à enflammer la poudre et à cracher des balles en direction de Jaze et de ses compagnons. Je parvins à atteindre un autre soldat. Puis, je m'empressai de lancer une poignée de pierres dans une autre direction. Les soldats, dupés par le stratagème, s'élancèrent vers les bosquets qu'ils avaient vus bouger. Ce court délai me permit de courir vers la mer et d'y plonger. L'écho de mon plongeon ramena deux soldats. Me voyant nager avec vigueur, ils me prirent pour cible. Jaze flottait sur le dos en tenant la tête d'un soldat hors de l'eau. Je l'empoignai et le tirai vers le large. Il était lourd et ses mouvements désordonnés ne m'aidaient pas. Parvenue à bonne distance, hors de portée des tirs de la rive, je me reposai un peu. Nous n'étions plus que trois. Les autres avaient été tués. Jaze perdait conscience et revenait soudainement à lui en sursaut. Je voulus le délivrer du soldat qu'il s'acharnait à tenir dans ses bras.

— Molly, il faut sauver Toby, délira-t-il en m'apercevant, il a une femme et deux enfants.

— Il est mort, Jaze. Lâche-le. Il est mort. Il va nous emporter.

Jaze ne desserra son étreinte que lorsqu'il s'évanouit pour de bon. Je lui maintins la tête hors de l'eau. Le corps de Toby disparut. La nuit était chaude et la mer calme. Dans la brume de l'aube, lorsque je sentis mes forces me quitter, la barque d'une patrouille amie s'approcha. Des mains nous agrippèrent et nous hissèrent à bord.

Je m'éveillai dans l'après-midi. Jaze était à mes côtés. Il dormait. Harriet était là. Elle sourit, se leva et King la suivit hors de la tente. Nous étions vivants. Jaze avait un œil tuméfié, une immense bosse sur le crâne, une profonde coupure sur le nez et plusieurs entailles sur les bras et les jambes, mais aucune de ses blessures n'était sérieuse tant qu'elle ne s'infectait pas.

Le destin américain

Après ce carnage, l'état-major renonça à toute attaque terrestre directe du fort Morris. Le dernier assaut avait coûté la vie à plus de mille six cents soldats du côté de l'Union, contre deux cents Confédérés. Voulant souiller sa mémoire, les Sudistes jetèrent la dépouille du colonel Shaw dans la fosse commune où l'on enterra les Noirs qui servaient à ses côtés. Ils ne se doutaient pas qu'en agissant ainsi, ils fabriquaient un héros de la cause abolitionniste. Les exploits du colonel Shaw et du 54e régiment furent rapportés et célébrés dans tous les journaux des villes du Nord, ce qui raffermit l'engagement des plus modérés et marqua un des tournants importants de la guerre. Durant l'assaut, le 54e perdit tous ses officiers, et près de la moitié de ses six cents soldats. Plusieurs étaient des compagnons et des amis. En regard de son courage dans la bataille, Jaze fut promu sergent.

Malgré la défaite et les pertes en vies humaines, le fort Wagner ne demeurait pas moins un enjeu stratégique. Au cours des semaines qui suivirent, les pièces d'artillerie et les canonnières pilonnèrent le fort sans relâche. Durant ce temps, les fantassins creusèrent cinq tranchées parallèles qui les rapprochèrent du fort l'une après l'autre. Les hommes du 54e contribuèrent grandement à cette tâche. Tous s'entendaient pour dire que les Noirs creusaient courageusement et sans relâche malgré les tirs ennemis. Le mois d'août fut particulièrement chaud et humide. L'infirmerie traita nombre de malades atteints par les fièvres.

Au début de septembre, un soir, alors que les bombardements s'étaient tus, les Confédérés allumèrent des torches sur un des plus hauts piliers du fort. Cinq canons s'avancèrent sans viser une cible quelconque. Au bout des canons, cinq cordes étaient attachées. La manœuvre était si étrange que l'état-major de l'Union attendit d'en connaître le dénouement avant d'y répondre. Puis, dans un cérémonial funeste, cinq corps furent lancés dans le vide et pendus. Phil le mordu et ses hommes sursautèrent en suffoquant. Je tressaillis. Depuis des semaines, les soldats de Phil attaquaient les chaloupes de ravitaillement rebelles. Les lois de la guerre ne protégeaient ni les femmes engagées au combat, ni les soldats noirs, encore moins les pillards du Nord. Phil n'était pas quelqu'un que j'appréciais beaucoup, mais de le voir ainsi traité me glaça le sang.

Le 7 septembre, les Confédérés évacuèrent le fort et l'abandonnèrent aux forces de l'Union. Aussitôt, les canons se tournèrent vers Charleston et son port. La Caroline du Sud allait céder au piège qui se refermait sur elle.

La victoire du Nord sembla de plus en plus acquise. Les forces en présence étaient démesurément inégales. Le Nord allait vaincre. Ce n'était qu'une question de temps. Le Sud se recroquevilla sur ses terres et consolida ses forces. Malgré une armée comptant plus du double de soldats, l'Union ne pouvait envahir un si grand territoire aussi facilement. Les Confédérés luttaient avec acharnement et espéraient encore qu'une reconnaissance européenne obligerait le Nord à accepter la sécession et à entreprendre des pourparlers. Washington, le président Lincoln et ses généraux ne l'entendaient pas ainsi. Il n'y aurait qu'un seul vainqueur et l'Union serait ainsi préservée. Quant aux puissances exté-rieures, Washington lança des menaces claires contre les possessions britanniques du Haut et du Bas-Canada. L'idée d'annexion refit surface. La position de non-ingérence du voisin canadien ne satisfaisait pas le gouvernement de l'Union. L'Amérique, toute l'Amérique, devait être améri-caine. Dieu le voulait ainsi.

Noël 1863

Vivre Noël à la guerre, ce fut, comment dirais-je? Ce fut une des choses les plus mystérieuses, les plus tristes et les plus belles qu'il m'eût été donné de vivre. Bien sûr, quelques soldats ne partageaient pas la croyance de la naissance d'un dieu sur terre. Certains préférèrent rester à l'écart de cette fête qui n'en était pas vraiment une. La plupart cependant s'offrirent le cadeau de redevenir les hommes qu'ils avaient été avant tout ça. Le temps d'une nuit. La nuit de Noël.

Après le repas du soir, le sergent Terence se leva et entonna une prière répétée par tous dans un écho bourdonnant. Ce fut le seul moment officiel de recueillement pour Noël. Lorsque les hommes se furent signés et rassis, un silence d'église plana autour des feux des bivouacs. Même les râles des blessés se firent discrets sous les toiles maculées des tentes de l'hôpital. Chacun sembla s'appliquer à la confection d'un paquet de souvenirs. Je devinais le visage d'un enfant, le sourire d'une femme aimante, le chant d'un père, la main d'un ami, des moments heureux, des trésors, des faits divers qui ressemblaient à des hymnes à la vie. La nostalgie des amours lointaines sembla prémunir les cœurs contre la morsure de la guerre, celle qui tuait l'âme avant le corps.

Dans l'œil de l'ouragan, au milieu de cette mer aux déferlantes de rage, de sang et de mort, le temps s'arrêta.

La beauté mouilla dans l'éclaircie du regard des hommes. La rude armure de peur qu'ils enfilaient chaque matin devint peau de chagrin. Certains versèrent quelques larmes. D'autres se tinrent dans leurs bras comme si le monde était devenu trop lourd pour être porté par un homme seul. Après un long moment de calme, Tom souffla quelques notes de son harmonica. Bientôt, les murmures devinrent des chants, et à travers les chants, la joie. Une joie aussi brève qu'éternelle comme le souhait qui accompagne l'étoile filante. Tous revinrent de ce voyage le cœur parfumé d'un peu plus d'humanité. Le lendemain, lorsque le jour se leva dans la brume des tranchées, les soldats renfilèrent leur cuir de bêtes enragées. Sauf Paul qui resta inconsolable, dépourvu et affranchi de tout aplomb. Ce petit blanc maigrichon n'avait que seize ans. Son regard apeuré était celui d'un enfant, mais creusée par les sillons de ses larmes, la peau terreuse de son visage le transforma en vieillard. Ses compagnons de la veille le rejetèrent avec dédain. La peur d'avoir peur était une maladie plus contagieuse et dévastatrice que la peur elle-même.

Fin janvier, le 54e régiment s'apprêta à quitter les côtes de la Caroline en direction de Jacksonville en Floride. L'État n'était pas populeux, mais ses capacités de production de nourriture en faisaient un nouvel objectif. L'Union contrôlait déjà la plupart des grands ports : Cedar Key, Jacksonville, Key West et Pensacola. Malgré tout, les forceurs de blocus parvenaient à transporter les marchandises et les biens nécessaires aux Confédérés pour poursuivre la guerre. L'immensité du littoral floridien leur permettait de mouiller dans l'une ou l'autre de ses nombreuses baies. Les Confédérés avaient renforcé leurs positions à l'intérieur des terres. Ils tenaient des forts au carrefour des routes et des chemins de fer, et protégeaient leurs lignes de ravitaillement vers les principales scènes de combat du Nord. La campagne de Floride n'avait pas pour objectif de conquérir la péninsule, mais plutôt de cadenasser le garde-manger des armées sudistes puis de les prendre à revers en remontant vers la Géorgie et les Carolines.

La veille du départ, Harriet s'approcha de nous. Les préparatifs étaient terminés et les soldats se reposaient autour des feux. Anavita et moi avions rejoint Jaze et Tom.

— Vous ne partez pas avec nous, dit Harriet. J'ai une mission pour vous.

— Vous ? questionna Jaze en croyant qu'Harriet leur parlait aussi.

— Quand je dis *vous*, je parle d'Anavita et de Molly. Tom et toi êtes des soldats du 54ᵉ, alors vous suivez le 54ᵉ. Vous partez pour la Floride. Anavita et Molly iront en Géorgie. Pour l'espionnage, il n'y a pas mieux que des femmes. Des femmes et King. Vous partirez tous les trois.

— King vient avec nous ? s'étonna Anavita. Il a peur de son ombre.

— Tu n'as pas remarqué qu'il a beaucoup changé depuis le début de la guerre ?

— Oui, mais…

— On dirait que son cerveau s'acclimate mieux à la guerre qu'à la paix. Il veut être un héros.

— Mais il est resté loin des combats.

— Vous n'allez pas vous battre, rappela Harriet, vous allez à Augusta, en Géorgie. Il y a là une grande fabrique de poudre et d'explosifs. Je veux que vous rapportiez des plans et des renseignements sur les installations.

— C'est dangereux ? s'inquiéta Jaze.

— Nous sommes en guerre, ajouta Harriet. Anavita et Molly sont blanches. C'est le meilleur sauf-conduit pour la vie. En Géorgie, les hommes sont partis à la guerre. Il ne reste que des femmes pour s'occuper des fermes. Il n'est pas rare de les voir prendre la route. D'ailleurs, plusieurs d'entre elles fuient la côte lorsque nos troupes débarquent. Elles s'enfuient à l'intérieur des terres, vers Atlanta. Un chariot, quelques meubles, des malles, des vêtements, des déguisements, des robes… Deux femmes accompagnées d'un esclave noir sur la route, c'est dans l'ordre des choses.

— Augusta, et ensuite ? questionnai-je en tendant la main à Jaze.

— Vous poursuivez votre route vers les armureries de Macon, un peu plus au sud. Tentez d'en savoir plus sur leur arsenal. Les rebelles inventent des armes surprenantes et meurtrières.

— Et ensuite ?

— Ensuite, vous poursuivez votre route vers le sud et vous venez nous rejoindre à Jacksonville.

— Finalement, nous faisons un petit détour avant de vous retrouver, ironisa Anavita.

— Un détour qui devrait vous prendre plus d'un mois, bougonna Tom.

— Et si nous avons l'occasion de tout faire sauter ? osai-je demander en me doutant bien de la réponse.

— Non, déclara Harriet.

— Non, reprirent Jaze et Tom en chœur.

— Le général Gillmore est clair, confirma Harriet. C'est une mission de reconnaissance. C'est tout. Ne jouez pas à ça.

— C'est bien compris ? me demanda Jaze en me tirant vers lui.

— Oui, oui, j'ai compris.

— Si quelque chose tournait mal, conclut Harriet, revenez vers la côte et longez-la jusqu'à Jacksonville. Le territoire des Gullah s'étend des Carolines jusqu'à la Floride. Ils vous aideront.

Mines, grenades, mitrailleuses et sous-marins

Au cours du conflit, les inventeurs, les ingénieurs et les fabricants d'armes s'évertuèrent à proposer aux armées des engins meurtriers pas toujours efficaces, mais souvent inattendus. La guerre se joua aussi sur le terrain de l'inspiration. Ici comme ailleurs, surprendre l'adversaire était un facteur déterminant. Le cheval de Troie hante toujours les champs de bataille. L'intelligence guerrière, quelle que soit la croisade dans laquelle elle s'illustre, cherche toujours à réinventer la flèche et l'arbalète qui feront tomber le chevalier et son armure réputée invincible.

L'industrie de guerre tourna à plein régime. Encore là, la capacité de production du Nord fut nettement supérieure. Le Sud, conscient de ses vulnérabilités, conçut des armes de protection et de sabotage aussi destructrices qu'inusitées. Les mines explosives et sous-marines, les grenades et plusieurs engins de mort furent inventés et fabriqués dans les armureries de la Confédération. Dans la baie de Charleston que nous quittions, un sous-marin confédéré avait surpris un cuirassé de l'Union. Le sous-marin l'éperonna, explosa et emporta par le fond navires et équipages des deux armées. Ce fut une mission suicide désolante, mais la scène aurait pu figurer dans un des chapitres les plus fous d'un roman de Jules Verne. La mitrailleuse fit aussi son apparition. En un temps record, elle tirait un nombre impressionnant de balles. Elle taillait en pièces des dizaines d'hommes à la fois, mais elle était aussi lourde qu'un canon, et sa proximité du champ de bataille faisait d'elle une cible facile.

Fabriquées dans les usines du Nord, les carabines Spencer eurent un effet beaucoup plus important. Les régiments de cavalerie en furent tous équipés. Ce fut une véritable révolution. Ce fusil à répétition permettait plusieurs tirs rapides en peu de temps. De plus, le chargement se faisant par la culasse offrait aux soldats la possibilité de recharger couchés et à couvert. La Spencer sauva des vies. Les nôtres. Et Anavita et moi en avions une dans nos bagages.

Les armureries du Nord parvinrent à produire les munitions de ces nouvelles armes et à les acheminer par train ou par mer aux armées en campagne. Du côté confédéré, le général Lee savait que la production de munitions était un enjeu crucial. Il préféra conserver les armes à poudre noire qui avaient fait leurs preuves et il demanda à ses soldats d'utiliser leurs munitions avec parcimonie. En d'autres termes, chaque balle devait tuer.

Les armées et les populations du Sud étaient mal nourries et manquaient des biens de première nécessité, mais elles tenaient le coup et enduraient les privations. Les seules usines qui parvenaient à accroître leur production étaient celles qui produisaient de la poudre noire et des armes. L'Union s'intéressa particulièrement aux villes qui les abritaient. Le général Sherman allait bientôt s'avancer vers Atlanta. Bloquer les approvisionnements de poudre et d'armes réduirait la résistance. Les renseignements que nous allions recueillir seraient de précieux outils pour l'attaque du général en Géorgie.

En prévision de notre long périple, Harriet nous dénicha un wagon tout neuf aux arceaux couverts d'une toile blanche, tiré par deux chevaux. L'un d'eux était un appaloosa, une bête magnifique, un cheval à la robe brune et tachetée de blanc et de noir. Le chariot transportait des malles, des meubles, un rouet, des barils, un tapis et une paillasse. Tout laissait croire que nous avancions dans les terres en abandonnant notre demeure de la côte. Pourtant, les tiroirs et les boîtes à chapeaux contenaient peu de vêtements et d'accessoires de maison. Ils étaient remplis de vivres : porc salé, riz, biscuits, café et mélasse. Nous cachions aussi des fruits et des légumes frais, des denrées impossibles à trouver dans les rangs confédérés. Nous transportions également tout le nécessaire à notre expédition : papier, crayons, lunettes d'approche et quelques dollars de l'Union et de la Confédération. Malgré mon insistance, Harriet refusa d'augmenter notre arsenal. Elle céda sur la Spencer, nous permit d'emporter un colt et je m'abstins de lui révéler la présence du Deringer que je cachais sous ma jupe.

— Non, pas de dynamite, rétorqua Harriet à ma demande. Vous n'allez rien faire sauter. Ton arme, Molly, ce sont tes yeux et ton crayon. C'est bien compris ?

Harriet craignait que des soldats confédérés effectuent une fouille en profondeur de notre chariot. Dans pareil cas, la présence d'autant de nourriture, de papier et d'armes se révélerait plus que suspecte. Avec le drapeau dixie dans nos bagages et nos regards de beautés sudistes, Anavita et moi pensions n'avoir rien à craindre.

— Et s'ils trouvent les plans que vous allez dessiner et les notes que vous allez prendre ? nous défia Harriet.

— Ils ne les trouveront pas ici, répondit Anavita en cachant le carnet dans son décolleté.

S'il était difficile d'établir une preuve légitime d'espionnage, il n'en fallait pas beaucoup pour augmenter nos risques d'être lynchées, de nous retrouver en prison ou, pire encore, de devenir les jouets de soldats sans pudeur. Depuis que les prostituées ne suivaient plus aussi assidûment les convois de soldats, des histoires d'horreur circulaient sur les chemins parcourus par les armées des deux camps. Des rumeurs qui faisaient des femmes les victimes du front intérieur de la barbarie des hommes. Dans tous les cas, si nous étions découverts, King serait tué sauvagement.

À la fin de l'après-midi de notre seconde journée de route, nous arrivâmes à Augusta. Anavita se retourna pour me faire un clin d'œil. Dans les rues, des dizaines de femmes conduisaient des chariots comme le nôtre. Elles fuyaient les combats, la faim et le manque de travail. Augusta attirait nombre de réfugiés de guerre, mais la ville ne parvenait pas à nourrir ni à loger les femmes, les enfants et les vieillards jetés sur les routes de la Géorgie. Notre couverture était parfaite.

— Tu as vu ce charretier? me dit Anavita en pointant un homme qui passait de maison en maison.

— Qu'est-ce qu'il fait?

— Il m'a tout l'air de ramasser l'urine des pots de chambre.

Un caporal et deux soldats de la garnison confédérée responsable de la protection d'Augusta nous abordèrent.

— D'où venez-vous? demanda-t-il.

— Nous arrivons de la côte, répondit Anavita. Nous avons quitté nos maisons. Les Yankees ont brûlé nos champs et nos fermes.

— Vos maris sont à la guerre?

— Oui, ils sont partis. Nous n'avons pas de nouvelles d'eux depuis des semaines.

— De quel régiment?

— Ils sont officiers de cavalerie dans la légion de Cobb.

— Et vos enfants?

— Nos enfants ? s'étonna Anavita en se tournant vers moi, surprise par une question qui avait toute sa raison d'être, mais à laquelle nous n'avions préparé aucune réponse.

— C'est une question indiscrète, m'offusquai-je. Nous sommes toutes deux de jeunes mariées. Sachez que la cigogne passera dans nos deux familles au printemps prochain. Vous avez des enfants, caporal ?

Le soldat nous regarda avec suspicion en grimpant un sourcil au-dessus de son arcade. Sans doute évaluait-il la profondeur des ridules qui ornaient nos regards. Nous étions peut-être nouvellement mariées, mais certainement pas de jeunes mariées. Avoir près de trente ans et ne pas traîner une ribambelle d'enfants, c'était suspect.

— Vous êtes indienne, remarqua-t-il en toisant Anavita.

— Que je sache, les Cherokees se battent du côté des Confédérés, répliqua Anavita.

— Pas tous, fit-il en soulevant une couverture dans notre chariot, certains ont préféré les tuniques bleues. Et lui ? poursuivit-il en pointant King qui retenait les chevaux qui s'impatientaient.

— Tous nos esclaves se sont enfuis, répondis-je. C'est le seul qui est resté.

— Il ne semble pas très futé, dit un soldat en grimaçant bêtement.

— Il y a beaucoup de femmes qui arrivent à Augusta, reprit l'officier. La plupart ont de jeunes enfants. Celles qui arrivent toutes seules ont souvent d'autres intentions, si vous comprenez ce que je veux dire… Si c'est votre cas, le quartier des officiers est facile à trouver.

Les autres soldats éclatèrent de rire. Ils nous informèrent qu'il n'y avait plus une seule chambre disponible dans toute la ville : « Toutes les familles géorgiennes se réfugient à Augusta et à Atlanta. » L'un d'eux nous indiqua un endroit où nous pourrions installer notre campement. Le caporal lança un ordre et la route se libéra de sa barrière de soldats.

— «Si vous comprenez ce que je veux dire», répéta Anavita en imitant l'accent du Sud fort prononcé de l'officier.

— Je m'attendais à tout, mais pas à ça, éclatai-je, mi-froissée, mi-amusée. Ils nous ont prises pour des prostituées, ces goujats.

— Harriet m'a dit qu'au début de la guerre, on pouvait évaluer le nombre de soldats en marche juste en comptant le nombre de prostituées qui les suivaient.

— Maintenant, les armées de Lee sont si délabrées que même les prostituées n'ont plus d'intérêt à leur offrir leurs services.

— Nous sommes une denrée rare, alors… déclara Anavita en faisant une mimique comme si elle découvrait l'as de pique qui se cachait dans notre jeu.

— Oh que oui! m'exclamai-je, reconnaissant là la plus puissante arme de notre arsenal. Je t'ai déjà parlé des bordels de la rue Sherbrooke à Montréal?

— Non. Raconte-moi ça.

Mettre le feu aux poudres

Bien qu'elle fût située à l'extrémité ouest de la ville, l'usine où était fabriquée la poudre n'était pas difficile à trouver tant elle était impressionnante par sa longueur et sa hauteur. À l'instar du panache de l'aristocratie sudiste, une cheminée de briques rouges imposait sa présence en s'élevant à cent cinquante pieds dans les airs. De construction récente, la fabrique comptait vingt-six bâtiments. Chacun d'eux avait une fonction particulière dans la production. Le salpêtre, le soufre et le charbon de bois, les matières premières de la poudre à canon, entraient dans les premiers bâtiments érigés à l'embouchure d'un canal creusé à l'embranchement de la rivière Savannah. Après avoir été raffinés, moulus, traités et mélangés, ils sortaient du dernier édifice sous forme de barils de poudre prêts à être transportés par train ou par bateau.

— Pourquoi y a-t-il autant de bâtiments ? avais-je demandé.

— Les explosions sont fréquentes dans les fabriques de poudre, avait répondu Anavita. J'imagine qu'en divisant le travail dans autant de bâtisses, ils évitent que tout s'enflamme d'un coup.

— Et qu'on puisse tout faire sauter…

Après trois jours de surveillance, nous avions récolté suffisamment de renseignements pour décrire en détail les installations d'Augusta. Selon nos calculs, l'usine produisait plus de trois tonnes de poudre noire par jour, une quantité phénoménale, suffisante pour alimenter la plupart des fusils et des canons de la Confédération. Tout autour de la ville, quatorze bastions pointaient leurs quarante-quatre canons dans toutes les directions. Deux lignes de chemin de fer se croisaient à l'entrée de la ville. Des garnisons d'élite étaient postées en permanence aux endroits stratégiques et des cavaliers sillonnaient les alentours. Augusta était une ville cantonnée dans un écrin de fer. Elle serait âprement défendue.

Au milieu d'un champ choisi en fonction des vents dominants, des charretiers déchargeaient leur cargaison de carcasses d'animaux et de barils contenant l'urine que nous avions vue ramassée en ville. J'appris plus tard que cette opération aux exhalaisons putrides servait à fabriquer le salpêtre, un élément chimique essentiel à la fabrication de la poudre. La recette était éprouvante pour qui avait le nez délicat. Dans de grands bacs pourrissaient cadavres, fumier, cendre, terre et ce qui nous sembla être de la paille. Les salpêtriers arrosaient la mixture d'urine et la retournaient délicatement. Ils prenaient soin de cette matière en décomposition d'où seraient extraits les nitrates nécessaires à l'explosion.

Couchées derrière une butte, Anavita et moi, absorbées au bout de nos lorgnettes, observions les alentours. King était resté à l'arrière. Nous avions convenu d'un code. Deux jappements : « attention, cachez-vous ». Trois jappements : « je suis ici ». Deux jappements et un hurlement : « j'arrive ». Des hurlements : « venez vers moi ». Chacun de nous avait également en sa possession un morceau de miroir qui nous permettait de nous localiser et d'envoyer des avertissements sans faire de bruit. King adorait jouer avec la lumière qu'il tentait d'attraper comme le fait un chaton sur les tentures d'une fenêtre.

Une maison isolée retint notre attention. Elle était trop bien gardée pour être commune. Une clôture entourait un terrain délabré au sol crevassé où s'entassaient des tôles froissées et des pierres noircies. Dans un coin avait été aménagé un grand mur de brique et de ciment renforcé d'un coffrage de bois et de poutres de fer rouillé. À l'une d'elles, des épouvantails et des mannequins étaient pendus, ce qui donnait au lieu un aspect des plus lugubres. À toute heure du jour, des hommes se précipitaient derrière le mur pour se protéger des explosions qu'ils préparaient avec minutie. Anavita et moi avions conclu qu'il s'agissait d'un lieu d'expérimentations. C'est là que le génie confédéré se cassait la tête pour inventer des engins de guerre, des bombes et des dispositifs de sabotage.

— Tu penses à ce que je pense ? me demanda Anavita en se retournant vers moi.

— Si tu penses qu'on doit trouver un moyen de savoir ce qui se passe à l'intérieur de cette baraque, alors oui.

— Au cours de la nuit, il n'y a que deux gardiens : l'un est posté à la barrière et l'autre sur la galerie de la maison.

— King pourrait en assommer un d'un seul coup de poing…

— Mais s'il avait trop peur et reculait, l'alarme serait donnée et nous nous retrouverions vite fait en prison.

— J'ai une autre idée, dis-je en souriant.

— Oh oui, devina Anavita en découvrant mon air coquin, la rue Sherbrooke…

— Ça te dit de mettre ta plus belle robe ?

— Faute de pouvoir tout faire sauter, faisons sauter leurs boutons de culotte !

— Pour ça, nous avons tout ce qu'il faut !

Virginia et Victoria

Il faisait particulièrement chaud pour cette période de l'année. Toute la journée, le soleil s'était drapé dans un voile d'humidité. Au couchant, le bleu du ciel s'embrasa de jaune, de pourpre et de fauve, puis il s'assombrit. Les tambours du tonnerre roulèrent sous le feu des éclairs. Un rideau de nuages sombres s'éleva subitement. Une pluie de plomb s'abattit sur nous et creusa des sillons sous les roues de notre chariot. Le décor était planté, le spectacle pouvait commencer.

Lorsque nous arrivâmes à la barrière, le soldat, surpris autant par la pluie que par nous, se dépêcha d'enfiler un grand manteau et pointa son arme dans notre direction. Sachant que la poudre humide de son fusil le désarmait, il se ravisa et tenta plutôt d'y fixer son couteau en guise de baïonnette.

— Holà, soldat, s'écria Anavita tout en calmant ma main qui s'étirait vers la Spencer, ne sois pas si nerveux. Nous ne sommes que deux gentilles demoiselles perdues sous la pluie.

— Et lui, qui est-il? demanda le soldat, impressionné par la corpulence de King.

— –ing, grogna King, –ros.

— Qu'est-ce qu'il dit?

— Il est doux comme un agneau, s'empressa de répondre Anavita. Il nous accompagne, reprit-elle en flattant le crâne dégarni de King. Les routes ne sont pas toujours bien fréquentées.

— Il y a bien longtemps que je n'ai pas vu des filles se promener dans le coin, poursuivit le soldat.

— C'est bien pour ça que nous sommes là, avouai-je en promenant ma main sur ma hanche. Nous aussi, nous devons faire notre effort de guerre !

— Je m'appelle Virginia, mentit Anavita en s'adressant au soldat.

— Et moi, Victoria.

— Oh, fit-il en riant, Virginia et Victoria, c'est un bon choix. J'imagine que lorsque vous traversez au Nord, vous vous appelez Allegra et Indiana ?

— Moi qui croyais que tous nos soldats étaient des gentlemen, m'offusquai-je en prenant Anavita à témoin. Il est temps que cette guerre s'arrête. On y perd les bonnes manières.

— Oh poupée, ne sois pas fâchée, dit le soldat. La solde n'est que dans deux jours et elle est bien mince. Nous n'avons pas ce qu'il faut pour vous payer.

— Je ne sais pas pour toi, Victoria, mais si nous pouvions mettre un toit au-dessus de nos têtes, ce serait déjà bien.

— Avec ce temps de chien et toutes les chambres de la ville qui sont prises…

— Nous ne pouvons pas vous faire entrer, clama l'officier, frustré. C'est interdit.

— Ah, fis-je en replaçant mon bustier, c'est bien triste. Nous serons obligées de passer la nuit dans le chariot. Seules.

— Nous avons deux bouteilles de whisky pour nous réchauffer, ajouta Anavita en étirant une jambe au mollet dénudé vers le soldat, mais ça ne vaut pas la chaleur d'un homme.

— Je voudrais bien, mais j'ai des ordres.

— Comment t'appelles-tu, soldat ?

— Nathan.

— Et ton compagnon qui s'amène avec sa lanterne, quel est son nom ?

— Benson, Ben.

— Et il y a d'autres personnes à l'intérieur ? Ton chef, quel est son nom ?

— Non, nous ne sommes que deux.

— Alors, Nathan, quel est le problème ? Vous n'aurez qu'à dire que vous avez aidé deux femmes en péril sous une pluie battante.

— Que se passe-t-il ici ? crachouilla le second soldat, incommodé par la pluie qui roulait sur le bord de son chapeau.

Nathan amena son compagnon d'armes un peu plus loin et une très brève discussion s'engagea entre eux. Anavita se tourna vers moi et leva les yeux au ciel. Elle croyait faire une nouvelle fois la preuve que les hommes sont toujours plus faciles à convaincre lorsqu'on parle à leur pantalon. Pourtant, Benson revint et braqua son revolver vers nous.

— Descendez, dit-il, et toi, le gros, lève tes bras en l'air.

— Que se passe-t-il ? demandai-je.

— C'est que vous pourriez être des espionnes, soup-çonna Benson. On nous a bien avertis.

— Nous ne sommes pas des espionnes, rétorqua Anavita.

— Vous nous le diriez si vous en étiez ? laissa tomber Nathan en prenant plaisir à glisser ses mains dans nos jupes.

— Si c'est pour nous tripoter que vous nous fouillez comme ça, nous serions plus à l'aise à l'intérieur. Je suis trempée.

— Tiens, tiens, fit Nathan en dénichant mon Deringer.

— Parfois, plaidai-je, il faut se défendre.

— Vos sacs, maintenant. Donnez-moi vos sacs à main, mesdames.

— Oh, s'étonna Nathan en sortant une, puis deux bouteilles de whisky. C'est donc vrai ce que vous disiez.

— Bien sûr que c'est vrai.

— Oh, répéta-t-il. Un colt. Confisqué.

— Et ça, demanda Nathan en ouvrant une pochette feutrée dans laquelle se trouvait une petite bouteille, qu'est-ce que c'est?

— Ça, répondis-je, c'est du parfum, voyons. Vous voulez sentir?

— Du parfum? Du vrai parfum? Hum, je crois que je n'ai jamais couché avec une femme qui sentait le parfum.

— Il y a un début à tout, dis-je.

Anavita tenta vainement de s'approcher du chariot et de la Spencer. Durant tout ce temps, King resta muet. Il attendait qu'on lui lance un ordre avant d'agir. C'est ce que nous avions convenu avec lui. Harriet lui avait expliqué longuement. Il avait compris. Il devait attendre le signal. Mais il était si agité que sa nervosité se transmettait aux deux soldats. Anavita lui parla doucement pour le calmer. La carabine était hors de portée.

— Dites à votre négro de descendre et d'amener le chariot derrière la maison, ordonna Benson en nous redonnant nos sacs.

— Maintenant, Victoria et Virginia, poursuivit Nathan sur un ton plus engageant, venez avec nous. Nous vous invitons dans notre humble demeure.

Dans la cour arrière, les deux hommes obligèrent King à s'asseoir sous une pluie devenue plus légère. Il se rebiffa et reçut un coup sur la tête. Il regarda Anavita qui lui fit signe de ne pas réagir. Les soldats prirent soin de l'attacher, pieds et poings liés, à la margelle d'un puits. Nous ne pouvions plus compter sur lui.

Dans la pièce qui avait servi de salon dans une autre vie, des établis et de la machinerie longeaient les murs jusqu'au plafond. L'odeur de poudre noire était omniprésente. Dans une pièce attenante, des lits superposés avaient été installés. Les soldats y avaient déposé leurs bardas. Ils se jetèrent chacun sur leur lit et nous invitèrent à les rejoindre. Nathan m'avait choisie. Et Benson faisait les yeux doux à Anavita.

— Messieurs, messieurs, s'offusqua ma complice. Ne soyez pas si impatients. Un peu de galanterie, que diable! Parlons quelques instants.

— Pour dire quoi? l'interrogea bêtement Nathan.

— Bien… hésitai-je en regardant autour de moi. Cet endroit est étrange. Que faites-vous ici?

— C'est un secret, chère Victoria, se vanta Benson. Il y a des gens très savants qui travaillent ici.

— Moi, j'adore les secrets, roucoula Anavita. Et je sais garder ma langue… sauf pour embrasser.

— Ne dis rien, Ben, sinon ces demoiselles ne pourront plus partir d'ici avant la fin de la guerre.

— Et ce whisky, reprit l'autre, acquiesçant à l'avertissement de son compagnon, on s'en prend une tasse?

C'était la première fois que je buvais autant de whisky. Nous nous étions promis de ne pas en boire, mais Anavita en avait trop envie, et moi, je ne parvins pas à me dérober de l'insistance de mon prétendant. Après une heure à vider verre, tasse et bouteille, je n'alignais plus deux mots sans les entrecouper de fous rires. Anavita riait tout autant, mais elle me lançait des airs de mère supérieure qui me faisaient rire encore plus. Chaque fois que l'une de nous prononçait les noms de Victoria et de Virginia, et nous nous efforcions de les dire le plus souvent possible, Anavita et moi éclations de rire. Nous tentions d'en savoir plus sur ce qui se passait dans cette maison. Entourloupettes, promesses, flatteries et jérémiades, rien n'y faisait. Nos deux zozos restaient cois. Ils avaient des ordres. Ils ne pouvaient rien nous dire, encore moins nous montrer. La faveur qu'ils nous faisaient en nous sauvant de la pluie et des orages pouvait les mettre dans un sérieux pétrin. Alors, motus. Ils risquaient gros et méritaient tous les plaisirs que nous leur promettions. La seule information qu'ils osèrent nous révéler, c'est qu'il se fabriquait là des armes secrètes. Mais ça, nous le savions déjà. Et puis vint le moment où les hommes décidèrent de passer aux choses sérieuses.

— Oh, messieurs, nous sommes de vilaines curieuses…

— Non. Ça suffit. Maintenant, déshabillez-vous.

— C'est ça, déshabillez-vous, ordonna Ben en caressant un coutelas.

— Vous savez que je suis une femme mariée ? tentai-je de répliquer en cherchant à retrouver mes esprits.

— Bien sûr que nous le savons, pouffèrent de rire les deux hommes. Allez, les filles, soyez gentilles.

— D'accord, susurra lascivement Anavita. Votre hospitalité sera récompensée. Vous ne le regretterez pas. Nous savons bien comment faire valser vos jolis petits bijoux.

— Yaaahhooouu, s'emballa Nathan en rabattant ses bretelles.

— Je crois que c'est le moment de nous parfumer, froufrouta Anavita en me faisant signe de la suivre.

— Vous êtes d'accord que nous nous parfumions avant de nous déshabiller ? bégayai-je en déboutonnant mon corsage.

— Bien sûr, bavèrent-ils comme des enfants de chœur devant un morceau de sucre d'orge.

Quelques instants plus tard, Anavita plaqua sur le visage de Ben un bout de tissu humecté d'éther et il sombra dans les limbes, croyant découvrir le musc et le santal. J'eus plus de difficultés avec Nathan qui, contrairement à moi, n'avait pas le nez aussi bourré d'alcool. Il se débattit, se retourna et parvint à me clouer au lit. Anavita se précipita vers nous et l'assomma d'un coup de poing à la tempe. Je me dégageai de son étreinte et Anavita lui flanqua le parfum soporifique sous les naseaux.

— Sortons de cette pièce avant de nous endormir à notre tour, suggéra Anavita.

— Je suis complètement saoule, Vir-gi-nia, répliquai-je, incapable de retenir un rire. Je n'arrive même pas à mettre un pied devant l'autre.

— Reste ici, fit-elle en m'accotant le long du mur de passage. Je retourne les ficeler et je reviens.

Après un moment, Anavita réapparut et me tendit mon sac et mon Deringer.

— Est-ce que tu peux arrêter de chanter, Molly? me dit-elle le plus sérieusement du monde.

— Vir-gi-nia, répondis-je en riant. Tu as raison. J'arrête. Nous avons une mission, mon colonel.

— Reste ici, je vais fouiller la maison. Surtout, pas de bêtise, Molly. Ne bouge pas.

— Je peux chanter?

— Non.

— Oh, Vir-gi-nia… Tu dis toujours non. Est-ce que je chante si mal?

Lorsque je recouvrai mes esprits, le soleil chauffait la toile blanche de notre chariot. Mon jupon encore trempé de la pluie de la veille était remonté jusqu'à mon visage et mon dos me rappela que j'avais dormi sur plus dur que moi. En me redressant, je constatai que nous roulions sur une route bordée d'arbres feuillus. Anavita était assise sur la banquette, à côté de King qui conduisait en fredonnant une chanson de son inimitable répertoire.

— Alors, Vic-to-ria, s'amusa Anavita en me voyant me relever. Bien dormi ?

Lendemain de veille

Anavita prit un malin plaisir à me rappeler mes frasques de la veille. En bref, j'avais failli tout faire rater. J'avais ri, chanté et pleuré. J'avais parlé de mon frère, de mon amour pour Jaze, pour Harriet, les Guibord et les Gullah. J'avais insisté pour embrasser Anavita et King au moment le plus inopportun, et j'avais hurlé ma haine pour cette guerre en quittant Augusta. Finalement, mes compagnons avaient obtenu la paix qu'ils réclamaient lorsque je m'étais mise à ronfler, endormie comme une bûche au fond du chariot. Les paroles d'Anavita rappelaient à ma mémoire de vagues réminiscences embrouillées par l'ambre du whisky.

— Nous avons réussi, alors! affirmai-je avec un soupçon d'incertitude.

— «Nous» est un bien grand mot, ironisa Anavita. Oui, nous avons réussi. Puis, j'ai libéré King. Il t'a transportée jusqu'au chariot et nous avons roulé une bonne partie de la nuit.

— Nous ne sommes pas suivis? m'inquiétai-je.

— Je doute que nos prétendants se vantent de ce qui leur est arrivé. Ils ont dû se libérer de leurs liens et faire le ménage de leur enclos.

Macon était notre prochaine destination. La ville se trouvait à une douzaine d'heures de route d'Augusta, mais il nous en faudrait bien plus pour l'atteindre. L'état-major nous avait demandé de faire un relevé cartographique de la région. Les cartes que nous possédions étaient incomplètes. Nous devions documenter le parcours en vérifiant les liens ferroviaires s'étirant vers Atlanta plus au nord et vers le Mississippi à l'ouest, les forêts, les cours d'eau, et surtout les champs où il serait possible d'installer les campements des milliers de soldats de Sherman et de Grant qui s'apprê-taient à enfoncer les défenses confédérées. Dans quelques semaines ou dans quelques mois, Milledgeville la capitale et la précieuse Atlanta seraient des villes marquées par le feu et le sang.

— Tu veux savoir ce que Vic-to-ria et Vir-gi-nia ont découvert grâce à leur charme irrésistible ? me demanda Anavita.

— Tout ce que je me rappelle, dis-je en cherchant dans mes souvenirs de la veille, c'est que tu étais heureuse de ce que tu avais trouvé.

Anavita leva le couvercle d'un coffre de bois et me montra ce qui s'y cachait. Sous un tapis de paille, elle dégagea délicatement trois objets cylindriques, des petites bombes, des grenades qui pouvaient être lancées au milieu des assaillants.

— J'en avais entendu parler, mais je n'en avais jamais vu ! m'exclamai-je.

— Lorsque cette arme sera au point, elle sera terrible. Un contrepoids fait en sorte que lorsqu'elle est lancée en l'air, elle retombe sur un déclencheur qui la fait exploser. C'est fragile. C'est une arme aussi dangereuse pour celui qui la transporte que pour celui qui la reçoit. Il faut faire attention.

— Et ça ? fis-je en montrant quelques bouts de bois qui ressemblaient à s'y méprendre à des morceaux de charbon.

— Ça, c'est une belle trouvaille, déclara la grande dame. Il faut en informer l'état-major. On peut imaginer que des espions dissimulent ces petites bombes dans des tas de charbon. Nos gars les embarquent sur les navires et les trains et lorsqu'elles sont chauffées dans le fourneau des chaudières, boum !

— Une belle saloperie…

Anavita recouvrit délicatement les mines et les grenades sous leur paillis.

— Où sommes-nous ? demandai-je en dépliant la carte.

— Nous approchons de Saundersville. Nous allons faire quelques relevés, puis nous irons vers Milledgeville et Macon. Tu sais, ce sont les miens qui habitaient cette région, les Creek. Les planteurs de coton blancs les ont délogés et les ont repoussés toujours plus à l'ouest.

La journée passa à rouler sur des routes cahoteuses, à s'arrêter pour noter, dessiner le contour d'un champ ou d'un lac et rectifier les cartes que nous transportions. Nous vîmes peu de voyageurs sur ces routes désertées, sinon une troupe de soldats et cinq cavaliers aperçus au loin et que nous étions parvenus à éviter. En fin d'après-midi, Milledgeville se déploya au détour de la route. La cité avait connu ses heures de gloire. Le charme de ses demeures aux portiques et aux balcons impressionnants en faisait foi. Des hôtelleries, de nombreux commerces, des banques, des écoles, une prison et même une librairie proposaient leurs services à une population venue des quatre coins du pays. La guerre avait changé les choses. Plusieurs magasins avaient fermé leurs portes pour faire place aux fabriques destinées à l'effort de guerre. Ce jour-là, une foule de femmes, d'enfants et de vieillards faisaient la file devant les wagons d'un train fraîchement arrivé de Saltville. Ils se procuraient une précieuse ration de sel destiné à la conservation de la viande et au traitement des peaux servant à la fabrication des cuirs des chaussures, des selles et des harnais.

À la tombée du jour, nous sortions de Milledgeville en nous engageant sur la route en direction de Macon. Nous y serions le lendemain. En attendant, nous préférions camper à l'extérieur. Les boisés en bordure de la route nous paraissaient plus sûrs pour passer la nuit. Même si Anavita et moi étions quasiment certaines du silence de nos prétendants d'Augusta, nous devions nous méfier d'un message trop vite télégraphié d'une ville à l'autre. La discrétion restait notre meilleure défense. Cette nuit-là, le vent se leva et la température chuta de plusieurs degrés.

— J'avais entendu dire qu'il ne faisait jamais froid dans le Sud…

— C'est l'hiver ici aussi. C'est rare, mais on m'a dit que parfois, il pouvait neiger.

Nous décidâmes de libérer le chariot de quelques meubles et d'étendre notre paillasse à l'intérieur. Enveloppées dans nos couvertures, nous insistâmes pour que King s'installe au milieu de nous. Proposition qu'il accepta joyeusement d'une volée de monosyllabes. Notre compagnon dégageait une telle chaleur qu'une fois adossées à lui, il ne nous restait plus qu'à oublier le froid qui nous piquait le bout du nez.

Le lendemain matin, King se leva d'un bond, surpris lui-même par une soudaine envie de soulager sa vessie. Le séisme qu'il provoqua précipita Anavita et moi contre les parois du chariot : dur réveil accompagné de rugissements grossiers de notre part. La journée commençait mal. Revenu vers le chariot, King plongea son bras entre les pans rabattus de la toile et coupa notre conversation d'un grand geste. Tout énervé qu'il était, il se mit à japper comme nous avions convenu de le faire lorsqu'il y aurait du danger. Il fallut d'abord le calmer et le faire taire.

— Que se passe-t-il, King ?

— –bas, –bas, –garde.

— Je regarde, je regarde, où ça ?

— Là, fit Anavita en pointant du doigt. Des soldats. Ils ne peuvent pas nous voir.

— Attelle les chevaux, King, nous devons partir.

Devant nous, des centaines d'hommes couvraient un champ comme autant d'oiseaux migrateurs en route vers le sud. Anavita étira sa longue-vue.

— Ce sont des soldats, mais ce ne sont pas des Sudistes. Ce sont des prisonniers. Ce sont nos soldats.

— Ils sont… ils sont si nombreux !

— On les déplace sûrement vers un nouveau camp. Tiens, regarde, d'autres se joignent à eux. Ils arrivent du nord.

— Certains n'ont que la peau sur les os.

— Plusieurs cavaliers confédérés les surveillent.

Un coup de feu résonna dans la vallée. Les hommes s'écartèrent comme des grains de poivre autour d'une goutte d'huile. Un soldat avait tué un prisonnier sans doute récalcitrant.

— Pourquoi ne se révoltent-ils pas ? chuchotai-je. Ils sont des centaines et des centaines.

— Ils sont désarmés. Ils ont soif. Ils ont faim. Plusieurs doivent être blessés ou malades.

— Nous devons les aider.

— Nous avons une mission, Molly. Il faut aller à Macon, puis rapporter nos informations à Jacksonville.

— Ana, nous ne pouvons pas les laisser comme ça. C'est maintenant que nous pouvons les aider. Lorsqu'ils seront enfermés dans un camp, il sera trop tard.

— Nos sommes trois, rappela Anavita, comme si ce petit nombre pouvait me faire fléchir.

— Oui, nous sommes trois, trois plus des centaines de nos soldats, juste là assis au bout du champ.

— Leurs gardiens sont armés jusqu'aux dents.

— Nous aussi, nous sommes armés. Nous avons des grenades, des mines, un colt, une Spencer.

— Molly… se découragea Anavita. Allons, partons.

— Je ne pars pas. Je reste ici. Nous ne pouvons peut-être pas les aider, mais nous pouvons au moins savoir où ils vont. Ça aussi, c'est une information importante !

Anavita grimpa dans le chariot en silence, puis elle se tourna vers moi.

— Allez, viens, soupira-t-elle. Allons d'abord à Macon terminer notre travail. Sur le chemin du retour, nous les suivrons. De loin. Sans tenter quoi que ce soit.

— Ils ne seront plus là.

— Ils vont vers le sud et nous aussi. Autant d'hommes sur une route, ça laisse des traces. Nous les retrouverons.

Papa et maman ours

Durant les deux jours que dura notre passage à Macon, mon insistance à revenir sur nos pas éprouva la patience d'Anavita. Elle me rappela sans cesse l'importance de colliger toutes les informations que nous pouvions soutirer à cette ville et ses alentours.

— Mol-ly, répétait-elle en percutant les deux syllabes de mon nom. Pourquoi crois-tu que nous sommes ici ? Les renseignements que nous allons rapporter à Jacksonville — si nous y parvenons, parce qu'au cas où tu ne t'en serais pas aperçue, nous sommes en plein Sud, aussi creux qu'on puisse être en territoire ennemi, comme jamais nous ne l'avons été jusqu'à présent. Je disais donc que les renseignements que nous allons rapporter vont justement éviter qu'il y ait plus de morts et de prisonniers. Ils vont servir à libérer ceux qui le sont déjà. Rentre ça dans ta caboche, tête de pioche. Tu peux comprendre, non ?

Non. Je ne pouvais pas. Bien sûr, la raison allait dans le sens d'Anavita : comprendre, réfléchir, évaluer, prendre du recul et se calmer, me calmer ! Si nous ne parvenions pas à retrouver la route des prisonniers dans un délai raisonnable, Anavita proposait de retourner à Jacksonville et de faire part de notre rencontre à l'état-major. Les généraux seraient à même d'évaluer la situation et d'expédier une troupe de soldats autrement mieux armés que deux femmes et un homme munis d'une carabine, d'un revolver et d'un lance-pierre... Ça, c'était bon pour la raison.

— Tu as dit que nous allions les retrouver, m'inquiétai-je.

— Nous allons retourner sur nos pas. Nous allons essayer de retrouver leur trace et de les suivre. De loin, sans rien tenter. Après deux jours, si nous ne les avons pas trouvés ou s'ils poursuivent leur marche, nous rentrerons à Jacksonville. Tu es d'accord ?

— Oui, oui, répondis-je, contrariée. Mais tu as dit que nous les retrouverions...

— Oh, Molly, se découragea Anavita.

Va pour la raison, mais le cœur, l'âme, l'esprit... Tout en moi se mobilisait pour élaborer des plans d'attaque aussi fragiles que des châteaux de cartes. Je savais bien que nous ne pouvions pas faire grand-chose. Se jeter à corps perdu pour libérer ces soldats était de l'ordre du suicide. N'empêche. Je trépignais à l'idée de manquer l'occasion de pouvoir les sauver et que notre prudente patience se transforme en une frustrante impuissance.

— Cesse de t'inquiéter, conclut Anavita. Nous allons les retrouver. En attendant, nous avons du travail.

Macon était une belle et grande ville. Ses rues étaient larges et ses maisons aussi parfaitement alignées que les champs de coton qui assuraient sa prospérité. Il y avait une gare fort achalandée, de nombreux commerces, un télégraphe et un port s'étirant sur la rivière. J'y découvris également une grande école dédiée aux femmes, une université, une première dans le monde. Malgré les attraits et la beauté de la ville, Macon était aussi le chef-lieu de l'industrie de l'armement confédéré. Augusta fabriquait la poudre. Macon fabriquait les armes. Arpentant les rues de la ville et les campagnes environnantes, nous constations à quel point les vieux plans et les cartes que nous possédions ne servaient pas à grand-chose. Les erreurs et les approximations qui y étaient inscrites ne fournissaient que des informations rudimentaires, rien pour élaborer des plans d'attaque, des transports de troupes ou des lignes de ravitaillement. Sur papier, même la rivière Ocmulgee était sortie de son lit. Nos devoirs étaient longs et ardus, et s'étiraient dans la nuit. Pour y parvenir, nous avions déniché une chambre dans un hôtel au centre de la ville. Nous y dépensions nos derniers dollars confédérés. Les chevaux étaient à l'étable. Nos corps fourbus et depuis trop longtemps couverts de sueur et de poussière plongèrent avec bonheur dans un bain et un lit.

— Votre négro peut coucher à l'étable, avait souligné l'hôtelier, comme pour nous faire une faveur.

Son métier exigeait la discrétion. Il n'avait pas posé de questions. Il faut dire qu'à Macon comme à Augusta, le cortège des veuves et exilées de guerre était l'exception devenue la règle. Poser des questions, c'était s'exposer à des demandes impossibles à réaliser. Anita avait remercié l'hôtelier avec conviction. Aussitôt la nuit tombée, King se glissa par la porte de côté et vint nous rejoindre dans la chambre pour y dormir.

Durant la première nuit, des coups frappés à la porte nous réveillèrent en sursaut. King tenta de se glisser sous le lit sans y parvenir. Anavita chargea la Spencer qu'elle avait dissimulée sous les couvertures et j'avançai doucement vers la porte, le colt chargé et le doigt sur la gâchette.

— Qui va là ? osai-je demander.
— C'est Osvald, l'hôtelier.
— Que se passe-t-il ?
— C'est que… j'aimerais vous parler.
— Je vous ouvre. Attendez.

Dans l'entrebâillement de la porte, au bout de sa lampe, je vis l'hôtelier en chemise et en bonnet de nuit, seul sur le palier.

— C'est que… j'ai cherché partout dans l'hôtel. Je ne pouvais pas y croire, mais il y a quelqu'un dans votre chambre qui ronfle à dégoupiller les chevrons du toit. Est-ce qu'il y a un homme dans votre chambre ?

— Bien sûr que non, répondis-je en feignant une gêne malhabile.

— C'est que ça dérange.

— Oui, bien sûr, poursuivis-je en dissimulant le rire qui me mordait les lèvres. C'est… c'est Virginia. Vous savez, les Indiennes… Dans sa tribu, on disait qu'elle se transformait en ourse. Lorsqu'elle est sur le dos, elle ronfle comme un grizzly. Je vais faire en sorte qu'elle dorme sur le ventre.

— Merci, madame. Je vous en suis reconnaissant, dit l'hôtelier avant de disparaître derrière la porte que je refermais.

Je revins me coucher à côté d'Anavita. Étendu par terre, King étouffait son rire dans une couverture.

— Je ronfle comme un ours ? s'offusqua Anavita à voix basse. Je suis un « ours » dans ma « tribu » ? C'est bien ce que j'ai entendu ? Je ne rêve pas ?

— Qu'est-ce que tu voulais que je dise ? me défendis-je en pouffant de rire.

— Et de quoi j'aurai l'air demain matin à la table du déjeuner ? fit-elle en me rouant de coups.

— Si une seule personne ose dire quoi que ce soit, plaisantai-je en évitant ses mains qui tentaient de me chatouiller, je grogne et je mords. Tu n'auras pas à sortir tes griffes et tes crocs.

— Est-ce qu'on t'a déjà dit que tu étais très drôle, Molly Galloway ? ironisa Anavita.

— Oui, une fois ou deux.

— Je vais me venger, promit madame Ours.

— En attendant, il ne faut plus que King dorme sur le dos. Tu n'aurais pas un ourson que nous pourrions glisser derrière lui ?

La marche de la mort

À l'aube du troisième et dernier jour que nous passions à Macon, alors qu'Anavita et moi discutions vertement du chemin à prendre pour retrouver les prisonniers, King se précipita vers la fenêtre de notre chambre.

— –dats, –dats, tenta-t-il de nous dire.

— Des soldats? s'inquiéta Anavita en repoussant King contre le mur.

Dans la lumière bleutée de ce matin de février, les premiers rayons se frayèrent péniblement un chemin jusqu'à la terre des hommes. Au milieu de la rue, dans un long silence envahi par le bruissement des pas sur le sol, les prisonniers, ceux-là mêmes que je voulais retrouver, traversaient la ville.

Se balançant d'un pied sur l'autre, le dos courbé, le cortège valsait au son d'une sombre complainte. Des coulées de cendre avaient recouvert les coulées de sang. Ne restaient plus que les sillons de larmes pour découvrir les visages d'autrefois. Accablé sous un lourd fardeau, chacun semblait transporter les dépouilles éventrées d'un désespéré moment de gloire et d'un funeste instant de triomphe. Certains n'avaient plus que la peau sur les os. Difficile de croire qu'ils puissent encore marcher. Dans le portique de l'au-delà, ils ne savaient plus s'ils devaient entrer ou faire demi-tour. Leur âme était plus lourde que leur corps.

Étaient-ils vivants ou morts ? Le temps passé derrière les murs des prisons se comptait à l'épaisseur des bras et des cuisses. Certains avaient été faits prisonniers plus récemment. Ils ne traînaient pas la maigreur des camps, mais ils portaient de plus vilaines blessures.

Aux fenêtres, les femmes se penchaient vers cette procession de douleur et se taisaient, fatiguées de la savoir se répéter sur tous les chemins de cette Amérique horrifiée par tant d'années de guerre et de souffrance. Ces grands enfants du Nord qui déambulaient devant elles leur rappelaient leurs propres garçons et le bonheur qu'elles auraient de les engouffrer dans leurs bras.

— Suivons-les, me dit Anavita en essuyant une larme insoumise.

King se glissa à l'extérieur de l'hôtel et parvint en douce jusqu'à l'étable. Il harnacha mon cheval comme je le lui avais demandé et monta notre chariot sur l'autre animal. Il était préférable de séparer nos montures. Nous serions mieux à même de suivre les prisonniers à distance si je pouvais me faufiler dans les bois et observer leur déplacement.

La poursuite harassante dura trois jours. Ils marchèrent sans relâche, mangeant et buvant à peine. Plusieurs tombèrent raides morts, d'autres, trop souffrants, malades ou épuisés furent abattus d'un coup de feu. Lorsque le temps le permettait, les prisonniers plus vigoureux étaient chargés de creuser des fosses et d'ensevelir leurs compagnons, mais plusieurs cadavres furent abandonnés au bord de la route. Aussi pieux que pouvait l'être Harriet, King insista pour enterrer les corps. La dérive des prisonniers était si lourde et si lente que nous avions le temps de nous faire fossoyeurs et de planter des croix dans les bois bordant le chemin.

Ce soir-là, le moment que je redoutais arriva. Anavita affirma que le lendemain, nous allions reprendre la route vers

Jacksonville. En suivant les prisonniers, nous nous enfoncions de jour en jour plus profondément vers l'ouest, à l'opposé de notre destination ; notre ravitaillement était épuisé ; nous n'avions plus d'argent. L'état-major et l'armée de Sherman attendaient impatiemment nos renseignements, et nous allions retrouver Jaze et Tom… Bref, les raisons étaient suffisamment nombreuses et sérieuses pour ne plus continuer.

— Ils ne peuvent plus aller très loin. Dans deux jours, la moitié des hommes seront morts. Pourquoi feraient-ils marcher des morts ?

— Les morts ne mangent pas, rétorqua Anavita, et le Sud est affamé.

— C'est affreux ce que tu dis là.

— C'est la guerre.

Anavita souffla la chandelle et notre chariot disparut dans la nuit.

— J'ai une idée ! m'exclamai-je en rabattant mon bras sur la cuisse d'Anavita.

— Oh, toi et tes idées, bougonna-t-elle.

— Demain, reprenons la route vers Jacksonville. Mais l'après-midi seulement. Le matin, je contournerai les prisonniers et je galoperai au-devant d'eux. Dans la même direction. Autant de soldats ne peuvent être logés que dans une immense prison. Si elle est là devant, je la trouverai. Nous pourrons l'indiquer sur la carte et rentrer à Jacksonville.

— Si je refuse, tu vas y aller quand même ?

— Oui.

— Tu es une sale tête de mule. Bonne nuit !

— Tu es formidable, soufflai-je en embrassant ma compagne. Au moins, nous pourrons dire que nous avons fait tout ce que nous avons pu.

— Nous avons déjà fait plus que nous pouvions. Demain, à midi, si tu n'es pas revenue, King et moi, nous partons.

Nous ne pouvons plus attendre. Les renseignements que nous avons entre les mains vont peut-être sauver autant de vies qu'il y en a dans cette prison. Ça aussi, c'est important.

— Je comprends. Tu as raison.

— À midi, si tu n'es pas là, nous partons, répéta-t-elle. Tu viendras nous rejoindre. Jacksonville, c'est par là. Vers l'est.

Andersonville

Après moins d'une heure de galop, je me rendis compte que les soldats confédérés étaient de plus en plus nombreux sur la route. Leur présence m'obligea à me dissimuler dans les bois fréquemment. Puis, soudainement, la prison dépeça le paysage de son exubérante laideur. Elle était immense, monstrueuse. J'en eus le souffle coupé et un intense sentiment de danger me parcourut l'échine. Cordés les uns sur les autres, des pieux de bois taillés grossièrement s'élevaient à plus de vingt pieds dans les airs et s'étiraient à perte de vue. Des miradors abritant des gardiens armés en parsemaient le pourtour.

Je tentai de contourner la prison à travers les bois. Je remarquai qu'un fin cours d'eau y pénétrait, limpide d'un côté, pour en ressortir terni d'une odeur infecte d'excréments de l'autre. La source d'eau potable devait se transformer en latrines à ciel ouvert. Outre la porte d'entrée et le cours d'eau, il n'y avait aucune ouverture. Rien ne permettait de croire qu'on puisse y échapper, à moins de creuser un tunnel ou de percer la palissade à coups de canon.

Midi approchait. Je devais retourner vers Anavita et King. Je ne pouvais rièn faire de plus. J'avais l'information, la localisation. Nous pouvions repartir vers Jacksonville. Je saurais dessiner les plans de la prison. Je m'apprêtais à reprendre le chemin vers mes amis lorsque mon ventre se noua d'un coup. Au-dessus de la prison, un vrombissement de voix remplit l'air d'un écho venu d'un autre monde. Comme autant de fourmis charpentières en train de dévorer une maison de bois, j'entendis le murmure assourdissant de l'enfer. Derrière les murs de cette prison, des dizaines de milliers de prisonniers tentaient de survivre.

Lorsque je revins au chariot, Anavita préparait le repas, le dernier avant notre grand départ.

— J'ai trouvé la prison, dis-je en sautant de mon cheval. Elle n'est pas loin. Passe-moi une carte que je te montre. Tu vois ici, tout près d'Andersonville. C'est affreux. Je n'ai pas vu l'intérieur, mais c'est immense. Ils doivent être si nombreux. Je n'ose pas imaginer. Il y avait une odeur épouvantable.

— C'est du beau travail, fit Anavita en posant une main sur mon épaule. Nous pourrons le signaler à l'état-major.

— Où est King?

— Il est au bout du champ. Les prisonniers sont partis, mais ils ont laissé deux cadavres. Il creuse leur tombe.

— Je vais le rejoindre.

— Ne tardez pas. Le repas est presque prêt et j'ai hâte de partir d'ici.

Si tout allait bien, nous pouvions espérer être à Jacksonville en deux jours. Quelques minutes plus tard, je rejoignis King qui déposait un cadavre dans la fosse qu'il avait creusée.

— Attends, je vais t'aider.

— –ly –der –ing.

— Oui, laisse-moi t'aider. Je suis forte, moi aussi.

Le second cadavre s'abattit lourdement sur le précédent, exhalant vers nous un souffle de terre, de mort et de pourriture qui nous fit reculer. À peine avions-nous commencé à lever les premières pelletées de terre que le galop de trois chevaux s'approcha rapidement. Trois cavaliers sudistes fonçaient vers nous en pointant leurs armes dans notre direction. Pris de panique, King tenta de s'enfuir en aboyant pour prévenir Anavita. Un violent coup de fouet le projeta par terre.

— Nous sommes à la recherche de deux femmes et d'un négro monstrueux. Je vois un monstre et une femme. Où est l'autre ?

— Le négro courait vers la rivière, lança un autre soldat. Elle doit être par là.

— Très bien, va la chercher. Si elle résiste, tu peux l'abattre.

Au bout du champ, Anavita, le chariot et les chevaux avaient disparu. Autour du feu, il ne restait qu'une malle, une casserole de soupe et une bouilloire fumante. Anavita s'était enfuie. Sans doute avait-elle vu venir le soldat et nous ne l'avions pas entendue nous prévenir.

— Mais que se passe-t-il ? tentai-je de demander le plus innocemment du monde.

— Vous savez, Molly Galloway, nous aussi nous avons nos espions. Vous travaillez pour Harriet Tubman et les Yankees. Une Irlandaise, une Sauvagesse et un négro. Vous allez être pendus, mais avant, vous allez nous dire ce que vous savez.

— Le négro, demanda un soldat, on lui plombe la tête tout de suite ?

— Non, répondit celui qui semblait être le plus haut gradé malgré ses habits débraillés, il peut toujours servir.

Deux coups de feu retentirent dans les bois et me firent tressaillir.

— Je crois qu'Harry n'a pas fait de prisonnière, gloussa le soldat en crachant.

— Retournons à Macon. Là-bas, des gens reconnaîtront cette jolie dame qui posait tant de questions et le monstre noir qui l'accompagne.

Mais Harry ne revint pas.

— Qu'est-ce qu'il fait?

— C'est peut-être bien lui qui s'est fait tirer dessus au bout du compte, répondit l'autre soldat. Vous voulez que j'aille voir, sergent?

— Oui, va voir, mais attache les mains de ceux-là avant de partir. On change de plan. Je vais prendre la route vers le camp d'Andersonville. On y sera rapidement. Retrouve la Sauvagesse et ramène tes fesses là-bas. Demain, on les reconduira à Macon.

— Pourquoi aller à Macon? demandai-je.

— Pour être pendus. Au bout d'une corde, vous allez enfin être utiles. Vous allez donner l'exemple aux autres, s'il y en a. Mais dites-vous bien qu'on peut vous pendre même si vous êtes morts. Au moindre geste… conclut-il en glissant sa main comme un couteau sur nos gorges.

En bordure de la route menant au camp d'Andersonville, les bosquets étaient gris de la poussière soulevée par la marche des prisonniers. Çà et là, des corps meurtris jonchaient le sol. Devant chacun d'eux, King s'arrêtait net, prêt à les enterrer. Dans un tonnerre d'injures, le soldat tirait sur les cordes nous reliant au pommeau de sa selle. Les nœuds coulants serraient nos gorges. King s'étrangla plus d'une fois. Finalement, le géant plia l'échine en pleurnichant quelques prières incompréhensibles, comme si son corps réveillait en lui la peur des anciennes blessures de l'esclavage.

— Je n'ai qu'à partir au galop pour vous étrangler tous les deux. Ne me tentez pas.

D'autres coups de feu résonnèrent au loin dans la forêt. Je me désespérais à l'idée d'entendre les claquements des sabots ramenant le soldat sur la route. S'il revenait, c'est qu'Anavita avait été tuée. S'il ne revenait pas, c'est qu'Anavita lui avait fait la peau et qu'elle s'efforçait de nous porter secours. Je me tenais prête à intervenir. Au premier échange de coups de feu, je m'apprêtais à déséquilibrer notre cavalier en tirant sur sa monture. J'écoutais. Je regardais. Je cherchais à percevoir le cri du loup et la lumière d'un miroir. Anavita devait nous sortir de ce mauvais pas rapidement, avant notre arrivée au camp.

Au coucher du soleil, l'ombre du camp s'étira dans la vallée que j'avais entrevue au petit matin. Dans la coulée de la rivière, une forêt de pins avait fait place à l'immense prison à ciel ouvert. Du haut de la route, l'intérieur de l'enclave me sembla rempli d'un vagissement grouillant. Des hommes marchaient vers nulle part, s'enlisant sous des couvertures, rampant vers des trous de terre et sous des abris de bois pourri. Le camp d'Andersonville relevait plus de l'abattoir que de la prison.

Les soldats affectés à sa garde étaient peu nombreux. La faim et la maladie étaient d'efficaces et impitoyables geôliers. À l'extérieur de la prison, la garnison bivouaquait. Un village de tentes et de bâtiments avait été construit. Des feux s'allumaient en prévision du repas du soir. Anavita devait arriver maintenant. Après, il serait trop tard. Je me laissai tomber au sol en criant. Si elle nous suivait à distance, elle comprendrait le message. Le cavalier s'arrêta, se tourna vers moi et soupira.

— Que se passe-t-il ?

— Je me suis tordu la cheville.

— Toi, le gros, porte-la.

— Attendez, s'il vous plaît. Je crois qu'elle est brisée.

— On ne reste pas ici, décréta le cavalier en tirant sur la corde de King.

Je tentai d'étirer le temps en feignant la douleur et en essayant de bander ma cheville. King ne savait plus comment me prendre. Je crois qu'il était le seul à croire à mon numéro. Anavita n'arrivait pas. Elle ne se cachait pas dans les bois. Elle n'était pas là. Plusieurs coups de feu avaient été tirés. Le soldat parti à sa recherche n'était pas revenu. Qui de l'un ou de l'autre avait été tué ou blessé ? Les deux ? Blessée, Anavita avait peut-être décidé de retourner à Jacksonville chercher du secours et des renforts ? Peut-être qu'elle était là, tout près ? Me faisait-elle signe ? Que voulait-elle que je fasse ? Tout un théâtre jouait dans ma tête.

Le soir fuyait. La nuit allait être froide. La lune, pleine. Les flammes embrasaient les chaudrons de soupe. À l'entrée du camp, King me déposa par terre. Notre gardien nous libéra de nos liens. Les hommes approchèrent et nous encerclèrent. Les uns tentèrent de me tripoter les seins et les fesses, les autres frappèrent King d'une claque derrière la tête, d'un coup de poing sur l'épaule ou d'un coup de pied dans les jambes. Le géant ne broncha pas, soumis à la pression de ses peurs et de ses démons. Il plia l'échine comme pour disparaître du monde.

— Je n'ai jamais vu un négro aussi grand, dit l'un.

— Tu as vu les cicatrices sur son corps, constata l'autre.

— Pour être marqué comme ça, ce doit être un voleur, un vaurien.

— Il n'a plus d'oreilles…

— … et presque plus de pieds.

— Sûr qu'il a tenté de s'enfuir plus d'une fois.

— Relève-toi, fit un autre en glissant un couteau sous sa gorge.

King pleurait comme un enfant. Ses larmes attisaient la violence comme des gorgées d'alcool crachées au cœur d'un incendie. Le géant jeta vers moi des regards épouvantés. Je tentai de le rejoindre, mais deux hommes continrent mon élan avec force. Autour de lui, un ballet macabre se dessinait.

Sur leur carnet de bal, les danseurs n'avaient qu'un nom marqué d'un trait noir. Ils affûtèrent leurs coutelas. On fit place à deux musiciens : un violoniste et un accordéoniste. Ils accordèrent leurs instruments. Au son d'une musique stridente, la ronde sanglante s'ébranla. Les soldats dansèrent autour de King comme s'il avait été l'offrande immolée à l'autel de la barbarie et de la cruauté. À chacun de leurs passages, les lames perçaient sa chair dans un flot de sang.

Je me libérai de l'étreinte de mes gardiens. Dans cette eucharistie sauvage, tous désiraient témoigner de l'ardeur de leur foi. Mon élan vers King fut réfréné par un violent coup de poing au visage. Je tombai face contre terre, me redressai, mais un autre coup me ramena au sol. Deux hommes me relevèrent avec vigueur. King ne bronchait pas. Il pleurait comme un cochon qu'on saigne. Fouetté par les lames, son corps ne serait bientôt qu'un amas de chair mortifiée. Le sang revenait hanter la peau flétrie de ses plus anciennes cicatrices.

— Lève-toi, hurlai-je. Lève-toi et bats-toi. King, tu m'entends ? Relève-toi. Tu es un héros, King. Lève-toi.

Un coup de poing étourdissant projeta un filet de sang sur ma joue, mais rien ne pouvait me faire taire.

— Lève-toi, King. Défends-toi.

Des coups m'assaillirent de partout, mais je n'en ressentis aucune douleur. La rage était plus forte que tout. Il allait mourir, mais je ne supportais pas qu'il puisse mourir dans la peur.

— Frappe, King. Tu es un héros.

Et King se leva. Empoignant un soldat dans chacune de ses mains, il les frappa l'un contre l'autre, les brisant comme des poupées de chiffon. Les autres reculèrent d'un pas.

— –vita, là, dit soudain le géant tout en amoncelant les corps autour de lui.

Anavita s'élança vers nous. Au milieu de trois montures, elle galopa en chargeant les soldats qui entravaient sa course, tirant du colt et armant la Spencer.

— –ly –aute, s'égosillait King dans ma direction. –aute –ly.

Je ne comprenais pas ce qu'il voulait dire. Que devions-nous faire? Les soldats qui nous entouraient ne déliaient pas le nœud de leur emprise.

Anavita lança une bombe dans un feu et provoqua une première explosion.

— –ly –aute, répéta King.

Lorsque la grenade explosa dans le dépôt de munitions, le souffle chaud de la déflagration jeta les tentes par terre et mit le feu à l'enceinte de la prison. Anavita courut vers nous. Les soldats s'élancèrent vers les sapins de fusils qui bordaient leur bivouac.

— Saute, Molly, parvint à prononcer le géant, –aute!

King m'offrait un tremplin pour sauter par-dessus les soldats qui faisaient barrière entre Anavita et nous. Trois soldats s'apprêtaient à l'embrocher à la baïonnette. Je réussis à me défaire de mes gardiens et m'élançai vers mon compagnon ensanglanté. Lorsque je fus à sa portée, il tendit les mains et me catapulta derrière la ligne de soldats. Anavita lança une dernière grenade qui compléta le mouvement de panique. J'atterris brutalement à ses côtés. Elle me tendit la main. Malgré la douleur qui m'assourdissait, je me retrouvai sur le dos d'un cheval. King rugit, fier comme un loup qui se sait vaincu.

— –ros! cria-t-il avant de s'effondrer.

Nos chevaux se frayèrent un chemin à travers les tourbillons de soldats déboussolés. Les explosions en avaient surpris plus d'un. Plusieurs craignirent probablement que ce coup de force ne fût qu'un prélude à une plus vaste offensive. Nos chevaux s'élancèrent sur la route menant à Jacksonville. Quelques coups de feu retentirent, mais les plombs ricochèrent sur la peine qui m'accablait.

King avait gagné son pari. Il était mort en héros.

Entre Tallahassee
et Jacksonville

Le soleil se levait. Durant la nuit, la lune avait guidé la course de nos chevaux. Ils étaient exténués et nous l'étions tout autant. Nous nous arrêtâmes dans un boisé touffu qui plongeait ses racines dans l'eau clapotante d'un lac immense.

— Ils ne t'ont pas ratée, dit Anavita en lavant mon visage tuméfié. Je crois qu'ils t'ont cassé le nez.

— King est mort.

— Je sais.

— C'est de ma faute, avouai-je dans un grand sanglot. Il est mort à cause de moi.

— Ce n'est pas de ta faute, Molly, déclara Anavita. Nous étions tous d'accord pour suivre les prisonniers.

— C'est moi qui lui ai dit de se battre. Il n'avait aucune chance.

— Ils l'auraient tué de toute manière.

— Lorsque j'ai vu toute cette peur dans ses yeux…

— Tu as bien fait. Il n'est pas mort en esclave.

D'un coup sec, Anavita replaça les os de mon nez, laissant au fond de ma gorge un cri étouffé dans un caillot de sang.

— C'est mieux comme ça, commenta-t-elle. Jaze va te reconnaître.

Puis, elle retira les sacoches accrochées au dos de son cheval. Elle y avait engouffré l'essentiel et avait abandonné le chariot. Elle délia les liens qui retenaient une couverture et l'étendit sous un grand arbre. Je m'y allongeai, rompue. Le sel de mes larmes brûla mes plaies.

— Nous devons dormir un peu, rappela-t-elle en chargeant la Spencer. Je prends le premier tour de garde. Repose-toi. Si j'en crois la carte, nous avons pris la bonne direction. Nous sommes ici, au bord du lac Ocean Pond. Nous devrions être à Jacksonville avant la nuit. Nous allons retrouver les nôtres.

— J'espère qu'ils sont sains et saufs. J'aurais besoin que Jaze me prenne dans ses bras.

— Endors-toi, suggéra Anavita, et ne crains rien, les alligators ne chassent pas à cette heure du jour.

— Des alligators ? fis-je en me relevant d'un bond.

— C'est la Floride…

— De toute manière, je n'arriverai pas à m'endormir. C'est moi qui vais faire le guet.

— Les alligators ne chassent pas avant le soir, précisa Anavita.

— Mais qu'est-ce que tu en sais ? Allez, donne-moi cette carabine.

Anavita tenta vainement de répliquer. Mon insistance brisa les faibles réticences qu'elle avait à troquer son tour de garde. Elle se roula dans la couverture et s'endormit presque aussitôt. Je m'assis à ses côtés, l'œil fixé sur les rives du lac. Malgré la peine et la peur, la fatigue eut raison de moi et je m'endormis à mon tour. La nature sauvage n'était pas la seule à troubler l'eau du lac.

Des coups de canon sonnèrent le réveil. Le soleil avait traversé la moitié du ciel. La terre tremblait. Une bataille avait lieu tout près d'ici. Nous entendions les hurlements des hommes, les hennissements des chevaux, les cliquetis des sabres et la voix des armes.

— Là, fit Anavita en pointant un doigt sur la carte, c'est la ville d'Olustee ; ici, le lac. À l'ouest, Tallahassee, confédérée ; à l'est, Jacksonville. Nous devons savoir où sont les nôtres.

— Le son de la bataille vient de l'est.

— Les nôtres viennent de l'est. Les Confédérés, de l'ouest.

— C'est donc dire que nous sommes derrière les lignes ennemies.

— Nous pouvons peut-être les éviter.

— Pour ça, il faut savoir où ils se trouvent et combien ils sont.

— Allons voir s'il est possible de grimper sur un point plus élevé.

Le terrain était si plat qu'il me fallut grimper au sommet d'un arbre. À travers les branches, je scrutai l'horizon. Aux abords de la gare d'Olustee, la bataille faisait rage. Dans une forêt de pins, les fumées de poudre noire s'élevaient au-delà des cimes. Je comptai cavalerie, infanterie, artillerie, ils étaient tous là. Des milliers de soldats, trois mille, cinq mille, dix mille ? Peut-être plus. Trois fronts se dessinaient. Des tirs de canon, des charges de cavalerie, des éclats de lame, des coups de feu et des corps jetés sur le chemin comme un fil d'Ariane entre la vie et l'enfer.

— Des renforts arrivent des deux côtés. Il faut filer vers le sud pour les contourner.

— Nous risquons de croiser leur ligne de ravitaillement.

— C'est un risque à prendre.

— Sinon, il faut traverser le lac.

— Pas question. D'ailleurs, comment ? Avec les chevaux, c'est impossible. Et puis, je préfère mourir au fond d'une tranchée qu'entre les dents d'un alligator.

Filant au sud, nous empruntâmes les chemins menant loin des combats. La plupart d'entre eux étaient occupés par la course des renforts sudistes, si bien que les boisés et les marécages les entourant devinrent nos ultimes alliés. Des alliés dont je me méfiais. L'homme n'avait pas maté cette nature aussi luxuriante que préhistorique. Traversant ruisseaux et marais, harcelées par les moustiques et en proie à des sursauts apeurés à l'idée de croiser un alligator ou un quelconque reptile, nous parvenions à peine à conserver notre vigilance et notre orientation. Je rêvais de neige et de froid.

Au milieu d'un champ, nous nous rendîmes compte que nous étions parvenues à dépasser le tonnerre des combats. Nous pouvions bifurquer vers le nord. Sur la carte, les lignes de route menant aux nôtres se dessinaient clairement.

Au crépuscule, l'ombre des soldats s'imbriqua à celle de la nuit. Nous avions rejoint les deux armées. Dans cette semi-obscurité, nous ne pouvions distinguer les allégeances. Des soldats parmi les hommes. Des hommes parmi les soldats. Lesquels d'entre eux étaient nos hommes? Les tirs cessèrent. Et pourtant, il y avait toujours du mouvement. Un mouvement silencieux, lourd et empreint d'effroi.

— Ce sont les nôtres, affirma Anavita. Ils battent en retraite.

— Comment peux-tu en être si sûre?

— Les combats ont cessé et ils courent vers l'est. Ils retournent à Jacksonville.

— C'est qu'ils ont perdu…

— Ce n'était peut-être qu'une simple escarmouche.

— Oh non, c'était la guerre. Au nombre de combattants, c'était la guerre, la vraie.

— Alors, ils ont perdu et ils s'enfuient.

— Fuyons avec eux.

C'étaient bel et bien les nôtres. Les soldats de l'Union s'enfuyaient à toutes jambes. Ce n'était pas un retrait, c'était une débandade. Ils avaient subi de lourdes pertes.

— Qui va là ? demanda un sergent en pointant son arme vers nous.

— Nous sommes des vôtres. Nous travaillons pour Harriet Tubman et le général Gillmore.

— Foutu Gillmore, répondit-il sans vraiment se préoccuper de nous. Il nous a envoyés à l'abattoir. Maintenant, les rebelles vont se lancer à notre poursuite.

— Nous sommes à quelle distance de Jacksonville ?

— Deux jours de marche. À cheval, vous y serez avant le lever du soleil.

Au fur et à mesure que nous avancions sur la route, la masse de soldats battant en retraite devenait plus compacte. Malgré les rayons de lune, nous ne pouvions pas galoper sans risquer d'accident. Un peu plus loin, un train était stationné en pleine campagne. On y entassait les blessés dans deux wagons de marchandises. La locomotive crachait des nuages de fumée noire. Un échange de coups de feu retentit au loin.

— Les combats n'ont pas cessé ? demandai-je à un soldat.

— Oui, mais le 54ᵉ du Massachusetts et le 7ᵉ du Connecticut ont été laissés à l'arrière. Ils couvrent notre retraite.

— Le 54ᵉ ?

— Oui, le régiment des hommes de couleur. Ils se battent comme des déchaînés. Ils savent bien que s'ils ne gagnent pas, ils sont morts. Les Sudistes les abattent sur place.

Anavita me regarda. D'un même geste, nos deux chevaux firent volte-face.

— Soldat, demanda Anavita, comment vous appelez-vous ?

— Caporal Frederick Bennett, 48ᵉ d'infanterie de New York.

— Caporal, puis-je vous faire confiance?

— Bien sûr, madame.

— Cette sacoche contient de précieux renseignements. Ils sont destinés au général Gillmore ou à Harriet Tubman. Le tout doit leur être livré en main propre le plus rapidement possible.

— Si vous voulez, je peux la remettre au pasteur Ward et au chirurgien qui accompagne les blessés. Le train arrivera avant nous à Jacksonville. Mais qu'allez-vous faire? Vous ne pouvez pas aller vers l'ouest… C'est dangereux.

— Oui, se contenta de répondre Anavita, c'est dangereux. C'est pourquoi nous vous confions cette sacoche. C'est très important.

Le chemin de la retraite yankee était parsemé de chariots éventrés qui se vidaient de leur chargement. Armes, matériel et ravitaillement avaient été abandonnés dans la hâte. Ce pactole serait bienvenu dans les rangs confédérés. Ils manquaient de tout, mais ils gagnaient toujours des batailles.

— Ramassons des armes et des munitions, proposai-je à Anavita. Nous allons en avoir besoin.

Le galop de nos chevaux nous rapprocha des coups de feu que nous entendîmes de nouveau. Ce n'était pas une bataille rangée, mais plutôt une série d'escarmouches destinées à stopper la poursuite des Sudistes. Nous nous arrêtâmes à l'orée d'un bois. Le 54ᵉ était là, tout près. On pouvait encore sentir l'odeur âcre de la poudre. Puis, soudain, une voix nous interpella.

— Lâchez vos armes et descendez de vos chevaux, nous ordonna un grand gaillard aussi noir que l'intérieur de la forêt.

— Dieu soit loué! s'écria Anavita. Vous êtes du 54ᵉ?

— Oui, répondit le soldat, interloqué. Comment savez-vous ?

— Vous êtes noir, vous êtes soldat. Nous sommes avec vous.

— Tom et Jaze ? laissai-je échapper comme une prière. Ils sont avec vous ? Ils sont là ?

— Mais... comment ?... Oui, ils sont là, derrière.

— Dieu soit loué. Dieu soit loué, répéta Anavita.

— Ils sont vivants, ajoutai-je.

Ce furent d'étranges retrouvailles. Les hommes du 54ᵉ étaient sur le qui-vive. Depuis la fin de l'après-midi, ils couvraient la fuite des troupes de l'Union. Pour l'instant, dans un calme fébrile, les armes s'étaient tues. Anavita retrouva Tom et je tombai dans les bras de Jaze. Nous ne nous étions pas vus depuis si longtemps. Je pris son visage entre mes mains comme si je retrouvais un trésor que j'avais cru perdu.

— J'ai tué King, lui avouai-je en pleurant.

— Qu'est-ce que tu dis là ?

— C'est de ma faute...

Un ordre nous interrompit. Au pas de course, le 54ᵉ devait reculer jusqu'au prochain point de ralliement. Malgré un net avantage, les Sudistes ne semblaient pas vouloir pourchasser les Yankees au-delà d'une certaine limite. Anavita et moi reprîmes nos montures et allâmes çà et là en éclaireuses. L'affrontement prit des airs de fin du monde. Chacun se retira pour panser ses plaies. Durant les quelques heures précédant le lever du jour, en silence, les soldats du 54ᵉ et du 7ᵉ régiments relevèrent leurs collets, se blottirent contre un arbre et pointèrent leurs fusils bourrés de poudre noire vers les ombres et les rumeurs de la nuit.

Au crépuscule, l'ordre de retraite fut lancé. Nous pouvions rentrer à Jacksonville. Les hommes formèrent les rangs et le battement de leurs pas sur le chemin du retour fut pour chacun une musique apaisante. Le colonel Hallowell demanda à Anavita et moi de parcourir les alentours et de vérifier s'il n'y avait pas de tireurs embusqués. Nous faisions des allers-retours vers l'avant et l'arrière. Chaque fois que mon regard croisait celui de Jaze, je ne parvenais plus à m'en détacher. J'y blottissais à la fois mon désir de retrouver sa chaleur et la honte de mes imprudences qui avaient tué King.

À environ cinq milles de Jacksonville, Anavita m'interpella en pointant l'horizon.

— Regarde, dit-elle. Le train de blessés s'est arrêté.

— Il est attaqué?

— Je ne vois aucun soldat confédéré.

— Par contre, il y a un va-et-vient autour de la locomotive.

— Un problème mécanique?

— Allons voir.

Prudemment, nos montures approchèrent en longeant les wagons du convoi. Les lourdes portes grincèrent les unes après les autres sur leurs glissières de métal. Des têtes interloquées s'étirèrent à l'extérieur. La douleur des blessures s'était endormie dans la souffrance sourde qui berce la mort.

— Que se passe-t-il? demanda-t-on à notre passage.

— Restez à l'intérieur et attendez les ordres.

Malgré nos avertissements, les passagers profitèrent du moment pour délester les wagons de l'haleine putride des corps sans âme. Ils transbordèrent les morts vers une plateforme du train où s'amoncelaient têtes, bras et jambes, autant de membres déglingués comme les morceaux d'un puzzle macabre qu'il faudrait démêler.

La locomotive était hors d'usage. Les mécaniciens s'entêtaient à désarticuler les engrenages, à chauffer la chaudière et à éteindre les escarbilles qui volaient dans la cabine. Ils savaient que le train ne repartirait pas, mais ils ne voulaient pas l'avouer à leur cargaison d'éclopés. Rester sur place était une condamnation à mort. Tôt ou tard, les Confédérés seraient informés de la vulnérabilité de ce convoi sans défense. Les soldats noirs seraient abattus sur place et les blessés qui survivraient à la marche se retrouveraient entre les murs de la prison d'Andersonville.

— Allez chercher des secours à Jacksonville, ordonna un caporal à trois cavaliers qui accompagnaient le train.

— Ils ne viendront pas, se découragea un chirurgien-major. Ils ont trop à faire, et les risques sont trop importants. Ils n'abandonneront pas Jacksonville pour sauver des blessés.

— Il faut tenter notre chance.

— Que peut-on faire d'autre ? interrogea un cheminot. Marcher ? Plusieurs blessés ne tiennent pas sur leurs jambes.

— Nous n'avons pas le choix, s'enflamma le caporal.

— Ceux qui ont suffisamment de force porteront les civières, les autres s'épauleront.

— C'est de la folie, rétorqua le chirurgien-major en retournant vers les wagons.

Anavita me fit signe. Nous devions rejoindre nos camarades du 7e et du 54e et les prévenir. Si leur présence ne pouvait assurer la protection de tous ces grabataires sans arme et sans force, du moins elle rassurerait les esprits. Le retour à Jacksonville risquait d'être long et périlleux.

Les deux régiments de soldats noirs marchaient d'un pas rapide. Il fallut peu de temps pour les rejoindre. Après avoir été mis au fait de la situation précaire du convoi, le colonel ordonna aux régiments d'avancer au pas de course. Craignant l'arrivée d'un train de Confédérés, il désigna cinq soldats pour retirer deux rails, les chauffer et les tordre autour d'un arbre. Ces « cravates de Sherman », du nom du général, paralyseraient un éventuel train en provenance de Tallahassee et empêcheraient une arrivée trop rapide des troupes ennemies. Nous avions besoin de temps.

Lorsque nos soldats arrivèrent sur les lieux, les passagers s'organisaient tant bien que mal et s'apprêtaient à prendre la route. Les plus désespérés étaient ceux qui, bien qu'ayant conscience de ce qui se passait, n'avaient plus que des bandages ensanglantés et des plaies pour seul soutien. Ils seraient réduits à l'attente d'improbables secours venus de Jacksonville. C'était les condamner à une mort certaine.

— Votre idée n'a aucun sens, c'est impossible, houspilla le colonel à une proposition de la troupe.

— Nous pouvons essayer, répondirent en chœur Jaze, Tom et plusieurs autres soldats qui refusaient d'abandonner les blessés.

— Nous sommes si près de Jacksonville…

— Bon, se laissa finalement convaincre le plus haut gradé. Mais il faut que ça marche du premier coup, sinon nous partons.

Des cordes furent attachées à l'avant du convoi. Tous les soldats et tous les chevaux y furent harnachés. Le premier élan fut inutile. Le train ne broncha pas. Dans un ultime effort, hommes et animaux conjuguèrent leurs forces. Un premier grincement se fit entendre. Les roues du monstre de fer tournèrent lentement et de plus en plus assurément. L'essai était concluant. Les blessés applaudirent leurs nouveaux héros et on les aida à remonter dans les wagons. Le poids était immense, mais la détermination l'était encore plus. La sueur remplaça la vapeur. Ne restait plus qu'à croire que l'alchimie des cœurs et de l'espoir créerait l'énergie nécessaire pour parcourir les cinq milles qui nous séparaient de la gare de Jacksonville.

Deux jours plus tard, le train s'arrêta. Les hommes et les chevaux délièrent les sangles qui brisaient les muscles et déchiraient la peau. Nous avions réussi. La cavalerie cantonnée à Jacksonville vint en renfort. Chevaux et cavaliers remplacèrent ceux qui avaient donné sang et eau pour accomplir cet incroyable exploit. Les soldats fourbus des 7e et 54e régiments s'écroulèrent sur une plateforme et laissèrent le train les emporter jusqu'à la gare.

Harriet s'avança vers nous. Anavita lui tendit la sacoche que nous avions récupérée et qui contenait les précieux renseignements qui serviraient à Sherman dans sa course vers Atlanta, puis vers la mer. Lorsque je vis Harriet, je sentis le poids de ma peine m'écraser sous une tonne de honte, de remords et de regrets. Les larmes jaillirent par tous les pores de ma peau. King, son protégé, celui qui la suivait comme un enfant affolé et qui se rassurait de sa simple présence, celui qui lui était dévoué corps et âme, King était mort à cause de moi. Mes bras gesticulèrent, tentant d'expliquer l'inexplicable. Des sons sans paroles. Des excuses sans voix.

Parfois, il n'y a pas de mots.

Rumeurs et complots

Malgré mes doutes, la vie continua. La guerre aussi. Durant les deux jours qui suivirent notre arrivée à Jacksonville, Harriet disparut. Elle se terra dans la caverne de sa peine. Un matin, elle émergea du néant, regaillardie par les vœux d'amour que Dieu lui avait renouvelés en échange d'un trousseau de prières. Elle s'approcha de moi, prit mon visage entre ses doigts et déposa un baiser sur mon front.

— King m'a chargée de te dire que sa vie est plus belle là-bas.

Au printemps, d'affreuses nouvelles vinrent hanter les rangs des troupes de soldats noirs. Au début d'avril, Nathan Forrest avait attaqué fort Pillow à l'embouchure du Mississippi, entre Memphis et Colombus. Forrest et sa bande encerclèrent quelque six cents hommes dont plus de la moitié étaient noirs. En fin d'après-midi, constatant que la bataille était perdue, les hommes retranchés dans le fort brandirent un drapeau blanc. Pour signifier leur reddition, un parlementaire fut envoyé dans le camp des assaillants. Il ne revint pas. En guise de réponse, Forrest fonça vers le fort et s'en empara. Il aligna les centaines de Noirs qui avaient pourtant rendu leurs armes et les exécuta froidement. Pendant ce temps, ses complices mirent le feu aux huttes abritant les malades et les blessés. Ils ne firent pas de quartier.

Le général Grant riposta en annulant tous les échanges de prisonniers jusqu'à ce que la Confédération traite de manière égale les soldats noirs et les soldats blancs. Malgré sa situation désastreuse, la Confédération refusa. Le général Grant fut rappelé à Washington pour élaborer les plans de la « guerre totale ». Le président voulait en finir. Le Sud devait se soumettre et réintégrer l'Union, quitte à brûler sa terre jusqu'à la racine. Au mois de mai, le général Grant leva le sabre de l'Union contre le général Lee. Cette fois, l'enjeu ne passa plus par de possibles compromis. Le Sud serait vaincu et écrasé.

Au cours de l'été, l'armée du général Sherman concentra ses forces autour d'Atlanta. Le siège dura plusieurs semaines. La ville fut pilonnée jusqu'à ses fondations. Le 2 septembre, Atlanta brûlait et sa population était jetée sur les routes de l'exil. Sherman piétina la ville et s'apprêta à joindre ses armées à celles de Grant en route vers la capitale confédérée de Richmond. À son tour, Harriet fut rappelée à Washington. Anavita et moi devions l'accompagner. À présent que le fauve sudiste était blessé mortellement, les pires coups étaient à craindre.

Quitter Jaze et Tom s'avérait toujours un moment douloureux. Le départ s'annonçait comme un calvaire sombre d'inquiétude et délavé par la tristesse. Nous devions nous dire au revoir en dissimulant la crainte irrépressible que ce fût un adieu. Nos mots d'amour se mêlaient à ceux de nos espoirs. L'avenir serait radieux. Dans nos plus belles espérances, nos promesses d'amour se réalisaient dans la paix. Pour l'instant, le seul désir que nous pouvions partager était celui de mettre fin à cette guerre. Bientôt, nous allions récupérer nos vies dans le vestiaire où nous les avions déposées, espérant que d'ici là, nous n'en perdrions pas les clés. Jaze promit de m'écrire.

Washington se préparait à l'élection présidentielle de novembre. La grogne des électeurs et la lassitude de la population pouvaient faire chavirer le gouvernement et modifier les conditions jugées essentielles pour mettre fin à la guerre. Les tractations allaient bon train. Il suffisait de se promener sur l'avenue Pennsylvania pour sentir l'effervescence politique et les effluves sulfureux de ses manigances. Nous avions retrouvé notre appartement face à l'hôtel Willard resté le maître lieu de la faune bigarrée des galons et des faux cols. Jour après jour, nos activités d'espionnage confirmaient la volonté des troupes sudistes de foncer vers Washington dans un ultime et fatal soubresaut. D'autres rumeurs très persistantes alimentaient les doutes quant à la réalisation de raids à partir de la frontière canadienne. Plus préoccupantes encore étaient les menaces d'assassinat envers le président. Frapper la tête était depuis longtemps une obsession de la stratégie guerrière prônée par de nombreux Sudistes. Pour plusieurs, Lincoln incarnait à lui seul la lutte contre les traditions et les valeurs du Sud. Ils n'avaient pas tout à fait tort. La disparition du président pouvait laisser un vide rapidement comblé par des réformateurs aux idées trop conciliantes. Un nouveau gouvernement serait peut-être tenté de remettre à l'ordre du jour de la nation la sauvegarde de l'esclavage dans certains États. Depuis le début de la guerre, le spectre de ce péril hantait la confiance d'Harriet, de Frederick Douglass et de plusieurs autres.

Au milieu de l'après-midi du 19 octobre, un message grésilla sur les fils du télégraphe. Il interrompit une rencontre de l'état-major à laquelle Harriet avait été conviée. Il confirmait nos craintes. En plein jour, une troupe d'une vingtaine de cavaliers armés jusqu'aux dents avait attaqué simultanément les trois banques de la ville de St. Albans dans le Vermont. Les autorités estimaient qu'ils s'étaient emparés d'une somme de deux cent mille dollars. Les voleurs avaient hurlé sur la place publique que la ville était désormais sous l'emprise des États confédérés d'Amérique. Parmi les citoyens qui avaient résisté, l'un d'eux avait perdu la vie et un autre était sérieusement blessé. Un pillard avait été désarçonné par une balle reçue en pleine poitrine. Il était inconscient et mourant. On ne s'attendait pas à en tirer une quelconque information. L'escadron, après avoir vainement tenté de mettre le feu à la ville, avait pris la fuite dans un tonnerre de coups de feu. Il se dirigeait vers le nord, vers la frontière.

— Nos soldats se préparent à se lancer à leur poursuite, poursuivit le télégraphiste qui avait reçu un second message.

— Ils se rassemblent à la résidence du gouverneur Smith, ajouta un haut gradé qui s'était saisi du bout de papier. Ils vont se mettre en route, mais ils craignent de ne pas être en mesure de les rejoindre avant la nuit.

— Ils vont s'enfuir! jura un autre. S'ils traversent la frontière, nous ne pourrons pas les poursuivre.

— Il faut prévenir le gouvernement canadien, répliqua un troisième. Ces bandits doivent être arrêtés et remis à nos soldats.

— Ils ne se laisseront pas prendre aussi facilement, s'inquiéta un général aux tempes grisonnantes.

— Je sais où ils vont se planquer, osai-je jeter sur la table où les renseignements s'empilaient pêle-mêle.

— Montréal? soupçonna Harriet.

Celle-ci expliqua en quelques mots ma connaissance du milieu confédéré de Montréal. Il se passa bien peu de temps avant qu'on m'assigne une diligence en direction de St. Albans.

— Rejoignez la troupe sur-le-champ, m'ordonna le général. J'envoie un télégramme à St. Albans. Si ces bandits traversent la frontière, prenez quelques gars et rendez-vous à Montréal en civil. Trouvez-les et ramenez-les.

St. Albans, Vermont

La boue séchée ravageait les routes d'indomptables fissures. Les roues y plongeaient, ricochant et sautant de l'une à l'autre. Les chevaux lancés au galop jonglaient avec la diligence comme s'ils tiraient un jeu d'adresse. À l'intérieur, j'étais propulsée d'un bord à l'autre de la banquette comme le grelot d'une cloche d'école. Impossible de fermer l'œil. Après deux heures de ce brassage incessant, ma patience fermenta jusqu'à exploser. La diligence s'arrêta. Le cocher libéra un cheval du hochet qu'il secouait et le sella.

— Comment s'appelle-t-il ? demandai-je.

— King, répondit le cocher.

— King, répétai-je, songeuse.

Je montai sur l'animal. Sur son dos chaud, réconfortant et plus reposant que cette horrible carriole, je m'enfonçai dans cette nuit d'automne. Je n'étais plus seule. La lune illuminait les arbres effeuillés. Leurs branches s'étiraient vers le ciel comme autant de bras tendus. Ma prière escalada les étoiles vers les miens.

Lorsque j'arrivai à destination, les rues endormies de St. Albans persistaient à s'emmitoufler dans la brume des aurores. Un vent souffla et le soleil se leva. Dans la rue principale, un cavalier de l'Union s'approcha en battant sa vareuse bleue comme pour y faire disparaître la poussière d'une trop courte nuit.

— Molly Galloway?

— C'est moi.

— Vous êtes attendue. Suivez-moi.

Il me conduisit à la maison du gouverneur Smith à quelques lieues de là. S'y trouvaient des cavaliers grincheux en attente de mon arrivée. Un officier m'expliqua la situation. La veille, trente soldats étaient partis à la poursuite des bandits. Ils devaient les rattraper et les ramener à la prison de St. Albans. Convaincu de voir les soldats revenir bientôt, il me rebattait les oreilles de son désespoir face à la décision de l'état-major d'avoir mandaté une femme pour venir les aider.

— J'aurai besoin de dix cavaliers, exigeai-je, sans attendre plus d'explication.

— Inutile, annonça-t-il. Ils les auront rattrapés…

— Dix hommes, répétai-je. Dix hommes, fraîchement rasés et habillés en civil. Pas en citadin, pas en paysan, mais en gentleman, en gentleman du Sud! Trouvez un tailleur s'il le faut. Sur les selles des chevaux, les sacs, les habits, enlevez tout ce qui indiquerait qu'ils font partie de l'armée de l'Union. Aucun fusil, mais deux colts pour chacun, dans les sacoches. Nous devons passer inaperçus. N'être que des Blancs. Vous avez des francophones dans vos rangs?

— Pourquoi? se moqua l'officier.

— Vous n'êtes jamais allé à Montréal?

Ils s'appelaient Théodore Giroux et Jos Duquette, l'un était né à Sherbrooke et l'autre à Montréal. Ils avaient trouvé du travail dans une manufacture dans le Maine et s'étaient enrôlés dans l'armée de l'Union. Ils seraient de précieux atouts.

— Que tous se tiennent prêts, indiquai-je. Dès que la troupe sera de retour, nous partirons. En attendant, j'aimerais expédier un télégramme, manger et dormir un peu.

Retour à Montréal

Le doute se dissipa à la fin de l'après-midi. La troupe revint bredouille. Les bandits avaient réussi à traverser la frontière et s'étaient éclipsés dans la forêt en tirant quelques coups de feu en signe de triomphe. Ce n'était pas un simple vol de banque, c'était une attaque confédérée. Washington allait communiquer avec le gouverneur général du Canada-Uni. Londres serait mise au fait des activités sudistes sur le territoire de sa colonie d'Amérique et devrait imposer des mesures appropriées.

Après plusieurs heures de route, le lendemain, à l'aube, nous étions prêts à traverser le grand fleuve. La troupe se sépara en trois groupes. Nous devions quérir les services de traverse sans éveiller trop de soupçons. L'insularité montréalaise donnait aux commérages des bateliers une valeur inestimable. Les Confédérés avaient la conviction que Montréal était aussi sûre pour eux qu'une ville du Sud. L'anonymat et la surprise étaient nos alliés. Les préserver nous éviterait une confrontation qui pourrait dégénérer en une guerre ouverte sur le territoire de Sa Majesté. Je remis à chacun des groupes le plan des rues de la ville et indiquai l'endroit où nous allions nous retrouver, nous abriter et nous préparer. Le télégramme que j'avais expédié au journal *Le Pays* m'avait permis de prendre contact avec Dessaulles. Il m'avait indiqué le lieu d'un entrepôt où nous pourrions nous dissimuler durant quelques jours.

Suivant mes instructions, Théodore et Joseph s'installèrent à l'hôtel St. Lawrence. Ils avaient pour mission de
s'attarder dans les salons pour en apprendre davantage sur
les allées et venues des partisans sudistes. Peut-être que nos
voleurs avaient poussé l'audace jusqu'à réserver quelques
chambres dans ce haut lieu de la gent confédérée. S'ils
apprenaient quoi que ce soit, ils devaient prévenir le guet
que nous laisserions en permanence à l'entrepôt.

Avant de rejoindre la troupe, je décidai de passer voir
Jeanne, rue Sherbrooke. Les oreillers d'un bordel sont
toujours brodés de secrets. Elle me manquait. Depuis la
mort de Baco et le départ de Sammy, avait-elle retrouvé un
peu de foi dans cette vie ? J'étais heureuse à l'idée de la
retrouver, Montréal me rappelait la fortune de mes espoirs
et l'infortune de mes désillusions. Pour l'instant, je ne
voulais surtout pas mêler les Guibord à cette affaire. Si tout
allait bien, peut-être pourrais-je aller les embrasser avant
de reprendre la route.

Quelle ne fut ma surprise lorsqu'en jetant un coup d'œil
à travers les vitres de la maison de Jeanne, je la surpris à
gronder un ouvrier monté sur un escabeau. Il s'évertuait
tant bien que mal à installer d'un mur à l'autre des fanions
aux couleurs de la Confédération. J'eus un moment d'hésitation, mais la porte s'ouvrit soudainement : Jeanne apparut
dans toute sa splendeur, me tira à l'intérieur et me cala
chaleureusement dans la dentelle parfumée de ses jupes.

— Tu as maigri, souligna-t-elle en m'entraînant vers
l'escalier.

À l'étage, les filles se préparaient pour la prochaine
soirée. Dans cette maison du bout du monde, située à
l'intersection du paradis et de l'enfer, je reconnus les
timbres de voix sonnant l'annonce d'une paie bien garnie.
La nuit serait riche de faux sentiments.

— Tu ne peux pas rester ici, m'indiqua Jeanne.

— Ce n'est pas mon intention.

— Mais je suis tellement heureuse de te retrouver, poursuivit-elle du même souffle. J'ai su pour ton bébé. J'ai beaucoup pensé à toi.

— C'est gentil. Ce n'était pas le bon moment pour naître. Comment va la reine de Montréal ?

— Je vais bien, je vais mieux. Mes affaires vont bien.

— Toujours autant de clients de l'hôtel St. Lawrence à ce que je vois.

— De l'hôtel St. Lawrence, de partout, et de plus en plus.

— Pourquoi tous ces drapeaux confédérés ?

— Molly, gronda Jeanne, je ne veux pas que tu viennes gâcher mes affaires.

— Ils t'ont demandé d'organiser une fête ?

— Oh, Molly, soupira Jeanne, tu me décourages. Combien de temps vas-tu te battre ?

— Tant qu'il le faudra.

— Est-ce que tu te rappelles pourquoi tu te bats ?

J'eus un moment d'hésitation.

— Bien sûr que je le sais, bégayai-je, offusquée par la question et honteuse de ma réaction.

— Tu pourrais être heureuse à Montréal…

— Non, je ne pourrais pas. Parfois, je suis fatiguée, avouai-je, mais si j'arrêtais maintenant, je sais que je ne pourrais plus jamais me reposer.

— Vous êtes fous. Vous êtes tous fous. Vous mourrez les uns après les autres.

— C'est une fête privée ?

— Non, affirma la dame en vert. Je ne ferme jamais la porte à un client, quel qu'il soit. Tous sont invités. Pourvu qu'ils portent un pantalon et qu'ils aient de l'argent dans leurs goussets.

— Tu sais ce qu'ils fêtent ?

— Je n'en ai aucune idée… souffla-t-elle dans un soupir d'impatience. Mais j'imagine que si tu es à Montréal, c'est parce que tu en sais plus que moi.

— Ils ont volé trois banques à St. Albans. Je suis certaine qu'ils sont à Montréal. C'est important, Jeanne. Si ce sont eux, nous pourrons facilement les capturer. Nous avons l'ordre de les ramener de l'autre côté de la frontière.

— Nous ?

— Oui, nous. Une dizaine d'hommes armés. Dans quelques heures, des diligences seront prêtes à les transporter pieds et poings liés.

— Je ne peux pas y croire ! s'insurgea-t-elle. Tout ça va finir dans un bain de sang, ici, dans ma maison.

— Pas si tu leur demandes de laisser leurs armes au vestiaire…

— Et s'ils ne veulent pas ?

— Oh, Jeanne, fis-je en souriant, ils voudront si tu le veux.

— Et si je refuse de t'aider ?

— Si tu refuses, nous allons les attendre dehors. Demain, tu devras laver le sang sur ton balcon, dans ta cour, dans ton écurie… Ce sera bien pire. Je suis désolée de t'imposer ça, Jeanne. C'est la guerre. Nous ne pouvons pas laisser passer cette occasion. Fais-le pour Baco, pour Sammy.

Jeanne baissa les yeux.

— Tu n'as pas le droit de me parler de Baco, reprit-elle après un moment d'éternité.

— Ce sont eux qui ont tué Baco, m'entêtai-je.

— C'est sa haine et sa rage qui l'ont tué, hurla-t-elle. Rien d'autre. Il n'a pas pensé à moi une seule seconde. C'est sa bêtise qui l'a tué, comme elle va te tuer toi aussi.

L'immortalité de son amour dépoussiéra le linceul de sa peine. Elle se leva et fit quelques pas dans cette chambre qui lui rappelait les mois d'attente pour quelques nuits de tendresse.

— Cette fête, soupira-t-elle, est organisée pour les héros de St. Albans. C'est ce qu'ils ont dit. Je les attends ce soir.

— Ce soir ! m'exclamai-je. Nous devons nous préparer. Merci, Jeanne. Pardonne-moi. Tu pourras reconnaître mes gars. Ils porteront un carré de feutre bleu sous leur collet.

Avant de me raccompagner, Jeanne souleva le couvercle d'un coffre à bijoux et en tira deux lettres.

— Il y en a une pour toi, dit-elle en me tendant celle qui était toujours cachetée. Je ne savais pas où te la faire parvenir. C'est une lettre de Sammy. Il est au Mexique avec ses papillons.

La porte se referma derrière moi aussi prestement qu'elle s'était ouverte à mon arrivée.

Le temps était gris et le vent poussait les passants. Les plans d'attaque se bousculaient dans ma tête. Il fallait faire vite et ne rien oublier. Arrivée à l'entrepôt, j'entendis l'écho de la voix de mon ami Dessaulles. Devant mes compagnons pantois, il déballait des œuvres d'art reçues récemment de France et offrait une visite guidée à un public conquis. Lorsqu'il me vit dans l'embrasure de la porte, il délaissa son auditoire pour venir vers moi.

— Molly, je suis si heureux de te revoir. Tu n'as pas si mauvaise mine.

— Je suis heureuse de vous revoir aussi, et je vous remercie pour votre aide.

— Tu sais bien que je suis un fier partisan de la grande République américaine et de ses luttes pour la défense des libertés civiles.

— Nous ne resterons pas longtemps à Montréal. Vous paraissez fort bien-portant. Et cette conférence sur la guerre américaine ? ajoutai-je poliment malgré le temps qui pressait.

— Je me disais justement que ta présence était un signe du ciel. Elle est terminée. J'en fais la présentation le 15 décembre. J'espère que tu seras des nôtres.

— Je ne crois pas, malheureusement.

— Je t'en laisserai une copie. Je veux avoir ton avis et celui de Jaze.

— À qui appartient cet entrepôt ? demandai-je.

— À l'Institut ! répondit Dessaulles en tendant les bras.

Sur les rayonnages s'empilaient des livres, des revues, des brochures, des cahiers, des recueils, des volumes d'encyclopédie, des atlas, des romans, de la poésie et les aventures de d'Artagnan et de Don Quichotte. Dans un coin, une pyramide de meubles grimpait jusqu'au plafond.

— Nous déménageons, reprit Dessaulles en m'invitant à rejoindre mes compagnons. La population de Montréal augmente sans cesse. Nous avons été expropriés de nos anciens locaux. La rue Notre-Dame sera élargie. Dans le nouvel immeuble de l'Institut, nous aurons une bibliothèque, une grande salle pour nos conférences et un musée pour y installer une exposition permanente. La France nous a expédié plusieurs chefs-d'œuvre. Nous en sommes très fiers.

— Ah, fis-je en m'approchant d'une statue, je comprends maintenant pourquoi ils sont si intéressés.

Mes tirailleurs endimanchés reluquaient les courbes d'une reproduction de la Vénus de Milo.

— Et celle-là ? demandai-je en retirant la bâche qui couvrait l'Apollon du Belvédère, vous ne l'aimez pas ?

— Oh non, répondit un barbu le plus sérieusement du monde. Le sculpteur avait beaucoup moins de talent.

— Peut-être en avait-il autant, reprit un autre connaisseur, mais il avait beaucoup moins de goût.

Dessaulles esquissa un large sourire et enfila son manteau. Il indiqua qu'il partait chercher des couvertures et de la nourriture. Il reviendrait rapidement. Dissimulant mon impatience, je le remerciai de sa gentillesse et de sa bienveillance.

Lorsqu'il revint, nous n'étions plus là.

Le bal de Jeanne

À l'arrière de la maison close, le bois de l'escalier craqua sous mes pas. Une porte dérobée me permit d'accéder à l'étage et d'y observer les allées et venues des convives aux accents du Sud. Évitant d'alerter le voisinage, ils arrivaient par petits groupes. Mes soldats se mêlèrent à eux sans encombre. Les ressources de Jeanne étaient infinies. Elle avait mandaté Magdalena à l'accueil et à la défloration des Sudistes. Ils s'y prêtaient avec plaisir. Chaque arme déposée au vestiaire était rétribuée d'un baiser et d'un laissez-passer simple au pays charnel de ses mamelles gargantuesques. Les charmes de la consigne étaient tels qu'ils me faisaient craindre la désertion de mes soldats.

Les héros de St. Albans se regroupèrent dans le grand salon. Un feu dans la cheminée illumina les ombres mouvantes. Ils étaient plus d'une trentaine. Dans un salon attenant, mes soldats attendaient. Ils rongeaient l'ordre que je leur avais donné. Sans soulever de doutes, ils devaient éviter tout contact avec les filles, car elles auraient tôt fait de découvrir qu'ils étaient équipés d'autre chose que de leur arme habituelle. Notre présence était inattendue. Nous devions protéger ce précieux et unique atout. Jeanne avait préparé une surprise aux fêtards. Le moment venu, tous se réuniraient autour d'un spectacle que personne ne voudrait rater. À présent que tout était en place, j'avais juste le temps d'aller chercher Théodore et Jos à l'hôtel St. Lawrence. Ils conduiraient les diligences transformées en fourgons carcéraux.

J'abandonnai mes hommes à la censure de leur instinct et à la tempérance de leur soif. En quittant les lieux, je constatai que des gardes avaient été postés aux quatre coins de la maison. Nous aurions à nous occuper d'eux avant de lancer l'opération.

Les portes de l'hôtel St. Lawrence s'ouvraient et se refermaient au rythme habituel des allées et venues des touristes et des hommes d'affaires. Je parvins à me glisser à l'intérieur sans me faire remarquer. Après un rapide coup d'œil dans le salon du hall, je gravis les marches menant aux étages des chambres. Théo et Jos étaient installés au 26. Je frappai à la porte. Les voix que j'entendis à l'intérieur devinrent soudainement muettes. Le claquement rapide des semelles résonna sur le parquet. Ils n'étaient pas seuls. J'avais à peine glissé la main vers l'étui de mon revolver lorsque la porte s'ouvrit avec fracas. Un homme m'empoigna par la nuque, me désarma, me jeta à l'intérieur de la chambre et referma la porte avec vigueur. Nous étions pris au piège. Sur le divan, Théodore et Joseph étaient retenus par deux fiers-à-bras. Ils arboraient des visages tuméfiés et ensanglantés. Je comptai cinq Sudistes aux habits colorés et fraîchement pressés. Ce n'étaient pas de simples soldats. Eux avaient la prestance des hommes qui tirent des ficelles et certainement pas celles des mèches des canons. En dépit de la blancheur de leurs mains, les crosses de leurs pistolets n'en luisaient pas moins à leur ceinture.

— Malgré quelques taloches, vos amis n'ont rien révélé, madame Galloway-Humphrey, fit un élégant qui rangeait des liasses de dollars dans une sacoche. Mais ils n'avaient pas besoin de le faire. Nous aussi nous avons nos informateurs. Nous vous attendions. Relevez-vous, m'ordonna-t-il. Nous devons rejoindre les autres chez madame Jeanne. Lorsqu'ils vous verront pris au piège, j'espère que vos amis auront l'intelligence de déposer leurs armes…

Tout s'embrouilla dans ma tête. Jeanne m'avait-elle trahie ? Si les Sudistes étaient au courant de notre présence, pourquoi s'étaient-ils laissé désarmer ? Qui avait tendu le piège à l'autre ? Ces hommes armés que j'avais entrevus dehors, combien étaient-ils ? Allaient-ils faire irruption dans la maison ? Si c'était le cas, le bain de sang que Jeanne redoutait aurait bel et bien lieu. Elle ne pouvait pas avoir acquiescé à ce plan. À moins qu'elle n'ait pas été au courant. Quoi qu'il en soit, nous devions nous sortir de ce pétrin, et vite.

En me relevant, je feignis une douleur au ventre et parvins à atteindre mon Deringer. Aussitôt, je le pointai vers l'homme qui enfilait son manteau. Théo et Jos se ruèrent sur nos assaillants. L'un d'eux me catapulta son pied à la tête. Je pressai la détente, le coup de feu partit, mais la balle alla se loger au plafond sans atteindre personne. Le temps de reprendre mon souffle, la bataille était terminée. Théo lorgnait la dent qu'il avait perdue et Jos tentait, tout comme moi, de faire disparaître les étoiles qui bourdonnaient dans sa tête.

— Maintenant, répliqua un de nos assaillants, allons faire la peau à ces Yankees.

L'élégant moustachu ramassa mon Deringer vide, l'examina comme s'il avait été un accessoire de théâtre et le pointa vers moi en citant William Shakespeare.

— « Si vous avez des larmes, déclama-t-il, préparez-vous à les verser. »

Il s'appelait John Wilkes Booth.

Volte-face

Booth nous fit monter dans un fiacre avec lui. Deux de ses sbires s'accrochèrent aux marchepieds des portières, tenant leur équilibre en nous gardant en joue. Les autres se tinrent à l'avant sur la banquette du conducteur. Si nous parvenions à déséquilibrer les deux matamores, nous n'aurions plus qu'à désarmer Booth avant de nous attaquer aux deux autres. Nos chances étaient minces, mais nous devions tenter quelque chose.

Dans la côte menant à la rue Sherbrooke, Théo toussa et cracha un caillot de sang sur le plancher du fiacre. Booth sursauta. Ce fut le signal. Un violent coup de pied de Jos décrocha la porte de ses gonds et un des hommes de Booth s'écroula lourdement sur la chaussée boueuse. Je n'avais pas la force de mon compagnon. Le fier-à-bras se cramponna à un appui et, d'un geste sans équivoque, il pointa son arme sur la tempe de Théo et tira. La voiture maculée de sang s'arrêta. Booth empoigna le corps de Théo et le lança sur la route.

— Continuez, ordonna-t-il. Continuez. Ne vous arrêtez pas.

Booth vociférait comme un diable à la vue de ses vêtements tachés de sang. Il jurait du peu de valeur qu'il accordait à nos vies, à celles des soldats de l'Union et de l'odieux Lincoln, pervers parmi les pervers.

— Vous brûlerez tous en enfer, hurla-t-il.

À quelques maisons de notre destination, le fiacre s'arrêta brusquement. Curieusement, fuyant un danger certain, les deux cochers sautèrent de leur banquette, délaissèrent l'attelage et déguerpirent en sens inverse.

— L'armée britannique, grogna Booth. La garnison encercle la maison.

Il se glissa discrètement hors du fiacre et nous abandonna, préférant s'enfuir plutôt que d'avoir à s'expliquer avec les forces policières. Il disparut dans les ombres d'une rue transversale.

Une courte fusillade éclata. Dans le chahut qui suivit, Jos monta sur la banquette et fit faire demi-tour à l'attelage. Nous étions coincés. Mieux valait nous mettre à couvert et attendre le dénouement de cette soirée qui ne se passait pas comme nous l'avions prévu.

À bonne distance, nous parvînmes à observer la scène. Des chariots furent amenés sur les lieux et, un à un, les hommes arrêtés y montèrent tous sans distinction. Seule la haine des uns envers les autres les différenciait. Pour la milice de Montréal, c'était du pareil au même.

Au milieu de la nuit, le calme revint rue Sherbrooke. J'osai m'aventurer vers la maison close. Les soldats de toutes les accointances avaient disparu. Derrière le rideau, je parvins à distinguer les filles affalées sur les sofas et les divans. Certaines ramassaient les morceaux d'un miroir qui avait été fracassé, d'autres sirotaient une boisson chaude. Lorsque j'ouvris, Jeanne se planta devant moi.

— Je suis désolée, Molly. J'ai averti la milice. Je ne pouvais pas prendre ce risque.

Je baissai la tête, puis regardai mes vêtements. Ma main brossa une tache de sang sur mon manteau et je tournai les talons. Jos avait avancé le fiacre devant la maison.

— Pardonne-moi, lança-t-elle avant que je ne disparaisse.

Télégramme

L'entrepôt qui m'était apparu si encombré me sembla vide. La flamme d'une lampe-tempête défiait vainement la lumière de ce matin d'automne. Abandonnées, les paillasses improvisées s'étendaient sous les rayons de livres. Un silence humide tachait les fenêtres de brume. Edward, le guet que nous avions laissé sur place, dormait la tête enfouie sous une bâche de toile. Jos se laissa choir dans les débris de la nuit et pleura.

— Je ne retourne pas là-bas, murmura-t-il avant de s'étendre et de disparaître à son tour sous les couvertures.

Théodore était son ami. Il ne restait de lui que le sang imprégné dans le bois du fiacre, le cuir des bancs, les fibres de nos vêtements et les images de nos enfers.

Dans sa précipitation, Booth avait oublié une de ses valises. J'en soupçonnais le contenu, précieux de renseignements. Elle contenait cinq cents dollars, des plans et de la correspondance. Avant d'en prendre connaissance, je devais prévenir Washington. Le télégraphe du journal me le permettrait, mais il était beaucoup trop tôt. Montréal dormait. Je décidai d'aller frapper à la porte de Dessaulles, rue Berri. La volte-face de Jeanne était peut-être la meilleure chose qui eût pu nous arriver. Certes, elle avait conduit à l'arrestation de nos soldats, mais aussi à celle des voleurs. Mis au courant des faits, Washington contacterait le gouvernement de Sa Majesté, nos soldats seraient libérés et les voleurs livrés à la justice. Et puis, à bien y penser, en faisant appel à la garnison de Montréal, Jeanne avait trahi ma confiance, mais elle avait aussi, sans doute, sauvé ma vie. J'écrivis les détails de l'arrestation sur un bout de papier.

Lorsque Louis-Antoine ouvrit la porte de sa maison, la force me quitta et je perdis conscience en tombant dans ses bras. Au cours des derniers jours, j'avais peu mangé et peu dormi. Lorsque je revins à moi, Catherine, la femme de Dessaulles, était assise à mon chevet.

— Je suis heureuse de vous revoir, Molly.

— Moi aussi, madame Dessaulles, mais je dois me lever.

— Vous devez vous reposer, indiqua Louis-Antoine qui entrait dans la chambre.

— Je dois expédier un télégramme à Washington. Tout de suite. C'est urgent.

— Je peux le faire pour vous. Donnez-moi votre message et je l'enverrai à Washington aussitôt arrivé au journal. Pendant ce temps, mangez et reposez-vous.

— Je vous prépare un bouillon, ajouta Catherine.

— Personne ne doit être mis au courant, dis-je à l'intention de mon médecin de Saint-Hyacinthe. Je vous fais confiance.

— Ne craignez rien.

Le seigneur de Saint-Hyacinthe s'élança dans les rues de Montréal en portant sur lui mon message griffonné. Une heure plus tard, il revenait à la maison, mission accomplie. Ne restait plus qu'à attendre une réponse. Dès qu'elle arriverait, Dessaulles avait mandaté un employé pour venir la lui porter.

— Je dois retourner à l'entrepôt. Deux hommes m'y attendent.

— Vous ne vous êtes pas assez reposée, entendis-je en écho.

— Je dois y aller.

— Alors, je vous accompagne, fit Louis-Antoine en retirant son manteau de la patère de l'entrée.

À l'entrepôt, pas un son, pas un mot. Il n'y avait plus personne. Sur le parquet, la valise éventrée de Booth débordait de son contenu. Çà et là, les documents étaient éparpillés. Deux chevaux avaient disparu. Jos et Edward s'étaient enfuis. Ils avaient déserté. Pouvait-on leur en vouloir ?

— Ils ont pris l'argent, dis-je en ramassant un carnet de notes.

Entremêlés dans des amorces de textes débridés et incomplets, je trouvai des tirades contre les tyrans yankees et des articles dénonçant la barbarie et la décadence du Nord. Je retins les mentions d'un attentat qui devait avoir lieu au début de novembre, tout juste après les élections présidentielles, d'un déraillement de train dans le Massachusetts et de New York incendié. Un passage particulièrement virulent entonnait les louanges des héros qui délivreraient le Sud et le monde libre par les assassinats du président, du secrétaire d'État et du général Grant.

La porte de l'entrepôt s'ouvrit bruyamment, me soustrayant aux préoccupations de mes lectures. Ma main se porta instinctivement sur une arme que je n'avais pas.

— Joseph ? s'étonna Louis-Antoine.

Joseph Guibord s'avança vers moi, levant les mains et tendant vers le ciel le télégramme attendu de Washington. Il me prit dans ses bras et m'embrassa avant de me le remettre.

— Tu n'as pas le droit de venir à Montréal sans passer nous voir, gronda-t-il. Henrietta en serait terriblement déçue. Elle me parle si souvent de toi.

— Je ne voulais pas vous mêler à ça. Vous avez suffisamment de problèmes. S'il fallait que l'évêché apprenne que vous aidez des Nordistes…

— Nos problèmes ne sont rien comparés aux vôtres, rectifia Louis-Antoine. Vous risquez vos vies pour vos idéaux. Nous risquons nos biens et nos réputations. C'est tout.

Le message, bref, m'ordonnait de revenir à Washington sans plus attendre. Un émissaire et deux juristes se dirigeaient vers Montréal pour régler l'affaire, libérer nos soldats et ramener les prisonniers à St. Albans. Joseph avait apporté l'horaire des trains. Je n'avais pas de temps à perdre. Le prochain train se dirigeant vers la frontière partait dans moins de deux heures.

Je mis dans mes bagages une copie de la conférence de Dessaulles, les baisers de Joseph, les documents de Booth et la lettre de Sammy que m'avait remise Jeanne.

Voyage dans le temps

Le trajet dura une éternité de temps indéfinis. D'une gare à l'autre, d'un train à l'autre, je parvins tant bien que mal à me rapprocher de ma destination. À l'époque, les horaires de trains étaient un capharnaüm indescriptible où s'entremêlaient les heures, les minutes et les secondes des uns et des autres. Un même train pouvait être à la fois en retard et en avance. Impossible d'essayer de s'y retrouver sans perdre la tête. Chaque ville, chaque gare marquait jalousement son heure. Les chefs de gare, élus parmi les élus, étaient les seuls à posséder la clé de la vérité. À la gare de Philadelphie, l'un d'eux lança des regards méprisants aux passagers perdus qui tentaient d'y comprendre quelque chose. Leurs montres de poche fonctionnaient pourtant, mais elles ne marquaient jamais l'heure exacte. Les fuseaux horaires n'existaient pas encore. En attendant de résoudre cette énigme, les chefs de train trônaient au sommet de la pyramide de la connaissance et détenaient un pouvoir exceptionnel. Ils contrôlaient le temps. Les passagers qui bêlaient autour d'eux n'étaient que de bêtes anachronismes.

D'une banquette de train à une autre, entre deux arrêts de ce voyage dans le temps, je pus lire tout ce que transportaient mes bagages. En juxtaposant les informations des écrits, des cartes et des dessins de Booth, je parvins à en déchiffrer quelques enjeux. En se mêlant aux travailleurs en grève dans les villes du Nord, les Confédérés avaient l'intention d'utiliser les mouvements populaires à leur profit. La grogne de la rue leur servirait de couverture pour mener des attaques. Les plans pointaient le fort Douglass à Chicago. Cette information s'avéra exacte. Le 7 novembre, à la veille d'une grande manifestation, l'armée de l'Union débarqua dans une cache confédérée à proximité du fort. Plus de cent rebelles furent faits prisonniers, et près de cinq cents revolvers et fusils furent saisis.

Le texte de la conférence de Dessaulles me rappela la question de Jeanne sur ma participation à la folie de cette guerre. Dans ses écrits, le seigneur de Saint-Hyacinthe brandissait l'étendard des plus fiers principes de notre guerre : la liberté, l'égalité, la séparation de l'Église et de l'État, le progrès. Devant l'immensité de ces intentions dignes des dieux, l'assurance de mon engagement m'apparut soudain aussi ténue que le fil qui nous retient à la vie. Chaque jour, la réalité nous rattrapait. Le quotidien de nos guerres balisait nos chemins du sang de ceux que nous avions perdus et de la terreur de perdre ceux que nous aimions. Lorsque les canons se seraient tus, le monde serait-il si différent ? Bien sûr que non. Les choses auraient changé, mais Gussie et la lutte des femmes à New York, et Laura et le droit à l'éducation à St. Helena nous rappelleraient que les injustices passées faisaient place à de nouvelles blessures et que nos prochains combats seraient nos prochaines cicatrices. La vie continuerait et nous tenterions de la rattraper. Je n'espérais qu'une chose : qu'arrive le jour béni où je ne me demanderais pas si Jaze était toujours vivant.

J'avais gardé la lettre de Sammy comme le dessert d'un copieux repas. L'enveloppe avait une certaine épaisseur et je pris mon temps avant de l'ouvrir, imaginant le chemin qu'elle avait parcouru depuis le Mexique. Je l'ouvris doucement. Elle contenait une autre enveloppe plus rigide et une lettre. Sammy y racontait son périple à partir de Montréal. Il avait suivi le Mississippi et s'était embarqué sur un navire en partance de la Nouvelle-Orléans. Il nous invitait, Jaze et moi, à venir partager les beautés du bout de montagne sur lequel il avait construit sa maison.

Dans l'enveloppe, il y avait un papillon aux magnifiques ailes noires et orangées.

Aux théâtres de nos guerres

En novembre 1864, le président Lincoln fut réélu pour un second mandat. Même si les grandes entreprises du Nord se goinfraient du grand festin économique de la guerre, les habitants des villes étaient las des tueries. Les plus jeunes garçons ne partaient plus le cœur enflammé par les chants patriotiques et le désir d'aventures. Ils avaient vu revenir leurs frères, leurs cousins et leurs voisins. L'un avait perdu un œil, l'autre les jambes, et celui-là un bras, une main ou un pied. Ils étaient amputés, malades ou mourants. Sur leurs jambes ou sur une civière, ceux qui revenaient n'étaient plus les mêmes. Tous avaient l'esprit tourmenté par le ressac rouge du cauchemar de leur champ de bataille.

La réélection du président confirma néanmoins que, malgré tout ce sang versé, Washington avait fait les bons choix. Cette guerre avait un sens. Elle devait se poursuivre, mais elle ne devait pas se prolonger indûment. Plus le temps enfonçait son dard dans les blessures de la nation, plus le risque de détruire ce qui ne pourrait plus jamais être reconstruit devenait réel. Lincoln était conscient que, tôt ou tard, malgré les malheurs et l'adversité subis des deux côtés, c'est ensemble que les frères ennemis devraient reconstruire le lien qui les unissait. La réunification des États américains ne pourrait se faire autrement. Ce jour semblait lointain. Sur le chemin des villes dévastées, il n'y avait que le bruit sourd de la haine et l'obscur tumulte de la vengeance qui s'élevaient au-dessus des ruines.

Dès mon arrivée à Washington, je rejoignis Anavita et Harriet et j'écrivis une longue lettre à Jaze. Elle resta sans réponse durant plusieurs semaines. J'étais inquiète et je tentai sans succès d'en savoir un peu plus sur les zones de combats de Géorgie et des Carolines.

L'émissaire envoyé en catastrophe à Montréal parvint à faire libérer les soldats de l'Union. Les deux déserteurs furent portés disparus. Un tribunal canadien jugea les voleurs de St. Albans. Malgré les pressions de Washington, non seulement le gouvernement de Sa Majesté refusa de remettre les prisonniers aux autorités américaines, mais il leur rendit leur liberté. Le Canada n'existait pas encore et la neutralité de l'Empire britannique dans la guerre américaine fit office de prétexte pour protéger les Confédérés. Les vols de banque furent considérés comme des actes de guerre. Sur les deux cent mille dollars volés, quelque quatre-vingt mille furent restitués au Vermont. Un véritable affront. Les relations avec les autorités canadiennes s'envenimèrent. Une invasion, suivie d'une annexion des possessions britanniques en Amérique, devint un projet sérieux dans la stratégie de l'armée de l'Union. Qu'aurait dit Dessaulles de cette intervention?

Fruit du hasard ou réponse des sujets britanniques, en 1867, la Confédération canadienne devint une réalité. En unifiant les colonies britanniques d'Amérique sous un gouvernement central, le Dominion du Canada forma un nouveau pays. Toujours soumis à la Couronne britannique, il n'en devint pas moins une entité susceptible de s'élever contre les prétentions continentales des États-Unis. Mes amis de Montréal, descendants des Français, y perdraient beaucoup. Noyés dans une mer anglo-saxonne, il ne leur resterait plus qu'à se recroqueviller sur eux-mêmes et sur leurs institutions. Dans les rues de Montréal et de Saint-Hyacinthe, Dessaulles aurait fort à faire pour rentrouvrir les portes aux idées libérales et à la laïcité.

Fin décembre, Harriet parvint à obtenir des nouvelles de Jaze et de Tom. Ils allaient bien. Ce n'est qu'à la fin du mois de janvier que je reçus enfin une lettre de Jaze. Il ne répondait à aucune des questions que je lui avais posées. De toute évidence, il n'avait pas reçu mes lettres.

Ses mots étaient si enjoués qu'à travers eux je devinais son rire. Jaze écrivait comme il parlait. Le lire, c'était l'entendre. J'étais joyeuse et excitée de retrouver la rondeur de ses lettres et la pression de ses doigts incrustée dans le papier. Cette lettre était écrite sur la peau de son cœur. Je sentais sa vibration dans chacun de ses mots. Je palpai tous les contours de son écriture. Les petits dessins qu'ils créaient me parlaient de lui et de nous. J'en faisais mon ciel et mon horizon.

Les mots de Jaze n'étaient plus ceux d'un homme en guerre, mais ceux d'un homme libre qui revendique son avenir. Il était de retour de Savannah. Il avait accompagné le général Sherman à une conférence où avaient été convoqués des pasteurs et des hommes d'Église, tous noirs. Le général voulait connaître leur opinion sur le destin des anciens esclaves. Que devait-on faire ? Comment permettre aux Noirs d'intégrer la société sans causer un excès de préjudices aux vaincus ? Les hommes préparaient la paix et elle ne semblait pas plus facile à organiser. Le décret de Confiscation de 1862 avait retiré les droits des Confédérés sur leurs terres. Pourtant, depuis que l'armée de l'Union s'emparait des territoires du Sud et y imposait sa loi, les terres étaient restituées à leurs anciens propriétaires. Celles qui étaient reprises par le gouvernement étaient si grandes qu'aucun Noir ne pouvait se permettre de les acheter. Des spéculateurs venus du Nord s'en emparaient. Au bout du compte, les Noirs passaient de l'état d'esclaves à celui de journaliers au profit d'autres Blancs. Et puisque le droit de vote était lié à la terre et à la richesse des individus, les Noirs ne pouvaient nourrir qu'une bien maigre espérance.

Les hommes réunis à cette conférence furent unanimes : la meilleure façon pour les Noirs de s'occuper d'eux-mêmes était de posséder un morceau de terre «juste assez grand pour que nous puissions la travailler de nos mains, y construire une maison et y voir grandir notre famille». Jaze mentionnait que quelques jours plus tard, le général Sherman émit le Décret spécial numéro 15 sur la terre. Il y fut stipulé que les territoires longeant le littoral seraient exclusivement dédiés aux Noirs, qui en obtiendraient chacun seize hectares. «C'est là que nous aurons nos enfants, écrivait-il. J'ai obtenu une terre. Je tiens le papier entre mes mains. Anavita et Tom en ont obtenu une également. Ils seront à moins de vingt minutes à pied de chez nous. Chez nous, Molly. Ce sera chez nous. Aussitôt que la paix sera signée, nous pourrons nous y installer.» Nous n'avions plus qu'à attendre.

Les jours passèrent, longs comme des jours sans pain. À Washington, les blessés continuaient d'affluer, mais les hôpitaux ne présentaient plus le spectacle désolant des premières années de guerre. Pour nous convaincre que nous gardions le contrôle, nous avions organisé les horreurs, classé les violences et ordonné nos ignorances. La souffrance nous avait apprivoisés. Paradoxalement, en quelques mois, c'étaient les années de guerre qui nous avaient le mieux appris à sauvegarder la vie. Les techniques et les méthodes médicales s'étaient améliorées. Les femmes étaient grandement responsables de l'amélioration des conditions sanitaires. Elles s'étaient engagées massivement dans des œuvres caritatives et prenaient soin des blessés et des malades. Harriet nous parlait souvent de Mary Edwards Walker, une des rares femmes à avoir obtenu un diplôme de médecine. Elle avait été engagée dans l'armée de l'Union comme chirurgien.

— Elle était à Bull Run, à Fredericksburg et à Chickamauga. Elle est encore à Atlanta. C'est grâce à des femmes comme elle que l'Union va gagner la guerre, affirmait Harriet. Elle mériterait une médaille.

Les jours de février n'apportèrent de nouvelles de Jaze et de Tom que les vagues rumeurs des champs de bataille et les embruns glacés des colportages. Puis, un après-midi, alors qu'Anavita et moi rentrions à la maison à la fin de notre quart de travail, mon regard s'arrêta sur deux hommes étendus dans les herbes folles d'un terrain vague qui servait au jeu des enfants. Ils étaient revenus. Jaze et Tom étaient là, devant nous. Ils avaient été blessés et démobilisés. Un navire les avait rapatriés à Washington. Les bandages noircis de sang ne laissaient pas de doute. Tom se réfugia dans les bras d'Anavita. Il avait perdu sa jambe droite du genou jusqu'au pied. Je soulevai le bras de Jaze.

— J'ai perdu la moitié de ma main, avoua-t-il, presque gêné. Il ne me reste que le pouce et l'index.

— Tu es vivant, vous êtes vivants, répondis-je, c'est tout ce qui importe.

Rentrés à la maison, Jaze et Tom furent installés dans les meilleurs lits. Après quelques semaines, la plaie de Jaze montra des signes encourageants de guérison. Par contre, celle de Tom se gangréna et une seconde amputation fut nécessaire. Par chance, Anavita prit soin de l'impatience de ses fièvres et du vertige de ses douleurs.

Le 5 mars, le président prononça son second discours d'investiture. Les plus folles inquiétudes se propageaient dans les rues de Washington. L'hôtel Willard grouillait de soupçons et de suspicions. Les armées étaient en alerte. Malgré leur condition, Jaze et Tom insistèrent avec une volonté obstinée pour assister à l'événement. La pluie, le temps gris et maussade de la journée ainsi que les rues boueuses et encombrées de Washington ne facilitaient pas le déplacement de nos éclopés.

Le président évoqua le malheur qui s'était abattu sur les États américains, la liberté gagnée au prix du sang et la nécessité de reconstruire ce qui semblait à ce jour ne jamais pouvoir être réparé. Il mit des mots sur l'arsenal de sentiments qui nous assaillaient : le désir de la paix, la nécessité de la guerre, la peur, le courage, l'honneur, le dégoût, la honte et le désespoir, le tout mêlé à cette indomptable, mais encore si lourde volonté de vivre et de croire à un possible avenir. Cinq années de guerre s'achèveraient dans un dernier et ultime sacrifice. Du nord au sud, de Chicago à la Nouvelle-Orléans, de Washington à Vicksburg, d'un côté comme de l'autre, brandissant la même bible, les hommes avaient pris Dieu à témoin. Tant de morts encombraient nos chemins.

Début avril, en Virginie, Dieu prêta sans doute l'oreille aux vœux maintes fois répétés du président. Après les durs combats de la campagne d'Appomattox, le général Grant s'empara de Richmond, la capitale confédérée. Quelques jours plus tard, le général Lee signa la reddition et livra ses vingt-six mille hommes aux armées de l'Union. La guerre était terminée. Ne restait plus qu'à faire taire la résistance qui tentait de conjurer le sort et de prolonger l'agonie de la Confédération. Nous étions le 9 avril 1865 et nous étions vivants.

Entre les murs de notre maison, rue Pennsylvania, la fin de la guerre ne déclencha pas l'explosion de joie à laquelle nous nous attendions. Quelque chose en nous s'était installé et ne voulait plus nous quitter. La peur nous retenait à la peur. Je regardai Jaze qui me regardait. Ni lui ni moi ne reconnaissions la personne que nous avions connue. J'aurais aimé lui dire que j'étais là quelque part à attendre de le retrouver enfin. Dans le dédale de mes doutes, je n'y parvenais pas. La crainte de perdre l'autre avait confiné nos cœurs dans un enclos à l'abri de la noirceur, mais aussi de la lumière. Le plein jour nous effrayait. Durant toutes ces années, nous avions apprivoisé le vide de l'absence jusqu'à nous en faire un ami. Le fusil tant redouté au début de la guerre était devenu notre passeport pour la vie. Nous le détestions autant qu'il avait été indispensable à notre survie. Nous en départir nous libérait-il ou nous condamnait-il ? Combien fallait-il de temps à l'amour pour traverser les amas de ruines qui bordaient nos chemins ? Par quel mystérieux miracle nos mémoires allaient-elles s'affranchir des regards de ceux que nous avions vus mourir ? Pour traverser l'enfer, nous avions fait de nos vies de solides et puissants icebergs. Maintenant qu'ils fondaient sous les rayons de paix, allions-nous nous noyer ? Quelque chose s'était brisé. Les jours suivants, Jaze s'enfuit je ne sais où pour battre du tambour. Je me réfugiai dans les livres.

Le 11 avril, le président Lincoln fit un autre discours devant la Maison-Blanche. Il affirma sa volonté de donner le droit de vote aux Noirs. Ce soir-là, Jaze arriva en pleurant au bord de notre lit. Les vannes de son cœur s'entrouvrirent. Il pleura comme je ne l'avais jamais vu pleurer. Son visage se décomposa dans un torrent de larmes. Il luttait contre ses souvenirs, son désir de nous, sa peur, et ses espoirs écrasés sous le poids insoutenable de sa culpabilité. Il avait, nous avions survécu au naufrage meurtrier qui avait emporté les nôtres. Nous avions tué pour vivre. Pour la liberté des uns, les autres étaient morts. Avions-nous eu le choix ? L'émoi de Jaze était si semblable au mien. Il m'emporta. La peur de se perdre transcenda celle de se noyer. Dans nos niagaras de peine, s'il fallait couler, nous coulerions ensemble. Cette nuit-là, dans la profondeur de nos souffrances, nos âmes refirent connaissance. La haine et la colère nous précipitèrent dans les tremblements des abysses, puis la douleur nous submergea comme une mer de sel recouvrant des plaies béantes. Ballottés entre la douceur des désirs et la violence de l'amour, exorcisant l'innommable, nos corps s'essoufflèrent. Notre lit devint un radeau sur lequel nous nous laissâmes porter où bon la rivière nous conduirait. Ensemble. Sa main dans la mienne.

Trois jours plus tard, le président Lincoln était assassiné. Un coup fatal à la tête. Dans un théâtre de la ville, un homme avait tiré à bout portant avec un Deringer. Il s'était enfui. Il était recherché.

À Montréal, j'aurais pu le tuer. C'était John Wilkes Booth.

Convoi funéraire

Le sifflet lança un cri strident. Débordant le quai de la gare et s'étirant le long du rail, une foule de milliers de personnes salua le dernier voyage du président. Le train drapé de noir expira des crachats de fumée. Une secousse ébranla la locomotive. Elle sembla ne jamais pouvoir extirper son poids du sol. Le train quitta Washington lentement, péniblement.

Le convoi funéraire emportant la dépouille allait parcourir plus de mille cinq cents milles avant d'arriver à Springfield, dans l'Illinois, où le président Lincoln allait être enterré. Le parcours conduisit le cortège dans de nombreuses villes où il fut accueilli avec déférence et consternation.

Harriet, Anavita, Tom, Jaze et moi décidâmes de quitter Washington et de parcourir avec notre président les quelques milles qui nous conduiraient vers la première escale de nos prochaines vies. Après avoir déposé nos bagages sur le quai de la gare de New York, nous fîmes nos adieux à Harriet qui poursuivit sa route. Elle s'installa à Auburn dans l'État de New York, se maria à Nelson, son jeune amoureux, et continua à se battre pour les droits des Noirs et des femmes.

À New York, je tentai de retrouver Gussie, mais la maison dans laquelle elle habitait avait été rasée par les flammes. Des ouvriers déblayaient les débris avant de construire un nouvel édifice. Dans le port, matelots et débardeurs suaient à grosses gouttes. Les marchandises se baladaient au bout des palans avant d'être transbordées. Installés sur un ballot de coton, Jaze et Tom se reposaient en lançant des bouts de pain à des mouettes aussi impatientes que corpulentes.

Après quelques jours en mer, nous débarquions à Savannah en Géorgie. C'est là que nous allions commencer notre nouvelle vie. Sur le coin de terre qui nous était destiné poussait déjà la promesse de notre bonheur. Nous allions y vivre heureux.

Le bonheur

Certes la contrée n'était pas particulièrement favorable à l'installation de propriétaires noirs, encore moins à celle d'un couple comme le nôtre qui offensait la morale du Sud. Mais nous avions la force du nombre. Près de cinquante mille affranchis se construisaient une nouvelle vie sur la côte. Nous avions tous besoin d'instruments aratoires, de bois, de clous et de nourriture. L'économie du Sud était dans un tel état de décrépitude que les marchands blancs ne pouvaient que profiter de cette manne venue du Nord, fût-elle noire et envahissante.

Le printemps s'achevait, nous devions rapidement labourer les champs pour profiter des chaleurs de l'été et des longues journées d'ensoleillement. Malgré ses jurons et sa détermination retrouvée, Tom ne parvenait pas à transporter matériaux et outils, construire maisons et enclos et travailler comme il l'aurait souhaité. Son handicap le confinait au sommet de ses béquilles. Jaze lui avait fabriqué un fauteuil roulant pour la maison et une minuscule charrette qui lui permettait de se déplacer à l'extérieur. Elle s'attelait rapidement à un mulet, mais celui-ci, aussi têtu que son maître, avait l'art de désarçonner la patience de son passager.

Tous à l'ouvrage, Tom, Anavita, Jaze et moi manions pioche, pelle, bêche, râteau, marteau, scie, hache et rabot. Au cours de ce premier été, nous avions décidé de construire de simples cases en bois sur chacune de nos terres, en nous promettant d'amasser durant l'année les matériaux nécessaires à la construction de nos futures maisons aussi spacieuses que modernes. Des voisins vinrent nous prêter main-forte pour ériger les murs d'une grange qui nous servirait pour le moment à la fois d'écurie, de menuiserie, de poulailler et d'entrepôt pour le foin, le bois et la machinerie agricole. Nous rassemblerions tout notre équipement dans cette grange à proximité de la maison de Tom et d'Anavita. Ainsi, Tom n'aurait pas à parcourir les vingt minutes de marche qui séparaient nos deux terres pour enfoncer le clou qui dépassait sur le volet d'une de leurs fenêtres.

La reconstruction de la gare du chemin de fer du village nous avait donné l'occasion de récupérer une citerne de métal. Montée à même la grange, elle nous permettait de recueillir l'eau de pluie. Durant les mois d'été, les jours pluvieux étaient rares, mais au cours de l'automne et de l'hiver, l'eau accumulée servirait à abreuver les animaux que nous désirions nombreux. Dans sa célèbre imitation de Noé, Jaze, devant la grange, face à la mer, arrachait à Tom une de ses béquilles, la pointait vers le ciel et hurlait : « Je me souviendrai de l'alliance qu'il y a entre toi et moi et tous les êtres vivants ! » Et Tom, la plupart du temps tombé par terre, lui bottait les fesses du seul pied qu'il lui restait.

Comme pour une prière du soir, Jaze et moi avions pris l'habitude de monter jusqu'au chemin qui reliait notre terre à celle de nos voisins. Une immense dalle de pierre plate offrait un point de vue exceptionnel. Assis côte à côte, nous observions avec fierté ce que nous avions obtenu grâce à la chance, à l'audace de nos convictions et, surtout, grâce au courage de nos amis disparus. Pour leur rendre hommage, nous lancions à la lune la promesse de construire une école à cet endroit. Sur ces terres de liberté, pour lesquelles tant de sang avait coulé, tous les enfants, noirs et blancs, apprendraient à lire, à écrire et à compter, pour que, toujours, chacun connaisse ses droits et soit en mesure de les défendre et de les préserver.

De ce promontoire rocheux surplombant notre royaume, les sillons de terre que nous avions ensemencés s'étiraient jusqu'à notre demeure, puis au-delà, jusqu'aux marécages et aux premiers bancs de sable blanc. Et là-bas, la mer, infinie, libre et belle sur laquelle voguait l'horizon de nos vies.

Certains soirs, de grands rassemblements regroupaient les nouveaux arrivants sur la plage. C'était la fête. Nous y retrouvions des Gullah qui habitaient des terres jouxtant les nôtres. Et nous nous laissions entraîner par leur musique. Jaze en était si heureux. Les instruments, les voix, les chants, les mélodies, les rythmes, tout avait changé et tout était pareil. Dans les sons de ce désordre improvisé naissait une musique unique colorée des jaunes d'Afrique, des bleus de Dieu, du sang du Sud, du gris du Nord, de la transparence de la peine, des silences de l'amour, du blanc de la mort.

Ces soirs de fête, au large, à la bordure du monde, les premiers rayons de soleil pointaient leurs faisceaux de lumière mauve vers les étoiles. Nous n'avions plus que quelques heures à dormir avant que la terre sonne l'appel du travail et que le groin du cochon frappe à notre porte, mais nous préférions battre les vagues de nos caresses. Dans nos mains, le désir. Jaze plongeait dans mes bras. Je rejoignais les siens. Nos corps nageaient dans nos eaux et se gorgeaient de plaisir. Cette volupté infinie de saisir l'amour. Je vivais. La vie palpitait en moi. Moi qui, à la guerre, tremblais à l'idée de la mort, dans ces instants d'amour, je l'appelais. Lorsque le regard de Jaze se noyait dans le mien, je touchais la fortune de le savoir mon amour et d'être le sien. Nous étions libres de devenir les amoureux que nous étions. Le ciel du matin, la fraîcheur du sable et sa bouche sans fin, vaste et lumineuse.

Le bonheur se trouvait là.

La vengeance

Août enveloppa ses premiers jours d'une chape de plomb. Il faisait tellement chaud que Jaze me prévint que monsieur Ferdinand, mon cochon savant, frapperait un jour à notre porte déguisé en rôti bardé de lard fumant. La terre avait soif et le travail pour l'irriguer était harassant. Tom avait beaucoup de difficultés à effectuer cette tâche et nous devions l'aider. Depuis quelques jours, Jaze s'endormait aussitôt que sa tête touchait l'oreiller.

Ce soir-là, je ne parvenais pas à trouver le sommeil. Un vent suffocant déversait sur ma peau une chaleur humide et collante. Des souvenirs de guerre, comme des moustiques assoiffés, tournoyaient dans ma tête sans que je parvienne à m'en libérer. Je décidai de m'habiller et d'aller marcher sur la plage. L'air du large me ferait le plus grand bien.

Un rayon de lune naviguait sur le calme ondoiement de la mer. La marée tirait les eaux vers le large et de fines vagues chuchotaient sur le sable. Sur la côte, des lumières furtives et lointaines disparaissant au gré des branches et des roseaux. Je n'étais pas seule à éclairer l'insomnie d'une lampe-tempête ou d'une bougie.

La plage grouillait de crabes bleus. Chacun de mes pas créait une onde de sauve-qui-peut. Dans leur fuite, les crabes claquaient des pinces et montaient les uns sur les autres dans un ballet de cliquetis. Plusieurs bêtes, aussi étranges que fabuleuses, habitaient les rivages, les marécages et les bosquets de mangroves. Marcher était le meilleur moyen de ne pas les embêter et de me préserver d'une rencontre mal venue.

En approchant du sentier menant de la plage à la maison d'Anavita et de Tom, je remarquai une vive lueur entre les branches des arbrisseaux. Horreur. La grange était en feu. M'élançant, je remarquai le carrousel macabre qu'effectuaient plusieurs cavaliers munis de torches. Ils tournaient à vive allure autour du bâtiment en hurlant. Mon cœur s'arrêta lorsque l'un d'eux me bloqua le passage. Il avait le visage couvert d'une cagoule percée de deux trous béants à travers lesquels je perçus son regard de démon. Il ne dit pas un mot. Prenant la fuite, son cheval me bouscula et me jeta par terre. Ses comparses le suivirent et disparurent dans la nuit. Un peu plus loin, une autre maison et une autre famille allaient devenir la proie de leur haine.

La case de Tom et d'Anavita était vide. Où étaient-ils ? Ils s'étaient battus. Un meuble de la maison avait été renversé et les tiroirs étaient vides. Des vêtements jonchaient le sol. Les béquilles et le fauteuil roulant étaient toujours là. Ils ne devaient pas être loin. Je me précipitai vers la grange dans l'espoir de les retrouver et de tenter d'éteindre cet incendie qui prenait de la vigueur. Des langues de feu léchaient les murs. Dans quelques instants, il serait trop tard.

Lorsque je traversai le porche, mon cœur s'arrêta. Tom se balançait au bout d'une corde. Son corps palpitait par manque de souffle. Au milieu de la grange, une corde avait été lancée au-dessus d'une poutre et attachée à une patte du lourd établi. J'y courus pour le détacher, mais je trébuchai sur les jambes d'Anavita. Elle était à moitié nue, ligotée, et son corps était couvert de meurtrissures. Elle avait été laissée pour morte, mais elle était toujours vivante.

Un mince filet d'air parvenait aux poumons de Tom. Les spasmes de son corps devenaient plus violents et saccadés. Son visage se gonflait des efforts impérieux qu'il faisait pour ne pas se rompre le cou. Par la fenêtre brisée, le feu tournoyait et se frayait un chemin vers l'intérieur. Le bois craquait sous la mitraille des flammes. Je ne parvenais pas à délier le nœud des meurtriers. Une faucille aiguisée me permit de couper une à une les fibres de la corde. Chaque coup de lame étranglait Tom un peu plus. Elle finit par céder, et le corps de Tom s'effondra lourdement par terre. Je me précipitai vers lui et dénouai le nœud qui lui serrait la gorge.

Tout alla si vite. L'incendie ne me laissa pas le temps de vérifier si Tom respirait. Le feu et la fumée se précipitaient vers Anavita. J'eus à peine le temps de délier la corde qui sciait ses poignets lorsqu'une poutre du toit tomba sur nous. Je perdis conscience quelques instants et, lorsque je m'éveillai, mes cheveux étaient en feu. Je parvins à les éteindre, mais je sentis une vive douleur s'enfoncer dans mon visage. Lorsque je retournai vers Anavita, elle me regardait d'un air hagard. Elle était là sans y être. Elle n'entendait pas ma voix. Je la tirai par le bras, encerclai sa taille et réussis à l'amener à l'extérieur. Lorsque je voulus retourner à l'intérieur, le feu avait pris de la vigueur. Je devais couvrir mon visage d'un linge mouillé avant de penser à y retourner.

— Où est Tom ? demanda Anavita.

— Il est dans la grange. Je crois qu'il est vivant. Je vais aller le chercher.

Je déchirai un pan de ma robe de nuit et courus l'imbiber de l'eau d'un seau accroché au robinet de la citerne. Lorsque je revins, la fumée avait envahi la grange. Je n'y voyais rien. À travers elle, des lames de feu s'élançaient jusqu'à la toiture. Je nouai le tissu sur ma tête et tentai d'y pénétrer à quatre pattes. Impossible. La fumée était si dense, la chaleur si intense. La citerne. Si je parvenais à y percer un trou assez grand, à la faire chavirer sur la grange... Peut-être. Je me relevai. Anavita n'était plus là. Je la cherchai au pied d'un arbre, puis je compris. Elle était entrée dans la grange pour sauver Tom.

Je me précipitai vers la citerne et, à l'aide d'une hache, je parvins à y percer un large trou. Un jet d'eau, puis plus rien. Elle était vide. Je m'emparai d'un seau et courus jusqu'au marécage pour le remplir. Un seau, deux seaux, cent seaux. Je les jetai sur les flammes frénétiquement. Mes amis. Mes amis. Ils allaient sortir de ce brasier. Ils seraient sains et saufs. Nous serions ensemble pour la fête des moissons.

Jaze arriva et tenta de m'arrêter. Je me dégageai en le priant de prendre un seau et de venir avec moi.

— La citerne est vide, lui dis-je frénétiquement. Le marécage est juste là. Allez, viens, aide-moi, Jaze. Aide-moi, je t'en prie. Il faut éteindre le feu. Anavita et Tom sont à l'intérieur. Anavita est partie le chercher... Pourquoi tu ne m'aides pas ? hurlai-je en le frappant.

Il me prit dans ses bras. Il n'y avait plus rien à faire. La grange calcinée s'était écroulée depuis longtemps. Mon seau roula jusque dans les braises.

Jaze m'adossa au mur de la maison et pansa mes plaies. La moitié de mon visage était brûlé, mais je n'en ressentais aucune douleur. Il ébouriffa mes cheveux pour faire tomber ceux que les flammes avaient brûlés.

— Coupe-les, lui demandai-je nerveusement. Coupe mes cheveux.

— Je coupe ceux qui sont brûlés. Les autres vont repousser.

— Non, coupe les tous. Très courts. Fais-le, s'il te plaît.

Au lever du jour, lorsque la terre fumante nous permit de chercher les corps d'Anavita et de Tom, je les trouvai enlacés, noircis et soudés l'un à l'autre. Jaze ramassa un harmonica et quelques bracelets d'argent.

À partir de ce jour, un colt chargé retrouva ma ceinture. Pire que le temps de la guerre, celui de la haine commençait. La nuit suivante, deux autres fermes furent attaquées et incendiées par les cavaliers sans visage. Cinq de nos voisins y trouvèrent la mort, abattus ou pendus. Tout au long de la côte, les Noirs qui avaient obtenu des terres du gouvernement parlaient de meurtres, de viols et de pillages. Les Blancs résistaient et s'organisaient. J'expédiai un télégramme à Washington. Nous avions besoin de la protection de l'armée.

La trahison

Un saule, un géant majestueux, poussait à la lisière de la terre de Tom et d'Anavita, tout près de la route. Il servait de guide aux voyageurs. Ils en étaient si fiers qu'ils songeaient à utiliser sa notoriété pour baptiser leur ferme. À l'ombre de ses branches, on creusa un trou. Un seul. Les deux corps enveloppés dans un drap servant de linceul furent déposés au fond de la terre humide. Jaze frotta ses yeux mouillés et tira quelques fausses notes de l'harmonica brisé de notre ami, puis il le posa sur les corps. Je fis de même d'un bouquet de fleurs des champs. Une prière, quelques pelletées de terre et la brèche sur l'au-delà se referma, nous laissant de ce côté-ci de la vie, dénudés d'amitié, tristes et désemparés.

Malgré la douleur, la peine et la peur, les labours n'attendaient pas. Nous devions poursuivre nos travaux, irriguer les champs et nourrir les poules et le cochon. Un soir, Jaze et moi revenions à cheval par la route. Nous avions fabriqué une croix surmontée d'un écriteau et avions pris un moment en fin de journée pour aller la planter sur la tombe d'Anavita et Tom. À hauteur du sentier menant à notre maison, notre sang se glaça à la vue de silhouettes mouvantes de plusieurs cavaliers et d'hommes armés. Nous allions sonner l'alerte auprès de nos voisins lorsque Jaze s'écria :

— Ce sont les nôtres. Ce sont des soldats. La troupe est là. Nous sommes sauvés, Molly.

Approchant au trot, Jaze sauta de selle aussitôt que nous fûmes arrivés près de la maison.

— Bienvenue chez vous, déclara-t-il en s'adressant au caporal qui s'avançait vers lui.

— Vous habitez ici ? lança celui-ci sèchement.

— Oui, répondit Jaze en se tournant vers moi. Nous habitons ici. Nous sommes contents de vous voir.

— Vous devez partir.

— Que dites-vous là ? fis-je en sautant de cheval. Qui êtes-vous ?

— Armée fédérale des États-Unis, madame.

— C'est impossible.

— Voici l'ordre d'expulsion, ajouta le soldat.

— Ça n'a aucun sens.

— J'ai fait la guerre, rétorqua Jaze. J'ai combattu les Confédérés tout près d'ici pour l'armée de l'Union. J'ai perdu la moitié de ma main.

— C'est le président lui-même qui nous a offert ces terres, ajoutai-je.

— Le président Johnson a révoqué le décret. Vous devez partir.

— Nous ne partirons pas.

— Vos terres seront rendues à leurs anciens propriétaires. L'armée ne pourra pas assurer votre protection.

— Le Nord nous laisse tomber, comprit Jaze, abasourdi.

— Ce n'est pas possible, criai-je. Maintenant que la guerre est finie, maintenant que l'esclavage est aboli, Washington se fout de ce qu'il va advenir des Noirs du Sud ? Si vous n'êtes pas là pour nous protéger, si le président ne nous aide pas, il faudra tout recommencer.

— J'ai des ordres, cracha l'officier en grimpant sur sa monture. Vous devez quitter les lieux. Nous reviendrons dans quelques jours.

La poussière de la cavalerie n'était pas encore retombée lorsque les torches des cavaliers fantômes apparurent au bout du sentier. Jaze s'élança dans la maison et revint en chargeant la Winchester. J'entendis un coup de feu. Mon cheval s'ébroua et Jaze fut projeté sur le mur de la maison. Il était blessé. Un filet de sang coula de sa bouche. Je l'empoignai et le fis grimper sur le cheval. Une vitre éclata sous le tir des cavaliers. Je montai à mon tour et lançai le cheval au galop. Les cavaliers nous poursuivirent sur la plage, puis s'arrêtèrent à une maison voisine pour y déloger ses habitants. Notre ferme brûlait déjà.

Adossé à moi, Jaze perdait l'équilibre. Je parvins à nouer une corde et à nous lier l'un à l'autre. En fuyant, nous croisâmes d'autres cavaliers cagoulés qui se ruaient vers les fermes avoisinantes. Lorsqu'ils nous apercevaient, ils tiraient sur nous et des balles sifflaient tout autour. Des maisons et des granges brûlaient, des hommes étaient pendus, des femmes violées et des enfants battus.

Jaze s'appuya lourdement dans mon dos. Sa tête glissa sur mon épaule. Je sentis la chaleur de son sang couler sur ma poitrine. Il était blessé à la gorge. Son souffle s'étouffait de crachats. Je devais trouver un endroit pour nous arrêter. Mais les foyers de haine nous repoussaient toujours plus loin.

— Ne… t'arrête… pas, parvint-il à me dire avant qu'une balle siffle tout près de nos têtes.

— Mais nous devons nous arrêter, hurlai-je. Il faut te soigner.

— Cours, Molly… Molly… Molly…

— Tu n'as pas le droit de mourir ! Tu n'as pas le droit de mourir sans moi !

Le cheval reprit sa course, tout aussi affolé que nous l'étions. Disparaître dans le noir de la nuit était notre seule issue. Dans le tourment effréné du galop, Jaze prit ma main et la serra doucement. Je sentis son cœur battre dans ma paume. Son souffle s'arrêta. Son cœur s'arrêta. Ma chemise ruisselait de son sang. Il me quitta et quitta cette vie. Je ne voulais pas y croire. Son corps devint lourd et je serrai un peu plus la corde qui me retenait à lui. Un brouillard nous enveloppa. Je parvins à atteindre la route. Elle était déserte. Personne ne nous suivait, mais je ne voulais plus m'arrêter. Durant des heures, je tentai de fuir le moment où je devrais regarder derrière moi. Je ne voulais pas. Je refusais. Le soleil se leva. Midi sonna aux cloches d'un village. La poussière enveloppa peau, sang, amour. Les hommes et les bêtes nous regardaient passer comme la plus étrange des créatures : une comète de chair grise et de lumière sans visage. Aller plus vite, plus loin. J'espérais que ma course arrête le temps.

Épuisé, le souffle ronflant dans ses naseaux, le cheval ralentit et me fit comprendre qu'il n'irait pas plus loin. Les ombres s'étiraient dans le crépuscule rougeoyant. Il n'y avait personne autour, que la route et une forêt timide qui tentait d'allonger ses racines vers la mer. Sur la plage, je m'écroulai en emportant Jaze avec moi. Derrière des rochers, je tentai nerveusement de nettoyer son visage de la poussière, du sang et du sable. Puis, je m'allongeai à ses côtés, appuyai ma tête sur sa poitrine et déposai son bras autour de mon corps. Les yeux fermés, je tentai de me fondre dans l'emboîtement de nos corps qui m'était si familier. J'en avais besoin. Surprise de sentir l'air dans mes poumons et d'entendre les battements de mon cœur, je gardai le silence, cherchant fébrilement à trouver une réponse à tout ça. Il n'y en avait pas.

— Un jour, tu m'as dit que tu aimais les plaines du fleuve Saint-Laurent. Nous pourrions nous y rendre. Quitter ce pays. Je crois qu'on lui a assez donné. Nous pourrions même aller encore plus loin au nord, jusqu'aux aurores boréales. C'est beau, les aurores boréales. Nos amis à Montréal, Guibord, Dessaulles, ils t'aimeraient, j'en suis certaine. Ils t'aiment déjà. Nous pourrions rebâtir notre maison, ailleurs. Bien mieux qu'ici. Et puis, je m'achèterai une nouvelle robe. Tu as tellement aimé celle que j'avais mise. Tu te rappelles? Je laisserai pousser mes cheveux et je te jure de ne plus jamais les couper. Et puis, tu pourras faire de la musique, acheter le banjo dont tu m'as parlé l'autre jour. Nous pourrions chanter. Nous pourrions danser. J'aime tellement danser avec toi. J'aime tout avec toi. Et puis, nous pourrions enfin avoir les enfants que nous nous sommes jurés d'avoir. Tu m'as promis un petit garçon presque blanc avec des cheveux noirs bouclés et une petite fille noire avec des cheveux roux, et puis, et puis tous les autres : Jean, Rose, Émile. Je ferai de la confiture de framboises et des tartes aux pommes. Tu leur montreras à jouer du tambour. Ils viendront à l'école avec moi… Jaze, tu ne peux pas me laisser toute seule ici. À qui vais-je rêver?… Hé, Dieu, je ne t'ai jamais rien demandé. Dieu, si tu es là, c'est le moment, le bon moment. Fais quelque chose. Je t'en prie. Je ne pourrai pas vivre sans lui.

Comme à son habitude, Dieu resta sourd et muet. Ma vie se noya dans un torrent de larmes, de bave, de peine, de rage et de sanglots.

— Dieu, chuchotai-je à l'Univers, si tu n'existes pas, comment vais-je faire pour te pardonner?

Lorsque la ruine de mon cœur fut vidée de son eau, je soulevai Jaze et lui retirai sa chemise et son pantalon. Dans l'eau lisse de la mer, je frottai les taches de sang sur sa chemise et tentai de redonner au tissu la blancheur qu'il aimait tant. Puis, je lavai ses blessures et chaque partie de son corps. Malgré les meurtrissures, sa peau était douce. Je l'avais parcourue tant de fois. Je connaissais ses pics et ses vallons, ses falaises et ses crevasses, ses côtes et ses rivages, le duvet de sa nuque, la fragilité de son ventre, la force de ses cuisses, la cambrure de ses pieds, la douceur de ses lèvres.

— Mon pays, c'est toi, glissai-je à son oreille.

Au gré de mes allées et venues le long de la plage, je ramassai tout le bois sec que je pus trouver : l'épave d'une chaloupe aux rames brisées, un radeau échoué aux cordages rompus, un coffre sans fond au secret éventé et tout le bois mort tordu par la mer, le vent, le sable et le soleil. Je construisis un imposant monument de fagots, de planches, de branches et de rondins. Ni la terre ni personne n'aurait son corps. Son feu était le mien. Je vidai la poudre d'une cartouche dans un fourneau de roches bourré d'herbes sèches. J'embrassai Jaze une dernière fois et, sur sa poitrine, je déposai le fantôme de mon cœur.

Mon colt était lourd. Je tirai le chien et pressai la détente. Un coup de feu résonna dans la cathédrale abandonnée de mon amour. Une étincelle d'abord, une flamme ensuite, puis un immense brasier illumina la dernière nuit de nos incendies. Il était mon phare et ma lumière. Avec lui s'éteignait ce chemin de vie que je ne vivrais jamais.

Un immense panache de fumée noire embruma la lune. La compagne de mes nuits de doute était vide de ma famille imaginaire. Ni mon père ni ma mère n'y étaient, ni même Nelly, ni Dillon, ni Will, ni King, ni Jaze, ni moi. La lune comme un réverbère au milieu de nulle part, un désert gris et froid accroché aux lueurs d'anciennes espérances.

La crinière de mon cheval était un fouillis de nœuds de poussière et de sang. Je déposai ma tête sur la sienne. Il souffla et je grimpai sur sa selle.

Je n'ai que peu de souvenirs du chemin qui me mena à Montréal. Je rangeai mon chagrin pour plus tard. Comme au temps du chemin de fer clandestin, dans cette course folle, le seul de mes sens qui demeura intact était une boussole indiquant le nord. Durant plusieurs jours, j'enfilai les villes comme autant de billes de verre dans le collier de ma vie. Je ne me souviens pas de m'être arrêtée, d'avoir mangé ou dormi, sinon une fois chez un apothicaire pour laver la brûlure sur mon visage, l'enduire d'une pommade au cérat et la recouvrir d'un bandage de coton cardé, et une autre pour voler des vêtements sur une corde à linge. De ce voyage à travers mon Amérique naufragée, je garde les images des éternels défilés de cauchemars en route vers nulle part, des cortèges de Noirs exilés et de prisonniers libérés se croisant sur des chemins boiteux et encombrés. Au cours des derniers mois, sur la terre de notre paradis, nous avions préféré vivre en dehors du monde. Il n'avait pas beaucoup changé. Plusieurs villes du Sud et du Nord, autrefois prospères, se relevaient péniblement. Ne restaient plus dans les rues que les lambeaux de pierres des maisons, des forts, des commerces et des boutiques. Tout le reste avait brûlé.

Comme nous.

Le désespoir

Automate somnambule magnétisé par le courant de l'eau, je m'éveillai dans l'aube froide du port de Montréal. Assis devant moi, un matou gris et borgne, terreur des cales et des entrepôts, miaulait fougueusement. Mon allure mi-humaine, mi-animale le laissait indécis à me classer entre deux espèces : ceux qui chassent et ceux qui sont chassés. Un bleu improbable embrumait le ciel. Les yeux secs, le cœur taillé, j'attendais qu'un bateau arrive, me prenne et m'emporte. Et dans le brouillard du grand fleuve, il arriva. Navire majestueux découpant les ténèbres de ses voiles, il glissait, tel un fantôme sur des eaux vaporeuses. Le mirage se délesta de sa chimère lorsque des matelots apparurent sur le pont comme autant de souris s'apprêtant à envahir le port. Les voiles carguées libérèrent les mâts. Au sommet du plus grand, le drapeau d'un pays encore en devenir célébrait fièrement le vert, le rouge et le blanc. Le *Royaume d'Italie* jetait l'ancre à Montréal.

Une chaloupe claqua sur la peau frémissante de l'eau. Une dizaine d'hommes y prirent place et ramèrent jusqu'à la rive. Sur le quai, une petite troupe attendait les voyageurs. L'un d'eux applaudit du bonheur de les accueillir. Il souleva son chapeau. Je le reconnus. De toute sa prestance, se dressait Louis-Antoine Dessaulles, seigneur de Saint-Hyacinthe, ami des libertés, pourfendeur de curés et ennemi de l'imbécile. Derrière lui, Joseph, mon cher Joseph, et à son bras, ma tendre et douce Henrietta. Plus sûr que l'étoile du nord, son sourire avait été mon sherpa. Le désir de ses bras aimants transperça ma chair jusqu'aux os.

Mes pas, d'abord hésitants, se firent élan. Ma course désordonnée trébucha sur mes cris et mes larmes. Alors que je sombrais dans la mer désespérée de ma peine, la vue soudaine d'une âme amie réveilla l'espoir de reprendre mon souffle. D'instinct, j'agrippai cette bouée comme une noyée. Stupéfaits à la vue d'une démente s'élançant vers eux, les gens de la troupe reculèrent d'un pas. Je tombai à genoux. À travers la couche de cendre qui couvrait mon corps et mes habits, malgré le bandage qui masquait mon visage et mes cheveux courts gominés de boue, Henrietta me reconnut enfin. Elle s'approcha de moi.

— Molly, dit-elle en se penchant vers moi, ma petite Molly.

Je tentai de répondre quelques paroles sensées, mais seul le flot de sons qui m'obstruait la gorge parvint jusqu'à ma bouche. Je tendis les bras vers Henrietta, puis je m'écroulai, inconsciente.

Lorsque je revins à moi, j'étais étendue sur le lit de la chambre qui m'avait si bien accueillie dans la maison des Guibord. Je m'éveillai pourtant en sursaut, cherchant une arme à mes côtés.

— Jaze, m'écriai-je. Je dois sauver Jaze.

— Calme-toi, fit Henrietta en retenant mes gestes brusques. Bois un peu d'eau fraîche.

La réalité me rattrapa, triste et brutale.

— Jaze est mort. Mes amis sont morts. Il y a tellement de morts autour de moi. Pourquoi suis-je toujours vivante?

— Dieu est parfois bien mystérieux.

— Dieu n'existe pas.

Mon chagrin sortit du placard. Le cheval de bois de Dillon et ma poupée de chiffon étaient toujours installés sur le rebord de la fenêtre. Je les pris dans mes bras. Une odeur d'enfance submergea mon cœur. Je me sentis lourde des mille vies que j'avais vécues. Tous ces êtres qui m'étaient si chers et que j'avais perdus, tous ces bonheurs possibles qui étaient morts avec eux. Jaze et tout mon amour avaient disparu pour toujours. Je ne parvenais pas à y croire. Je tombai dans un puits sans fond.

La mer

Henrietta et Joseph prodiguèrent à mon corps les soins qu'il réclamait. Les brûlures graveraient sur mon visage les cicatrices d'une peine innommable. Je pris néanmoins du mieux. À ma grande surprise, mes plaies se refermaient. Pourtant, à l'intérieur, je me sentais désincarnée, vulnérable et déchirée entre cette force physique qui me ramenait à la vie et cette intangible volonté de ne pas y retourner.

La venue des Italiens provoqua quelques remous à Montréal. Les membres de l'Institut durent protéger leurs invités des invectives et de la colère de manifestants qui se targuaient de défendre la papauté contre le projet d'inclure les domaines du pape à la nouvelle unité italienne. Encore une fois, le débat se cristallisa entre les ultramontains de monseigneur Bourget, partisans des pouvoirs immuables de l'Église, et les libéraux, défenseurs de la liberté de penser et d'agir et de la séparation des pouvoirs religieux et civil, spirituel et temporel.

À la bibliothèque de l'Institut, tout comme dans la maison des Guibord, les débats furent nombreux et exaltés. Plusieurs conjuguèrent la cause défendue par les Italiens à celle de la guerre américaine, ce qui me précipita, malgré moi, à l'avant-plan de bien des discussions. L'un des grands défenseurs de l'Italie unifiée, Giuseppe Garibaldi, après ses conquêtes de Naples et de la Sicile, avait d'ailleurs refusé la requête du président Lincoln de devenir l'un de ses principaux généraux. Garibaldi était connu à travers le monde comme l'un des plus grands défenseurs de la liberté des peuples. Alexandre Dumas et Victor Hugo en faisaient un héros moderne. L'auteur du roman *Les Trois Mousquetaires* avait d'ailleurs transporté des armes à la faveur du général des Chemises rouges.

Si les Italiens entretenaient l'espoir de priver le pape de son contrôle sur les lois civiles, l'économie, les territoires et les guerres en Italie, pourquoi le Canada ne pouvait-il pas rêver de se libérer de celui qu'imposait monseigneur Bourget sur le peuple catholique? La lutte italienne, ô combien plus meurtrière, alimentait celle que menait l'Institut contre les prétentions théocratiques de l'évêque de Montréal. La victoire italienne serait celle de l'Institut.

Les visiteurs italiens proposèrent de ramener avec eux quelques volontaires canadiens. Singulièrement, depuis quelques années, partaient de Montréal et de Québec des frères ennemis engagés pour défendre le pape ou la nouvelle Italie. Sous l'impulsion de l'Église et de monseigneur Bourget, les zouaves pontificaux, défenseurs des États du pape, étaient nettement plus nombreux. L'appel aux armes faisait grand effet lorsqu'il était lancé du haut d'un jubé d'église. La bêtise des hommes me laissait un arrière-goût d'amertume, de rage et de colère. Sans Jaze, l'Amérique me faisait mal. L'idée de partir me trottait dans la tête. Me battre, voilà bien ce que la vie avait comme dessein pour moi. Que restait-il dans mon bagage sinon le parfum de la poudre noire et le fard de l'espionnage? Je n'avais pas le courage de la paix. Quitter mon arme me semblait plus douloureux, plus dangereux et plus redoutable que de retourner sur les champs de bataille. Sans Jaze, cette paix immense et vide m'effrayait plus que la mort elle-même.

Mon retour à Montréal avait ressuscité le mince espoir de retrouver Dillon. J'osais à peine y croire, mais j'y trouvais un certain réconfort. Durant plusieurs jours, je suivis les indices menant à des instituts, des habitations et des familles accueillant des gens dans la condition que j'imaginais être la sienne. Henrietta tenta en vain de me dissuader de reprendre les recherches. Au cours des années, elle avait suivi toutes les pistes. Là aussi, je perdis l'espoir de le retrouver.

Partir me sembla être ma seule planche de salut.

La nuit précédant mon départ, je rêvai à Jaze, à Tom et à Anavita. Nous étions attablés sous le grand saule. La nuit tombait. Un feu brûlait au loin, mais nous ne nous en préoccupions pas. Puis, arriva un cheval sur lequel était monté Dillon. Il n'avait pas grandi et était toujours l'enfant que j'avais connu. Il me dit : « Regarde la lune, c'est là que je suis avec père, mère et Jaze. » Dans la suite de mon rêve, je me retrouvai seule au milieu de la maison des Guibord. Elle brûlait. Joseph et Henrietta étaient dans la rue et me criaient de sortir. Le feu enflammait mes vêtements, mais je ne parvenais pas à m'enfuir, j'étais paralysée. Je m'éveillai en hurlant.

— Tu ne peux pas partir dans cet état, s'inquiéta Henrietta.

— Je dois partir, sinon je vais devenir folle.

Le lendemain, je me préparai à embarquer sur le navire de la Regia Marina en route vers l'Italie. Je fis mes adieux à Henrietta et Joseph. Louis-Antoine Dessaulles m'accompagna jusqu'au port et me remit un précieux document. L'Institut faisait parvenir une supplique au pape. Cette ultime démarche implorait la clémence du pontife et lui demandait de surseoir aux multiples condamnations de l'évêque de Montréal et de ses attaques infondées. Je devais livrer la requête à un homme d'Église qui habitait Rome et avait accès au portique de la papauté.

Les rives du Saint-Laurent étaient gorgées des couleurs de l'automne. Passant devant l'île de la quarantaine, je plongeai dans les souvenirs de ce long voyage qui m'avait conduite jusqu'ici. Les nuages dessinaient dans le ciel des animaux imaginaires. En tendant l'oreille, j'entendis la cornemuse de Bran et le hennissement de Fargo.

Les premiers jours de la traversée furent pénibles. La houle me baroudait l'estomac. La mer ne m'avait jamais autant malmenée. Après deux semaines, je me rendis à l'évidence. Ce n'était pas la mer qui me rendait malade, mais l'enfant de Jaze qui poussait dans mon ventre. Jamais je n'aurais imaginé pire moment pour attendre un enfant. Durant des jours, je restai étendue sur la couchette de ma cabine à démêler les sentiments contradictoires qui m'accablaient.

Je m'étais forgé une nouvelle carapace de colère, plus dure et plus résistante que jamais auparavant. Rien ne pourrait plus m'atteindre. Je me promettais à la guerre et à l'oubli, et voilà que la vie s'insinuait en moi et me voulait mère. J'allais sûrement perdre ce bébé. Il irait rejoindre ma petite Emelyn. Tant de morts m'accompagnaient que j'avais peine à croire que la vie puisse s'accrocher à moi. Je décidai de ne parler à personne de mon état. À qui aurais-je pu le faire?

Le soir de ma découverte, je montai sur le pont. La lune était ronde et pleine, et des milliers d'étoiles perçaient le noir de la nuit. La proue du navire fendait les vagues. Un grand calme régnait. J'en fus réconfortée. La mer était là, plus grande que nous, indifférente à nos guerres, à nos vies et à notre temps. Elle touchait toutes les terres du monde. Dans ses bras, je me sentais à la fois si petite et si grande, aussi inutile qu'indispensable.

J'avais oublié sa beauté.

Lettre à Jaze

Tu me manques. Tu me manques tellement.

Chaque minute qui passe est une vague où je me noie. Je ne peux pas imaginer la vie sans toi. Je te veux là, maintenant, tout près de moi. J'ai besoin de tes bras. Est-ce que tu m'entends? Il me semble qu'ici, sur la mer, loin des terres et des êtres qui les habitent… Tout de toi me manque. Je me sens si vide. Comme une moitié de vie à la traîne. C'est si lourd, si douloureux. Durant la guerre, chaque fois que tu voulais me parler du jour où peut-être l'un de nous allait mourir, je ne voulais rien entendre. Tu disais que malgré la peine, je devrais retrouver le goût de vivre, que je pourrais garder un peu de chagrin pour l'amour volé, mais que je devrais poursuivre ma vie. Je n'y arriverai pas, Jaze. Je n'y arriverai pas. Je n'ai plus rien. On m'a tout volé.

Tu as toujours été et tu es toujours la réponse à toutes mes incertitudes, la lumière qui me guide. Je me sens au bord d'un gouffre et je vais lâcher, sombrer dans les ténèbres qui m'entourent, me noyer d'absence. Ne me laisse pas. Ne me laisse pas dans cette tempête qui ne s'arrête jamais. Comment vais-je faire?

Tu me manques. Tu me manques tellement.

Mon amour est bien plus puissant que moi. Il m'anéantit sous son poids. Je le porte comme une chape de plomb sur mon cœur blessé. Je rampe sous la terre sans trouver la sortie. Je suis perdue. Naufragée sans chaloupe. Cavalière sans monture. Guerrière sans courage. Je me vide de mon sang et de ma lumière. Sans toi, je disparais. Je m'efface. Ma bouche se coud. J'aimerais m'étendre, fermer les yeux, mourir comme la flamme de ta bougie.

J'ai peine à placer un pas devant l'autre. Je ne sais plus où est mon corps. Dans quel espace suis-je? Je m'essouffle. Je suffoque de ne plus respirer le même air que toi. Ma peau est glacée. Mes doigts se figent. Le monde a disparu de l'horizon. Il n'existe plus. J'ai mal au cœur, aux os, à la tête, à la vie.

J'ai peur, Jaze. J'ai peur. Je n'y arriverai pas. Où es-tu? J'aimerais aller te rejoindre. Viens me prendre. Je sais bien que je m'enfuis. Aucun bateau ne m'emportera vers toi. Je pourrais parcourir toutes les routes du monde, aucune ne me mènera à toi. Alors, prends-moi, je t'en prie. Garde-moi. Je ne veux pas rester ici sans toi. Emporte-moi. Ici, chaque pas est plus lourd que le précédent. Je voudrais entendre ton cœur me dire… Au moins l'espoir, Jaze. L'espoir.

J'ai peur. Tu me manques tellement. Tu es tout ce que j'aime, tout ce que j'ai aimé. Tu es mon arbre et mes racines. Tu es mon port, mon pays, ma route. Tu as été tous les hommes de ma vie. Tu es mon père, mon frère, mon amoureux, mon amant. J'ai tout appris à tes côtés. Je t'ai donné mon cœur. J'ai pris le tien. Tout mon amour. Toute ma joie. Où es-tu?

Et cet enfant que je porte, ce bout de toi qui flotte sous ma peau… Qu'est-ce que je dois en faire, Jaze? Tu n'es plus là et je suis sans vie, sans force, sans espoir. Comment pourra-t-il survivre dans ce ventre engourdi par la souffrance d'amour qui glace mon sang et brûle mon âme?

Tu es parti. Tu n'avais pas le droit. Tu m'avais promis. Je n'ai pas eu le temps de te dire à quel point je t'aime. Je t'aime, Jaze, je t'aime. Je ne pourrai pas gagner cette bataille sans toi. Nous nous sommes toujours battus ensemble. Sans toi, je suis perdue. Tout se mêle dans ma tête. Tout se brouille. Ton absence m'écrase et je suffoque. Je suis vide de toi, de nous. Demain est une torture. Je ne sais pas si je pourrai continuer.

Un jour, tu m'as demandé si on pouvait mourir d'amour comme dans les romans. Maintenant, je sais que oui. Bien sûr qu'on peut mourir d'amour. Et même quand on n'y croit plus, on en meurt encore.

La Sardaigne

Cerbère de la Méditerranée, le mince détroit de Gilbraltar nous ouvrit la porte vers les eaux italiennes. Habituée aux grands espaces américains, je fus étonnée par la courte distance qui séparait les nations, les cultures et les histoires. Entre les colonnes d'Hercule, les marins observèrent les ordres de navigation dans le respect des mers et des courants. Le frêle navire quitta l'Atlantique. Quelques nuages rôdaient dans le ciel. Un seul d'entre eux pouvait étendre son ombre sur deux terres bordant le détroit : à tribord, le Maroc et l'Afrique, à bâbord, l'Espagne et l'Europe.

Avant de poursuivre sa route vers Rome, le capitaine prévint l'équipage que le navire ferait deux escales gardées secrètes jusqu'alors. L'une de quelques heures à Cagliari, dans la partie orientale de la Sardaigne, et l'autre de quelques jours à l'île de Caprera, domaine du général Garibaldi. La nouvelle de la rencontre avec le *condottiere* fut accueillie par des hourras. Tous rêvaient de serrer la main à celui pour lequel ils étaient prêts à donner leur vie. Je n'en étais pas moins fière. Notre arrivée prochaine sur la terre ferme et la promesse de rencontrer le héros des deux mondes relancèrent un peu de sang dans mes veines.

Au port de Cagliari, le plein de marchandises replongea la carène dans la mer. Le navire balourd longea la côte sarde.

Deux jours plus tard, il jetait l'ancre dans les eaux cristallines de Caprera, l'une des sept îles sœurs de l'archipel de la Maddelena. Une barque nous transporta dans l'une des anses de l'île qui en était dentelée. Du bleu outremer au vert de jade, la beauté diaphane de la mer semblait tout droit sortie de l'imaginaire d'un peintre fantaisiste. Le doux sable blanc de la plage contrastait avec les récifs acérés à travers lesquels poussaient des genévriers et des fleurs sauvages.

Le matin était silencieux, le moment solennel. Pour plusieurs d'entre nous, ce voyage en Italie était le premier hors d'Amérique et il commençait par une rencontre exceptionnelle. Chacun empoigna malles, sacs et bagages, et s'empressa de partir le long d'un chemin aride menant vers la maison Garibaldi. La nature de l'île me parut aussi sauvage que raffinée et fascinante. D'immenses pins parasols étiraient leurs branches comme des ombrelles sous lesquelles tous tentaient d'emmagasiner un brin de fraîcheur. Il régnait en ces lieux un calme cordial, humain et sensible. Dérivant jusqu'à la mer, mon regard se perdait à l'horizon, puis revenait délicatement se poser sur les quelques chèvres qui soulevaient la poussière en s'enfuyant. Loin des fureurs du monde, le seigneur des guerres italiennes vivait sur une île de paix.

L'accueil fut chaleureux. Le maître des lieux s'appuya sur la margelle de son puits et se leva en brandissant une truelle. Il plongea ses mains dans un seau et y décolla le gris sec du ciment. Une jeune femme lui tendit sa canne et il s'avança vers nous en levant une main au ciel. Le décorum mondain n'avait pas sa place à Caprera. Garibaldi était habillé tel un paysan décoré de ses médailles de terre, de sel et de sang. C'est d'ailleurs ce qu'il se plaisait à dire. Il se voulait agriculteur besogneux, forgeron appliqué et jardinier de fleurs d'oranger. Derrière le mythe du fabuleux guerrier se cachait un homme qui aspirait à vivre du bonheur d'être parmi les siens. Bien malgré lui, l'aventure avait fait de lui un dieu. Sous son déguisement d'humain dépassaient la lumière de son auréole et l'ombre de son sceptre.

— Bienvenue, chers amis, bienvenue.

— *Signore condottiere*, salua maladroitement l'un des nôtres en s'agenouillant et en baisant la main de notre hôte.

— Holà, mon ami, l'arrêta Garibaldi, ma tendre Francesca m'appelle Peppino, mais mon nom est Giuseppe.

Sous les branches d'un pin, nous fûmes invités à nous attabler pour le repas de midi. Teresita et Menotti, les enfants de Garibaldi, installèrent un grand banc sur lequel chacun prit place. Francesca apporta un plein chaudron de macaronis, un plat de poisson et un sanglier tout entier. Nous n'avions pas si bien mangé depuis des semaines. Chacun des convives se présenta, remercia notre hôte et fit moult compliments sur la beauté du lieu, la simplicité de la maison blanche des Garibaldi et le doux parfum de liberté qui y régnait. Des cinq voyageurs à la table, j'étais la seule femme. Le général glissa sa main dans sa barbe rousse lorsque je mentionnai que j'avais combattu pour l'armée de l'Union et participé à de nombreuses batailles. Cavalière, espionne, infirmière, je savais lire, écrire, déchiffrer des cartes, je parlais anglais, français et j'apprenais l'italien, et je connaissais les armes et les explosifs. Lorsque j'eus terminé de me présenter, Garibaldi leva son verre et porta un toast à l'Italie et à la liberté des peuples. J'avais plus de talents et d'expérience que la plupart des Chemises rouges italiennes, mais je savais que j'aurais mille preuves à faire pour atteindre le niveau de confiance qu'un homme avait d'emblée. Soudain, le vin me monta à la tête et Teresita, s'en apercevant, me tendit un verre d'eau fraîche.

— Vous êtes enceinte ? me demanda-t-elle tout simplement.

Sa question, tout innocente qu'elle pût être, me traversa le cœur comme un coup de poignard. Durant quelques instants, je tentai d'endiguer la vague d'émotion qui me submergea. Peine perdue. J'éclatai en sanglots. Privée de toute contenance, honteuse de troubler le repas et de briser le charme de l'hospitalité généreuse du général, je me levai et tentai de m'éloigner, sans savoir où aller. Bien malgré moi, j'acceptai le bras que Teresita me tendit. Elle me conduisit jusqu'à une grande chambre de la maison, puis elle m'invita à m'allonger sur le matelas d'un des deux lits en fer de la pièce et à prendre quelque repos.

— Si tu as fait ce chemin toute seule, c'est sans doute que cet enfant n'a pas de père.

— Il est mort, déclarai-je. Je ne savais pas que j'étais enceinte. Il a été tué parce qu'il était noir.

— Tu l'aimais ? demanda-t-elle en s'asseyant sur le banc du piano.

— Je… balbutiai-je, j'aurais préféré mourir à sa place. Comment puis-je mettre un enfant au monde alors que je préférerais mourir ?

— Si tu étais amoureuse, c'est cet enfant qui te sauvera la vie, dit-elle en jouant quelques notes.

— Je suis venue ici pour me battre, affirmai-je.

À cet instant, un bruit de casseroles déboula dans la cuisine. Francesca accompagna cette fanfare d'une litanie de reproches en prenant à témoin tous les saints du ciel. Garibaldi entra, traversa le salon et, après avoir aidé sa compagne, apparut dans le cadre de porte de la chambre.

— Que se passe-t-il ? s'informa-t-il dans un excellent français.

— Molly attend un enfant, lui apprit sa fille.

— C'est merveilleux ! s'enthousiasma-t-il.

— Je veux me battre à vos côtés. Je ne suis pas venue ici pour mettre un enfant au monde, martelai-je.

— Je ne me bats pas contre la nature, dit le général. Le monde a besoin de tous ses enfants.

— Je me suis toujours battue. Je ne sais pas comment vivre autrement.

Garibaldi s'approcha de moi et passa sa main sur ma joue défigurée par le feu.

— Ô virago, fit-il en plongeant dans ses souvenirs. J'ai déjà vu ce regard. C'est bien celui d'une guerrière. Mais tu ne te battras pas avec moi. Tu resteras ici, à Caprera. J'ai besoin d'une personne qui sait lire et écrire. Je dois correspondre avec Londres, Paris et Genève. Je reçois des centaines de lettres toutes les semaines. Tu m'aideras et tu aideras Francesca et Teresita.

— Je... veuillez excuser mon impertinence, *condottiere*, mais je ne suis pas sous vos ordres.

— En Italie, répliqua-t-il calmement, tout le monde est sous mes ordres. Mais si tu veux, tu peux reprendre un navire et retourner en Amérique.

— J'ai fait une promesse. Je dois me rendre à Rome porter une supplique au pape.

— Une supplique au pape ? ironisa-t-il. N'entre pas qui veut au Vatican. Comment comptes-tu t'y prendre ?

— J'ai un contact. Un prêtre, près de la Curie.

— Comment s'appelle-t-il ?

— Bonanno, Umberto Bonanno, rue Della...

— Rue Della Zecca. Je connais l'homme. Il est bon. Certains ecclésiastiques ont plus à cœur de préserver l'avenir de l'Italie que celui de la papauté. Il y a des soldats de l'Italie même au cœur du Vatican. Que contient cette supplique ?

— Elle provient de l'Institut canadien de Montréal. Elle demande l'arbitrage du pape entre l'Institut et le cardinal de Montréal qui abuse de l'Index et de l'excommunication.

— Pie IX est un sac à merde. Il ne fera rien. Il est bien pire que votre monseigneur.

— Je dois porter ce message. J'ai promis.

— Si tu veux, je le lui ferai parvenir. Demain, deux hommes partent pour Rome. Ils iront le remettre à Bonanno. Et toi, Molly, tu restes ou tu retournes chez toi ?

— Je n'ai plus de chez-moi…

Anita

L'Amérique n'était pas une option. Je m'étais enfuie quasiment sans bagage et sans un sou. Sur le pont du navire, mon avenir ne me préoccupait plus. Plonger en enfer du haut d'une barricade m'apparaissait alors comme une délivrance. La griserie de la guerre et de la peur m'était familière. J'en connaissais les effets hypnotiques. Remplir mes veines de ce philtre maléfique me tentait comme un envoûtement.

Toutefois, à Caprera, l'enfant qui grandissait en moi me planta dans la terre. Dans le jardin de la grande maison blanche, lequel de mes destins l'emporterait sur l'autre ? Le vent soufflerait-il les dernières miettes séchées de mon cœur ? Le désir de vivre de cet enfant était-il assez puissant pour étirer ses racines jusqu'à la terre ? Mon corps savait-il créer la vie ? J'en doutais.

Lorsque les travaux d'écriture et de correspondance étaient terminés, lorsque Garibaldi avait suffisamment usé de ma patience et de mon écoute, lorsque la maison respirait le propre et que les odeurs humides du jardin embaumaient l'air, j'occupais mes maigres temps libres à parcourir les sentiers de Caprera. Mon ventre rond roulait son ombre sous les pins, dans les anses et sur les rochers. La beauté de la mer et le son de ses vagues, la chaleur du sirocco et la violence du mistral avaient eu raison de ma rage. Restaient l'absence et la peine. Dans ces moments de solitude que j'appréciais tout autant que mes fugues d'enfance à Grosse-Île, je tentais de voler au-delà de moi. Je me faisais vent et mer. Je plongeais dans la terre. Je me laissais prendre par le soleil. Caprera était parsemée d'anses magnifiques et sauvages. Malgré le temps frais de l'automne, j'y faisais de fréquents arrêts pour y baigner mes rondeurs et alléger ma lourdeur.

La chasse devint le prétexte de mes randonnées. Je n'avais pas de fusil, mais je m'étais confectionné un lance-pierre. Après quelque temps, ma dextérité en étonna plus d'un. Tous les jours, je rapportais à Francesca une perdrix ou un lièvre. Elle avait l'art de les attendrir et de les apprêter. La pêche, toujours miraculeuse, remplissait une pleine besace de poissons succulents.

Au cours de mes promenades, j'avais trouvé un rocher accueillant grâce auquel je pouvais tout à la fois tirer ma ligne dans les eaux profondes d'une baie et me protéger du soleil et du vent, tout en laissant errer mon regard sur l'horizon et mon esprit sur ses méditations. Un jour, revenu d'un voyage au Royaume-Uni où il avait été accueilli en héros, Garibaldi s'avança aux abords de mon refuge.

— Je peux me joindre à toi ? demanda-t-il, respectueux de la muraille invisible qui entourait mon nid.

— Bien sûr, répondis-je, surprise de son arrivée soudaine. Vous êtes de retour ?

— Oui, enfin ! C'est tellement bon de revenir chez soi. Caprera, c'est ma vie, ma famille, mes enfants, mes petits-enfants, mes amis... C'est ici que je veux mourir. Nulle part ailleurs.

— Un jour, j'irai en Irlande. C'est là que je suis née... Le voyage s'est bien passé ?

— Ça dépend pour qui. Habituellement, ceux qui détiennent le pouvoir n'apprécient pas ma présence chez eux, mais j'ai rencontré les donateurs britanniques qui m'ont permis d'acheter l'île. Et puis, il y a des rumeurs de guerre. La Prusse, l'Autriche… Je vais repartir. Je compte sur toi pour garder Caprera. Tous ici sont heureux de ta présence. Francesca, Teresita, Stefano, Menotti... Et toi, Molly, tu te plais ici ? Je vois que ton ventre a grossi. Comment vas-tu ?

Son regard était doux. Il attendit que le silence prenne le temps nécessaire pour faire place à la parole. Il releva un pan de son poncho, puis il posa la carabine qu'il transportait au cas où il croiserait un sanglier sur son chemin. Sa force apaisante fit monter en moi de lourds morceaux de vie. Une larme muette traversa ma joue.

— Tu me rappelles Ana Maria, reprit-il, la mère de Menotti, Ricciotti et Teresita que tu connais, et de ma petite Rosa qui est morte à deux ans. Je l'ai beaucoup aimée. Je l'ai connue à Laguna, au Brésil. Elle était belle comme un coucher de soleil. Lorsque nous nous sommes rencontrés, elle était mariée, mais l'amour est plus fort que tout. Du Rio Grande à Montevideo, de l'Uraguay à l'Italie, elle m'a suivi partout où j'ai fait la guerre. Elle-même s'est battue. Elle croyait autant que moi que le prix de la liberté valait celui de nos vies. Un jour, elle est venue me rejoindre à Rome déguisée en homme, et nous avons combattu côte à côte. Puis, elle est tombée malade. La malaria, probablement. Elle était enceinte. J'ai voulu lui trouver un endroit sûr, à l'abri. Mais elle n'a pas voulu. « Tu veux m'abandonner », me disait-elle. Souvent, je me demande ce qui serait arrivé si je ne l'avais pas écoutée… L'armée autrichienne nous poursuivait. Avec mes derniers soldats, nous avons fui à travers l'Italie. Un prêtre nous a même accueillis dans son église. Nous avons transporté Ana sur terre, sur mer, à travers des forêts et des marécages. À Mandriole, dans la maison de ferme d'un compagnon, nous avons monté son matelas jusqu'à une chambre à l'étage. Elle est morte dans mes bras. J'ai perdu des guerres, des amis sont morts à mes côtés, mais perdre l'amour, c'est bien ce qui m'a blessé le plus profondément.

— Est-ce qu'on en guérit?

— On guérit de tout, Molly, de tout, mais de l'amour, du véritable amour… J'aimerais te dire qu'on en guérit, mais je ne le crois pas.

Quatre chèvres et deux chevreaux firent quelques pas de danse dans les escarpements d'un rocher. Inculpées de vols et de fripouilleries dans les jardins de Caprera, les petites bêtes sauvages avaient l'art de plonger Garibaldi dans de vifs emportements. Il se retourna vers elles en gesticulant. Devant l'homme en rouge, les chèvres disparurent en bêlant.

— J'ai connu d'autres femmes après Ana Maria, mais je ne l'ai jamais oubliée. Le premier enfant que j'ai eu après son départ était une fille. Je l'ai appelée Anita. C'est comme ça que j'appelais Ana Maria. Je l'appelais Anita.

Le soleil se coucha sur la lagune. Garibaldi accepta le bras que je lui tendis. Il souleva les rhumatismes qui verrouillaient ses os. Notre marche lente nous conduisit à la maison où nous attendaient ses femmes, ses hommes et ses enfants.

Mon bel amour

Hier, au petit matin, ton fils est né. Lorsque je suis sortie des douleurs et de la fatigue dans lesquelles je me battais depuis plusieurs heures, j'ai remarqué qu'il faisait soleil. Francesca a ouvert les volets et j'ai senti l'air du large remplir mes poumons. Le soleil sur sa peau l'a fait frémir d'un long frisson. Je crois qu'il te ressemble. Il est encore tôt pour le dire, mais je crois qu'il ne sera ni noir ni blanc. Un beau mélange de nous deux.

Je l'ai appelé Jaze. Jaze Galloway, c'est un drôle de nom pour un Italien. Lorsqu'il sera en âge de comprendre, je lui raconterai l'histoire de son nom, l'histoire de son père et la nôtre. J'aimerais qu'il en soit fier et que ce nom qui l'accompagnera dans la vie soit un gage de bonheur, d'honneur et d'amour. Je sais que tu seras là pour lui. Peut-être qu'il pourra trouver un sens à tout ça et mieux comprendre. Moi, il y a tellement de choses que je ne comprends pas.

Je sais que ta main ne se posera pas sur sa tête. Je n'entendrai pas ta voix dire son nom. Assise à la table, je mangerai seule avec lui. Tu ne seras pas là pour partager avec nous la récolte des jours bleus et celle des jours gris. La lune et le soleil traverseront le ciel sans se rencontrer. Si souvent, tu as nourri d'espoirs le feu qui brûle en moi. De tes baisers sous les étoiles, de ton bras à ma taille, de ton souffle dans mon cou, ton sourire joyeux, ton regard amoureux, que restera-t-il?

Ma vie est un songe dans lequel j'entends ton rire éclairer le noir de mes nuits. Tournent dans ma tête les images de tes bouquets de fleurs sauvages et l'illusion de nos jours remplis d'enfants aux visages barbouillés de confiture. Le festin promis de nos tendresses, la terre labourée de nos espérances, le chemin choisi de nos vieillesses, tout ça a disparu. Durant tout ce temps de guerre, de tempête et de sang, je ne t'ai pas assez dit qu'aucun de mes jours n'est passé sans que mon cœur chavire à la seule pensée de pouvoir t'aimer. J'aurais aimé t'aimer encore, mais mes souvenirs viennent tour à tour me dire que jusqu'à ma mort, je ne t'aimerai qu'à rebours. Je m'ennuie de toi. Parfois, se jette devant moi une falaise si profonde que je m'y laisserais tomber sans regret.

Et parfois, je sens l'amour que tu as déposé en moi. Je m'y accroche comme à une bouée et je me laisse emporter par le courant. Je vogue à la dérive en sachant que j'accosterai à une rive où tu ne seras pas là. Mais il y aura l'amour qui ne meurt jamais. Cet amour qui vit au-delà de nous, qui est plus grand que nous. Parfois, je crois pouvoir en toucher le rebord. C'est à la fois si fort et si doux. En moi vit ta lumière et je t'y rejoins. C'est peut-être Dieu. Cette lumière d'amour que nous sentons au fond de nous, cet espace divin que nous trimbalons dans cette vie sans trop savoir quoi en faire et comment l'expliquer. Lorsque tu me prenais dans tes bras, lorsque je plongeais dans l'étendue de nos regards, j'ai si souvent senti que je touchais ton âme et une parcelle d'éternité. La mort n'est peut-être qu'un passage vers cette lumière d'amour. C'est comme ça que je m'explique les choses. Je sais bien que tu n'es plus là, mais ton amour est toujours vivant, ici, au fond de moi, tout près, partout. J'ai eu si souvent peur de te perdre. Maintenant, tu seras toujours là. Je ne te perdrai plus jamais. Tu m'accompagneras partout où j'irai. Et au bout de mon âge, je te rejoindrai. Lorsque ma lumière se libérera de mon corps, je te retrouverai. Je t'envie d'y être déjà.

En attendant, je vais vivre, vivre pour lui, vivre pour moi. Je ferai un jardin de l'amour que tu m'as donné. Il y poussera la vie, l'amour et la liberté. Ce sera notre héritage.

Je ne comprends pas l'au-delà et je ne crois pas les hommes qui disent savoir, mais si c'est possible, si tu me vois, si tu vois ton fils, j'aimerais que tu le protèges mieux que je ne l'ai fait avec Emelyn. Qu'il vive, qu'il grandisse. Et puis, si certains jours, tu peux calmer ma main qui tremble, si tu peux guider mes pas indécis…
Allume la lune pour moi. Je suivrai ton étoile à l'orient de ma nuit. Je la suivrai jusqu'à toi, jusqu'au bout de moi. Et si je ne te trouve pas, je te chercherai encore.

Ne t'en fais plus pour moi. Je survivrai.

Merci, Jaze. Merci pour l'amour donné.

Pie IX et l'esclavage

Mes craintes s'estompèrent peu à peu. Jaze survivrait aux premiers mois de sa naissance. Le printemps raviva les parfums d'oranger. L'été éclaboussa le ciel de ses plus beaux couchers de soleil. La chaleur assécha la terre et pénétra les rochers de Caprera jusqu'à en briser l'écorce. La vigueur de mon bébé, ses cris, ses pleurs et ses regards curieux me rassurèrent. Il n'allait pas rejoindre sa sœur Emelyn. Tous les jours, emmailloté et enveloppé dans un long drapeau italien, je le transportais sur mon dos. Nos longues randonnées se terminaient dans l'eau claire d'une baie. La mer était chaude et la fraîcheur de l'ombre, une bénédiction. Jaze barbotait et se rendait compte que lorsqu'il ne bougeait pas, des dizaines de petits poissons colorés venaient lui chatouiller les pieds. Sous le parasol d'un grand pin, il s'endormait et je profitais de ces moments pour lire un livre choisi dans la bibliothèque de Garibaldi, un journal jauni ou le plus récent arrivé sur l'île par le dernier bateau en provenance de Sicile, de Rome, de Gênes ou de Turin.

À la lecture d'un article, je me levai d'un bond. Furieuse, je regardai Jaze dormir à poings fermés, tentai de calmer ma frénésie en tirant quelques roches dans la mer, puis, ne parvenant plus à retenir mon impatience, je tirai Jaze de son sommeil. Je l'installai sur mon dos malgré ses pleurs et m'engageai sur le sentier menant à la maison. Sur la table installée à l'ombre de la terrasse, le général et ses hommes déroulaient des cartes et griffonnaient des notes dans des carnets.

— Dites-moi que ce n'est pas vrai, lançai-je en secouant le journal au bout de mes bras.

— Que nous vaut cette soudaine exclamation ? s'amusa Stefano. Toi, si calme d'habitude.

— Tu ne la connais pas encore ? questionna Garibaldi d'un ton moqueur.

— Le pape soutient l'esclavage, repris-je sans descendre de ma barricade. À peine un an après la fin de la guerre en Amérique, il affirme que l'esclavage n'est pas contraire au droit naturel et divin. Un esclave peut être vendu, acheté ou donné contre un sac de farine sans que cela offense Dieu ou l'Église.

— Ou contre un mètre cube de fumier, rétorqua Garibaldi. Un mètre cube de fumier, c'est tout ce que vaut ce pape.

— Il faut faire quelque chose, ajoutai-je sans penser à ce que je disais.

Les quelques hommes assis à la table de Garibaldi me décochèrent de grands sourires d'ironie. Jaze se jeta dans les bras de Francesca et y réfugia ses cris que je n'entendais presque plus.

— Je sais bien que c'est ce que vous faites, repris-je, confuse. Je travaille tous les jours dans le bureau. Je rédige des centaines de lettres pour vous… Je sais bien… mais tout de même… l'esclavage…

— Il y a quelques années, raconta Stefano, la police pontificale a enlevé un enfant d'une famille juive, les Mortara. La servante de la famille, une catholique, avait eu la bonne idée de le faire baptiser alors qu'il était malade. Profitant de l'occasion, le pape, qui avait jugé que l'enfant devait être élevé par une famille catholique, l'a fait enlever pour sauver son âme...

— Les Mortara se battent toujours pour retrouver leur enfant, poursuivit un maître d'armes au long sabre scintillant. Ils n'y arriveront jamais.

— La papauté se croit au-dessus de toutes les lois, reprit Garibaldi. La guerre se joue entre le pouvoir spirituel et le pouvoir temporel. Mais qu'est-ce qu'il en sait, le pape, de ce que Dieu veut vraiment?

— Il veut détruire tout ce qui peut faire obstacle à son pouvoir, fit Alvaro, un professeur de Padoue. Il veut imposer une dictature de l'Église, une dictature injuste puisqu'elle est fondée sur une volonté supposée divine passée au tamis de la cupidité et de l'insolence des hommes.

— J'ai un ami à Montréal qui parle comme vous, dis-je amèrement en pensant à Dessaulles.

— Pie IX est contre toutes les idées modernes, contre les républicains, contre la liberté de conscience, contre la liberté de culte, contre les villes, contre les industries, contre la science, contre l'école laïque, contre Darwin!

— ... et nous, nous sommes contre lui, conclut Stefano. Pas contre Dieu, contre lui.

Je songeai aux démarches entreprises par l'Institut de Montréal auprès du pape. Elles avaient bien peu de chances de réussir. Dans la correspondance que j'entretenais avec Dessaulles et les Guibord, je ne ferais pas mention de l'opinion des garibaldiens à ce sujet. Leur courage en aurait été décapité. À Montréal, le débat devenait de plus en plus virulent et les appuis à l'Institut s'effritaient. Les journaux et les conférences qui faisaient état d'idées nouvelles venant du monde entier se butaient au carcan idéologique qu'imposait monseigneur Bourget. Tous les dimanches, les fidèles catholiques s'imprégnaient de la rigidité conservatrice de leur église. Par l'entremise de la chaire de ses curés, une seule missive de monseigneur Bourget atteignait l'ensemble des ouailles romaines. La province catholique du futur Canada était certes un des endroits bénis de la planète où le pape pouvait compter sur une population fidèle, disciplinée et contrôlée. L'éloignement américain, la langue, la religion, la vigueur de son Église et de ses tractations avec le pouvoir civil mettaient sa population à l'abri des contaminations. Sur les balcons des villes et les galeries des campagnes flottaient avec orgueil et soumission les drapeaux de la papauté.

Ce soir-là, j'écrivis à Louis-Antoine Dessaulles pour lui dire à quel point sa lutte était importante. Elle s'inscrivait dans la continuité de celle qui se menait de ce côté-ci de l'Atlantique, celle pour la liberté, celle-là même qui était si chère à son cœur. Dans un paquet, je lui fis parvenir ma lettre, une autre pour les Guibord, et quelques livres à l'intention de la bibliothèque de l'Institut.

Le Congrès de la Paix

Au début de février 1867, Francesca donna naissance à une jolie princesse. L'accouchement se déroula à merveille. Un bébé tout rose vint se joindre à la maisonnée déjà bien pourvue de petites bouches. Au cours de la grossesse, Garibaldi m'avait demandé de m'occuper de sa compagne en plus de conserver mon poste de secrétaire. L'enfant prit le nom de Clelia, du titre du roman que Garibaldi peinait à écrire et sur lequel je m'escrimai à plus d'une reprise. Penché sur le berceau d'osier, le père n'était pas peu fier. Clelia était plus jeune que ses neveux et nièces. Francesca avait à peine vingt ans et Garibaldi frisait la soixantaine. Faisant fi de ses fréquentes attaques de rhumatismes, le *condottiere* discourait radieusement de sa virilité.

Le jour où Clelia fêta ses six mois, Garibaldi me fit demander. Assis à sa table de travail, il fouillait dans les notes que nous avions préparées pour une conférence qu'il devait prononcer dans le cadre du Congrès de la Paix.

— J'ai trop à faire, Molly, débuta-t-il. Tous ces papiers, ces discours, je ne sais plus où j'en suis. Il y a longtemps que tu trépignes à l'idée de sortir de l'île. Tu veux venir avec moi à Genève?

— À Genève! m'exclamai-je. Au Congrès de la Paix?

— Tu m'accompagneras et tu organiseras mes rencontres et mon emploi du temps. Je suis plus à l'aise sur les champs de bataille que dans les réunions protocolaires. Et puis, je veux que tu me parles des États-Unis et de la guerre. Tu sais toujours te servir d'une arme à feu?

— Oui, répondis-je, perplexe.

— Tu me serviras de garde du corps. J'ai des soldats qui font ce travail, mais ils me protègent aussi discrètement qu'une paire de rhinocéros. Alors, c'est oui?

— Et Jaze?

— Jaze restera ici avec Francesca, Clelia et tous les autres. Le jour où il se demandera où est passée sa mère, tu seras de retour. Tu sais bien que Caprera est le lieu le plus sûr d'Italie. Alors, c'est oui? dit-il en me tendant un revolver.

— Bien sûr, affirmai-je en soupesant l'objet de guerre.

— Tu n'auras pas à t'en servir, mais prends-en soin. C'est un des seuls que nous ayons.

Quelques jours plus tard, nous partions sac au dos pour le port de la Maddelena. L'état-major de Garibaldi était composé de cinq personnes, dont son médecin personnel, et Pantaleo, un prêtre répudié qui avait troqué sa soutane contre un uniforme de guerrier. Je fis mes adieux à Jaze et répétai à qui voulait l'entendre une série de recommandations sur ses habitudes et ses besoins. Quitter Jaze me troubla bien plus que je ne l'aurais imaginé. Sur le pont du navire, je restai songeuse, fixant le vide qui m'éloignait de la rive. Le général s'en rendit compte. Il m'empoigna par les épaules et me tourna face au vent.

— Allez, capitaine Molly, la vie nous conduit vers l'avant. Je suis le héros des deux mondes, de l'Amérique et de l'Europe. Tu es une héroïne, toi aussi.

— Je crois que le capitaine Molly ne voudra plus voyager sans son moussaillon, répondis-je en souriant.

Bateau, train, chevaux, le voyage fut long et ardu. Mais le paysage qui se dévoilait sur notre route était digne d'un conte de fées : des montagnes, comme des vagues de rochers précipitées du centre de la Terre jusqu'aux étoiles ; des vallées, comme des tapis d'herbes vertes et de fleurs sauvages ; des maisons, comme des nids sculptés dans les rondins ; des lacs, comme des miroirs déposés sur la table du brocanteur des dieux. Les Alpes s'ouvraient devant nous. Dans les cols étroits grimpant jusqu'aux nuages, l'écho des armées d'Hannibal résonnait encore.

La diligence emprunta le col du Simplon pour traverser la frontière alpine. La géographie grandiose de la République helvétique était certes la plus sûre garantie de sa sécurité, de son autonomie et de sa liberté. Fixant les cimes couvertes de neige éternelle, je me remémorai l'histoire de Guillaume Tell, lue dans un livre avant notre départ de Caprera. Au XIVe siècle, le héros avait défié l'autorité abusive du bailli de son comté. Celui-ci, vexé par l'offense, lui imposa un choix impossible : être mis à mort ou tirer un carreau d'arbalète dans une pomme déposée sur la tête de son fils. Guillaume Tell réussit l'exploit, mais le bailli le condamna tout de même à un emprisonnement à vie dans la tour de son château. Tell réussit à s'échapper, à tuer le bailli et à prendre la tête de la rébellion qui mit fin à la domination des ducs autrichiens et concrétisa ainsi la naissance et l'indépendance de la Suisse.

Le dimanche 8 septembre, notre voiture fit un premier arrêt à l'Auberge du Lion d'Or à Sion. Malgré l'heure matinale, des centaines de personnes, informées de l'arrivée de Garibaldi, affluèrent sur la place publique. Un déjeuner fut servi. Le tenancier, monsieur Wagner, invita le *condottiere*, s'il en avait envie, à s'adresser à la foule massée devant l'hôtel. Garibaldi accepta. Auparavant, il nous demanda d'enfiler les habits garibaldiens qui faisaient la réputation de ses troupes et qui s'avéraient le signe distinctif de la lutte contre l'injustice. Loin des redingotes noires, des gilets, des cravates et des cols cassés que nous allions croiser au Congrès, nous revêtions une chemise rouge, un pantalon bleu clair, des bottes à l'écuyère, un chapeau de feutre orné d'une plume et un poncho de la pampa. Les hommes trimbalaient leur épée, et moi, harnachée de sangles de cuir, je sentais sur mes côtes le métal froid d'un revolver.

— Ça ne te dérange pas de t'habiller en homme ? me demanda Garibaldi.

Un sourire étira les plaies sur mon visage. Ses rhumatismes le faisaient souffrir. Ce n'était pas une bonne journée. Il posa sa main sur mon épaule et me fit signe de continuer à gravir les marches comme si de rien n'était. Lorsqu'il fit un pas sur le balcon de l'hôtel, une clameur passionnée, impétueuse, presque charnelle, monta jusqu'à nous. Sa seule présence faisait palpiter les cœurs et ravivait les couleurs de la vie. J'en fus impressionnée. Des centaines d'hommes, de femmes et d'enfants l'acclamaient. Il était une légende et une inspiration. Son histoire s'écrivait au présent, dans l'action et dans le cœur de ceux qui croyaient en lui. Il le savait. Garibaldi était un aigle survolant les troupeaux dans les vallées. Il voyait au-delà des montagnes.

Je connaissais l'homme simple et affable de Caprera, celui qui s'émerveillait de la saveur de ses cannellonis et du parfum de son basilic, celui qui, selon les bons et les mauvais jours de sa maladie, chevauchait les sentiers de son île dans l'espoir toujours comblé d'y trouver un nouveau trésor, ou qui étendait son corps souffrant à l'ombre de son arbre et projetait son regard bleu par-delà les vagues et jusqu'au bout de l'horizon. Ce matin-là, au balcon des espérances, sa houlette de berger se transforma en sceptre d'or. C'est alors que je compris tout l'honneur que j'avais de me trouver à ses côtés. À lui seul, il faisait trembler le pouvoir de ceux qui entravaient le chemin de la cause qu'il défendait. Je compris aussi à quel point il transportait un lourd fardeau. Il n'était qu'un homme et, pourtant, lorsqu'il s'envolait, il n'avait nulle part où se poser.

De la gare de Sion à celle de Saxon, de celle de Saxon à celle de Lausanne et de Genève, tout au long du chemin, des centaines de personnes saluèrent le maître. En gare, l'accueil s'accompagna de fanfares, de chants et de bouquets de fleurs. Je contemplais l'Europe. Aux bribes de souvenirs que je tirais de mon enfance, s'ajoutèrent les pourtours entrevus depuis la Méditerranée, la Sardaigne et Caprera. L'Europe s'offrit à moi comme un éblouissement de culture et d'histoire. Loin de l'Amérique, de ses prairies de neige, de ses forêts sans fin, de ses fleuves aux mille sources et de ses lacs comme des mers promettant les Indes, l'Europe, malgré sa fabuleuse nature, me sembla partout marquée de l'empreinte humaine. La fin d'un village était le commencement d'un autre. Des rangs de pierres, des portes et des pavés romains, des sentiers de croisades, des canaux de la Renaissance délimitaient chaque parcelle de champs et de villes. Ici, le château de Chillon; là-bas, celui de Nyon. Le lac Léman, versé dans le creux des montagnes, était grandiose et magnifique, mais même avec la plus débridée des boussoles et la plus fertile des imaginations, il n'y avait nulle crainte de se perdre en en faisant le tour. Partout, il y aurait quelqu'un pour indiquer le chemin, un hôtel pour dormir, une taverne pour boire et manger. Le Nouveau Monde rejoignait l'Ancien. «Je veux construire les États-Unis d'Europe, disait Garibaldi. Sous une même bannière et au-delà des croyances religieuses, les peuples n'auraient plus à faire la guerre entre eux.»

Genève accueillit le républicain comme le prince des princes. Des salves d'artillerie annoncèrent notre arrivée et firent exploser des cris de joie. Des milliers de personnes se pressèrent pour entrevoir celui qui changeait le monde et faisait tomber les pouvoirs usés et obscurantistes. Une voiture découverte attelée à quatre magnifiques chevaux s'avança pour accompagner le précieux visiteur. Rue Mont-Blanc, la foule en liesse se massa sur le parcours du cortège. Des banderoles, des drapeaux, des mouchoirs et des étendards coiffaient la foule de leurs couleurs. Sur l'une des banderoles était inscrit : « La liberté des peuples ». La voiture s'arrêta à l'hôtel des Postes où des chambres avaient été préparées pour nous recevoir. Genève tout entière sortit dans les rues et sur les quais avoisinants. Malgré la fatigue du voyage, Garibaldi se montra au balcon. Devant lui, la foule immense lança des hourras. Le crépuscule du soir vibra sur les eaux du lac et gravit les montagnes jusqu'aux sommets enneigés. Le général prit la parole et exprima en français toute la gratitude qu'il éprouvait envers le peuple suisse et genevois qui accueillait si généreusement ce Congrès de la Paix où convergeait la démocratie du monde entier. Enhardi par les acclamations, il dénonça la papauté et promit de rendre Rome au peuple romain, d'en faire la capitale de l'Italie et, à l'instar de Genève, celle de la démocratie, de la liberté et de la justice. Puis, il se retira, laissant à ses partisans un surcroît de courage pour nourrir leurs convictions, et à ses détracteurs, disciples de la papauté, la matière première de leurs prochaines dénonciations et calomnies.

Le lendemain, au Palais électoral de Genève, décoré des drapeaux de toutes les nations présentes, s'ouvrit le Congrès pour la Paix. Dans les rues de la ville, les plus fervents papistes avaient déjà placardé des affiches accusant Garibaldi de tous les péchés. Dans la grande salle, dignitaires, participants, invités, journalistes, membres du bureau et sténographes s'entassèrent autour des grandes tables et dans les rangées de chaises dressées de part et d'autre de la tribune.

L'un à la suite de l'autre, les orateurs exprimèrent leur vision de la paix. Puis, Garibaldi prit la parole. Ses premiers mots furent ceux d'un engagement personnel solennel : maintenant et pour toujours, ici et en tout lieu, il se dresserait contre ceux qui menaceraient l'existence de la démocratie. Tant qu'il vivrait, jamais il ne laisserait la République helvétique ou toute autre nation sombrer dans le despotisme.

« Si, à la vue d'une personne qui se noierait dans les flots de votre lac, mes enfants me demandaient : "Devons-nous aller à son secours, est-ce qu'elle le mérite ?" Je répondrais : "Ne calculez rien, n'appréciez pas ce qu'elle vaut, sortez-la du danger, aidez-la." De même, je ne suis pas de l'avis de ceux qui disent : "Les peuples n'ont que ce qu'ils méritent, chacun pour soi, chaque pays pour lui-même." Au contraire, je conseillerai toujours, chaque fois qu'une personne sera en péril, de la sauver. Quoi qu'il en coûte, on le doit. »

La salle lui était conquise. Hommes et femmes l'acclamèrent. Il poursuivit en faisant la lecture des dix propositions qu'il soumit à l'assemblée. Au cours de la nuit précédente, il m'avait permis de travailler avec lui sur le contenu et le libellé. Il éleva la voix et, d'un ton sobre mais incisif, il déclara :

« 1. Toutes les nations sont sœurs.

2. La guerre est impossible entre elles.

3. Toutes les querelles qui peuvent survenir entre les nations seront jugées par le Congrès.

4. Les membres du Congrès seront nommés par les sociétés démocratiques de tous les peuples.

5. Chaque nation n'aura qu'un vote au Congrès, quel que soit le nombre de ses membres.

6. La papauté, comme la plus nuisible des sectes, est déclarée déchue d'entre les institutions humaines.

7. La religion de Dieu est adoptée par le Congrès. »

Un congressiste, baron de son état, lui coupa la parole avec audace :

— De quel dieu parlez-vous ? demanda-t-il.

Garibaldi leva la tête, jeta un œil sur l'assemblée et répondit calmement :

— La religion de Dieu, la religion de la vérité, la religion de la raison sont synonymes. La religion de Dieu est celle qui vit dans le cœur des hommes et des femmes, peu importe le nom qu'on lui donne et les règles de ses Églises.

Puis, il poursuivit avec plus de conviction :

« 8. Le Congrès consacre au sacerdoce les hommes d'élite de la science et de l'intelligence.

9. La propagande de la démocratie doit se faire par l'instruction, l'éducation et la vertu. »

À cela, Garibaldi ajouta :

« Ce n'est point là une opinion d'aujourd'hui ; la république est le gouvernement des honnêtes gens. Si on le contestait, il suffirait de faire remarquer qu'à mesure que les peuples se sont corrompus, ils ont cessé d'être républicains.

10. La démocratie seule peut remédier au fléau de la guerre par le renversement du mensonge et du despotisme.

11. L'esclave seul a le droit de faire la guerre contre les tyrans... Je dis et je proclame que l'esclave a le droit de faire la guerre aux tyrans. C'est le seul cas où la guerre est permise. »

À travers les applaudissements fusèrent quelques voix dissonantes invectivant Garibaldi sur sa position contre le pape. Les rhumatismes qui l'accablaient s'évanouirent le temps d'une réponse. Il se leva.

«En touchant à quelque argument de religion, je suis persuadé de n'avoir pas rencontré l'opinion de tout le monde. Il en est malheureusement ainsi pour cette question. Toutefois, je suis persuadé qu'il n'y a personne qui puisse détacher la question religieuse de la question politique. Je ne veux pas en donner pour preuve les guerres religieuses qui ont ensanglanté le monde. J'en donnerai une preuve récente: la guerre de Crimée, dont le principe n'est pas assez connu; on ignore généralement que la cause de la lutte, dans laquelle quatre nations ont répandu des flots de sang, est dans la religion. L'origine de la guerre de Crimée est celle-ci: dans le temple de Jérusalem, il y avait un seul autel où officiaient un prêtre grec et un prêtre catholique. Un jour, il est venu à la tête de ces messieurs l'idée de soulever une discussion à ce sujet. Celui qui disait la messe après l'autre a voulu empiéter sur l'ordre suivi. Il résulta de cela que les deux prêtres se sont plaints respectivement à leurs empereurs. Les deux empereurs ont estimé qu'il y avait lieu de faire la guerre, de lancer pour cette futilité des armées les unes contre les autres. L'Angleterre est intervenue dans le conflit; l'Italie y a contribué, et, en définitive, pour une question de préséance entre deux prêtres, pour le misérable orgueil de deux hommes, deux cent mille hommes ont péri. Je le dis, on ne pourra remédier aux malheurs du monde sans remédier aux abus de la prêtrise.»

Devant tant d'éloquence, le philosophe Jules Barni, jusqu'alors président du Congrès, se leva et demanda à l'assemblée de nommer Garibaldi président d'honneur. Ce qui fut fait aussitôt.

Durant le tonnerre d'applaudissements qui suivit, Pantaleo se pencha vers moi et me glissa à l'oreille un message inquiétant. Les catholiques de Genève, mais aussi ceux de Carouge, de Chêne et des environs, ainsi que leur évêque préparaient une riposte à la venue de Garibaldi. Une manifestation s'organisait. Une proclamation réprobatrice avait déjà été placardée sur les murs de la ville. S'il n'en tenait qu'à eux, menacèrent-ils, la haine qu'ils éprouvaient à l'égard du *condottiere* était telle qu'elle pouvait conduire à des effusions de sang. Le Conseil d'État fut mis au courant et des mesures de sécurité s'ensuivirent. Le général était en danger.

— Dis-lui aussi, poursuivit Pantaleo, que les troupes seront prêtes dans deux jours.

— Quelles troupes? rétorquai-je.

— Dis-lui. Il comprendra.

Glissant une main sous mes habits, je vérifiai que mon arme était bien en place et prête à servir. Lorsque je parvins à informer le général des menaces des catholiques genevois, il éclata d'un grand rire. Par contre, l'appel des troupes fit briller ses yeux comme ceux d'un loup qui a le ventre creux. Le lendemain, nous quittions rapidement le Congrès en direction de l'Italie. Les garibaldiens se massaient autour de Rome. Ils n'attendaient plus que leur chef.

En route vers la côte méditerranéenne, montés à bord d'une diligence surpeuplée, les membres de l'état-major du général préparaient l'offensive.

— De Gênes, m'expliqua-t-il, tu feras la traversée jusqu'à Caprera.

— Je veux aller avec vous. Je sais me battre. Je sais lire les batailles. Je sais poser des bombes. Je tire mieux et plus vite que tous vos hommes réunis.

— J'ai besoin de toi à Caprera. Et puis, Jaze a besoin de sa mère. Tu n'es plus seule, maintenant.

— Je n'ai jamais été seule... Et Clelia a tout autant besoin de son père.

— Moi, affirma le général en soupirant, j'ai besoin de toi à Caprera. Tu les protégeras et tu écriras à nos ennemis et à nos alliés : à Paris, Londres, Vienne, Genève, Madrid, Berlin, Washington, partout. Tous les grands journaux doivent être mis au courant de nos succès. Les peuples sont avec nous. Ils doivent savoir. C'est notre garantie contre la riposte de leurs gouvernements. Tu comprends ?

— Oui, d'accord, je comprends, répondis-je en me soumettant aux ordres.

— Ton moussaillon t'attend, ajouta-t-il en me rappelant mon hésitation du départ.

Retour à Caprera

Jaze m'accueillit d'un éclat de rire qui ne révéla aucun doute sur son plaisir de me revoir. J'avais perdu l'habitude de me savoir aimée. J'en fus émue jusqu'aux larmes. Dans son regard, je trouvais une force qui ne m'était pas familière. Pour affronter les périls de la vie, y avait-il d'autres armes que les crocs, les poings et les canons ?

Il pleuvait sur les rochers de Caprera. Le galop des estafettes creusait des rivières sur le chemin de la maison blanche. Les nouvelles arrivaient du continent. Le général avait rejoint Florence et multipliait ses sorties publiques. Chacune d'elles attirait une foule de partisans et gonflait les rangs des volontaires en route vers Rome. La marche vers la Ville éternelle semblait inéluctable. Les privilèges de la papauté seraient bientôt choses du passé. La capitale du peuple italien était Rome et Rome lui serait rendue.

Pourtant, malgré la volonté de la rue, le gouvernement italien ne réagit pas. Plusieurs articles signés par le général et publiés dans les journaux des grandes villes incitèrent les dirigeants italiens à prendre position. Mais ceux-ci se tortillèrent entre l'arbre et l'écorce. Bien que leurs sentiments à l'égard de la papauté fussent en plusieurs points compatibles avec ceux de Garibaldi et du peuple italien, ils prirent en compte les accords et les traités internationaux conclus avec la France et la papauté. Une révolte italienne aux portes de Rome conduirait Napoléon à se porter à la défense de Pie IX. À Lyon et à Toulon, l'armée française fourbit un arsenal contre lequel l'Italie n'avait aucune chance. Le gouvernement italien recula.

Le 24 septembre, à son hôtel d'Orvieto, Garibaldi était arrêté par les troupes gouvernementales. Alors qu'il s'apprêtait à être conduit en prison, une foule scandant son nom se massa sur la place. À la citadelle d'Alexandrie où un cachot l'attendait, même les soldats italiens brandirent leurs armes en signe d'appui au *condottiere*. L'appel à la guerre civile était au bord de ses lèvres. Il n'avait qu'un mot à dire. Mais il se tut. Le moment n'était pas encore venu.

La faveur populaire eut raison des murs de la prison entre lesquels le gouvernement voulait éteindre l'auréole du héros. La citadelle fut assaillie par une vindicte grandissante devant laquelle des gardiens peu convaincus n'offriraient qu'une résistance factice. Quelques jours après son arrestation, Garibaldi fut relâché, mais contraint de rejoindre son île avec l'obligation de ne la quitter sous aucun prétexte. Pour faciliter son acceptation à cette réclusion forcée, le gouvernement déclara une quarantaine de l'île pour cause d'épidémie et affréta pas moins de neuf navires de guerre pour garder un œil sur le lion de Caprera.

«Je dois retourner à Rome», furent ses premières, ses dixièmes, ses centièmes paroles.

Coup de théâtre

Depuis la mi-octobre, plusieurs combats faisaient rage sur la péninsule italienne. Malgré l'absence de leur chef, les troupes garibaldiennes s'approchaient de Rome et resserraient l'étau autour de la capitale. À l'intérieur des murs de la cité, se préparait une révolte des Romains. Elle serait l'occasion d'ouvrir un front de l'intérieur. Prises entre deux feux, les armées des zouaves pontificaux et des Français ne pourraient résister à pareille pression. Elles capituleraient. Cette révolte du peuple romain était la clé permettant de limiter l'effusion de sang entre Italiens. Malgré leurs succès sur le terrain, à Bagnorea, à Nerola et à Monte Libreti, les Chemises rouges avaient besoin de leur chef. De Caprera, une tentative d'évasion échoua. Par la suite, sur le pont des navires chargés de la surveillance de l'île, brilla constamment le verre des lunettes d'approche.

— Ils sont partout et ils lorgnent jusque dans ma chambre à coucher, grogna Garibaldi à la table de la cuisine.

— Jour et nuit, ajouta Stefano.

— Comment faire pour traverser ?

— Trois vaisseaux pourraient créer une brèche et venir nous chercher.

— Vous connaissez Harriet Tubman? demandai-je en m'immisçant dans la conversation. Sa force, ce n'étaient ni les muscles ni les balles des fusils. Sa force, c'était son intelligence. Elle avait l'art du déguisement. Vous aimez le théâtre?

Tous me regardèrent en soulevant les poils noirs de leurs gros sourcils. Jaze me tapota la joue et me fit un sourire que je lui rendis. Nous aimions bien l'idée de les faire poireauter quelques instants.

— Alors, Molière, fit Nino, quatre raviolis plus tard, si tu as un plan, dis-le.

— Au premier acte, commençai-je, il faut lancer une rumeur, celle que le général est gravement malade et qu'il est cloué au lit. Le médecin est appelé, on le soigne, disons, durant deux jours entiers…

— Le malade imaginaire, soupira Alonzo. Ça ne marchera pas. Ils vont croire qu'il s'est enfui.

— Le troisième jour, poursuivis-je, le général sort et s'installe sous le grand pin, allongé et emmitouflé dans une couverture, bien à la vue.

— Et alors?

— Alors, ce n'est pas le général qui porte une chemise rouge et qui se déplace péniblement avec sa canne. C'est Luigi. Si personne ne réagit sur les navires, si personne n'intervient durant ces deux jours, c'est que la partie est gagnée, et le vrai général est libre de ses mouvements. Luigi pourra répéter la scène tous les jours.

— Astucieux…

— Reste à traverser jusqu'à la Maddelena et à s'embarquer sur un bateau en route pour l'Italie.

— Nous aurons une heure tout au plus, ajouta Garibaldi. Entre le coucher du soleil et le lever de la lune, nous aurons une heure pour nous faufiler entre les navires de la marine royale. Après, ils verront le sillage de notre barque.

— Je m'occupe du bateau, fit Alonzo en repoussant sa chaise. Ce sera celui du Grec, le pêcheur. Il vous attendra au port.

Dans la bataille qui se livrait aux abords de Rome, chaque jour comptait. Le général prépara son départ. Seul Nino l'accompagnerait dans cette traversée. Au jour choisi, faisant mine d'aller à la pêche, je conduirais une barque le long de la côte jusqu'à une crique. J'y dissimulerais l'embarcation et attendrais Nino et le général avant de revenir à la maison. La pièce serait jouée.

Quatre jours plus tard, tout était en place pour le lever de rideau. La barque clapota à l'abri des regards. Le vent se leva. Le soleil illumina le ciel d'un feu violet. Il fallait faire vite. J'entendis des pas. Le général et Nino s'avancèrent sur le chemin. Aussitôt qu'ils furent arrivés, deux hommes sortirent de derrière un rocher, couteau et revolver au poing. Ils nous désarmèrent en silence. Ils devaient être là depuis longtemps. Trop bien préparés pour ne pas avoir été renseignés. Nous avions été trahis. Revenait en mémoire le visage de ceux qui connaissaient le plan. Ils étaient trop nombreux. Harriet m'avait pourtant bien appris que le mystère était plus important que le plan. J'avais l'espionnage rouillé. Durant les heures qu'avait duré mon attente, pas un seul instant je n'avais songé à sécuriser les lieux. Maintenant, leur intention était claire. S'ils avaient voulu arrêter ou kidnapper Garibaldi, ils seraient venus en nombre. Ils étaient là pour le tuer. En silence. L'un d'eux regarda au large et nous ordonna de nous accroupir, de crainte d'être aperçus par l'équipage d'un navire. Ils n'étaient donc pas soldats, assurément des brigands à la solde de la papauté ou d'un de ses pieux disciples.

Courageusement, Nino saisit la lame du sabre qui menaçait la gorge du maître. Son geste provoqua le mien.
J'empoignai le bras de l'assassin qui portait l'arme à feu. Il
tomba sur moi de tout son poids et nous roulâmes sur les
pierres en bordure du chemin. Nino parvint à récupérer un
poignard et à le planter dans le cœur de son assaillant. Assis
sur ma poitrine, le bandit tenta de me tuer en pressant son
revolver sur ma gorge. Arrivé par-derrière, le général
souleva une pierre et la projeta sur la tête de mon agresseur
qui tomba à la renverse dans une giclée de sang. Son dernier
geste fut celui de presser la détente de son arme. Le coup
de feu brisa l'apparente tranquillité du soir et alerta les
guetteurs sur les navires. Les deux meurtriers avaient leur
compte. Mais la balle tirée sans prévenir n'en avait pas
moins atteint Nino à la jambe.

— Allez-y, glissa Nino entre ses dents. Partez tout de
suite.

— On ne peut pas te laisser comme ça, répliqua le général.

— Si vous ne partez pas tout de suite, ils vont venir.
Demain, c'est toute une armada qui va débarquer sur l'île.
Ils vont se rendre compte du subterfuge. Ils ne vous laisse-
ront plus partir. C'est maintenant qu'il faut agir.

— Il a raison. Il a raison, répétai-je en tapant du pied.

— Partir avec moi n'était pas prévu dans ton plan, Molly.

— Avons-nous le choix?

— Non.

— Dis à Francesca de bien s'occuper de Jaze, fis-je à
Nino en lui bandant la jambe.

— Tu pourras retourner à la maison? ajouta Garibaldi.

— Ne vous en faites pas. Partez vite.

— Embrasse Jaze, dis-lui, dis-lui…

— Ne t'en fais pas, Molly, me rassura Nino. Il ne t'arrivera rien.

— Dis-lui…

— Vite, partez.

Sur le pont des navires, comme des lucioles affolées, le feu des lampes suivait le mouvement des marins. Deux barques avaient déjà été mises à l'eau et convergeaient vers la côte. La marée et les vagues soulevées par le vent nous furent favorables. Alors que chacun pointait le doigt vers le lieu où il prétendait avoir entendu le coup de feu, nous parvînmes à ramer dans l'autre direction, tentant de disparaître dans le creux des vagues. Les marins avaient reçu l'ordre de tirer à vue. L'heure noire entre le coucher du soleil et le lever de la lune nous laissa peu de temps. Doucement, silencieusement, nos rames flattèrent l'eau. Les navires ancrés dans la baie créaient une frontière quasi infranchissable. N'eût été ce coup de feu du meurtrier qui détourna la vigilance des marins, jamais nous ne serions parvenus à nous faufiler entre les bâtiments de guerre. Lorsque la lune alluma la nuit, nous touchions le sol de la Maddelena. Une heure plus tard, nous embarquions sur le *Socrate* en route vers l'Italie, juste avant que l'alerte ne soit donnée et que tous les navires des ports soient contraints de ne plus quitter les îles de Sardaigne.

Tonio

Acclamée par la population et les journaux favorables aux Chemises rouges, l'arrivée de Garibaldi sur la péninsule fut annoncée comme un miracle et un appel pour l'Italie à réaliser son destin. La conquête de Rome parut imminente. Galvanisés par une gloire prochaine, Garibaldi et son état-major lanceraient une offensive qui mettrait fin à la tyrannie, refoulerait les troupes françaises et rendrait Rome aux Italiens. Les volontaires étaient nombreux, mais les armes étaient aussi rares que l'expérience de la bataille.

Au cours des jours qui suivirent, plusieurs batailles eurent lieu aux alentours de Rome. Accompagnée par Monti et Tognetti, Garibaldi m'expédia à l'intérieur des murs de la cité papale. Les volontaires romains parvenaient difficilement à soulever l'insurrection durement réprimée par les troupes du pape. Une révolte romaine aurait obligé l'armée italienne à intervenir. Sous prétexte de défendre la papauté, le gouvernement aurait pris pied dans la future capitale. Compte tenu des accords internationaux, l'armée italienne ne pouvait pas soutenir directement une insurrection. En revanche, si elle se substituait aux armées étrangères, le gouvernement aurait beau jeu pour imposer au pape la volonté de l'Italie. En attendant, les troupes garibaldiennes servaient de fer de lance. Si Garibaldi remportait cette première manche, le gouvernement italien l'appuierait ; s'il perdait, il le blâmerait en attendant une prochaine occasion pour se saisir de Rome.

Depuis un appartement voisin de la caserne Serristori, une galerie souterraine avait été creusée.

— Où est la bombe ? demandai-je à Monti.

— Selon nos calculs, elle est placée juste sous le portail. Elle est énorme.

— À quelle heure ?

— À sept heures. Ce soir.

L'explosion pulvérisa tout un côté de la caserne, les vitres volèrent en éclats, les planchers s'écroulèrent les uns sur les autres. La lumière des réverbères fut soufflée par des morceaux de pierre projetés jusque dans les rues avoisinantes. Un incendie se déclara. L'horreur, le sang, la peur couraient sur les pavés. Les blessés hurlaient. Des corps fumants jonchaient le sol dans les débris couverts d'un gris de guerre. Un tambour gisait au milieu de la rue. Parmi les victimes, se comptaient plusieurs musiciens de la fanfare. Les soldats du pape accoururent et parvinrent à capturer Monti et Tognetti. Dans les heures qui suivirent, ils furent condamnés à mort et exécutés.

Le lendemain, Place de la colonne, des combats ensanglantèrent les barricades. J'y apportai quelques armes, des munitions, pansai les plaies des blessés et tentai d'évacuer les corps hurlants des estropiés. Les combats se déroulèrent dans une débâcle presque totale. Un coup de canon enfonça le flanc droit de notre barricade. Des soldats tombèrent au milieu des fatras de bois et de pierres. Il s'appelait Tonio. Il avait seize ou dix-sept ans. Il appuya sa tête sur mes cuisses. Sous sa chemise rouge battait un cœur déglingué débordant des grandes idées pour lesquelles il allait rendre son dernier souffle. Son regard plongea dans le mien comme une main tendue entre deux univers. Il déposa sur mon visage une caresse tremblante et rouge. Une larme glissa sur sa joue et son œil perdit son éclat comme une pierre de jade abandonnée au soleil par une vague. Il mourut dans mes bras.

Je levai la tête vers le ciel. Un nuage dessinait un chat tigré aux moustaches s'étirant par-delà les toits. Posté à sa fenêtre, un vieillard bourrait sa pipe. Loin là-bas, au bout de la rue, une enfant serrait une poupée de chiffon dans ses bras. Un marchand tirait une charrette remplie de légumes. Un dessin colorait la chaux blanche d'un mur. Il annonçait un spectacle au théâtre Apollo. Malgré tout, malgré nous, la vie était là. Une femme étendait des vêtements sur la corde tirée entre deux balcons. Une porte claqua au vent. Dans la cour arrière d'une maison, sur le rebord d'une fenêtre, des tomates tombées de leur branche finissaient de mûrir. La cloche de l'église sonna l'angélus. Un violon joua les premières notes de *La Traviata* de Verdi. Une vieille dame leva un foulard vert et blanc devant ses yeux pour se protéger du soleil. Des grains de pollen virevoltaient dans l'air. Un chien jappa. Un garçon porta un coquillage à son oreille pour y entendre la mer. Contre toute attente et malgré la bêtise des hommes, Rome resplendissait. Une abeille se déposa sur mon bras. Une jeune femme au tablier taché remplissait son seau à la fontaine. Une volée de pigeons traversa la place. L'un d'eux s'écroula sur les pavés, touché par la mitraille que je n'entendais plus. Je fis quelques pas, debout, au milieu des combats, et le ramassai. Son aile était brisée. Du sang collait ses plumes sur sa poitrine. Sa tête tomba entre mes doigts.

Le temps était magnifique. Le soleil déposa sa main dans mon dos. Une première balle traversa mon bras de part en part. Une seconde salve me plongea dans le noir.

Durant les premiers instants où je repris connaissance, j'eus la terrible sensation de me noyer. Le sang affluait dans ma gorge et m'empêchait de respirer. Quatre hommes transportaient mon corps comme celui d'un pantin désarticulé. Ma tête voulait éclater. Lorsque la douleur me ramena à la vie, j'étais allongée sur le pont d'un navire. Des dizaines de blessés pataugeaient dans leur sang. Sous le coup d'un réflexe, je tentai de me lever. Mon corps ne répondait plus. Ma tête tournait. Seule l'inconscience parvenait à me délivrer de la douleur. Mes songes me conduisirent vers un quai en Géorgie où Jaze m'attendait, un bouquet de fleurs à la main. Je souhaitais tant le revoir. Et la mort m'invitait à danser.

Le navire se dirigea vers Caprera. Je ne me rendis pas compte du chemin parcouru. Le délire m'accompagna quelques jours jusqu'à ce matin où le visage de mon fils me redonna la vie. Francesca épongeait mon front. Le vent de l'île souffla de nouveau dans mes veines.

Mort et guérison

Ce jour-là, les marins déposèrent cadavres et blessés sur les rivages de Caprera. C'est ce que me raconta Nino, blessé, boitant, mais plus vivant que moi. Sans tarder, le navire-hôpital échangea poupe et proue et retourna dans son sillage en direction de la péninsule italienne. Puis, les nouvelles des champs de bataille parvinrent à Caprera comme des coups de massue.

Malgré les efforts des patriotes, Rome resta sous la domination du pape, qui conserva ses pouvoirs et ses territoires. Garibaldi ne parvint pas à atteindre les remparts de la Ville éternelle. La révolte des Romains n'eut jamais lieu. À quelque distance de là, le général et ses fidèles livrèrent de périlleux combats. Aux abords de Mentana et de Monterotondo, sur les chemins menant à Rome, la papauté joua sa suprématie à coups de fusils et de canons. Fin octobre, tout un corps expéditionnaire français débarqua à Civitavecchia et pénétra le territoire italien sans demander l'autorisation à quiconque. Au grand dam du général, le gouvernement italien considéra ne pas avoir les moyens de contrer cette invasion. Pour qui défendait la papauté, le temps, l'espace, les frontières et les lois n'existaient pas. L'Église ne vivait pas au rythme du monde. Elle évoluait au pendule de l'éternité.

Début novembre, l'infortune des Chemises rouges scella leur sort. Le gouvernement italien désavoua l'entreprise militaire de Garibaldi. Pie IX gagna son pari. Après une cinglante défaite, le général se fit arrêter. Son procès n'eut cependant pas lieu. Après deux semaines de cachot, le *condottiere* fut amnistié. Sous bonne garde, amaigri sous sa chemise rouge fané et son pantalon taché de sang, le héros posa le pied sur son île. Dans les jardins de la maison qu'il aimait tant, sa famille et ses amis l'attendaient.

Le général se réfugia dans son lit et y resta plusieurs jours. Lorsqu'il en sortit, ce fut pour fulminer contre tous ceux qui l'avaient trahi. Plus que jamais, chaque moment de sa journée fut consacré à pester contre la papauté. Sa fureur n'avait de limites que celles que lui imposait sa santé précaire. Ses rhumatismes semblaient tordre ses os dans une égreneuse de coton. Il n'en sortait que raideurs et courbatures. Les os de son dos s'enrayaient et ne se dépliaient plus. Ses jambes peinaient à le soulever.

Lentement, mes plaies guérissaient et mon état de santé s'améliora. Un projectile m'avait perforé un poumon. La douleur traîna durant des mois entiers, me clouant au lit au moindre effort. Par chance, Jaze était entre de bonnes mains. Il grandissait. Il se déplaçait sur les fesses avec une rapidité stupéfiante. Et, un jour, il se leva, courut, sauta et ne sembla plus jamais vouloir se rasseoir. Lorsqu'il était trop fatigué, il s'écroulait endormi, tantôt dans son lit, tantôt là où ses jambes l'avaient mené, que ce soit sur une marche d'escalier ou sur un chemin pentu formé de galets inconfortables. Par bonheur, il préférait s'endormir dans mes bras. Je lui fredonnais des airs d'Irlande. Les chansons de mon père revenaient à la surface de ma mémoire comme la crème dans un pot de lait. Entre hier et demain, elles tricotaient un maillon délicat de tendresse et d'affection.

Au cours de cette longue convalescence, je lançai des filets de lettres dans les eaux séparant Caprera de l'Amérique.

Ma pêche épistolaire s'étira de la maison d'Harriet Tubman, à Auburn, jusqu'à la villa de Sammy au Mexique. Je n'attendais pas de réponse. Je tirais ma ligne pour le simple plaisir d'imaginer le sourire de mes amis. Ils étaient là, quelque part au bout de ce fil de mots que je tendais vers eux. L'Amérique ne m'apparaissait plus comme le cachot dans lequel j'avais enfermé des promesses rompues. Le temps avait fait son œuvre. Ma famille montréalaise et mes amis de l'Institut me manquaient. J'eus le plaisir d'entretenir avec eux une correspondance sensible et salvatrice.

Chacune des lettres que signaient Henrietta et Joseph se terminait par un post-scriptum, toujours le même, dans lequel ils m'invitaient à venir m'installer chez eux. Montréal brillait de nouveau dans le ciel de mes espoirs. J'y expédiai plusieurs livres que Dessaulles jugeait impossibles à obtenir de l'autre côté de l'Atlantique. Je m'ennuyais du Nord. Vivait en moi le silence paisible de ses chemins de neige. Un jour prochain, lorsque Jaze serait en âge de faire le voyage, je retournerais me lover dans les bras des arbres blancs.

À Montréal, les pourparlers entre monseigneur Bourget et l'Institut allaient de Charybde en Scylla. De part et d'autre, les invectives s'écrivaient au vitriol. Dans un courrier récent, Dessaulles m'avait fait parvenir le texte d'une conférence qu'il avait donnée à l'Institut. Elle portait sur la tolérance. En réponse à ce discours, l'abbé Raymond, du séminaire de Saint-Hyacinthe, avait déclaré que la tolérance était « le cri de guerre de tous les ennemis de l'Église ».

Après toutes ces années de luttes acrimonieuses, l'Institut demeurait fidèle à ses convictions : il accueillait et accueillerait des membres de toutes les confessions. Aux yeux de l'Église, cette mixité religieuse était sujette aux plus graves dépravations. Il s'agissait non seulement de contrôler les lectures des fidèles catholiques, mais aussi de les préserver d'une contamination de leur foi par la proximité des protestants, des impies, des infidèles, des juifs et des athées.

Convaincu de la mauvaise foi de l'évêque montréalais, l'Institut tentait toujours d'obtenir la clémence de Pie IX. Les démarches se heurtaient à des portes closes. Le coup fatal arriva de Rome le 7 juillet 1869. Le Tribunal de l'Inquisition mit à l'Index l'*Annuaire* de l'Institut de l'année précédente dans lequel se trouvait le discours sur la tolérance de Dessaulles. Un mois plus tard, monseigneur Bourget profitait de cette condamnation pour y ajouter celle de l'Institut. Du haut des chaires de toutes les églises, le message aux catholiques était clair. Dorénavant, toutes les personnes liées à l'Institut de même que toutes les personnes qui lisaient, publiaient ou diffusaient l'*Annuaire* étaient susceptibles de ne pas recevoir les sacrements de l'Église, même ceux donnés à l'article de la mort. L'Église montréalaise interdisait aux catholiques d'être liés d'une quelconque manière à l'Institut et à sa bibliothèque sous peine d'être bannis de tous les bienfaits de leur foi et de leur Église.

Le 18 novembre 1869, Joseph, mon Joseph, celui qui savait si bien m'offrir ses bras, rendit son âme à Dieu.

Dans la cour de la maison blanche de Caprera, les guirlandes et les banderoles décoraient l'impatience des enfants à l'approche de Noël et du Nouvel An. La triste nouvelle prit quelques semaines pour traverser l'océan. La maladie avait emporté Joseph et, avec lui, toute la joie d'Henrietta. J'en fus dévastée. Le hasard voulut qu'avant ce douloureux départ, Henrietta et Joseph m'eussent fait parvenir un colis. C'était un cadeau pour Jaze. Il contenait ma vieille poupée de chiffon et le cheval de bois de Dillon. Lorsque je les vis entre les mains de Jaze, un frisson me parcourut de la tête aux pieds.

— Ce cheval de bois, dis-je à mon fils, c'est mon père, c'est ton grand-père qui l'a fabriqué. Il appartient à mon frère Dillon.

— À Dillon, répéta Jaze.

— Bientôt, nous allons partir. Tu aimerais prendre un grand bateau ?

— Oui, s'écria Jaze en embrassant le cheval de bois.

— Tu l'aimes ?

— Oui, répondit-il du haut de ses trois ans.

Jaze se précipita dans les bras de Nino pour lui montrer son précieux jouet. Puis, il fit la tournée de tous ceux qui s'étaient rassemblés autour d'un feu de joie.

Encore une fois, j'allais partir.

Retour à Skibbereen

Vingt ans s'étaient écoulés depuis mon départ d'Irlande. L'idée d'y retourner m'obsédait à tel point que je ne pus renoncer à son irrésistible attraction. L'espoir de trouver quelques indices sur le destin de ma famille me taraudait l'esprit. Je ne me faisais pas d'illusion pour autant. La situation dans l'Irlande d'alors était telle que l'histoire de chaque famille portait son lot de morts, de démembrement, d'exil, de disparition et d'oubli. Mais je devais y retourner, ne serait-ce que pour accomplir ce devoir de mémoire, conforter ma résignation et accepter la fatalité. Ce long détour étirerait notre voyage vers l'Amérique, mais je savais que l'occasion de ce pèlerinage ne se représenterait pas de sitôt. Je fis mon bagage et engageai tout l'argent que j'avais mis de côté.

À Montréal, Henrietta avait besoin de moi. Entre les lignes de sa dernière lettre, je lisais son désarroi. Son époux aimant, son compagnon des quarante dernières années, n'avait pu recevoir la sépulture à laquelle il avait droit. À l'heure de son trépas, le prêtre appelé à son chevet lui avait prodigué les derniers sacrements, mais par crainte des réprimandes de l'évêque, il s'était ravisé et avait supplié Joseph de renier ses liens avec l'Institut et de les renouer avec l'Église. Joseph avait refusé. Combien l'honneur peut-il signer de condamnations ?

Porté par ses compagnons, le cercueil de Joseph s'était vu refuser l'accès au cimetière de la Côte-des-Neiges. Le curé ne permettait son inhumation que dans la partie réservée aux criminels non repentis. Joseph, un criminel! Joseph, enterré parmi les meurtriers sans remords. Voilà tout ce que lui offrait son Église! Malgré sa peine et son émoi, Henrietta refusa qu'un tel affront salisse la mémoire de son époux. Dans l'attente d'un règlement, le cortège funèbre rebroussa chemin et déposa le corps de Joseph dans le charnier du cimetière protestant de la montagne.

Devant tant de bêtise, le courage et la détermination d'Henrietta me remplirent d'admiration. Fervente catholique, elle n'en resterait pas là. Les abus de l'Église de Montréal et de son évêque seraient portés au jugement des tribunaux civils. Dans la bataille qu'elle allait livrer, Henrietta avait le soutien de Dessaulles et des nombreux avocats de l'Institut. Après tous les démêlés et les revers qu'avait subis l'Institut avec monseigneur Bourget, c'était au tour d'une femme, Henrietta, de défier le pouvoir de l'évêque. Son amour la poussait dans l'arène des mâles. Henrietta, c'était la Garibaldi de Montréal. J'allais la rejoindre. Nous allions nous battre ensemble.

Un banc de brume embaumait la côte irlandaise. À l'entrée du mince détroit conduisant au port de Cork, la cloche du phare rappela la terre aux marins. Durant toute la traversée, Jaze avait été un ange. Il aimait la mer. J'en remerciais le ciel. Dans quelques jours, nous allions entreprendre la grande traversée de l'Atlantique. Cork n'était pas la grande ville que j'imaginais. L'image que j'en avais conservée avait la taille de mes souvenirs d'enfant. En gravissant les marches d'un escalier de pierre, je me rappelai cette soupe chaude que j'avais prise là avec Dillon. Nous l'avions sifflée d'un trait, puis nous avions exprimé notre contentement en hurlant comme des loups.

Une diligence nous conduisit à Skibbereen. Au détour d'une rue menant à un hôtel discret et fort mal fréquenté, je crus apercevoir les murs de l'asile. Mon corps se rappela et frissonna d'horreur. Il n'eut qu'une envie : fuir à toutes jambes. Mais mon cœur le retint. Et s'il y avait là les réponses aux questions que je m'étais posées toute ma vie ? Je pris une chambre à l'hôtel et y déposai nos bagages. Nous n'avions que deux jours pour recoller les morceaux. Au port de Cork, j'avais réservé nos places sur un navire en partance pour Montréal. Les mains moites, le cœur battant, je serrai Jaze dans mes bras.

— Lorsque j'étais toute petite, lui dis-je, je suis venue dans cette ville avec mon frère Dillon.

— Avec le cheval de Dillon ?

— Oui, avec son cheval. Il était à peine plus grand que toi. Mes parents nous conduisaient dans une grande maison où il y avait plein de gens qui n'avaient pas mangé depuis longtemps. Tu veux venir visiter cette maison avec moi ?

— Oui, mais j'ai faim.

— Tu as raison. Il faut manger avant d'y aller.

L'aubergiste nous fit une place à table et, après un léger repas, il offrit à Jaze un goody, un dessert fait de pain, de lait, de sucre et d'épices. Mon fils s'en délecta. Mon estomac était noué. Je me contentai d'un morceau de pain et d'un grand café noir. Midi allait sonner aux clochers des églises. Les boutiques déversaient leur marchandise jusqu'à la rue. Les passants s'y frayaient un chemin. Après les années de grande famine, la vie s'était faufilée dans les rues de la ville et sur les collines d'Irlande. Le souvenir de la terrible saignée s'effaçait peu à peu. Il y avait bien cette ride au front, ce sourire absent, cette trace sur le chemin du cimetière, ce mur écroulé au milieu d'un champ, mais le temps arrondissait les mémoires. Moi, de cette ville, je ne me rappelais que les cris, les râles et l'odeur âcre, fétide et persistante de la mort. J'y avais perdu mon père, ma mère, mon frère Will et ma sœur Nelly. Ma petite Nelly…

À l'asile de Skibbereen, les gueux attendaient leur repas. Ils étaient calmes et patients. Ils ne se bousculaient pas. Ils ne mouraient pas, ou s'ils le faisaient, c'était bien à l'abri, dans une salle d'attente, sur un banc ou dans un lit. Ils n'étaient plus abandonnés à leur triste sort dans les jardins de l'hospice. Pourtant, je me souvenais des corps fantômes mortifiés au pied de ce grand chêne et tombés devant cette clôture de fer. Derrière un comptoir, un homme aux tempes grisonnantes regarda sa montre de poche. Je m'approchai.

— Monsieur, bredouillai-je, je cherche ma famille.

Il me regarda d'un air pantois, glissa un regard sur Jaze et sur mes vêtements.

— Vous n'êtes pas d'ici? questionna-t-il.

— Je suis née ici tout près, mais la maison n'existe plus.

— Vous vous appelez? fit-il en tirant vers lui un grand registre.

— Galloway, Molly Galloway, dis-je avec fébrilité. Mon père s'appelle Charles, Charles Galloway; ma mère Emelyn; j'ai aussi deux frères, Will et Dillon, et ma sœur Nelly. Mais Nelly est morte de la fièvre et mon frère Dillon est en Amérique.

— Depuis quand sont-ils à l'hospice? soupçonna-t-il.

— Depuis quand?

— Vous cherchez vos parents, n'est-ce pas?

— Oh, fis-je en constatant le quiproquo, ils ne sont pas ici. Mais ils sont sans doute venus ici il y a vingt ans. Peut-être que leurs noms sont inscrits dans votre registre.

L'homme baissa les yeux et referma son grand livre.

— Vous deviez être bien petite à cette époque, dit-il d'un air désolé.

— Bien petite, oui.

— Vos parents sont morts, madame. Ils sont tous morts. Vous ne devez plus les chercher. Ils étaient trop nombreux.

— Je suis bien vivante, pourtant…

— Vous êtes un miracle sur deux pattes. Vous avez sûrement pris un navire. Vous avez réussi à vous enfuir. Vous venez d'Amérique ?

— Oui.

— Les seuls registres qui nous restent sont les croix, les pierres et les inscriptions dans le cimetière, et encore, ils sont incomplets. On peut y lire les noms de ceux qui ont eu la chance de mourir en premier. Ceux qui sont morts seuls sont dans les fosses communes, inconnus. Et puis, les survivants sont partis, tout comme vous l'avez fait, et même aujourd'hui, ceux qui restent veulent partir. Retournez chez vous. Ici, c'était l'enfer. Et nous sommes encore bien loin du paradis.

Je saluai l'homme à la montre, pris la main de Jaze et sortis de l'hospice.

— Pourquoi tu pleures, maman ?

— Parce que mon papa, ma maman, ma sœur et mes frères sont morts. Et je suis triste de les avoir perdus.

— Moi aussi, mon papa est mort.

— C'est vrai, dis-je en le prenant dans mes bras. Mais nous, nous sommes bien vivants.

Autour de la vieille chapelle de l'hospice s'étendaient des jardins et des parcelles de terrain chaviré où poussaient des croix et des pierres tombales. Jaze s'élança sur les pavés du petit chemin les contournant. Des noms gravés, des histoires, des moments figés dans le temps, une date de début, une date de fin et, entre les deux, un tiret, un simple trait d'union. Julia Kelleher, Margaret Somes, Peter Lynch, Thomas Mulroney, James Donaho, Pat Murphy, Betty

Flanagan, Timothy Burns, Ann Sullivan, Kate Nelligan, Matthew Jeffy, Sarah Callacher, Bridget Gilmour, Francis Leary, Edward Briain, Eliza Flynn, James Conchobar, John O'Neill, Briana Ryan, Sarah Reilly. Et soudain, gravé au couteau : Emelyn Galloway. Ma mère était là. Elle n'avait pas survécu. Je déposai un genou au sol et caressai le bois de la croix en glissant un doigt dans les lettres gravées de son nom. Était-ce mon père qui avait maladroitement sculpté son nom ? Je l'imaginais dans la solitude et la douleur de nous avoir perdus. Ce vide d'amour qui aspire la vie, je le connaissais.

Je fis quelques pas en direction de la fosse commune. L'herbe verte d'Irlande avait recouvert ce champ de cadavres. Un panneau à son seuil rappelait aux badauds l'horreur de la famine. Quelques croix çà et là, un chapelet s'y balançant, une fleur déposée, c'est tout ce qu'il restait d'eux. Au temps de la grande famine, ils étaient seuls, malades, mourants. L'écume baveuse ou séchée distinguait les vivants des morts. Ils n'avaient pas de nom, pas de passé. À leur dernier souffle, se rappelait-on qu'ils avaient été humains ? Dans cette assemblée souterraine, mon père avait trouvé une place parmi les siens. Il n'avait pas quitté la terre de ses ancêtres. Je me rassurais à l'idée qu'il n'avait pas enduré le supplice de l'exil, les chagrins du déracinement et l'absence de ses enfants.

Ce jour-là, je fis le deuil de ma famille.

Le lendemain, Jaze et moi embarquions sur le *Poughboy*, un grand navire sur lequel trois cents personnes prenaient place. La saignée irlandaise se poursuivait. Comme au temps de la famine, les migrants peu fortunés rêvaient de promesses et d'Amérique. Heureusement, les conditions de traversée s'étaient améliorées. Au cours du voyage, il n'y eut que deux événements marquants : la mort d'un vieillard au bout de sa course et la naissance d'une petite fille qui fascina Jaze et meubla les conversations des passagers durant plusieurs jours. Un mot de Garibaldi au capitaine du navire avait fait de nous de précieux passagers. Une cabine fort agréable fut mise à notre disposition. Me tirant la manche ou se jetant à mon cou, Jaze me ramena souvent au présent. Je me perdais dans mes souvenirs. Notre passage en Irlande rappela à ma mémoire les moments sombres et les moments tendres de ma première traversée.

Jaze jouait au matelot, au capitaine, au cuistot. Partout, il avait ses entrées et, au bout de quelque temps, chacun le saluait comme s'il s'agissait d'une vedette de théâtre. Je reconnaissais bien là les talents de son père. Tout comme nous l'avions fait, Dillon et moi, vingt ans plus tôt, une de nos distractions favorites fut de regarder les nuages et d'inventer l'histoire de ce cheval sans queue, de ce chien aux longues dents et de ce mouton à la laine blanche perdu dans une prairie de ciel bleu.

Valeureuse Henrietta

En ce début de printemps, Montréal brisait la glace du long silence de son hiver. Le temps était doux. Le soleil ravivait les couleurs et les esprits. Les bourgeons tentaient de poindre de leur carapace gorgée de sève. L'eau des érables allait bientôt couvrir les crêpes de sirop. Dans le port et dans les rues, ici et là, des bancs de neige rappelaient aux marcheurs endimanchés que l'hiver n'avait peut-être pas encore dit son dernier mot. Des toits des immeubles tombaient parfois de grands pans de neige qui s'abattaient au sol dans un bruit sourd et feutré.

À peine avions-nous parcouru les quelques rues qui nous séparaient de la maison des Guibord que Jaze était déjà couvert de boue. Entortillée dans les courroies de nos bagages, je ne parvenais pas à freiner son bonheur de sauter dans les flaques d'eau. Lorsque la porte s'ouvrit, Henrietta leva les bras au ciel comme le faisait si bien son mari. À court de mots, elle me sourit d'un air reconnaissant et m'engouffra dans une chaude étreinte.

— Bonjour, Henrietta, répétait Jaze comme je le lui avais montré.

— Mais il parle français, ce grand bonhomme ! s'exclama la maîtresse de maison.

— Il ne parle pas encore très bien, répondis-je en sentant Jaze blottir sa gêne sur ma jambe. Mais il apprend vite. Sur le bateau, je lui ai enseigné plusieurs mots.

— Entrez, nous invita Henrietta en me débarrassant de quelques sacs. Entrez vite. J'avais si hâte de vous voir. Vos chambres sont prêtes. J'ai refait les lits. Je sais combien tu aimes la douceur des draps. Vous avez faim ? Il y a une tarte au sucre qui ne demande qu'à être mangée.

— Henrietta fait les meilleures tartes au monde, dis-je en secret à Jaze en lui retirant ses vêtements mouillés.

Au cours des soirées qui suivirent, Henrietta me fit part de ses ennuis de santé. Tout en tentant de me rassurer, elle me fit comprendre qu'elle ne croyait pas survivre aux procédures judiciaires qu'elle avait intentées contre monseigneur Bourget. Non seulement son cœur s'était brisé au départ de Joseph, mais depuis, son âme tressaillait devant les exactions de l'Église à laquelle elle avait pourtant dédié sa foi. Elle se savait mourante. Elle désirait obtenir mon aide pour rédiger son testament.

Au mois de mai 1870, le juge Mondelet de la Cour supérieure accueillit favorablement la demande d'Henrietta et jugea que Joseph devait être enterré dans le cimetière catholique de la Côte-des-Neiges, ainsi qu'il le désirait. La joie fut de courte durée. L'Église rejeta le jugement et porta la cause en appel. En décembre, la déception enfonça son dard de peine dans le cœur d'Henrietta. La Cour de révision délia le jugement Mondelet en faveur de l'Église. Le corps de Joseph ne pouvait pas rejoindre le cimetière catholique.

L'Institut amassa les fonds nécessaires pour porter la cause d'Henrietta devant le Conseil privé à Londres, la dernière et ultime instance. Le temps passa. La lutte entre l'Église et l'Institut se poursuivit, créant un véritable conflit entre les intellectuels montréalais et les dévots. L'Église avait-elle préséance sur le pouvoir civil ? Le pouvoir civil devait-il prévaloir sur les décisions de l'Église ? Cette même question que posait l'Italie à la papauté depuis de nombreuses années allait connaître un dénouement européen inattendu. J'en reçus la confirmation par les journaux et une lettre de Caprera. Allongé face à la mer, enfermé dans sa prison de rhumatismes, le *condottiere* vit son rêve se réaliser sans lui.

Devant l'imminence d'une guerre entre la Prusse et la France, les cardinaux réunis en concile à Rome votèrent la règle de l'infaillibilité des papes. Le lendemain, la guerre était déclarée. La France rappela à son chevet ses troupes postées aux portes de la papauté. Sous prétexte de protéger le pape, l'armée italienne s'installa à Rome. En octobre 1870, un plébiscite fut organisé. Les Romains furent conviés à répondre par oui ou non à l'affirmation : « Nous voulons notre union avec le royaume d'Italie sous le règne du roi Victor-Emmanuel II et de ses successeurs. » Le 30 juin 1871, Rome rejoignit l'Italie et en devint sa capitale. L'unification du pays se cimenta autour d'une Rome au cœur de laquelle la papauté ne conservait que la cité du Vatican.

Infailliblement, le pape excommunia tous ceux qui l'avaient combattu. Au regard de l'Église, l'Italie sombrait dans l'abîme de la raison et de la libre pensée. À Montréal, ce désastre outre-Atlantique eut pour effet de réaffirmer les positions intransigeantes de monseigneur Bourget. La contagion n'atteindrait pas le royaume catholique du Canada. La foi romaine y conserverait le terreau fertile du pouvoir ecclésiastique.

Au printemps 1873, une brise douce et légère souffla dans la chambre d'Henrietta et emporta sa vie devenue fragile. Sa mort bouleversa chacun d'entre nous. La tristesse était d'autant plus grande qu'elle fut enterrée seule, au lot réservé à la sépulture dans laquelle elle devait rejoindre son mari. Sa maison autrefois si animée me parut désespérément vide. Sans enfant et convaincue de la justesse de sa cause, elle céda ses avoirs et ses biens à l'Institut. Sa dernière volonté fut celle de poursuivre les démarches judiciaires à Londres. Dans sa grande bonté, elle me fit cadeau d'une part suffisante d'argent pour continuer ce travail et me permettre de faire l'école à Jaze et à quelques enfants de notre nouveau quartier. Dessaulles, Doutre et moi-même redoublerions d'efforts pour honorer sa mémoire et celle de Joseph.

À coup d'Index, de lettres pastorales, de sermons et d'articles méprisants dans les journaux, l'Église livra un ultime combat contre l'Institut et les principes sur lesquels il plantait ses assises. Martelée par une fronde ultramontaine virulente, une frange de plus en plus large de la population se blottit sur les flancs de l'Église et entérina la condamnation publique. La foi sauverait le peuple, pour autant qu'il accepte sa condition d'esclavage. Ce discours me raclait la gorge comme une poignée de clous. C'était le même que décriait Frederick Douglass et contre lequel s'étaient battus Jaze et les miens. Le mépris légitimait l'injustice en prétextant que, pour la majorité d'entre nous, l'apprentissage de la liberté ne pouvait être que dangereux et mauvais. Du golfe du Mexique au Saint-Laurent, des Grands Lacs à la Méditerranée, le discours était le même : la connaissance fait de l'esclave un mauvais esclave, tout en le rendant malheureux de cette liberté qui restera pour lui à jamais inaccessible. Encore une fois, Dieu était pris à partie : « Heureux les pauvres d'esprit », répétait-on dans les églises. « Heureux les assoiffés de justice », répliquait-on à l'Institut. Mais ici, comme ailleurs, Dieu n'avait rien à voir dans tout ça.

La vindicte populaire envers les membres de l'Institut fit en sorte qu'il devint périlleux pour quelques-uns d'entre nous de se présenter seuls dans certains lieux publics. Les insultes, les invectives et les bousculades avaient la triste tendance à dégénérer en échauffourée. Si les duels avaient été encore permis, Dessaulles aurait passé tout son temps à tirer du pistolet. De nouveau, j'avais enfilé bottes et pantalon, et une tresse tombait sur mon poncho garibaldien. Lors de ces moments de tension, je savais mettre en évidence le côté de mon visage qui portait la balafre de mes derniers combats.

Le 21 novembre 1874, le Conseil privé de Londres infirma la décision de la Cour supérieure. Doutre avait gagné sa cause. Son ami Joseph pouvait être enterré au cimetière de la Côte-des-Neiges.

Lot 873

La nuit était froide. Jaze dormait à poings fermés. Je le laissai entre les mains de Thérèse, ma voisine de palier habitant la maison dans laquelle nous avions récemment emménagé. Nous nous épaulions l'une et l'autre pour la garde des enfants. Son époux était mort de la variole. Massées autour des manufactures, les habitations des ouvriers n'avaient pas bonne mine, contrairement aux rats qui y cohabitaient. Les épidémies sévissaient toujours. Le comité de santé mis en place depuis quelques années semblait veiller davantage à ses intérêts qu'à l'amélioration des conditions de vie qu'il prétendait défendre. Les Montréalais misaient sur leur nouveau maire, le docteur Hingston, pour remédier à la situation.

Le frimas couvrait les naseaux de mon cheval. Sur les pavés des rues que j'arpentais, le claquement des sabots brisait le silence de la nuit. J'allais en reconnaissance, examinant le parcours qu'emprunterait le cortège menant le cercueil de Joseph au cimetière de la Côte-des-Neiges. Déjà, au mois de septembre, une première tentative avait avorté. Une foule de catholiques s'était interposée et avait bloqué l'accès au cimetière. Sous la menace, le cortège avait été contraint de rebrousser chemin. Cette fois-ci, Joseph retrouverait Henrietta. J'en faisais la promesse.

Depuis la décision du Conseil privé, du haut de leur chaire, les curés houspillaient leurs ouailles et les incitaient à démontrer leur désapprobation envers l'autorité civile. L'Église respectait la loi, mais elle faisait preuve d'une extrême combativité dans le domaine de la direction des âmes, des mœurs et des consciences. Le maire exhorta le cardinal à calmer les ardeurs des catholiques montréalais. Or, de nouvelles lettres pastorales furent lues dans les églises le 8 septembre, puis le 3 octobre. Sous un ramage de soumission, les paroles de monseigneur Bourget saupoudrèrent sa rage sur la mêlée comme de la poudre noire sur l'incendie qui couvait. Il fallait s'attendre à tout. Lui-même avait des visions de bain de sang.

Un soleil ombrageux se leva en ce matin du 16 novembre. Le sol était couvert d'un mince linceul blanc. Peu à peu, la toile de neige se teinta du sillage entremêlé des roues des carrosses et de l'empreinte de pas des amis rassemblés. La complainte de Rutebeuf résonnait à ma mémoire : « Que sont mes amis devenus, que j'avais de si près tenus, et tant aimés. Ils ont été trop clairsemés. Je crois le vent les a ôtés. L'amour est morte… » Ils étaient là, nombreux, affligés de peine. Au chagrin d'amitié s'ajoutait celui du déshonneur de la lutte livrée sur le cadavre de Joseph. En ce jour solennel, la victoire juridique avait un goût amer. Les années de combat avaient terni le ciel d'une étrange humanité. Combien de fois le cœur s'éteint-il de la perte d'un ami ? Mon cheval s'ébroua. Le cercueil de Joseph fut monté sur un corbillard vitré surmonté d'un panache en forme de croix et d'enjolivures sculptées. Des tentures noires bordées de franges ornaient les fenêtres.

Une file d'une vingtaine de voitures s'avança sur le chemin de la montagne. Je parcourais le cortège de la voiture de tête à celle de queue pour m'assurer que chacun des cochers suive la cadence et n'isole pas une partie du convoi. Sur le chemin, les badauds s'attroupèrent, d'autant plus enclins à manifester leur hostilité que le troupeau en avait reçu l'autorisation de son berger ultramontain. Nous devions rester groupés. Le parcours ne s'annonçait pas de tout repos. Des poings levés et des bâtons pointés vers nous me firent craindre le pire.

Soudain, au détour d'une rue, une cinquantaine de policiers tirèrent un filet de protection autour de nous et marchèrent au pas le long du convoi. Ils nous accompagneraient jusqu'à notre destination. À l'approche du cimetière, la foule oppressante se dégonfla devant plus de mille soldats venus calmer les ardeurs et imposer l'application du décret royal. À la demande du maire et des autorités, plusieurs régiments armés assurèrent le maintien de la paix. La démonstration de force des soldats ne découragea pas les quelque deux mille personnes venues manifester leur réprobation. J'avais peine à croire qu'un tel déploiement soit nécessaire pour que des amis puissent rendre hommage à un homme si généreux, si loyal et si bon. L'histoire entrait en jeu. Là, sous nos yeux, elle métamorphosait un individu en un événement. Les leçons qu'elle en retiendrait seraient écrites par le gagnant de cette lutte.

Les portes de fer du cimetière grincèrent dans leurs gonds et se refermèrent sur le cortège. Nulle autre personne ne fut admise, sauf le curé Rousselot qui fut contraint par ordre de la cour et sous peine d'amende d'officier la cérémonie. Ce qu'il fit en se délestant de sa fonction religieuse pour revêtir celle d'officier civil.

Au lot 873, un trou béant perçait le sol. Au fond, le cercueil d'Henrietta attendait celui de Joseph sur lequel il serait déposé. Par crainte de vandalisme et de profanation, le cercueil de Joseph fut enveloppé d'une armure de fer et de ciment. La cérémonie ne dura que quelques instants. Lorsque les tombes de Joseph et d'Henrietta furent recouvertes de la terre noire et riche du sol sur lequel ils s'étaient aimés, tous se recueillirent. Nous enterrions des amis. Nous enterrions aussi les derniers espoirs de survie de l'Institut. Nous jetions dans la fosse la liberté d'un peuple et sa fâcheuse habitude de se vouloir perdant. Dessaulles n'était pas là. Il avait fui ses créanciers. Lavé de corps et d'esprit par toutes ses luttes opiniâtres, il avait pris le chemin des États-Unis. Pour l'heure, il devait franchir la porte de la maison d'Harriet Tubman. Elle avait accepté de l'accueillir durant quelques jours avant son départ pour l'Europe. Je me rappelais les paroles prémonitoires du seigneur de Saint-Hyacinthe à l'adresse de l'évêque : « Si l'Institut venait à succomber devant vous, partisans de l'intolérance et de l'automatisme général, l'avenir politique et social du pays en recevrait une sérieuse atteinte, parce que cela démontrerait que l'esprit persécuteur y peut encore étouffer le libre arbitre individuel. »

En guise de représailles à l'autorité civile et aux prétentions d'intolérance de l'Institut, monseigneur Bourget désacralisa la partie du cimetière qui accueillait les époux et écrivit une dernière lettre apostolique lue et relue en chaire et relatée dans les journaux. S'y trouvait une ignoble épitaphe à l'adresse de ceux qui oseraient encore le défier :

« Ci-gît le corps du trop fameux Joseph Guibord, qui mourut dans la rébellion au Père commun de l'Église et sous l'anathème de l'Église ; qui ne put franchir les portes de ce lieu sacré que parce qu'il était escorté par une troupe de gens armés, comme pour un combat contre les ennemis de la patrie ; qui, sans le bon esprit des concitoyens, aurait fait couler beaucoup de sang ; qui a été conduit à ce sépulcre, non pas sous la protection de la croix, mais sous celle des baïonnettes des militaires ; qui a été déposé dans cette fosse, à deux pieds en terre, non pas aux chants onctueux des prières que l'Église a coutume de faire pour ses enfants, quand ils meurent dans la paix du Seigneur, mais au milieu des malédictions qui se comprimaient dans la poitrine des assistants ; pour lequel le prêtre, forcé d'être présent, n'a pu faire aucune cérémonie religieuse, n'a pu former aucun vœu pour le repos de son âme, n'a pu dire un seul *Requiescat in pace* ; n'a pu enfin verser une seule goutte d'eau sainte dont la vertu est de modérer les flammes du feu terrible qui purifie les âmes dans l'autre vie.

« Il sortira jour et nuit de cette tombe qui renferme les restes d'un homme égaré qui persévéra jusqu'à la mort dans sa révolte contre l'Église, une voix lugubre et lamentable qui criera bien haut : "Ô vous tous qui passez, dans ce champ de la mort, arrêtez-vous un moment près de cette tombe, et réfléchissez sérieusement à mon malheureux sort. Que mon exemple vous apprenne que l'on ne se moque pas impunément de Dieu et de son Église. Hélas ! Plus l'on a fait d'éclat autour de mes os secs et arides, et plus on a attaché à mon nom une note d'infamie et de déshonneur. Que n'ai-je été caché dans un lieu obscur et dans une terre d'oubli ! Je serais aujourd'hui comme si je ne fusse pas né. Ma mémoire ne serait pas une malédiction d'âge en âge, comme elle doit l'être, et mon nom serait en oubli, au lieu d'être dans toutes les bouches, pour être maudit de géné-ration en génération. Hélas ! On a prétendu me faire un triomphe ; et l'on n'a réussi qu'à perpétuer ma honte et mon déshonneur." »

La peur est une arme puissante.

Saint-Jean-de-Dieu

Il me prit souvent l'envie de quitter Montréal. L'héritage d'Henrietta me servit à aménager une salle de classe dans la maison que j'habitais. C'était interdit, mais c'était ma manière de poursuivre un semblant de combat. J'y recevais les enfants des ouvriers pauvres et démunis. La vie était dure. Cet accommodement me permit d'enseigner à Jaze et à plusieurs autres à lire, à écrire et à compter, à penser, et aussi à rêver. J'y retrouvais les moments savoureux que j'avais vécus dans mes classes de St. Catharines, de Washington, de Caroline, de Géorgie et de Caprera. Partout, les enfants étaient les mêmes. Ils ouvraient leurs ailes et les pétales de leurs fleurs dès qu'on y versait quelques gouttes de rosée.

Un jour, j'appris par les journaux l'ouverture prochaine d'un établissement de santé qui accueillerait plusieurs centaines de malades. Baptisé Saint-Jean-de-Dieu, il avait été construit sur une terre immense dans la paroisse de Longue-Pointe, à l'est de Montréal. Les Sœurs de la Providence y étaient installées depuis plusieurs années. Dans leur ferme Saint-Isidore, elles accueillaient des malades indigents et aliénés. À plusieurs reprises, j'avais tenté d'y retrouver Dillon. La cécité, les handicaps et de nombreuses maladies comme le diabète et l'épilepsie étaient encore mal compris. Le mal dont souffraient les personnes qui en étaient atteintes se confondait avec les maladies mentales. J'avais espoir que

Dillon, s'il portait encore ce nom, quitte sa maison d'asile ou le chemin de son itinérance pour être conduit dans ce nouvel hospice.

Un matin de juillet, j'habillai Jaze de ses plus beaux vêtements et empruntai une belle robe à ma voisine. Si Dillon se trouvait à Saint-Jean-de-Dieu, j'avais bien l'intention de le ramener avec moi. Je savais par contre que, pour traverser les grilles de cette ville dans la ville, je devrais afficher une propreté toute chrétienne. Les sœurs vouaient un culte particulier à la propreté, à la rigueur et à la bienséance. Leur dévouement était exemplaire, mais leur évaluation de la valeur des uns et des autres était souvent proportionnelle à la qualité de la diction et à l'éclat des chemises.

— Non, Jaze, tu n'apportes pas tes bestioles.

Jaze avait une passion pour les insectes, les bêtes et les oiseaux. À neuf ans, il me faisait déjà la leçon sur la métamorphose des chenilles, la migration des oies blanches et l'importance des abeilles. Parfois, à l'écouter, il me semblait entendre le Prof au bord du Mississippi.

— Allez, monte, dis-je en lui frappant les fesses.

— Où allons-nous ?

— Chercher Dillon. Ton oncle Dillon.

— Moi, je crois qu'il n'existe pas.

— Bien sûr qu'il existe. Qu'est-ce que tu racontes là ?

— Il n'est jamais venu chercher son cheval.

Le lieu était impressionnant. Le portier ouvrit la grille. Notre voiture s'avança le long d'un chemin au bout duquel se dessinait un bâtiment grandiose et moderne. Fait de briques et de pierres de taille, surmonté de tourelles à chacune de ses cinq entrées, il grimpait sur cinq étages et Jaze compta jusqu'à soixante-dix fenêtres. J'appris plus tard que l'hospice abritait cinquante dortoirs, cent cinquante cellules, quatre-vingts chambres privées, deux infirmeries et une vingtaine de réfectoires. Le chemin des voitures était bordé de jardins et de potagers, de serres et de pavillons, d'étables et d'enclos. Les patients y travaillaient sous le soleil. À notre passage, les chapeaux de paille se hissèrent au sommet des plants de tomates et de haricots, et des mains tendues nous saluèrent avec empressement. Des visages souriants, des regards perdus, des cris de joie, des corps pleins de souffrances, des oublis en larmes, du bon, du mauvais, tout poussait dans les champs de Saint-Jean-de-Dieu.

— Bonjour, ma sœur, dis-je en me présentant au comptoir du registraire. Vous avez là un bien bel édifice. Le plus beau que j'aie vu depuis longtemps.

— Je peux vous aider ? répliqua la petite femme en me regardant par-dessus ses lunettes.

— Je cherche mon frère. Je le cherche depuis des années.

— Et vous pensez le trouver ici ? Il est aliéné ?

— En quelque sorte… Pour peupler ce grand hôpital, j'imagine que vous avez rassemblé plusieurs malades qui provenaient des campagnes.

— Plusieurs viennent des campagnes, se contenta-t-elle de répéter.

— S'il est ici, j'aimerais le reprendre avec moi. C'est possible ?

— Cela dépend. Lorsqu'une famille veut enfin prendre la responsabilité qui lui revient, on ne peut pas être contre… Vous avez raison, l'hospice est grand et moderne, mais il y a suffisamment d'indigents pour en remplir chaque recoin.

Elle tira sa chaise et fit quelques pas en direction d'un pan de bibliothèque sur lequel s'alignaient de grands registres, chacun marqué d'une lettre de l'alphabet.

— Comment s'appelle-t-il ?

— Dillon Galloway, répondis-je avec fébrilité. Mais il a peut-être changé de nom.

451

— S'il a changé de nom, fit-elle en pointant la longueur du rayonnage, il faudra faire une demande de recherche. Ce sera long, coûteux, et peut-être inutile.

Mon cœur palpita d'un trop grand afflux d'espoir. Jaze tira sur ma robe et pointa le doigt en direction du couloir aux planchers scintillants.

— J'ai vu une souris, chuchota-t-il.

Un sourire, un clin d'œil, et je lui fis signe de ne rien dire.

— Malheureusement, il n'est pas là, trancha la sœur.

— Il n'est pas là ? repris-je avec cet air désolé dont j'avais l'habitude.

— Il est parti.

— Pardon ?

— Il est parti il y a deux jours. Un homme est venu le chercher.

— Un homme ?

— Attendez, il y a une note inscrite au dossier.

La sœur s'avança vers un casier et fouilla à travers des feuilles de papier. Je ne comprenais rien à rien. Dans ma tête, mes pensées couraient, trébuchaient, se relevaient et trébuchaient de nouveau.

— Vous êtes Molly Galloway ?

— Oui, c'est moi.

— Il y a une lettre pour vous.

— Pour moi ?

— Vous connaissez Charles Galloway ?

— C'est mon père.

— Alors, c'est votre père qui est venu le chercher. C'est lui qui a signé le registre. Il ne vous l'a pas dit ?

Dans le couloir, il y avait un long banc de bois. Je m'y assis en fixant la lettre sans oser l'ouvrir. Jaze me la soutira doucement et la déplia.

— «Mol-ly», lut-il en détachant chacune des syllabes, «ma pe-ti-te Mol-ly».

Des larmes coulèrent sur mes joues. Jaze me tendit la lettre. L'écriture était celle d'une personne qui n'avait pas l'habitude des mots.

Molly, ma petite Molly,

Si tu lis cette lettre, c'est que tu es vivante. Je te cherche. Je suis arrivé à New York après la guerre en 65. Partout, j'ai laissé des lettres. À la prison de Kingston, on m'a dit que tu étais morte. Moi, je crois que tu es vivante.

Nous sommes à Lowell dans le Massachusetts. Rue Central. Numéro 45. Dessous, il y a la boutique du cordonnier. Son enseigne a la forme d'une botte. Tu ne peux pas te tromper.

Je voudrais t'écrire plus, mais je ne sais pas bien.

Ton père,

Charles

Le galop du cheval n'était pas assez rapide. Mon désir le devançait. Quelques bagages plus tard, nous partions pour Lowell.

Là où sont ceux que j'aime

L'enseigne du cordonnier était énorme. Elle montait jusqu'à une fenêtre que j'imaginais être celle de mon père. Il faisait beau et chaud. Jaze dormait sur la banquette. La route avait été longue. Je n'osais pas le réveiller. Son sommeil calmait mon cœur. La crainte d'une prochaine déception me paralysait. Gravir les marches de cet escalier qui longeait le mur me parut la plus exigeante des ascensions.

La rue était bruyante. Les voitures la sillonnaient à vive allure. Les discussions vibraient dans les boutiques. Le cordonnier enfonçait des clous dans le cuir. Il chantait une ritournelle italienne que je connaissais. Et, soudain, les harmonies d'une cornemuse et d'un violon remplirent l'air d'Irlande. Jaze s'éveilla et me prit la main. Je descendis de voiture et il sauta d'un bond.

Un rideau volait à la fenêtre. J'enfilai les courroies de quelques sacs sur mon épaule. J'hésitais à faire ce pas. Je gravis une première marche, mais Jaze s'arrêta et me tira vers l'arrière.

— Attends, attends, insista-t-il. J'ai besoin de quelque chose.

— Mais de quoi peux-tu bien avoir besoin ?

Il tira sur une sacoche que je portais en bandoulière, en tira les cordons et se mit fébrilement à fouiller à l'intérieur. Il y dénicha son cheval de bois.

— Je vais le redonner à Dillon. Il sera content de le retrouver.

Cet enfant était le plus beau cadeau que la terre m'ait donné.

Arrivée au palier, je jetai un coup d'œil dans l'entrebâillement du volet d'une fenêtre. Installé dans un fauteuil, mon frère Dillon se balançait au rythme de la musique. Mon père déposa son violon sur une table basse pour lui offrir un peu d'eau. Ils étaient là. Des larmes jaillirent de mes yeux comme des rivières libérées des embâcles. Jaze se pencha à la fenêtre pour mieux voir ce qui se passait à l'intérieur. En apercevant le jeune homme qui jouait de la cornemuse, il se tourna vers moi et me demanda son nom. Je le serrai dans mes bras et l'embrassai avant de lui répondre.

— C'est mon frère Dillon, chuchotai-je. Et là, c'est mon frère Will. Je l'avais laissé sur la côte d'Irlande. J'avais promis de le retrouver. Et il est là, juste là.

— Coucou, hurla Jaze par la fenêtre.

La musique s'arrêta. J'ouvris la porte. Mon père leva les bras au ciel. Je rentrais chez moi.

FIN

Table des matières

Suivez-nous

Achevé d'imprimer en mars 2015
sur les presses de Marquis-Gagné
Louiseville, Québec